수호지 지도

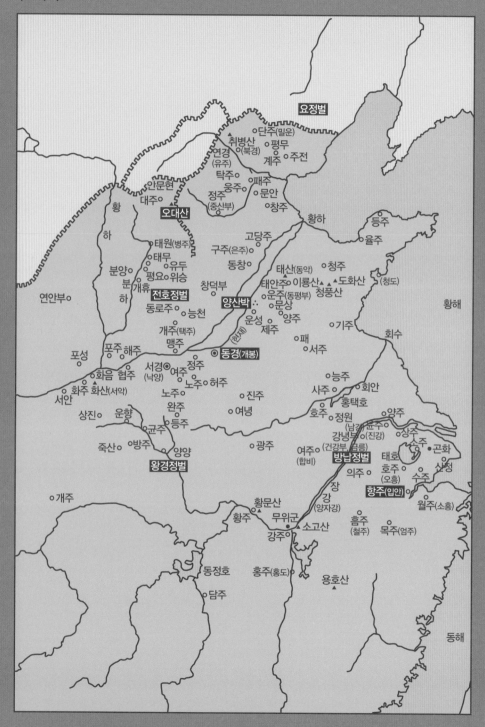

요정벌

단주(밀운)
취병산
연경 평무
(유주) 계주 주전

탁주
안문현 웅주 패주
대주 정주 문안
(중산부) 창주

오대산 황하

황 고당주
하 태원(병주) 구주(은주)
태무 동창 태산(동악) 청주
분양 유두 태안주 이룡산 도화산
분 평요 위승 운주(동평부) 청풍산 (청도)
휴 개휴 창덕부 양산박 문상
전호정벌 운성 양주
동로주 능천 제주 패
개주(택주) 기주
연안부 맹주 서주
동경(개봉)
포성 풍주 해주 능주
화음 협주 서경 여주 정주 회안
서안 화주 화산(서악) 노주 허주 사주 홍택호
상진 운향 노주 진주 정원 양주
완주 여녕 호주 (남경)윤주(진강)
죽산 방주 균주 등주 강녕부 상주
양양 광주 여주(건강부) 금릉 태호
왕경정벌 의주 곤화
방납정벌 호주 수주 상성
(합비) (오흥)
항주(입안)
개주 황문산 장 월주(소흥)
강 의주
황주 무위군 (양자강)
강주 소고산 흡주 목주(엄주)
(철주)
동정호 홍주(홍도) 용호산

담주 동해

수호지 9

대망웅비 편

수호지 9
대망웅비 편

초판	1쇄 발행 2021년 10월 15일
지은이	시내암
평역	김팔봉
펴낸이	한승수
펴낸곳	문예춘추사
편집	이상실
디자인	이유진, 심지유
마케팅	박건원, 김지윤
등록번호	제300-1994-16
등록일자	1994년 1월 24일
주소	서울시 마포구 동교로27길 53 지남빌딩 309호
전화	02-338-0084
팩스	02-338-0087
블로그	moonchusa.blog.me
E-mail	moonchusa@naver.com
ISBN	978-89-7604-485-3 04820
	978-89-7604-476-1 (세트)

김팔봉

수호지

시내암 지음 | 김팔봉 평역

9

대망웅비

문예춘추사

수호지
제9권 | 차례

5

일러두기

1. 이 책은 팔봉 김기진 선생이 『성군(星群)』이라는 제목으로 1955년 12월부터 〈동아일보〉에 연재한 작품으로, 1984년 어문각에서 『수호지(水滸誌)』라는 제목으로 바꿔 출간한 초판본을 38년 만에 재출간한 작품이다.

2. 이 책은 수호지의 판본 중 가장 편수가 많은, 164회(전편 124회, 후편 40회)짜리 『수상 오재자 전후합각 수호전서(繡像 五才子 前後合刻 水滸全書)』라는 작품을 판본으로 했다.

3. 가능한 한 원본에 맞게 편집했으나 최신 표준어 맞춤법에 맞게 고쳤고, 지명이나 인명은 일부 수정하여 독자들이 읽기 편하게 했다.

4. 한자 표기는 정오正誤에 상관없이 원본을 따랐으나 동일 인물이나 지명의 상반된 표기가 있는 경우에는 올바른 한자를 찾아 표기했다.

5. 이 책의 지도는 내용에 맞게 새로 제작한 것이다.

정절을 지키는 두 과부

어느덧 세월이 흘러 겨울이 가고 봄이 돌아와 청명절(淸明節)이 되었다.

왕선위는 눈이 부시도록 신록이 짙어가는 강남의 봄을 즐기고 싶어서 드디어 교외에서도 경치 좋은 만류장(萬柳莊)으로 봄놀이를 가기로 했다. 그는 통인과 사령들의 호위를 받으며 곽경과 악화와 함께 말을 타고 석성문(石城門) 밖으로 나갔다.

만류장은 건강부에서 이름난 명승지로서, 버드나무가 만 주(株)나 늘어섰을 뿐 아니라, 가지각색 꽃나무가 수없이 많기 때문에 봄이 되면 푸른 잔디밭 위에 꽃방석을 깔아놓고 꽃병풍을 둘러세운 듯한데, 그 가운데서 청춘남녀들의 노랫소리는 들끓고, 언덕 아래로 흘러가는 강물에는 희고 붉은 돛단배가 한가롭게 떠 있어서, 마치 한 폭의 그림 같은 경치를 이루는 것이었다.

왕선위는 이 같은 풍경을 한번 둘러보고서 강가의 푸른 잔디 위에다 연회석을 차리게 한 후, 곽경과 악화와 더불어 땅바닥에 펼치고 앉았다. 비단 그들뿐만 아니라, 이쪽저쪽에 모여 앉아서 노는 남녀들도 모두들 잔디 위에 그대로 앉아서 술을 마시는 사람은 술을 마시고, 노래를 부르는 사람은 노래를 부르며 제멋대로 노는 것이었다.

왕선위 일행은 요리상 위에 산해진미를 그들먹하게 벌여놓고 은잔에 술을 따라 마셔가면서 시시한 이야기를 가장 흥미 있는 듯이 지껄이고 있었는데, 악화는 퉁소를 꺼내서는 한 곡조 청아한 가락을 불었다. 어찌나 그 퉁소 소리가 맑고 아름다웠던지, 왕선위는 좋아서 무릎을 치며 어쩔 줄을 몰라 했다.

이렇게 술이 거나하게 취했을 때 비스듬하게 앉아 있던 곽경이가 별안간 꼿꼿이 일어나 앉더니, 한 손으로 앞을 가리키며 왕선위를 보고,

"선녀(仙女)가 내려와요!"

이렇게 말하는 게 아닌가.

왕선위와 악화가 곽경이 가리키는 방향을 보니까, 과연 젊은 여자 두 사람이 15, 6세 되어 보이는 소년 한 명과 함께 5, 60보 앞을 지나가는데, 나이는 30이 약간 넘었을 것 같으나 아리따운 태도는 아주 무르녹아서 만발한 모란꽃처럼 보이는 데다 그윽한 향기까지 풍기는 것 같다.

왕선위는 본래 호색하는 젊은 녀석이라 첫눈에 반해서는 멍하니 바라보고 있는데, 곽경이 역시 침을 흘리면서 왕오구를 부르더니,

"여봐라! 쫓아가서 저게 누구의 집 여자들인가 알아보고 오란 말야!"

이렇게 말하는 게 아닌가.

이 거동을 보고 악화는 정색을 하고 말렸다.

"아서요! 그러지 마십시오. 외양이 정숙하고 단정한 품이 아무래도 대갓집 부인네 같습니다. 실례를 해서야 되겠습니까!"

악화의 이 말에 곽경은 흥이 깨져버렸다. 왕오구도 멀쑥하니 물러간 뒤에, 곽경은 일어나서 그 근처를 배회하며 두 여인의 걸음을 지켜보고 섰노라니까, 그들 일행은 언덕 아래로 내려가더니 그곳에 매어 있는 나룻배에 올라타는데, 자세히 보니 그 배는 곽경이가 전에도 몇 번 본 일이 있는 배이므로 심중에 새겨 기억해둔 다음에 다시 술상 앞으로 돌아와 왕선위와 함께 술을 마냥 부어마셨다. 왕선위도 그를 따라 술을 마

시기는 했지만, 술이 덜 취했던 까닭으로 날이 저무는 것을 보고 데리고 온 통인과 사령들로 하여금 배반을 거두라 한 다음에 옷을 털고 일어나서 공관으로 돌아갈 준비를 하라고 명령했다.

곽경은 마상에 앉아서 몸을 가누지 못하고, 한 번은 이쪽으로, 한 번은 저쪽으로 쓰러질 뻔해가면서, 간신히 공관에 돌아와 후원에 들어가 고꾸라졌다.

날이 샐 무렵에 곽경은 잠이 깼다. 술이 깨어 생각해보니, 어제 윤문화의 행동이 괘씸하기 짝이 없다.

'제가 나 때문에 공관에 들어와 있으면서, 어찌 제가 감히 내 흥을 꺾는단 말인고! 더군다나 선위의 목전에서 나를 면박을 주다니! 이놈을 곧 쫓아내야겠다!'

그는 이렇게 분해하다가 또 어제 본 여자의 생각을 했다.

'그 여자들은 둘이 다 선녀야! 어쩌면 그렇게도 잘생겼을까… 그런 여자를 얻기만 했으면 평생 한이 없겠다!'

뜨거운 한숨이 절로 나왔다.

이런 생각을 하다가 곽경은 끝내 잠이 들지 못하고 날을 새웠다.

아침 해가 솟은 뒤에 그는 왕오구를 불러 어제 보아뒀던 그 배의 임자네 집을 찾아가서 자세한 것을 알아가지고 오라고 부탁했다.

그랬더니 얼마 있다가 왕오구가 돌아와서 이야기를 하는 것이었다.

"가서 알아봤습니다. 어제 그 여인네들은 화씨(花氏) 성의 벼슬하던 양반댁 사람들인데, 지금 우화대(雨花臺)에 살고 있답니다. 어제 수서문(水西門)에서 배를 타고 건너왔다는 것만 알고, 그 밖의 일은 알지 못한답니다."

"음, 알았다."

곽경은 더 물어보지도 않고 아침밥을 먹은 다음에, 윤문화한테는 잠깐 볼일이 있어서 나갔다 들어온다고 거짓말을 하고, 왕오구만 데리고서 우화대로 나갔다.

남문(南門)을 나서서 주작교(朱雀橋)를 건너가니까, 참으로 산도 아름답고 물도 맑다.

얼마쯤 가노라니까 오른쪽 도화림(桃花林) 속으로부터 어제 만류장에서 보던 머리 많은 소년이 하인 한 명을 데리고서 달려나오는데, 한 손에 활과 화살을 들고 있다.

'이거야말로 하늘이 연분을 맺어주는가 보다!'

곽경은 입속으로 이렇게 뇌까리고 나서, 얼른 그 소년 앞으로 갔다.

"여보, 화도령(花道令)! 어제는 만류장에서 잘 놀았소? 배를 타고 가는 것을 내가 봤는데, 어디까지 가서 놀았소?"

그가 소년에게 이같이 물으니까, 소년은 걸음을 멈추더니 고개를 흔든다.

"어제 우리는 놀이를 나간 게 아닙니다. 어머니하고 고모님을 따라서 아버님 산소엘 가서 성묘하고 돌아왔어요."

"아아 그래요… 그런데 댁이 어디쯤 되오? 한번 찾아가 뵈리다."

"여기서 일 리(里)도 못 됩니다만, 전부터 알고 지내는 사이도 아닌데 찾아오실 건 없잖아요?"

소년의 이 말에 곽경이가 무어라고 대답할 말을 생각할 즈음에, 소년을 따라오던 하인이 말을 한 필 끌고 오더니,

"도련님! 어서 타고 가십시다. 마님이 빨리 오시랬어요."

한다. 그러자 소년은 말 위에 올라타더니, 채찍을 치면서 빨리 내빼버리는 게 아닌가.

곽경은 귀엽고 씩씩하게 생긴 소년이 점점 멀리 사라지는 것을 바라보면서 생각했다.

'저 애가 어제 저의 어머니와 고모를 따라서 아버지 산소엘 갔다 왔다고 했겠다… 그러니까 그 중년가인(中年佳人)의 하나가 저의 모친이

고, 또 하나가 고모인 모양인데… 그 고모도 과부란 말인가? 혹은 남편이 있는 것일까?'

이렇게 생각이 들자, 그는 이 점을 똑똑히 물어보지 못한 것이 몹시 안타까웠다.

곽경은 잠시 멍하니 서 있다가 왼편 죽림(竹林) 속에 암자 하나가 있는 것을 발견하고 그리로 들어가서 더운 차나 한잔 마시고 다리나 쉬겠다 싶어서, 천천히 걸어 문 앞에 당도해보니까, 문 위에 '혜업암(慧業庵)'이라는 간판이 걸려 있고, 그 뒤엔 불당이 보이고, 흰 옷을 입은 대사(大師)가 보이는데 아주 깨끗하고 장엄해 보인다.

이때, 옆문으로부터 늙은 중 한 사람이 나오더니 곽경을 보고 합장을 하면서,

"들어오십쇼. 차나 한 잔 드시고 가십쇼."

한다. 곽경은 아무 말도 하지 않고 그냥 들어가서 탁자 앞에 앉았다.

그랬더니 심부름하는 여동이 작설신차(雀舌新茶) 한 잔을 갖다가 상 위에 놓는다. 곽경은 찻잔을 집어들고 한숨에 죄다 마셔버리고는 찻잔을 놓고 나서 늙은 중을 보고 물어봤다.

"스님, 말씀 좀 물어보겠습니다. 스님의 법호(法號)를 무어라 하십니까?"

"소승 말씀입니까? 호를 소심(素心)이라고 부릅니다."

"그러십니까. 그런데 이 근처에 화씨라는 대가 댁이 있는 거 아십니까?"

"화씨 말씀이죠. 화씨로 말씀하면 이 고장의 큰 양반댁입죠. 그리고 그 댁 마님이 바로 우리 절의 큰 시주이시랍니다. 그래 항시 절에 오셔서 불공을 드리시죠."

"전에 무슨 벼슬을 사셨던가요?"

늙은 중은 가만히 얕은 목소리로,

"전에 양산박에 있다가 조정의 초안(招安)을 받고 응천부의 병마도통제를 지냈습죠. 자제가 한 분밖에 없지만, 그 도령님이 올해 열여섯 살인데, 대단히 총명하답니다."

"아, 그래요. 그런데 그 댁에 또 부인이 한 분 있잖습니까?"

"예, 계시죠. 그 부인의 바깥양반은 진씨(秦氏)이신데, 그분도 과부시죠. 그런데 나으리께선 왜 그 댁 일을 그렇게 자세히 물으시나요?"

"아니요! 그저 우연히 지나다가 묻는 말이죠⋯."

곽경은 그만 어물어물해버리고서 잠깐 더 앉았다가 돈을 몇 푼 상 위에 놓고 나서 바깥으로 나왔다. 이제는 확실하게 알았다. 그 선녀같이 아름답게 생긴 여자가 화영(花榮)의 미망인이요, 또 한 선녀는 화영의 누이가 분명하다.

곽경은 급히 공관으로 돌아와서 왕선위를 보고 희색이 만면해서 아주 장담을 했다.

"만류강에서 어제 우리가 두 사람의 선녀를 보지 아니했습니까? 그런데 그거 뭐 손에 넣기는 아주 용이합니다. 내가 자세히 알아가지고 왔죠!"

왕선위는 이 소리를 듣고 귀가 번쩍 뜨이는 것처럼 반색을 했다.

"대관절 뉘 집 색십디까? 과연 잘생겼거든! 난 서울서 미인을 보기도 많이 봤지만, 그렇게 천연적으로 잘생긴 미인은 처음 봤단 말이오. 눈을 감아도 눈앞에 보이는 것만 같구려."

"그 나이 좀 많아 보이는 여자가 화영의 미망인이고, 조금 나이 덜 먹어 보이는 여자가 화영의 누이인데, 진명(秦明)이의 아낙이었댔죠. 둘이 다 과부로서 지금 수절하고 있는 모양입니다. 그런데 요사이 양산박의 잔당들이 다시 패거리를 지어 세상을 어지럽히는 까닭에, 조정에서는 각 지방에 공문을 띄우고 이놈들을 눈에 띄는 대로 잡아 가두라고 하지 않습니까? 그러니까 군사를 파견해서 폐하의 성지에 따라 잡아가는 터이라고 한다면 어느 놈이 감히 말을 하겠습니까? 이런 구실로 붙잡아오기만 하면, 그까짓 거 여자들이란 본래 물과 같은 것이어서 그릇에 따라가게 마련입니다. 여기 들어와서 선위님의 부귀를 눈으로 보고, 또 달콤한 말로 속삭여보십쇼. 저절로 순종하게 되고야 말 겁니다. 혹시 누가 알더라도 위에서 하는 일을 어쩌자고 탄하겠습니까. 더군다나 선위님의 가친께서 지금 조정의 대신이신데, 겁이 나서도 꿈쩍 못 할 거 아닙니까?"

왕선위는 이 말을 듣고 입이 떡 벌어졌다.

"그런데 그 나이 좀 적은 듯한 여자는 정말 경국지색(傾國之色)이란 말이야! 그리고 그 나이 좀 더 먹은 여자는 한층 더 무르익은 풍정(風情)이거든!"

"이런 일이란 솔개미가 병아리 채가듯 재빨리 하셔야 합네. 그전에 서울서 고아내, 고태위 대감의 자제님이 임충의 아낙한테 반해서 상사병에 걸렸을 때, 임충이를 속여 백호절당(白虎節堂)까지 끌어들였을 때 고태위 대감이 당장에 군법으로 처치했어야 임충의 아낙이 고아내한테로 떨어졌을 건데, 그걸 그러지 않고 개봉부로 넘겨 귀양을 보냈으니 일이 될 게 뭐예요. 일이란 속하게 해야 합네. 그러니까 내일로 당장 실행하시란 말씀입니다. 그런데 저 윤문화가 있어서 그것이 가로거치는군요. 이런 일은 저 사람을 치우고서 해야겠는데요."

왕선위는 이 말을 듣더니 웃으면서 곽경을 바라본다.

"옳은 말씀이야! 그런데 윤문화가 있으면 왜 가로거친다는 겁니까? 여러 해 데리고 다니셨다면서 이제 싫증이 나신 거로군?"

"아니올시다. 원래 본인의 문하생이 아니랍니다. 객줏집에서 우연히 만났는데, 사람이 조금 영리하기에 여기 올 때 데리고 왔을 뿐이지요. 그런데 이 사람이 만일 알았다가는 소문이 날 염려도 있고, 또 저 부인네들도 꺼려할 거니까요!"

"그건 그래! 이곳 부중(府中)엔 워낙 눈이 많기 때문에 재미가 없어요. 그러니까 음홍교(飮虹橋)에 있는 별장에다 부인네들을 잡아가둘 수밖에 없군요. 그리고 윤문화가 필요 없는 사람이라면, 마침 내가 사람을 하나 서울 집에 심부름시킬 일이 있으니, 그 사람을 서울까지 보냅시다 그려."

"그거 마침 잘됐군요!"

왕선위는 바깥채로 나갔다.

곽경은 왕선위가 공청으로 나간 뒤에 악화가 있는 방으로 찾아갔다.

"왕선위님이 당신더러 서울까지 편지를 가지고 가도록 하라 하시니, 당신은 속히 행장을 차리시구려."

악화는 이 말에 얼른 대답을 않고 생각했다.

'내가 서울서 내빼나온 사람인데 서울엘 어떻게 갈 수 있나? 여기도 더 오래 있을 곳이 아니야… 내가 찾아보려 하던 유씨가 우화대(雨花臺)에 산다는 말을 들었으니, 이제 그만 이 사람과 작별하고 유씨를 찾아가야겠다.'

이렇게 주의를 정하고 곽경에게는 천연스레 대답했다.

"제가 선생님을 뫼시고 오랫동안 잘 지냈습니다. 저는 이제 강북으로 가야 할 일이 있습니다. 서울엔 못 가겠는데요."

"그게 무슨 말이오? 선위님이 꼭 부탁하신 터인데, 정말 부탁을 못 듣겠단 말이오? 맘대로 하시오!"

곽경이가 자못 역증을 내면서 이렇게 말하고 있을 때 왕선위가 또 후당으로 들어왔다.

"그런데 윤문화가 강북 땅으로 가야 할 일이 있기 때문에 서울에 못 가겠답니다. 다른 사람을 서울로 보내십시오."

곽경은 왕선위를 보고 이렇게 말했다.

왕선위는 그 말을 듣더니,

"좋도록 하라지!"

하고 통인을 불러 돈 열 냥을 가져오게 한 후, 그 돈을 악화에게 주는 것이었다.

"그럼 이걸 노자에나 보태 쓰시구려."

악화는 두 손으로 받으면서 감사를 드린 후, 즉시 행장을 수습해서는 밖으로 나와버렸다.

이튿날 아침에 곽경은 왕오구와 함께 군사 30여 명을 거느리고 우화대로 나가서 화씨 집을 찾아낸 뒤, 벌떼같이 뛰어들어가 화부인(花夫人)·진부인(秦夫人)·화도령(花道令)을 한방에 다 붙잡아놓고서 점잖게 선고했다.

"폐하의 성지(聖旨)를 받들어, 왕선위님이 양산박 잔당을 체포하여 서울로 압송하는 것이니, 그런 줄 알고 지체 없이 준비하시오!"

이 소리를 듣고 화영의 미망인은 극구 변명을 했으나, 그런 말이 무슨 소용 있으랴. 동네 이웃집에서도 황제 폐하의 성지를 받들고서 하는 일이라는 바람에, 누구 한 사람 감히 탄하려는 사람이 없고, 그 집에서 심부름하던 계집아이까지 죄다 달아나버렸다.

곽경은 병정들로 하여금 말을 세 마리 끌어오게 하여 두 부인과 소년을 태워 음홍교에 있는 별장으로 와서, 동쪽에 있는 이층에다 앉혀놓고 나가더니, 조금 있다가 왕선위와 함께 올라와서 인사를 시키는 것이었다.

"왕선위님이 오셨으니 인사를 드리시오. 이제 선위님께서 폐하의 칙명으로 양산박의 잔당을 붙들어 서울로 압송해서 모두 관노(官奴)로 삼게 되었으니 그런 줄 아시오. 그러나 두 분 부인께서 융통성을 발휘하시면 어쩌면 신통한 좋은 수가 있을는지도 모르니 그런 줄 아십시오."

화영의 미망인은 이 말을 듣고 눈물이 얼룩진 얼굴을 쳐들고서 단정한 태도로 한마디 했다.

"저의 바깥양반이 세상을 떠나신 뒤, 어린 자식을 데리고 홀로 깨끗하게 살아온 저를, 조정에서 무슨 까닭에 잡아가신다는 겁니까? 그리고 이미 성지를 받드신 이상, 무슨 신통한 방법이 있겠습니까?"

"내 말씀을 들어보십시오. 선위님은 풍류남아십니다. 두 분 미망인을 위해서, 화장군·진장군이 일찍 돌아가신 다음엔 원소칠이나 이응이와는 전혀 왕래를 안 했으니까, 아무 혐의가 없다고 보고를 하실 겁니다. 그러면 자연히 무사하게 되죠. 더구나 선위님의 가친께서 지금 조정의 대신으로 계시는 터이니까, 염려가 없습니다. 그런데 선위님은 얼마 전에 상처를 하시고, 지금 부인이 안 계십니다. 부인께서는 아드님을 데리고 수절해오셨으니까 그냥 계시고 저 진부인께서는 아드님도 없는 터이니, 어찌 쓸쓸하게 홀로 지내시겠습니까? 그러니까 이 사람이 중매가 될 것이니, 왕선위님의 부인이 되어주십시오. 그리고서 화도령은 내아에 거처하면서 글을 읽다가 과거를 보아 벼슬을 하면, 이 아니 좋은 일이겠습니까!"

곽경이가 이렇게 늘어놓는 소리를 듣더니, 화영의 누이동생 진부인은 샛별 같은 눈을 동그랗게 뜨고, 날카롭게 말해붙이는 것이었다.

"충신은 두 임금을 섬기지 않고, 열녀는 두 남편을 섬기지 아니합니다. 제가 비록 여자입니다마는, 대의(大義)는 알고 있습니다. 바닷물이 마르고 바윗돌이 썩는 한이 있을지언정, 저의 뜻은 변하지 않을 터이니 그런 줄 아십시오! 조정의 성지를 받들어 저를 잡아다가 종년으로 삼으시겠다니, 차라리 종으로 살다가 죽을지언정, 몸을 더럽히지는 아니하오리다! 여러 말 마십시오!"

칼로 베는 듯한 이 말에 호색(好色)하는 왕선위에게도 양심은 있어서, 감히 한마디 대꾸를 하지 못하고 먼저 아래로 내려갔다.

"흥! 잘되라고 일러주는 말을 듣지 않고… 나중에 후회 마시우!"

곽경은 왕선위의 뒤를 따라 나가면서 이같이 한마디 내뱉고는 문을 바깥에서 잠가버리는 게 아닌가. 마침내 그들은 한 방에 갇혀버렸다.

이 모양을 당한 뒤에 화영의 미망인이 먼저 탄식을 했다.

"여태까지 수절해오다가 이런 변을 당하다니! 더러운 꼴을 당하기 전에 내가 일찍 죽어버려야지!"

그러니까 진명의 미망인이 올케의 손을 꼭 쥐며 말한다.

"언니는 자결하지 마세요. 저 흉측한 놈이 내게다 맘을 두고 있는 모양이니까, 나만 죽어버리면 그만일 거예요! 언니는 조카하고 그냥저냥 사실 수 있을 거예요."

모친과 고모가 이같이 말하는 소리를 듣더니, 소년이 두 부인의 얼굴을 쳐다보면서 이렇게 말하는 것이었다.

"아녜요. 저것들이 폐하의 성지가 어쩌고저쩌고 하지만, 그게 죄다 거짓말예요. 엊그제 우리가 만류장엘 안 갔더라면 아무 일 없었을 걸… 왕선위가 그날 우리를 보고 나서 흉측한 마음을 일으켰을 겝니다. 어제는 제가 활을 쏘고 오노라니까, 노상에서 아까 그 사람이 나를 붙들고 집이 어디쯤 되느냐… 한번 찾아오겠다… 이따위 수작을 하기에 내가 그만두라고 그랬거든요. 그 자식이 정말 중매 들려고 그랬나봐요."

소년이 이런 말을 하고 있을 때 방문이 열리더니, 심부름하는 계집하인이 밥그릇과 반찬을 커다란 쟁반에 받쳐들고 들어와서 상 위에 놓더니, 잡수시라고 권하는 게 아닌가.

세 사람은 워낙 아침밥도 못 먹고서 붙들려왔기 때문에 조금씩 먹었다.

화영의 미망인이 먼저 수저를 놓고 나더니, 밥을 가지고 온 계집하인을 보고 묻는 것이었다.

"너의 댁 마님께선 언제 돌아가셨니?"

계집아이는 웃기만 하고 대답을 않는다.

화씨부인은 두 번 세 번이나 똑같은 말을 물었다. 그랬더니 계집아이가 고개를 좌우로 흔들면서 알려준다.

"돌아가셨다는 게 거짓말예요. 마님은 살아 계신데, 영감마님께서 부인들을 속이시는 거예요. 모두 곽선생인가 하는 그분의 꾀랍니다! 절더러 여기서 두 부인들을 지키고 있으라는 거예요. 아래층에는 간수를 세워놓고요!"

이 소리를 듣고 화씨부인이 눈을 크게 떴다.

"곽선생이란 어떻게 된 사람이냐?"

"서울서 온 도사라는데요, 사람이 썩 좋잖은 것 같아요. 그런데 영감마님께서는 그 사람의 말을 죄다 들어준답니다."

"애, 네가 마님께 가서, 내가 이렇게 붙들려와서 분해한다는 이야기를 좀 해다오! 그래서 우리가 풀려나가게 되면, 그땐 내가 후하게 사례를 하마! 여기 갇혀 있다가는 죽는 길밖에 없겠다!"

"어림도 없어요. 영감마님께서 분부하시기를 누구든지 간에 마님한테 고자질을 했다가는 대매에 때려죽이시겠다고 그러셨거든요! 그런데요, 누가 그러는데 부인께서는 마음이 굳으시니까 종내 말을 안 들으실 거라구…. 무어 잡숫고 싶으신 것이 있거든 언제든지 말씀만 하세요. 제가 가져다드릴 테니. 몸을 돌보셔서 잘 잡수셔야 합니다."

계집 하인은 이렇게 말하더니 얼른 일어나서 아래층으로 내려가버린다. 그 뒤를 바라보면서 세 사람의 모자(母子)는 가슴이 답답했다. 더구나 소년은 당장에 정경관부(正經官府)로 달려가서 고발하고 싶은 생각이 치솟았지만 아래층엔 간수 놈이 있고, 바깥에는 높은 담장이 둘러 있어 나갈 길이 없는 것이 더욱 분했다.

한편, 악화는 어저께 왕선위 공관에서 바깥으로 나오면서 곰곰이 생각했었다.

'곽경이란 놈이 나쁜 놈이야! 양가집 부녀자를 농락하려고 하지 않나? 내가 있어서는 가로거치니까 그래서 나를 서울로 심부름 보내려고

한 거란 말이지… 어디 좀 두고 봐야겠다!'

그는 이렇게 생각하고서 조용한 객줏집을 찾아가 하루를 푹 쉬고, 이튿날 우화대로 유씨 친구의 집을 찾으러 나섰다.

우화대에 올라서서 사방을 둘러보니 과연 웅장한 풍경이었다. 천봉만학(千峰萬壑)이 중중첩첩한데, 강물 위에는 돛단배와 갈매기떼가 연락부절해서 보고 섰노라니까, 가슴속이 저절로 시원해진다.

그는 반나절이나 경치를 구경하다가 돌아오는 길에 죽림(竹林)을 지나노라니까, 혜업암(慧業庵)이라는 암자가 있으므로 그 앞으로 가까이 갔더니, 남의 집 머슴살이하는 사람이 절의 스님을 보고 애걸하는 소리가 들린다.

"우리 댁 마님이 왕선위한테 어저께 붙잡혀가셨답니다! 스님께서 제발 적선하시는 셈치고 소식을 좀 알아다주십시오! 네?"

그러니까 스님은 머슴을 보고 난처한 표정으로,

"글쎄… 마님께서 우리 절에 시주도 많이 해주시고… 은혜를 입은 생각을 해서는 마땅히 그래야 하지만… 글쎄 우리 같은 것이 부중에 들어갈 재주가 있어야지!"

이렇게 말하다가 문 앞으로 가까이 오는 악화를 보더니 말을 뚝 끊는다. 그리고 머슴도 뒤를 흘깃 돌아다보더니 놀라는 눈치다.

이때 스님은 악화가 차를 마시러 들어온 손님인 줄 알고 주문도 하기 전에 차를 갖다 상 위에 놓는데, 이 늙은 머슴은 악화의 얼굴을 유심히 바라다보면서 아무 말도 안 하는 고로, 악화가 한마디 했다.

"노인장이 나를 아시오?"

그러니까 그 늙은이가 자신 없는 표정으로,

"글쎄요… 잘 생각이 안 납니다만, 돌아가신 우리 댁 주인양반의 친구이신 것 같기도 하고…."

이렇게 말하는 것이었다.

"돌아가신 주인양반의 성씨가 누구시었소?"

"청풍채의 지채(知寨)로 계셨지만 얼마 후에 양산박에 들어가셨다가, 나중엔 초안을 받으신 화씨(花氏)가 저의 주인양반이셨죠."

"오오, 그래요? 내가 청풍채에 있던 철규자 악화라는 사람인데… 당신은 화씨 댁에서 무얼 하고 있었소?"

"저요? 저는 할아버지 대(代)부터 화씨 댁 종입니다. 그래서 남들이 화씨 댁의 '업'이라고들 하고, 이름도 화신이라고 지어주었답니다. 그런데 주인양반이 돌아가신 뒤로 마님과 도령님과 또 진씨 미망인과 이렇게 세 분을 뫼시고 살아왔는데, 뜻밖에 어제 왕선위가 군사를 보내 두 분 마님과 도령님을 잡아갔답니다. 제가 마침 밖에 나가고 없을 때 그랬죠. 나중에 집에 돌아와서야 알고, 지금 그래서 이 스님한테 제가 사정을 드리는 길이랍니다. 어떻게 되셨나 소식이나 좀 알아다주십사고!"

악화는 이 소리를 듣고 깜짝 놀랐다.

"그렇다면 엊그저께 청명날, 댁의 마님이 도령님하고 만류장에 소풍 나오신 일이 있나?"

"그랬죠! 주인양반의 산소가 바로 만류장 가에 있거든요. 청명날 산소에 가서서 성묘를 하시고, 만류장을 지나서 언덕 아래로 내려와 배를 타시고 돌아오셨으니까요."

"맞았어! 곽경이의 간특한 꾀로 왕선위가 잡아갔구나…, 여보! 당신일랑 조금도 덤비거나 근심하지 마시오! 나는 당신의 주인어른하고 친하게 지내던 사람이란 말이오. 그러니까 내가 지금 마님과 도령님을 구해낼 터이니 안심해요! 그런데 여기선 이야기가 잘 안 되겠는데… 어디 뒷방 같은 거 없습니까?"

악화가 스님을 보고 이렇게 물으니까, 스님이 곁에서 듣다가,

"있습니다. 이리로 들어오십쇼!"

하고 뒷방으로 두 사람을 인도해주는 게 아닌가.

악화와 화씨 댁 머슴이 뒷방에 들어가서 막 자리에 앉았노라니까, 바깥에서 커다란 목소리로,

"스님! 계십니까?"

하는 소리가 들린다.

스님이 얼른 나가서 물었다.

"뉘댁이십니까?"

"예, 나는 왕오구라는 사람입니다. 왕선위님의 심부름으로 나온 사람입니다."

뒷방에 앉아 있던 악화가 이 소리를 듣고서 바람벽에다 귀를 대고 가만히 숨을 죽이고 엿들으니까, 왕오구가 계속해서 지껄인다.

"어제 화씨 댁 두 부인이 잡혀와서도 종내 고집을 쓰고 안 듣는단 말예요. 그래 곽선생께서 말씀이, 스님은 그 댁과 가까운 사이니까, 스님더러 좀 마님한테 가서 권고하도록 하라십니다. 그래서 내가 스님한테 그 말씀을 전하러 왔습니다."

"두 분 마님이 지금 어디 계신답니까?"

이것은 스님의 목소리였다.

"음홍교 화원(花園) 안의 동루(東樓)에 계십니다."

이것은 왕오구의 목소리였다.

그러자 말소리가 뚝 그치더니, 스님이 차를 가지러 뒷방으로 들어오는 고로, 악화는 그를 붙들고서 저놈한테 이렇게 저렇게… 대답하라는 말을 이르고서, 뒷문을 열고는 화신(花信)을 데리고 바깥으로 자취를 감춰버렸다. 그럴 때 스님은 차를 가지고 나와서 왕오구에게 주면서 말했다.

"왕선위님께서 심부름을 시키시는 터이니까 응당 지금 나가뵈어야 하겠지만, 마침 오늘 모두들 나가고 아무도 없어 나 혼자 남아 있으니 어떻게 나가겠습니까? 내가 내일 나가뵙겠다고 말씀해주십시오."

"아, 그래요?"

왕오구는 더 말하지 않고 잠깐 앉았다가 일어서면서,

"그럼, 내일 꼭 나오십시오!"

하고 총총히 나가버렸다.

왕오구가 이렇게 암자에서 나와 성문 가까이 왔을 때, 악화가 그 길거리에 있는 다방 문 앞에 탁자를 놓고 앉았다가 왕오구를 보고 부르는 게 아닌가.

"왕형! 차나 한잔 들고 가시오."

왕오구가 보니 악화라 그는 뜻밖이었다.

"아니, 윤선생은 강북으로 가신다더니 언제 갔다 벌써 돌아오셨나요?"

"강북으로 갈랬더니, 왕선위님이 화씨네 미망인들의 일을 날보고 좋도록 성사시켜달라고 청하시는 바람에 못 떠났지 뭐요! 그런데 당신은 소심 스님한테 가서 청을 하도록 하셨다는데, 어떻게 됐소?"

"예, 그 늙은 중이 오늘은 암자가 텅 비어서 못 나오고 내일 나오겠다고 하더군요."

"아, 그래요? 우리 어디 가서 술이나 한잔 합시다."

악화는 이렇게 말하고 나서 찻값을 탁자 위에다 놓고 일어났다.

그는 왕오구를 데리고 근처 술집으로 들어가 술을 몇 잔 먹인 다음에 물어보는 것이었다.

"당신, 오래전부터 곽선생을 따라다녔소?"

그러니까 왕오구는 콧방귀를 뀐다.

"쳇! 오래는 무슨 오래! 선생이나 마찬가지로 노상에서 우연히 만났지!"

"그래도 무어 좋은 데가 있기에 따라다니지?"

"좋기는 뭐가 좋아! 단지 내가 지금 입고 있는 이 옷 한 벌 사줬을 뿐이지! 난 정말 그 사람을 따라다니고 싶지 않단 말예요. 내 맘대로 살고 싶어요. 그런데 윤선생! 윤선생은 그 사람이 밥사발을 들고 길거리로 다니면서 남의 집 대문간에 앉아서 밥을 빌어먹던 거렁뱅이 출신인 줄은 모르시죠?"

"뭐라고? 거렁뱅이 출신이야?"

"그러문요! 거렁뱅이 노릇을 했었는데, 조어사(趙御史)가 황화역에 왔을 때 이 사람을 보고, 돈 30냥을 주고 왕선위님한테 천거하는 편지를 써줬지요. 그래서 역관이 날더러 고리짝을 둘러메고 따라가라 해서 같이 떠나왔는데요… 그동안 제가 참 화가 나는 일이 많았습니다. 술만 들어가면 괜스레 호령하기가 일쑤고, 걸핏하면 욕지거리를 하고… 옷 한 벌 사준 것밖에는 없는데… 지금 내 처지가 어찌할 수 없으니까 그저 참고 있는 거죠!"

"그런데 어저께 잡아온 부인네들과 도련님은 화원 안에다 가둬놓고 누가 간수를 보는가?"

"계집 하인이 위층에 있고, 아래층에서는 제가 간수를 보고 있죠. 오늘 왕선위님은 모산(茅山)에 올라가셨는데, 사흘 동안 거기서 치성을 드리고 내려오신답니다. 그래서 소심 스님더러 그동안 부인네들한테 권고를 하라는 거예요. 사흘 후에 돌아와서, 그래도 말을 순종하지 않는다면 강제로 겁탈할 모양입니다."

악화는 이 소리를 듣고 주머니 속에서 돈 두 냥을 꺼내서 왕오구에게 내밀면서 말했다.

"정말 수고하는군. 이 돈을 줄 테니 이걸 가지고 있다가 시장할 때 뭐 맛있는 거나 사먹으라구. 내가 이제 부중에 들어가면, 자네 일을 잘 봐줌세."

왕오구는 돈을 보더니 그 돈을 받기도 전에 벌써 좋아서 입이 딱 벌어졌다.

"참말, 윤선생이 이렇게 좋으신 분이신 줄 몰랐습니다. 이제는 저한 테 무슨 심부름을 시키시든지 제가 힘껏 하겠습니다. 여태까지 곽가한 테 매달려 고생한 생각을 하면, 이에서 신물이 납니다!"

"쓸데없는 소리 하지 마아!"

악화는 왕오구의 품속에다 돈을 넣어주면서, 아까 데리고 왔던 화신 늙은이에게 눈짓하여 그를 밖으로 나가게 한 후, 왕오구를 보고 다시 말했다.

"자네 그냥 앉아서 한 잔 더 자시게. 내 잠깐 소변을 보고 들어올 테 니."

이렇게 이르고서 그는 바깥으로 나와 화신을 보고 가만히 말했다.

"왕선위가 지금 부중에 없다니까 아주 일이 잘됐소. 당신이 얼른 가 서 배를 한 척 세를 내가지고 오는데, 집에 가서 행장을 수습해갖고 와 야 해요."

이렇게 말하고 그는 또 허리춤으로부터 열쇠 한 개를 꺼내주면서,

"이걸 가지고 저 아랫골목을 쑥 빠져나가면 오른편에 객줏집이 있으 니, 그 집에 가서 이 열쇠를 주고서 내가 맡겨둔 보따리를 찾아가지고 와야겠소. 초저녁 때까지 음홍교 다리 밑에 와서 나를 기다리고 있어 야 해요. 일이 어긋났다가는 큰일이니까, 꼭 어김없이 이렇게 하란 말이 오!"

"예! 걱정 맙쇼!"

늙은 머슴은 신이 나서 대답하고 갔다.

악화는 그를 보내놓고 나서 다시 술집으로 들어와 술값을 치른 뒤에 왕오구를 데리고 왕선위의 별장으로 왔다.

별장의 문지기가 악화를 보더니 반색을 한다.

"윤선생님, 벌써 강북에 갔다 오시는군요!"

"응, 내가 강북 땅에 닿기도 전에 선위님이 나를 부르시기 때문에 되

돌아왔지."

악화는 이렇게 대답하고 왕오구를 따라 동루 아래까지 들어와서, 왕오구를 보고 말했다.

"이거 보라구. 자네가 위층에 있는 계집 하인을 불러내리게. 그래야 내가 올라가서 조용히 부인네들한테 권고를 할 수 있잖은가."

왕오구는 알아들었다는 듯이 위층으로 올라가는 문을 열더니 계집 하인을 아래로 불러내리므로 악화는 즉시 위층으로 올라가서 공손히 인사를 했다.

"두 분 아주머니께서 저를 알아보시겠습니까?"

이때 화영의 미망인은 그를 보고도 누군지 생각이 안 날 뿐더러 대답도 하기 싫어서 입을 다물고 있었다.

부인이 대답을 않는 것을 보고 악화는 소년한테 말을 걸었다.

"너는 나를 알겠니? 내가 청풍채에서 아버님을 모시고 있던 철규자 악화다. 여러 해 동안 못 봤더니, 너도 몰라볼 만큼 컸구나!"

소년은 이 말을 듣고 한참 악화를 바라보더니 깜짝 놀라면서 반긴다.

"깜짝 놀랐네! 정말 악화 아저씰세! 난 아까는 몰라봤지 뭐예요. 이제 생각나요! 그런데 아저씨! 어떻게 우리를 여기서 구해주세요, 네?"

"그래 염려 마아! 바깥에 준비를 다 해놨으니까 날이 어둡거들랑 달아나자! 내가 나가고 다시 계집 하인이 들어오거들랑, 내가 권고하더라고… 왕선위님이 돌아오시면 의논해서 하겠다고… 그렇게만 말해라. 그렇게 속여놔야만 한단 말야."

악화가 이렇게 말하고 소매 속으로부터 종이에 싼 뭉텅이를 한 개 꺼내어 소년에게 주고 귀에다 입을 대고서 무어라 소곤소곤하니까 소년의 얼굴에는 금시에 웃음꽃이 활짝 피었다. 악화가 조금 더 앉았다가 아래층으로 내려오니까 왕오구가 기다리고 있다가 급하게 묻는다.

"그래, 윤선생께서 권고하시니까, 부인들 태도가 어때요?"

악화는 빙그레 웃으면서 대답했다.

"내가 두 번 세 번 간곡하게 권하니까 맘을 돌리더군. 그런데 왕선위 님이 돌아오신 뒤에 앞으로의 일을 의논해서 결정을 짓겠다고 말씀하시는구먼. 하여간 일이 잘됐으니, 자네는 계집 하인더러 술상이나 잘 차려 윗방에 올라가 있으라고 이르게!"

"그러면 그렇지! 윤선생님이 제일이시로구나!"

왕오구는 신명이 나는 듯이 계집 하인을 부르더니 빨리 술상을 차려 가지고 위층으로 올리라 하고, 술 한 항아리와 여러 가지 안주를 아래층으로 가져오라고 했다.

이렇게 되어 아래층에 술상이 벌어지자, 악화는 왕오구를 데리고 마주 앉아서 천천히 술잔을 들었지만, 왕오구는 워낙 술귀신인 데다가 마음이 유쾌해서 마냥 퍼마셨기 때문에 밤이 3경 때도 못 됐는데 취해서 정신을 못 차리는 게 아닌가. 그런 것을 악화는 또 술 한 잔을 따라가지고 권했다.

"자! 이거 한 잔만 더 하고서 이제 그만하세."

그러니까 왕오구는 사양 않고 받아들더니, 한숨에 쭈욱 들이킨다. 그러더니 금시에 침을 지르르 흘리면서 꼬꾸라지는 게 아닌가.

이 모양을 보고 악화는 그놈의 허리춤을 뒤져 열쇠를 빼앗아 위층 문을 열고 올라가봤다. 계집 하인도 둘이 다 기절해 자빠진 것을 보니 아까 자기가 준 몽한약을 소년이 감쪽같이 술에 타서 먹였던 모양이다.

"됐어! 빨리 내려가시죠!"

악화는 소년과 두 부인을 데리고 급히 아래층으로 내려왔다.

달빛이 희미했다. 그러나 악화는 왕선위 공관에 있는 동안 자주 이곳에 와서 놀아본 터이라 길에 익숙했기 때문에 바로 뒷문을 찾아가서 문을 열고 세 사람을 데리고 바깥으로 나왔다.

원래 화원의 뒷문을 나오면 바로 거기가 음홍교 다리였다. 그리고 벌써 늙은 머슴 화신은 배를 한 척 다리 아래 매어놓고 기다리고 있었다.

그들은 모두 배에 올라탔다. 배에 오르고 보니, 화영의 미망인은 자기 집에 있던 심부름하는 계집애와 중요한 재산이 몽땅 배 안에 있으므로 그는 더욱 악화한테 감사하고 감격했다.

"바깥양반이 돌아가신 뒤 우리 두 사람이 서로 도와가며 절개를 지키어오던 중에 뜻밖에 이런 봉변을 당했더니… 이렇게 저희 모자를 사혈(死穴)에서 구해주셔서 참으로 감사합니다. 그리고 이 은혜는 백골난망이올시다."

"천만의 말씀입니다. 저의 매부 손립이 등주서 일을 일으켰기 때문에 잠시 왕선위 부중에 피신하고 있었죠. 일전에 만류장에 나오셨을 때, 진작 그때 제가 아주머니신 줄만 알았다면, 이번에 이런 흉측한 짓을 못 하도록 했을 텐데… 다행히 저놈들의 손아귀에서 벗어나셨으니까 이제는 맘이 놓입니다. 그런데 지금 북쪽으로는 못 가시겠고, 항주밖에 가실 만한 곳이 없습니다. 항주로 가셔서 어디 적당한 곳을 찾아 안돈하신 다음에 자제를 공부시키셔야겠습니다. 자제가 벌써 이렇게 장성해서 기골이 늠름해졌으니, 장차 출세를 시키셔야 하잖겠습니까? 아주머니께서는 어떻게 생각하십니까?"

"제가 무얼 압니까? 아주버니 생각대로 따라가겠으니, 저 자식놈이나 잘 지도해주십시오."

배가 순풍을 타고 살같이 가는데, 배 안에서 악화와 화영의 미망인은 장차 항주로 가서 안정할 이야기를 주고받고 했다.

그러는 동안 어느덧 닭 우는 소리가 들리더니 수로(水路)의 관문이 열리므로 쉽게 용강관(龍江關)을 빠져나온 배는 곧장 진강(鎭江)으로 나와 순풍을 타고 항주로 향했다.

하루 만에 일행의 배가 보대교(寶帶橋)까지 오자 벌써 날이 저물었으므로 악화는 사공을 재촉하여 급속히 오강(鳴江) 땅의 만내(灣內)로 들어가 배를 정박시켰지만 그때부터 불기 시작하는 바람이 점점 거세게 불더니, 태호(太湖)의 물이 바람에 쓸려 흉흉하게 물결을 일으키며 밀려 나오는 까닭에 꼼짝을 못 하고 있었다. 그럴 때, 난데없이 조그만 배 두 척이 쌍노(雙櫓)질을 해가며 나타나는가 싶더니 순식간에 이리로 다가오며, 뱃머리에 나와 섰던 괴한이 기다란 장대의 쇠고랑이로 이쪽 배를 찍어당기면서 휘파람을 휘익 분다. 그리고 그들은 몸을 날려 악화의 뱃간으로 성큼 뛰어든다. 그 순간 악화와 화도령은 벌떡 일어섰다.

이때 그 괴한은 허리에서 칼을 쑥 뽑아들고 먼저 화도령을 찌르려는 것을 악화가 박도(朴刀)를 들고 앞을 가로막았더니, 괴한은 악화의 얼굴을 한 번 보고,

"네가 누구냐?"

이렇게 고함을 치는 게 아닌가.

악화도 괴한의 얼굴을 보고는 놀랐다.

"아니, 이거 동위가 아니냐? 난 악화다!"

괴한은 들고 있던 칼을 칼집에 꽂고 나서 악화의 손을 잡는다.

"하늘에 달도 없고 어두워서, 하마터면 형님을 내가 해칠 뻔했구려! 그런데 여긴 웬일이시우? 배 안에는 누가 있소?"

"얘기하자면 길지만… 안에는 화지채 형님의 미망인하고, 진통제 형님의 미망인하고, 이렇게 두 분 아주머니가 계시네. 그런데 자네는 왜 여기서 이런 짓을 하고 있나?"

"난 지금 혼강룡 이준 형님이 상주(常州) 감옥에 들어가셨는데, 돈을 갖다바치면 놔준다는 바람에, 그래서 돈을 장만하려고 이런 짓을 하고 있죠."

"뭐라고? 이준 형님이 왜 감옥에 갇혔단 말인가?"

"그 얘기 하자면 길지… 여기선 얘기가 안 될 테니까, 나하고 같이 갑시다."

동위는 이렇게 말하고 자기 배에다 악화의 배를 연결시키도록 사공들을 독촉했다. 그러고서 배 두 척이 앞에서 끌고 태호(太湖) 안으로 들어가서 어느 갯가에 배를 갖다대고 언덕 위를 올라가더니, 동위와 동맹이 앞장서서 어떤 집으로 일동을 모셔들인다.

"두 분 아주머니께선 안으로 들어가십시오. 안식구들이 아주머니를 모실 겝니다."

동위가 이렇게 말할 때 과연 안에서 부인 두 사람이 나오더니 화부인과 진부인을 모시고 안으로 들어간다.

부인네들이 안으로 들어간 뒤에 동위는 악화에게 어떻게 되어서 두 분 아주머니를 모시고 이런 데를 왔느냐고 또 물었다. 악화는 이에 대해서 자초지종 지내온 내력을 죄다 이야기했다.

"그래 지금 항주로 가는 길인데, 누가 자네들 형제를 이런 데서 만날 줄 꿈에나 생각했겠나! 그런데 대관절 여긴 뭐라는 지방인가? 그리고 이준 형님은 무슨 일로 감옥에 붙잡혀 갔나?"

"흥! 날강도 같은 벼슬아치들 때문에 이 고생이죠! 여기는 소하만(消夏灣)이란 곳인데, 태호에 소속된 땅입니다. 이준 형님의 얘기는 지금부터 제가 천천히 하지요."

이렇게 말하고 나서 그는 술을 가져오게 하여 한 잔을 악화에게 권하고, 저도 한 잔을 마시면서 말을 계속했다.

그런데 이 태호란 곳은 구구(具區)라고도 부르고 입택(笠澤)이라고도 부르는 큰 호수로 면적이 3만 6천 경(頃)이나 되고, 그 주위에는 세 고을의 땅이 둘러 있는 강남에서 제일 큰 호수였다. 그리고 호수 가운데 높은 산봉우리가 72개가 있고, 물속에는 어족(魚族)이 많기로도 유명하거니와 옛날부터 영웅들이 공을 이룬 뒤엔 세상을 버리고 이곳에 와서 은신하기도 한 곳이어서 유적(遺跡)도 많은 터인데, 지금 동위가 털어놓은 이준의 이야기를 적으면 아래와 같다.

북태호 사건의 희비

혼강룡 이준은 본래 심양강에서 소금장사를 하던 사람으로 일자무식이었지만, 양산박에 들어가서 여러 번 공을 세웠으면서도 송강이 방납의 토벌을 끝내고 서울로 개선해 돌아갈 때, 그는 조정으로부터 벼슬을 얻어갖기가 싫어서 일부러 꾀병을 하고 객줏집에 묵고 있다가 동위·동맹과 함께 몰래 태호의 유류장으로 돌아왔었다.

그전에 그가 동위·동맹과 함께 유류장에서 결의형제를 했던 적수룡 비보·권모호 예운·태호교 상청·수검웅 적성 등 네 사람과의 약속을 지킨 것이었다. 그리하여 이준은 날마다 그들과 함께 술이나 마시는 것을 낙으로 삼고 있었는데, 하루는 술을 마시다가 이준은 자기의 심경을 털어놓고 의논을 했었다.

"내가 심양강에서 자라나서 송공명 형님을 따라 양산박으로 들어가서는 험한 일도 많이 했고, 초안된 후론 남정북벌의 공도 세웠으니까 조정에서 주는 관직을 받으면 부귀영화를 누릴 줄이야 누가 모르겠소마는, 조정에 있는 놈들이 모두 간악한 무리들이라 결코 앞날이 재미롭지 못할 것을 미리 알고서 개선하는 중도에 몰래 내빼온 거란 말이오. 지금 생각하면 선견지명이 있었던 거 아니오? 이렇게 여러분 아우님들과 의좋게 편안히 살아가니 참으로 다행한 일이거든. 그런데 유류장이 조용은 하고 으슥해서 그 점은 좋지만, 토지가 비습(卑濕)해서 흉금이 상쾌하지가 못하단 말이오. 어디 다른 곳, 지면이 높고 전망이 상쾌한 곳을 찾아서, 그곳에다 집을 새로 짓고 여생을 보냈으면 좋겠는데, 내 생각이 어떻소?"

이준의 말이 떨어지자 비보가 얼른 받았다.

"형님은 태호(太湖) 가운데 72봉이 있다는 걸 들어서 아실 텐테… 그 72봉 중에서도 동쪽과 서쪽의 두 산이 제일 높고 넓답니다. 그리고 동산(東山) 위에는 막리봉(莫釐峰)이 있고, 거기 사는 백성들은 모두 살림을 넉넉하게 산답니다. 또 서산(西山)에는 표사봉(標沙峰)이 있는데, 산마루에 올라서면 저 멀리 바다도 내다보입니다. 이곳에 사는 백성들은 부지런하게 농사를 짓고, 한편으론 고기도 잡으면서 과수도 재배하죠. 그리고 소하만이란 곳이 있는데, 이곳은 오왕(嗚王)과 서시(西施)가 피서를 하던 곳이고, 임옥동(林屋洞)은 신선굴(神仙窟)이라고도 하는데, 이곳은 '상산사호(商山四皓)' 중의 한 분인 각리선생의 집자리가 있는 곳이죠. 이 여러 곳을 한번 가보시지 않으시겠어요? 가서 보시고 제일 맘에 드는 곳에다 집을 새로 지으면 그만이죠."

이준은 이 말을 듣고 대단히 기뻐서, 즉시 일동과 함께 배를 타고, 먼저 서산으로 가서 한 바퀴 둘러보니 과연 산도 좋고 물맛도 좋았다. 그리고 소하만은 산이 삥 둘러 있는 곳에 물이 한쪽 좁은 구멍으로 들어와 있어서 호수 속에 또 한 개의 호수를 이루었는데, 그 호수가의 양지쪽에는 평평한 언덕이 있어서 집을 지어도 백여 간은 넉넉히 지을 만하고, 주위에는 과실나무도 많다.

이준은 이곳이 마음에 들었다. 그래서 그는 이곳의 땅을 사고 목수를 불러 집을 짓도록 했다. 재목을 다듬고 담을 쌓고 기와를 만들고 해서 집을 지으니 앞채와 뒤채를 합해서 모두 열두 간의 집이 오래지 않아서 완성되었다. 그래서 일동은 이 집으로 이사를 했는데, 비보와 예운만이 안식구가 있을 뿐이어서 그들은 따로 방을 정해 들어가고, 이튿날 그들은 잔치를 차리고 동네 사람들을 모조리 청해다가 크게 한턱을 썼다. 그러니까 동네 사람들은 모두 기뻐하면서 이준을 보고 이노관(李老官)이라고 존칭해서 부르는 것이었다. '노관'이란 이 고장 사람들이 제일 존경해서 부르는 명칭이었던 것이다.

그런데 이 태호 연안에 살고 있는 백성들은 옷과 밥을 모두 태호에서 구해내는 터이다. 다시 말하면 고기를 잡거나, 게를 잡거나, 갈대풀을 깎거나, 그들이 하는 일이 꼭 같지는 않지만, 태호 덕분에 사는 것만은 공통되는 사실이다. 그런 까닭으로 만일 그물을 가지고 고기잡이를 할 만한 배를 가진 사람이면 큰 부자였다.

이준은 형제들과 상의한 뒤에 큰 배 네 척을 꾸민 후에 어부들을 고용하여 그 배에 태워서 고기잡이를 시작했다. 말하자면 이곳 소하만에서는 첫째가는 부자가 된 셈이었는데, 태호의 고기잡이는 서북풍이 부는 가을과 겨울이 더욱 좋은 때였다. 그런데 마침 하루는 날씨가 몹시 춥고 서풍이 억세게 부는 고로, 이준은 형제들을 데리고서 배를 타고 북쪽을 향해서 떠났었다. 그랬는데, 밤중쯤 되니까 바람이 아주 없어져버리고 배가 가지를 못하는 고로 하릴없이 표사봉 뒤에다 배를 정박시키고 그 밤을 지냈더니, 날이 밝을 무렵부터 함박눈이 내리기 시작하더니 삽시간에 육지를 온통 은세계로 만들어버렸다.

"밤새 눈이 왔어도 이만저만 온 게 아니로군그래! 온통 천지가 변해버리지 않았나? 이런 날 표사봉 위에 올라가서 설경을 내려다보며 한잔 마시면 얼마나 좋겠나?"

이준이 눈에 덮인 산을 바라보면서 이같이 말하니까, 비보가 맞장구를 쳤다.

"좋고말고요!"

이렇게 되어 그들은 육포·생선·게·양고기 따위의 안주와 술 세 항아리를 심부름하는 뱃사람으로 하여금 가지고 올라오도록 한 후, 모두들 전의(氈衣)를 입고, 두립(斗笠)을 쓰고서, 모진 바람을 안고 눈을 밟으면서 삼 리(里) 길이나 넉넉한 상상봉까지 올라갔다.

산꼭대기에 올라와 보니까 큰 소나무가 하나 서 있고, 그 밑에 너럭바위가 있다. 그들은 그 바위의 눈을 쓸어버리고, 한옆에다 불을 피워놓은 뒤에 술을 데우면서 둥그렇게 삥 둘러앉았다. 그러고 나서 커다란 술잔으로 한 잔씩 마셨다.

"참 좋구나! 저 물 좀 보아. 마치 비단을 깔아놓은 것처럼 물결이 잔잔하지 않은가. 그리고 저 산들을 보라구. 옥으로 깎아 세우고 분칠을 한 것 같잖나. 술을 마시면서 이런 경치를 보는 재미야말로 천하제일일세! 하늘 아래 둘째 셋째 간다는 부귀영화를 누린들 이렇게 한가하고 조용하게 인생을 즐길 수 있겠는가? 사실 말이지, 내 나이가 아직 젊고 용기가 줄지 아니했으니까, 지금부터도 일을 하려면 얼마든지 할 수 있지. 하지만 사업이란 본래 한정이 있는 거란 말이야. 이렇게 형제들과 어울려서 술이나 마시는 게 유쾌하단 말이지. 만일 내가 그때 앞일을 내다보지 못하고 도망해 나오지 못했다면, 송공명·노원외처럼 벌써 이 세상에서 없어졌을 거야!"

이준은 감개무량한 듯이 이렇게 말하고 다시 술을 한 잔 들이켰다. 이때 별안간 서북쪽 하늘에서 벼락 치는 소리가 들리더니, 커다란 불덩어리가 공중으로부터 산 아래로 떨어지는 게 아닌가. 그들은 술을 먹다가 모두들 깜짝 놀랐다.

"아니, 이렇게 눈이 내리면서 벼락불이 떨어지다니, 괴상한 일이로군. 저게 뭘까? 내려가 봐야겠군."

그들은 심부름하는 뱃사람을 데리고 술항아리와 안주를 모두 수습해가지고 산 아래로 내려와 보니 넓이 서너 칸이나 되게 눈이 녹아버린 그 자리에 석판(石版) 한 개가 떨어졌는데, 길이가 한 자(尺), 넓이가 다섯 치(寸)쯤 되는 백옥같이 흰 돌멩이다.

동위가 그 돌을 집어들고 보니까 석판 한쪽에 무슨 글자가 새겨 있는데 모두가 글자를 모르는 위인들이고 그들 중에서는 그래도 이준이 글자를 약간 알아보는 편인지라, 그들은 이게 무슨 뜻을 말한 글이냐고 이준에게 묻는 것이었다.

"응, 그거 시를 한 수 적은 거로군."

이준은 석판에 글자가 넉 줄로 새겨 있는 모양만 보고 어림짐작으로 이같이 말했다. 그러자 비보 등 여러 사람이,

"형님! 그거 좀 우리가 알아듣도록 커다랗게 읽어 들려주십쇼."

한다. 이준은 글을 배우지 아니했기 때문에 알지는 못하지만, 송강을 따라다니면서 약간 보고 들은 것은 있기 때문에, 그 석판을 한참 들여다보고는,

체천행도 구존충의(替天行道 久存忠義)
금오배상 별유천지(金鰲背上 別有天地)

이렇게 읽어주었다. 그러나 이것이 무슨 말인지 모두들 모른다. 이준 자신도 알 수가 없는 터이다.

"이게 무슨 말인지는 나도 모르겠네마는, 좌우간 이건 하늘에서 이적(異蹟)을 내리신 거란 말이야. 맨 머리의 한 구절 '체천행도'라는 글자는 양산박 충의당 앞의 행황기에 있던 글자란 말이지. 지나간 날의 우리 행적을 알아맞힌 것이니까, 이 석판을 집에 갖다뒀다가 나중에 징험해봐야겠네."

이준은 이렇게 말하고 그 석판을 들고 언덕 아래로 내려와서 비보 등과 함께 배를 타고 집으로 돌아와서는 그 석판을 후원 신당(神堂) 안에다 얌전하게 모셔놓았다.

그런데 이때 태호의 북쪽 기슭 마적산(馬跡山) 밑에 조그만 마을이 있고, 이 마을에 정자섭(丁自燮)이란 사람이 살고 있었는데, 이 사람은 정위(丁謂)라는 정승의 손자로서 문과에 급제한 후 복건염방사(福建廉訪使)까지 벼슬을 지낸 사람이지만, 태사 채경의 문인(門人)인 그는 본시 위인이 교활하고 욕심 많고 잔인하기 때문에 뱀 같은 놈이라고 남들이 그의 별명을 '파산사(巴山蛇)'라고 부르는 터였다.

그가 복건염방사로 재임 3년간에 얼마나 토색질을 했던지 백성들은 말하기를 '그놈이 땅껍질까지 벗겨갔다'고 하는 정도였다. 그런데 이 마적산은 상주(常州) 고을의 관내였고 이번에 상주 고을의 태수로 신임한 여지구(呂志球)는 복건 사람으로 참지정사(參知政事) 여혜경(呂惠卿)의 손자로서 정자섭과는 동갑인 데다가 저희들 조부 때부터 친근하게 지내는 세교 있는 사이일 뿐 아니라, 성질이 간사한 것이 공통되는 까닭에 서로 막역하게 지내는 처지였다. 그래 정자섭은 제 집에 앉아서 살림살이나 하는 것처럼 남들한테는 보이지만, 여태수와 결탁해서 뇌물을 받아들이는 것이 적지 않았다.

하루는 정자섭이가 태호의 호수를 이용해서 치부를 하고 싶은 생각을 했는지라, 여태수를 찾아가 자기의 계획을 설명한 후, 각 부락에다 고시문(告示文)을 붙이게 했다.

　　'마적산 밑으로부터 남쪽 대뢰산(大雷山) 밑까지의 호수는 정자섭이
　　고기를 기르는 호수이니, 정씨가(丁氏家)의 허가를 얻지 않고 고기를 잡
　　는 사람은 체포 압송한다.'

이렇게 된 까닭에 말하자면 정자섭은 가만히 앉아서 태호의 절반 이상을 점령해버린 셈이다. 간수선(看守船)이 지키고 있다가 경계를 넘어오는 배가 보이기만 하면 그 배를 붙들어 그물을 찢고 어부는 잡아서

관가로 압송하는 바람에 어선들이 북태호(北太湖)에는 얼씬도 못 하게 됐지만, 배라는 것이 바람에 밀려서 다니는 것이라 순풍을 만나 저절로 북쪽으로 가는 때는 어찌할 도리가 없었다. 정자섭은 이 점을 노리고 북태호에 들어올 수 있는 자호수패(字號水牌)를 발행하여, 이 패를 붙인 배는 고기를 잡게 하는 대신 그 절반을 세금으로 받아들였다. 이를테면 3만 6천 경(頃)의 넓고 넓은 태호가 정가네집 양어장으로 변해버린 셈이다.

이준과 비보는 이 소문을 듣고 분해서 견딜 수 없었다.

"아니 그래, 태호가 정가네집 양어장이야? 우리는 고기잡이가 생업은 아니지만, 백성들의 밥그릇을 뺏어가는 정가 놈을 그냥 놔둘 수는 없잖은가? 저놈이 어쩌는가 보게 한번 북태호로 경계를 넘어서 들어가보는 게 어때? 저놈의 꼴을 한번 시험해보자구!"

"그러십시다!"

이준 등 일곱 명의 형제들은 큰 배 한 척을 타고서 북쪽을 향해 대뢰산을 지나 마적산 밑에까지 들어가니까, 근처에 있던 조그만 배 여남은 척이 일제히 달려온다. 이것들은 대뢰산 북쪽의 호수로 들어오는 배에 정자섭이 발행한 패가 붙지 않았으면 배를 붙잡아가고 패가 붙었으면 고기의 절반을 빼앗아가는 사무를 보는 인간들이다.

이것들이 가까이 와서 이준의 배에 패가 안 붙은 것을 보더니,

"이놈들 도둑놈들! 이곳은 정씨 댁 양어장인데, 어째서 경계선을 넘어 들어온단 말이냐!"

이렇게 큰소리로 호령을 하는 것이었다.

비보가 앞으로 나서서 마주 보고 욕을 퍼부었다.

"야, 이 개놈의 새끼야! 호수와 강물은 나라의 혈맥인데 어째서 정가란 놈의 소유라고 방귀를 뀌느냐! 이놈의 새끼 파산사의 껍질을 홀랑 벗겨버려 백성들을 살려야겠다!"

이 소리를 듣더니 조그만 배에 있는 놈들이 일제히 일어나서 갈고리로 이쪽 배의 그물을 끌어당긴다. 이럴 때 비보·예운·동위·동맹은 일제히 장대를 가지고 뱃전에 서서 조그만 배들을 쑤시고, 때리고, 찌르고 하니까, 워낙 이쪽의 배가 크고 높은 터이라 조그만 배들은 이쪽으로 기우뚱… 저쪽으로 기우뚱… 까불리다가 배가 모두 뒤집혀버리는 바람에 놈들이 모두 물속으로 빠져버렸다. 이것들을 이렇게 처치해버리고서 이준은 뱃머리를 돌려 집으로 돌아왔다.

이때 물에 빠졌던 놈들 중에서 몇 놈이 헤엄쳐 살아나서 마을로 돌아가 정자섭에게 보고했다.

"아까 패를 달지 않은 배 한 척이 경계선을 넘어왔기에 소인들이 가로막고 배를 조사하려 했더니, 아 그놈이 마구 욕지거리를 하면서 영감마님 껍질을 홀랑 벗겨 백성들을 살려야겠다고 하잖아요! 그래 배가 세 척이나 엎어져서 십여 명이나 물속에 빠졌었는데, 소인들은 천행으로 살아났습니다. 누가 그러는데, 이놈들이 다른 놈이 아니고, 소하만에 사는 이준·비보 일당이랍니다."

정자섭은 이 말을 듣더니 입가에 싸늘한 웃음을 띤다.

"그놈들… 양산박의 잔당 놈들이 이제 죽으려고 그러나 보다!"

그는 이렇게 한마디 하고서는, 즉시 편지를 써가지고 그것을 상주부로 보냈다.

여태수는 정자섭의 편지를 받아보고 즉시 이방(吏房)을 불러 소하만에 가서 이준·비보 등 일당을 잡아오라고 명령했다.

그랬더니 이방이 아뢴다.

"소하만, 그곳은 저희 고을 관내가 아니옵고, 소주부에서 관할하는 지방입니다. 그러니까 소주부로 관문(關文)을 보내셔야 하겠습니다."

"그런가? 그럼 속히 관문을 만들어가지고 오게."

그래서 서리(書吏)가 만든 관문을 가져오니까 여태수는 그것을 곧 소주부로 보냈다.

그런데 소주부의 태수는 청렴한 사람이어서, 여태수가 더러운 욕심을 가지고 정자섭과 손을 마주 잡고서 남태호(南太湖)의 어부들을 못살게 군다는 이야기를 들었으면서도 동관(同官)끼리의 체면을 생각해서 꾹 참아오던 중이었는데, 지금 이준 등을 잡아 보내라는 통첩을 받고 보니 마음이 대단히 불쾌했다.

그래 그는 즉시 그렇게 못하겠다는 답장을 써서 돌려보내버렸다.

여태수는 소주 태수의 답장을 보고는 분개하면서 사람을 정자섭에게 보내어 그를 청해왔다.

"소주 태수가 내 말을 안 들으니, 이걸 어떡하면 좋소? 노형을 대할 면목이 없구려!"

여태수가 먼저 이렇게 말하니까 정자섭은 조금도 섭섭히 여기는 표정이 없이 말하는 것이었다.

"그 사람이 태수의 청을 거절했다면 되레 잘됐지요. 저 이준이란 놈은 본시 양산박의 잔당이니까, 이놈이 또 난리를 일으키기 전에 없애버려야 태수의 위령(威令)도 시행될 것이고, 나 역시 다리를 뻗고 잠을 잘 수 있을 겝니다. 그러니까 아주 이번 기회에 이놈을 잡아서 없애버립시다. 이놈이 원래 다년간 도둑질을 해온 놈이니까 필연코 금은보화를 많이 감춰두고 있을 게 아닙니까? 이놈을 잡아 없애버리고서, 그것을 우리가 나눠 가집시다그려."

여태까지 성낸 얼굴로 있던 여태수가 이 말을 듣더니 금시에 웃는 얼굴이 된다.

"그래, 우리 그렇게 합시다."

"그런데 말이오. 먼저 계획을 잘 세워야 합니다. 저놈이 이번에 소주 태수가 우리의 청을 거절했다는 소문을 듣는다면 아주 방심하고 있을 터이니까 그걸 그냥 내버려뒀다가, 이제 며칠만 지나면 원소절 아닙니까. 태수님이 성중 백성들한테 고시문을 내리시고 집집마다 등불을 달고서 풍년을 치하하라고 하십시오. 그렇게 하면 저놈은 대담한 놈이니까 필연코 관등(觀燈)을 하러 성중에 나올 겝니다. 그럴 때 포교들을 준비시켜두었다가 감쪽같이 잡아서 옥에 처넣으면 고만 아닙니까? 그담엔 걱정할 게 없습니다!"

"그거 됐소이다. 정말 노형의 꾀는 귀신 같구려! 그러다간 우리 고을 땅도 베어가겠는걸!"

"허허… 태수님이 임기가 차서 딴 곳으로 갈려 가실 땐, 내가 그 땅을 보관했다가 보내드리지요!"

여태수와 정자섭은 이런 수작을 하고서 한바탕 웃었다.

한편, 이준과 비보 등은 북태호로부터 소하만으로 돌아왔다. 그들은 모두 오늘 북태호에서 정자섭의 집 심부름꾼 십여 명을 모조리 물속에 빠뜨려주고 온 일을 생각하고 유쾌해했다.

"오늘은 참 상쾌하군! 그런데 정가 놈의 집에서 필연코 가만있지 않을 거야?"

예운이가 먼저 이런 말을 하니까 동위는 아주 신이 나서,

"걱정 없어! 우리 배가 얼마나 빠른데? 그놈들이 또 오면, 또 물속에 잡아넣지!"

이렇게 장담한다.

"그렇게 쉽게만 생각할 것도 아니야. 저놈들이 오늘 한번 위신을 떨어뜨렸으니까, 반드시 보복을 하려고 기회를 잔뜩 노리고 있을 게로구먼. 백성들한테 나쁜 짓을 했으니까 이번에 저놈들이 천벌을 받은 것이지만, 그렇다고 우리가 맘놓고 있어서는 안 되지."

동위의 말을 듣고 이준이가 이렇게 말하니까 비보가 이준의 말에 동감했다.

"형님 말씀이 옳습니다."

그들은 서로 방심하지 않기로 마음을 정하고서 집안으로 들어가 편안히 지내기로 했다.

　　이렇게 며칠이 지난 뒤에 해가 바뀌고 정월 대보름이 다가왔다.

　　하루는 사람들의 입에서 성중의 소문이 흘러나오는데, 상주부의 성내에서는 원소절에 꽃등을 켜고, 집집마다 등을 달고, 관등놀이가 13일부터 18일까지 계속된다는 바람에 인근 각처에서 남녀노소들이 쏟아져 들어올 거라는 이야기였다.

　　이준은 오랫동안 심심하던 판이라 한번 바깥바람을 쐬어보고 싶은 충동을 느꼈다.

　　"우리들도 한번 가서 구경해볼까?"

　　그러나 이준의 말에 상청이 반대하는 것이었다.

　　"안 됩니다. 정자섭이란 놈이나 여태수란 놈이나 두 놈이 다 사기꾼입니다. 두 놈이 무슨 흉계를 꾸며놓고 있는지 누가 압니까? 전날 우리한테 망신당한 것을 단단히 치부하고 있을 테지만, 우리가 여기 있으니까 감히 범접을 못 하는 건데, 만일 우리가 상주로 가기만 해보십시오. 거기야 그놈들의 세상인데, 무슨 일이 있을지 누가 압니까?"

　　그러니까 곁에서 적성은 상청의 말에 반대한다.

　　"동생! 왜 그렇게 겁을 내는가? 그전에는 안 그러더니, 사람이 요새 와서 용기가 줄어든 모양이야! 전에 우리 네 사람이 이 태호에서 무서워한 게 뭐가 있나! 말하자면 횡행천하하다시피 살아왔는데, 지금은 더구나 이준 형님하고 모두 세 분이나 더 계시는 터이니까 이를테면 호랑이한테 날개가 돋친 격인데 겁낼 게 뭐야! 그리고 원소절 관등놀이엔 인산인해를 이루어 사람사태가 날 텐데, 우리가 어느 구석에 있는지 보이기나 할 건가? 그러니까 가도 괜찮아!"

　　그러니까 또 이준이 말했다.

　　"그전에 송공명 형님이 서울서 관등놀이를 구경 가셨을 때 흑선풍이 일대 소동을 일으켰어도 결국 아무 일 없었고, 양중서가 북경서 관등놀이를 했을 때는 우리 형제들이 노원외를 구해내지 않았던가. 그때 그렇게 두 번은 굉장히 뼈적지근한 놀음이었는데, 이번 것은 거기다 대면 비교도 안 되지! 그저 안정하는 것을 취한다면야 관등놀이 안 가고 가만있는 게 제일이야! 그렇지만 우리가 정자섭이란 놈이 무서워서 관등놀이도 못 간대서야 남들이 안다면 웃을 거 아닌가."

"참, 그렇겠군요."

그들은 마침내 모두 관등놀이를 구경하러 가기로 의논을 정했다.

정월 보름날이 되었다. 이준 등 일곱 명은 두 척의 배를 타고 상주 서문(西門)에 이르러 으슥한 기슭에다 배를 정박시켰다. 점심때가 지났으므로 그들은 뱃간에서 밥을 지어가지고 술과 밥을 배부르게 먹었다.

"그런데 말예요. 나하고 내 동생하고 둘은 배에서 안 나가고 기다리렵니다. 저녁때 성문 앞에 가서 동정을 살피다가 만일 무슨 일이 있으면 내외접응(內外接應)하죠."

밥을 다 먹고 나서 동위가 이렇게 말하니까,

"그래, 그게 좋겠군!"

이준이 이렇게 승낙하고, 비보·상청·예운·적성 이렇게 다섯 사람만이 칼을 품속에 감추고서 육지로 올라갔다. 벌써부터 인근 부락의 주민들은 남녀노소가 떼를 지어 성문으로 잇달아 들어가고 있다. 이준 등 일행도 그 틈에 끼어서 문안으로 들어가니, 과연 집집마다 등을 달고, 시렁을 꾸미고 장막을 쳤는데, 큰길 거리에서나 뒷골목에서나 생황 부는 소리와 노랫소리가 요란하다.

이때, 보름달이 동쪽 하늘에 떠올라오면서 달빛이 물처럼 흘러내리니까 사람마다 얼굴에 웃음을 띠고 달빛을 바라본다. 생황 소리는 끊이지 아니하고, 2층 누각에서는 주렴을 걷어올리고서 어여쁜 여자들이 얼굴을 내밀고 달구경을 하고 있으니, 하늘에는 둥근 달이요, 인간세계에는 반달이 부지기수로 많다. 과연 강남 지방의 새봄맞이 관등놀이는 아리따웠다.

이준 등 다섯 명은 거리를 한 바퀴 돌아다니며 구경을 하다가 한 곳에 이르니, 누각 위에다 기묘하게도 산을 만들어놓고 나무를 심었는데, 그 나무에는 은으로 만든 꽃과 등불이 올망졸망 가득 붙어 있어 밝기가 햇빛과 같다. 그런데 누각 앞에서는 여태수가 술을 마시고 있고, 아래서는 음악을 아뢰고, 화포를 날리고 하는데, 구경꾼이 어찌나 뒤에서 밀리던지, 발이 땅바닥에 닿지도 못한 채 그냥 걸어가고야 마는 것이었다.

이준 등 일행 다섯 명은 그 앞을 지나서 큰거리로 나와 동쪽 길가에 있는 술집으로 들어갔다.

그들은 위층으로 올라가 한쪽 구석방에 들어가서 좌정한 후 술과 각색 안주를 청해놓고는 술잔을 서로 권해가면서 유쾌하게 마셨다. 이렇게 한참 동안 노는 중이었는데 아직 밤이 2경도 못 되었을 때 예운과 상청이,

"이제 그만 돌아가십시다."

하고 이준을 바라보는 게 아닌가.

"오늘 같은 날은 밤새도록 맘대로 통행하고 성문도 닫아걸지 않는데 무얼 걱정해? 더 놀다가 가자구!"

이준이가 대답하기 전에 적성이가 이렇게 대꾸하니까, 이준은 그냥 앉아서 아무 말도 안 하는 고로, 예운과 상청은 먼저 일어났다.

"그럼 우리 두 사람은 성문 밖에서 기다리고 있을 테니, 조금씩만 더 자시고 곧 나오시구려."

두 사람은 아래로 내려갔다.

조금 있노라니까, 아래위에 푸른빛 바지저고리를 입은 사람이 그 방문을 열고 빼꼼히 들여다보면서,

"여기 동동정산(東洞庭山)에 사시는 곽대관인(郭大官人) 안 계십니까?

아, 안 계시군요. 실례했습니다."

하고 내빼버린다.

이준과 비보는 대수롭지 않게 여기고 술만 마셨다.

그러자 이번엔 얼굴이 어여쁘게 생긴 여자 하나가 문을 열고 들어오더니,

"손님들 실례합니다. 복 많이 받으시기를 축수합니다."

이렇게 인사를 하고는 한 손에 상사판(相思板)을 들고 한 손으로 장단을 치면서 짤막한 노래를 두 곡조나 부르는데 그 목소리가 어찌나 아름다운지 놀랄 만했다.

비보가 그 여자에게 상을 주려고 주머니에 손을 넣어 은(銀) 두 돈쭝이나 되는 것을 꺼내 막 그것을 주려는 판인데 별안간 아래층에서 요란한 소리가 나더니 3, 40명의 포교(捕校)가 손에 손에 방망이를 들고 올라오는 게 아닌가.

이준과 비보와 적성은 여자를 떠다밀고 술상을 걷어차고 길을 열면서 후닥닥 내빼려고 했는데, 벌써 포교들이 세 사람을 에워싸고 달려들어, 마침내 그들은 꼼짝 못 하고 결박을 당해 끌려갔다.

여태수는 벌써 공청(公廳)에 나와 앉아 있는데, 은촉(銀燭)은 휘황하고, 양옆으로는 범강장달이 같은 병정들이 쭉 늘어섰다.

이준 등 세 사람이 묶여서 끌려들어와 뜰아래 섰노라니까, 여태수의 벼락같은 호령 소리가 떨어진다.

"네 이놈들, 양산박의 잔당들아! 죄를 짓고 끌려오고서도 뻣뻣이 서 있느냐? 당장 꿇어앉지 못하겠느냐?"

이준이가 이에 대답했다.

"성상 폐하께서 조칙을 세 번 내리시어 초안하신 후, 저희들이 북으로는 요국을 정벌하고, 남으로는 방납을 소탕하여 조정을 위해서 공을 세웠습니다만, 벼슬을 바라지 않고 시골구석에서 조촐하게 살고 있으

면서 죄를 지은 일이 없는데, 무슨 까닭으로 꿇어앉겠습니까?"

"네 이놈! 태호에 살고 있으면서도 관가의 고시(告示)에 복종하지 않고 정씨 댁 차인들을 십여 명이나 물속에 빠뜨리고서도 무슨 변명이냐? 분명히 네놈들이 모반하는 것이 아니고 무엇이냐!"

"그게 무슨 말씀이오? 태호로 말하면 세 고을의 백성들의 의식(衣食)이요, 밥사발입니다. 당신이 한 고을의 우두머리로, 조정으로부터 녹을 받으면서, 어째서 백성을 사랑하지 않고 되레 권문에 아첨하는 개노릇을 하는 거요? 국가의 호수를 개인의 양어지(養魚池)로 만들고서 고기를 절반씩 뺏어가는 정가 놈을 우리가 응징한 것은 백성들의 공분(公憤)을 대신한 것뿐이오. 그래, 그랬다고 해서 지금 나를 잡아왔다는 거요? 어쩔 작정이오?"

여태수는 목소리를 가다듬어 위엄 있게 대답하는 것이었다.

"추밀원으로부터 공문이 왔다. 등주에서는 원소칠과 손립이 모반을 일으켰고, 음마천에서는 이응과 공손승이 모반을 일으켰으니, 이것들이 모두 양산박의 잔당들인 고로 그 잔당들을 모조리 잡으라는 엄명이다. 그래서 너를 잡아온 거다."

"그래, 추밀원에서 아무 증거가 없더라도 잡으라고 했다는 거요?"

"네가 무슨 변명을 하려고 그러니? 이응이하고 원소칠이하고 모두 연결돼 있으면서 무슨 잔소리야. 감옥에나 들어가 있다가 서울로 가거라!"

이준이 또 항변하려 할 때, 좌우에서 병정들이 달려들어 그를 감옥으로 끌고 가버렸다.

이때, 예운과 상청은 먼저 술집에서 나와 성문까지 거의 달음박질하다시피 뛰어왔는데 이때 성문 앞에서 어떤 공인이 문지기를 보고,

"사또님의 분부시니 빨리 성문을 걸어요! 성내에 간첩이 들어왔단 말야!"

이렇게 지껄이는 소리가 들렸다. 두 사람은 이 소리를 듣고 급히 성문 밖으로 뛰어나왔다. 성문은 이내 닫혔다.

그럴 때, 조교 근처에 있던 동위와 동맹이 이쪽을 보더니,

"형님이십니까?"

이렇게 소리친다.

예운과 상청은 그리로 가까이 가서 가만히 말했다.

"아직도 술집에서 술을 자시겠다기에 우리 둘이서 먼저 나왔지. 그런데 말이야, 성문 앞에 오니까, 공인이 와서 간첩이 성내에 들어왔으니 문을 빨리 닫아걸라고 지시하는 거 아냐! 하마터면 빠져나오지 못할 뻔했어!"

"그거 참 탈났네! 그런데 지금 어디로 가? 뱃간으로 가서 기다릴 수밖에 없잖나!"

"그럴 수밖에!"

예운·상청·동위·동맹은 함께 뱃간으로 들어서 뜬눈으로 그 밤을 새우고, 날이 밝은 다음에 서문(西門)으로 가봤더니 벌써 문이 열렸는데, 사람들이 성내에서 나오면서 하는 소리가 놀라운 소식이었다.

"어젯밤에 양산박의 반도(叛徒) 세 놈을 잡아 가뒀대!"

이 소리를 듣고 그들은 하도 기가 차서 얼굴만 피차 바라보았다.

조금 있다가 동위가 입을 열었다.

"그게 정말인지 아닌지 알 수 없지만, 아침이 돼도 안 나오는 걸로 보아서 무슨 곡절이 있는 건 틀림없어! 일행이 많으면 되레 불편하니까, 자네들은 뱃간에 들어가 있게. 나 혼자서 사실을 알아보고 와야겠네."

동위는 이렇게 말하고 그냥 성내로 들어가서 부청문 앞에까지 왔었는데, 도중에서 들리는 소리가 모두 똑같은 소식이었다.

동위는 발길을 돌려 감옥문 앞으로 갔다.

감옥문을 지키고 있는 간수는 언제나 죄수를 만나러 오는 사람한테

서는 돈을 받아쥔 뒤에 문안에 들여놓는 것이 상습이었다.

동위도 그놈한테 돈을 주고 문안으로 들어가서 두 사람이 갇혀 있는 감방으로 갔더니, 이준과 비보는 그를 보고 반겨하면서 먼저 결론부터 말한다.

"동생! 동생을 볼 낯이 없네! 그런데 말이야, 태수란 놈의 뱃속을 알아봤더니, 글쎄 우리가 돈을 바치기만 하면 놔줄 모양인데, 지금 우리가 어떻게 그 많은 돈을 장만할 수 있나!"

동위는 이 말을 듣고 얼른 대답했다.

"일이 이렇게 된 이상 하는 수 있습니까? 제가 나가서 힘껏 만들어볼 테니 염려 맙쇼. 우선 제가 가진 돈을 드릴 테니, 이걸 옥졸들한테 나눠주시고, 앞으로 일이나 잘 부탁해두십시오."

동위는 이렇게 말하고 주머니를 털더니 돈 열 냥을 꺼내가지고 이준에게 주면서,

"저는 지금 곧 갔다가, 사흘 후에 다시 오겠습니다."

하고 이내 문밖으로 나와 뱃간으로 돌아와서, 지금 감옥에 가서 이준 형님을 만나고 온 이야기를 털어놓았다.

동위의 이야기를 들은 세 사람은 너무도 어이가 없어서 피차에 얼굴만 바라보았다. 한참 있다가 동위가 먼저 입을 열고 말한다.

"하여간 집으로 돌아가서 의논을 하자구. 사흘 후에 또 오겠다고 말씀했으니까 그 안에 무슨 수를 내야지."

세 사람은 동위를 따라서 각기 떠날 준비를 했다. 어제 나올 적엔 관등놀이를 구경한다고 신명이 나서 나왔었는데 지금 그들은 풀이 아주 죽었다.

소하만으로 돌아와서 그들이 각각 자기의 주머니를 털어서 돈을 모아보니 겨우 2천 냥밖에 안 되는 것이었다.

"모두 해야 2천 냥인데 우선 이걸로 어떻게 해보시라구 할 수밖에!"

그러고서 동위는 따로 1백 냥을 묶어가지고, 작은 배를 혼자서 타고 상주 감옥으로 가서 이준에게 주었더니, 이준은 돈을 앞에 놓고서도 걱정하는 것이었다.

　"태수란 놈이 1만 냥은 받아야 우리를 놔줄 모양이야. 사람을 시켜 알아봤더니 모두 정자섭이란 놈의 계책인 모양인데, 두 놈이 5천 냥씩 분배할 작정이라는군. 그래서 내가 세 번이나 교섭을 시켜봤지. 그렇게 많은 돈은 도저히 만들 수 없고, 3천 냥이라면 어떻게 해보겠다고 했더니 그럼 열흘 말미를 줄 테니 열흘 안에 바치라는 거야. 참, 기가 막혀서…."

　"잘 알았습니다. 이게 모두 2천 냥이니까, 1천 냥이 모자라는군요. 다시 가서 어떻게든지 구해가지고 오지요. 그리고 여기 백 냥을 따로 갖구 왔으니, 이걸랑 문서를 꾸미는 아전 놈을 매수하는 데 쓰십시오. 기한을 좀 넉넉히 늦추어달라고 하십쇼. 그럼 저는 앞으로 열흘 안에 다시 꼭 만들어가지고 오겠습니다."

　동위는 이렇게 말하고 이준과 작별하고서 집으로 돌아와서 예운·상청·동맹에게 이야기했다.

　"여태수란 놈이 3천 냥을 바치면 놔준다는구먼. 그런데 우리가 2천 냥밖에 못 가져갔단 말야. 부족한 1천 냥을 어떡하지? 별수 없어! 우리가 그전에 하던 수단을 한번 쓸 수밖에 없단 말야. 그렇게 하면 돈을 만들 수 있지. 그러니까 나하고 내 동생하고는 소주 연안을 담당할 테니, 예형(倪兄)·상형(上兄)은 호주 연안을 담당해서 해적질을 또 한 번 합시다그려. 큰돈을 가진 장사치를 만나서 한 번 털기만 하면, 그까짓 1천 냥쯤 문제없잖아? 열흘 기한을 하고 왔으니까, 속히 그렇게 하도록 합시다."

　"아무렴! 그럴 수밖에 별다른 도리가 있나!"

　그들은 이렇게 주의를 정하고서 각각 배 한 척에다 어부를 다섯 명씩

태위서는 그날 밤 5경 때 소하만을 떠났다.

　이렇게 되어서 동위와 동맹은 그날 새벽녘에 소주성 앞을 지나서 오강(鳴江)으로 나오다가 우연히 악화와 화도령의 배를 만나 미망인 두 분을 모시고 소하만으로 돌아왔던 것이다. 조금 전에 화씨 미망인과 진씨 미망인을 모시고 안으로 들어간 두 부인은 비보와 예운의 아낙네들이었다.

　악화는 여태까지 동위로부터 이상과 같은 이야기를 듣고서 비로소 이준이 감옥에 갇히게 된 내력을 알았다.

　"참, 그동안 수고가 많았구려!"

　"모두 우리 형제들의 일인데 수고랄 것도 없지… 술이나 한잔 합시다."

　동위는 이렇게 말하고 술과 밥을 내왔다.

탐관을 응징하는 이준

악화가 화도령과 함께 동위·동맹과 마주 앉아서 이렇게 밤참을 먹고 있는 중에 예운·상청이 돌아왔다.

동위는 두 사람을 악화에게 소개했다. 그들은 인사를 하고 난 다음에, 예운이 동위를 보더니 말하는 것이었다.

"우리 두 사람은 말이야, 호주의 동당(東塘)으로 갔었지. 그랬더니 마침 비단장수가 비단을 3, 4백 필이나 싣고 지나가기에 그 배를 몽땅 털었는데 아마 돈으로 바꾸면 상당할 거야. 그런데 아우님은 얼마나 벌었소?"

"난 말이야. 내 동생하고 같이 나가서 배를 한 척 붙들고 보니까, 이전 우리들 형님의 배였단 말이야. 그래 두 분 형수씨를 모시고 돌아와서 지금 안에 들어가 계시도록 했는데 여기 앉으신 악화 형님이야말로 우리들보다 몇 곱절 총명하신 터이니까, 이준 형님을 구원해내실 묘책이 있을 거구면."

동위가 이렇게 대답하자 상청은 악화를 바라보면서 묻는 것이었다.

"무슨 묘책이 있습니까?"

악화는 입을 다물고 한참 생각하다가 빙그레 웃으면서 말했다.

"글쎄, 화지채 아주머니한테 돈이 있기는 얼마간 있을 테지만, 그따위 도둑놈들 같은 벼슬아치한테 줄 수는 없고… 묘책이랄 건 못 되지만 하여간 오늘밤은 이대로 자고, 내일 일찌감치 배 두 척을 가지고 상주로 갑시다."

악화가 무슨 묘책이 있어서 이렇게 말하는지 모두들 알지는 못하면서도 그들은 그의 말대로 각각 자기 방으로 가서 잠자리에 들었다.

5경 때쯤 해서 악화는 일어나 곁에서 자던 화도령을 깨웠다.

"오늘은 너를 좀 써먹어야겠으니 나와 같이 나가자!"

"아저씨! 제가 아무것도 모르고, 나이도 어린데, 가서 무얼 합니까?"

"내가 일러주는 대로만 하면 돼! 너는 왕보(王輔) 정승의 자제 왕조은(王朝恩)의 동생 노릇을 해야 하는데, 이렇게 하란 말이다."

악화는 화도령의 귀에다 입을 대고 한참 동안 가만가만히 속삭였다. 그리고 동위와 동맹을 하인으로 분장시키고, 자기는 우후(虞侯)처럼 꾸미고 예운과 상청은 청지기처럼 꾸미게 한 후, 각기 품속에 칼을 감춰 가지고 성 밖에 가서 배를 정박시킨 후, 사인교(四人轎) 한 채를 세내어서 화도령한테 귀공자가 입는 화복(華服)을 입혀 가마 위에 태웠다. 그러고서 악화는 쌍홍전첩(雙紅傳帖)을 손에 들고 부청문 앞에 있는 영빈관(迎賓館)까지 도령을 모시고 가서 좌청한 후, 그곳에 있는 통인한테 전첩(傳帖)을 주고 태수에게 전하라 했다.

조금 있다가 여태수가 공청에 앉았다가 전첩을 받아보고 급히 영빈관으로 나와서 공자에게 예를 하고 자리를 마주하고 앉아서 바라보니 얼굴이 백옥같이 희고, 용모가 단정하고, 예의범절이 정당하여, 과연 권문세가 귀족 집의 자제였다.

차를 마시고 난 다음에 여태수가 먼저 인사말을 했다.

"이 사람이 서울에 갈 때마다 춘부 대감께 늘 찾아가 뵈옵고 신세를 많이 졌지요. 그리고 백씨장과도 퍽 친근하게 지내는 사이인데, 지난번 상원(上元) 때 보내드린 것이 너무도 빈약해서 송구스럽게 생각하던 중,

이제 공자가 이렇게 왕림해주셔서 참으로 영광스럽소이다. 그런데 언제 서울을 떠나셨나요?"

화도령이 공손히 대답한다.

"예, 이번에 자친께서 절더러 천축(天竺)까지 가서 기도를 올리고 오라 하셨고, 더구나 엄친께서는 항상 영감님의 문장과 덕망을 칭송하셨고, 마침 길이 이 고을로 지나는 길이기에, 시생(侍生)이 기어코 존안을 한번 우러러뵈옵고 가고자 하여 이렇게 찾아와 뵈옵는 터입니다."

여태수가 이 말을 들으니 참으로 분수에 넘치는 영광이다. 이렇게 지체가 높은 재상 댁 자제로부터 '존안을 우러러뵙는다'는 말을 들었으니 어찌 기쁘지 아니하랴. 그래 그는 겸손해서 말했다.

"나 같은 사람이 무슨 덕망이라는 게 있나요! 그런데 대부인께서도 이번에 여기 같이 오셨는지… 당연히 마중 나가 뵙고 문안을 올렸어야 할 것이었는데, 참으로 죄송하기 짝이 없소이다! 그런데 지금 어느 곳에 유숙하셨나요? 내가 곧 찾아뵙고서 대부인께 문안을 드리고 싶은데요."

"그러실 것까지 없습니다. 천축까지 갔다가 돌아오는 길에 또 제가 찾아오겠습니다. 그럼 저는 물러가겠습니다."

화도령은 이렇게 말하고 일어섰다.

여태수는 영빈관 문밖에까지 따라나와 전별한다.

화도령은 두 손을 높이 올려 세 번 읍을 하고서 가마 위에 올라탔다.

이렇게 해서 일동이 뱃간으로 돌아왔을 때, 악화는 화도령의 귀에다 입을 대고서,

"여태수란 놈이 답례하기 위해 이리로 찾아올 거니까, 그땐 이렇게 하란 말이다…."

하고 또 계획을 일러줬다.

과연 오래 있지 않아서 여태수가 두 개의 청도기(淸道旗)를 앞세우고,

병정들로 하여금 길의 행인들을 정리시키면서, 집사·구종들을 거느리고 말을 타고서 화도령을 찾아오는 게 아닌가.

이 모양을 보고 화도령은 급히 언덕 위로 올라가서 치하의 말을 했다.

"죄송합니다마는, 배가 워낙 협착하고 자친께서 지금 뱃간에 계시는 터이니, 저쪽으로 가시죠."

여태수가 황망히 말에서 내려 화도령의 손을 잡고서 그곳에 있는 접관정(接官亭)으로 올라가 주객(主客)의 자리에 각각 좌정하고서 무슨 말을 막 하려고 했는데, 그가 입을 떼기도 전에 동위·동맹이 뛰어나와 태수의 몸을 좌우에서 꽉 붙들자, 예운·상청은 소리를 꽥 지르면서 날이 시퍼런 칼을 쑥 뽑아들고 태수의 모가지에다 갖다대면서 호령을 해붙인다.

"네 이놈! 백성을 해치는 도둑놈아! 네가 지금 당장 죽고 싶으냐? 살고 싶으냐?"

여태수는 혼비백산해서 얼굴이 새파랗게 질려서 아래윗니를 덜겅덜겅거리면서 온몸을 부들부들 떤다. 태수를 모시고 나온 부청의 공인들도 태수의 목에 날이 시퍼런 칼이 붙어 있는 이상 태수의 목숨이 어떻게 될지 모르니까 감히 어쩌지 못하고, 멍하고 바라볼 뿐이다. 다만 그 근처에서 이 광경을 바라보던 백성들은 놀라면서도 한옆으로는 웃음을 참지 못했다.

이때 악화가 앞으로 나와서 점잖게 말했다.

"여태수야! 그렇게 겁낼 것까진 없다. 우리는 결코 생명을 고치거나 감추지 않는 양산박의 호걸이다. 그런데 어째서 네가 이준·비보·적성 세 사람을 잡아 가두고서 3천 냥의 돈을 사취하려 들었느냐? 지금 당장 세 사람을 석방해서 이리로 데려오면 네 목숨을 살려줄 것이고, 만일 눈곱만큼이라도 '못하겠다'는 생각이 있다면, 어떤 놈이든지 이리로 가까이 오는 놈이 있을 땐, 네 모가지는 땅바닥에 떨어질 테니까, 그런 줄 알고 진심으로 말을 해라!"

여태수는 모가지가 베어질까 무서워서 연방 애걸을 했다.

"제발 덕분에 손일랑 움직이지 마십시오! 석방해요! 석방해요!"

그러고서 태수는 아전을 불러 즉시 감옥으로 달려가서 세 사람을 석 방시켜 데려오라 하는 것이었다. 아전은 태수의 명령을 받아 급히 감옥 으로 달려갔다.

아전이 떠난 지 반식경이 못 돼서 감옥으로부터 석방된 이준·비보· 적성 등 세 사람이 이곳 정자로 달려와서 보니까, 정자 안에 여태수가 죄인처럼 꿇어앉아 있는데, 그 주위에는 숱하게 많은 사람들이 둘러섰 고, 그 복판에서 악화가 손짓 발짓을 해가며 무어라고 태수를 꾸짖는 모양이라, 이게 도무지 어떻게 된 일인지 알 수가 없어서 그들은 어리 둥절했다.

그럴 때 여태수는 애걸하는 것이었다.

"여보시오. 내가 세 분을 석방해드렸으니, 제발 나를 놔주십시오!"

그러자 악화는 또 호령을 한다.

"좀 더 기다려라! 태호로 말하면 백성들의 목숨을 지탱해주는 곳인 데, 무슨 까닭으로 네가 파산사란 놈과 결탁해서 고시(告示)를 냈느냐? 뭐, 정가네 집의 양어지니까 자호수패(字號水牌)를 달아야 하고 어리(魚 利)를 반분씩 하게 했다니, 그게 사세(私稅)가 아니고 무어냐? 이런 것은 우리가 분해서 그냥 두고 못 본다! 그리고 또 흉계를 꾸며 우리 형제를 감옥에 잡아 가두고는 3천 냥이나 돈을 사취하려고 하잖았느냐? 나한 테 돈은 있다. 그렇지만 네깐 놈들한테는 안 준다! 그동안 네놈이 백성 들한테서 재물을 울궈먹은 게 얼만지 모르니까, 이번엔 네가 3천 냥을 우리한테 갖다바쳐야 한다! 그럴 테냐? 안 그럴 테냐?"

"예, 예! 그렇게 하겠습니다. 고시를 내고 어세(魚稅)를 받고 한 것이, 그게 모두 정자섭이 그러자고 해서 그 사람 주장대로 한 것이지, 제가 주장해서 한 게 아니올시다.”

“그럼 여기서 편지를 써서, 네 집에 가지고 가서 돈을 가져오도록 해라!”

“예, 예!”

여태수는 다급해서 아전을 불러 편지를 써주었다.

태수의 글을 받아본 부인은 자기 영감님의 목숨이 풍전등화 같음을 알고, 손발을 부들부들 떨면서, 수십 개의 전대에 돈을 가뜩가뜩 넣어 아전한테 주었다. 아전은 그 돈을 가지고 정자로 돌아와서 악화한테 바치니까 악화는 그 돈을 모두 뱃간에 가져다 쌓게 했다.

일이 이같이 끝나니까, 여태수는 또 애걸했다.

“이제 그만 저를 놔주십시오. 이나마 벼슬이 떨어지면 어찌합니까! 네? 그만 저를 놔주십시오.”

그러나 악화는 단호하게 말했다.

“너를 죽이진 않을 테니 잔소리 마라! 그런데 정자섭이란 놈이 딴소리 못 하게 네놈이 가서, 두 놈이 대면해 분명하게 해놓은 다음에야 너를 놔줄 테니까, 어서 가자! 그리고 네가 데리고 왔던 관청의 역원(役員)들을 모두 데리고 가자!”

여태수가 찍 소리 못 하고 역원들을 데리고서 배에 오르니까, 예운과 상청은 날이 시퍼런 칼을 들고 곁에 가서 그를 엄중히 지킨다. 배가 상주성을 떠나 30리를 가니까 태호라, 여기서부터 반나절도 못 가서 배는 마적산 아래에 도착했다. 악화는 태수를 모시고 나온 부청의 역원 모양으로 몸차림을 하고서, 먼저 태수님이 찾아오셨다는 기별을 전하려고 정자섭의 집으로 뛰어갔다.

그런데 이날이 마침 정자섭의 생일날이어서, 그는 집에서 잔치를 차리고 있다가 기별을 듣고는 기쁨을 참지 못했다.

“여공(呂公)께서 오늘이 내 생일인 줄 어떻게 아시고 친히 축하를 하시러 나오셨단 말인고! 황송하기 짝이 없는데, 그런데 많은 사람들을 데리고 오시는군?"

그는 이렇게 뇌까리면서 급히 의관을 단정히 하고 나서 친척들과 함께 응접실로 나왔다. 이때, 악화는 바라를 치게 하여 길을 열면서 여태수의 행차를 인도하는데, 태수가 타야 할 가마가 없으니까, 동위·동맹·예운·상청이 태수의 몸을 부축해서 모시고서 대문 앞에까지 왔다. 정자섭은 마당으로 내려가서 태수를 대청으로 모시고 올라왔다.

태수가 자리에 좌정하자, 정자섭은 인사의 말을 했다.

"오늘이 변변치 못한 이 사람의 생일입니다마는 아무것도 차린 것도 없고… 여공께서 이렇게 원로에 옥보(玉步)를 옮기시어 마음에 대단히 불안합니다."

여태수는 자기 등 뒤에 칼끝을 숨겨가지고 자기를 노리는 사람이 붙어서 있는 데다가 더구나 정자섭의 생일이 오늘인 줄도 몰랐던 터이라, 무어라 대답해야 옳을지 생각이 안 났다.

그래 간신히 기운을 내서 대답했다.

"오늘이 정형의 생신인 줄을 몰랐고 그저 잠깐 할 말이 있어서 이렇게 찾아왔소이다."

이 말을 듣고 정자섭은 빙그레 웃었다.

"무슨 말씀이 있기에 몸소 행차를 하셨나요? 너무 죄송하군요! 그런데 그 이준이란 놈이 돈을 속히 바치도록 하셔야지요. 그놈들을 허술하게 다뤄서는 안 될 겁니다."

이때, 그 자리에 이준·비보·적성 등이 품속에 칼을 감춰가지고 들어와 있었건만 정자섭은 그걸 알아보지 못하고 이런 말을 했던 것인데, 세 사람은 분통이 터진 듯이 와락 달려들어 그의 멱살을 움켜잡고,

"그래, 내가 바로 이준이다! 이놈아, 너한테 돈을 주려고 내가 왔단 말이다!"

이렇게 고함치니까 비보와 적성은 단도를 꺼내 들고 시퍼런 칼날을 그의 턱 밑에 갖다댄다. 정자섭의 얼굴빛은 금시에 흙빛으로 변했다. 그는 혼비백산해서,

"무슨 말씀이신지요?"

하고 어물어물하는 게 아닌가.

이준은 호령을 했다.

"네 이놈! 백성을 해치는 강도야! 태호를 사유지로 삼고 백성들한테서 사세(私稅)를 거둬먹고 우리들한테서 돈을 뺏으려 했으니 지금 이 자리에서 여태수란 놈허구 설명을 좀 해봐라!"

정자섭은 이 모양을 당하고서 비로소 사태가 험악하게 된 것을 깨닫고, 교의에서 내려앉아 무릎을 꿇었다.

"그저 죽을죄를 지었으니… 호걸님들이 불쌍히 보시고 살려주시기만 빕니다."

"아무 말 마라! 네놈의 껍질을 홀랑 벗기는 것밖에 남은 일이 없다."

정자섭이 기가 질려서 움츠리고 앉았을 때, 악화가 또 호령했다.

"너 같은 것 죽이기는 개 한 마리 죽이는 거보다 쉽지만, 칼이 더러워져서 못 죽이겠다. 내가 너를 살려줄 테니까 그 대신 세 가지 일을 복종하고 듣겠느냐?"

"예! 세 가지 말고 30가지라도 다 듣겠습니다!"

"그럼 바른대로 말해라. 네가 복건염방사로 있으면서, 또 그다음엔 탐관과 결탁해 사람들을 협박해서 뺏은 재산이 얼마나 되느냐? 조금도 감추지 말고 바로 말해야지, 만일 거짓말을 했다가는 모가지가 달아날 줄 알아라!"

"예, 아마 10여만 냥 될 겁니다. 등록된 재산이니까, 제 말에 거짓은 없습니다."

"그럼 금년 가을에 추수가 끝난 뒤, 백성들의 과세를 네가 대신 나라

에 바쳐라! 한 푼도 우리한테 달라는 게 아니다!"

악화는 이렇게 말하고서 다시 여태수를 보고 명령했다.

"여태수 너는 서리(書吏)에게 이 자리에서 고시문을 쓰도록 해라! 금년 추수 후의 백성들의 과세는 정자섭이 대신 국고에 납입하게 됐다고 쓰란 말이야. 그래가지고 그걸 각처에다 게시해야 한다. 알아들었느냐?"

"예!"

악화는 그 자리에서 고시문을 백여 장이나 쓰게 해서 여태수의 인(印)을 찍어놓게 했다. 이렇게 그는 세 가지 안건 중에서 우선 한 가지일을 끝낸 후에, 다시 정자섭에게 묻는다.

"네 집 곳간에 지금 쌀이 얼마나 있느냐?"

"예, 한 3천여 섬 있습니다."

악화는 그 말을 듣고 또 준절하게 일렀다.

"그러면 이 부근에 살고 있는 가난한 백성들을 모조리 불러다가 곳간에 있는 그 쌀을 모두 나눠줘라! 이것이 두 번째로 너한테 시키는 일이다. 그리고 세 번째로 할 일은 이제부터 네가 태호를 가지고 네 집의양어장처럼 행세해서는 절대로 용서 없으니, 그러니까 입때까지 네가대소어선(大小漁船)한테 벗겨먹은 어세(漁稅)는 곱쟁이해서 도로 내줘야만 한다는 것이다. 그리고 지금부터 개과천선하지 않고 또다시 그따위짓을 했다가는 조만간에 네 목숨이 없어질 테니, 그런 줄 알고 반드시실행하렷다!"

"예! 그대로 시행하겠습니다."

정자섭이 머리를 꾸벅꾸벅하면서 이렇게 복종하니까, 악화는 이번엔 여태수를 보고 또 준절히 이르는 것이었다.

"여태수, 너는 이제부터 개과천선해서 백성을 사랑하고, 국가를 위하여 일하는 좋은 관리가 돼야지, 만일 그전같이 군다면 절대로 용서 없다! 알아들었느냐?"

"예! 예!"

"그러면 너희들 둘이 우리를 전송해라!"

이렇게 말하고서 악화는 먼저 대문간으로 향해 걸어가니까, 이준 등 일행이 그 뒤를 따르고, 예운과 상청은 여태수를 데리고, 비보와 적성은 정자섭을 이끌고 뒤를 따라나와 모두 배 위에 오른 뒤에, 돛을 올린 후 그곳을 떠나 절반쯤 오다가 갈대풀이 우거진 섬이 하나 있으므로 그곳에다 두 놈을 내려놓고 그대로 소하만으로 돌아갔다. 정자섭과 여태수는 망망대해 같은 호수 가운데서 공연히 하늘을 원망하다가 멀리서 배 한 척이 지나가는 것을 불러 간신히 무사히 돌아갔다.

그리고 얼마 후에 이준 등 일행은 소하만으로 돌아왔다. 먼저 이준이 악화에게 사례했다.

"이번엔 완전히 아우님 덕택으로 살아났소… 그런데 아우님이 어떻게 이곳엘 왔소?"

"일이 모두 공교롭게 됐습니다. 제가 왕도위 공관에서 편안하게 지냈는데, 글쎄 하루는 들으니까 저의 매부 손립이 원소칠과 함께 등주에서 일을 일으켰다고 하지 않겠어요? 그래 아무래도 제 몸이 위태로울 것 같아서 몰래 공관에서 빠져나와 곧장 건강부에 살고 있는 유씨라는 친구를 찾아가다가, 서울서 도사 행위를 한다는 곽경이란 놈을 만나 이놈과 함께 왕보 대감의 아들 왕선위 공관으로 가서 있었는데, 청명날 만류장에 놀러 나갔다가 화지채 형님의 미망인과 진명 형님의 미망인을 먼빛으로 보고서 이놈이 흉한 마음을 먹고, 나한테는 속이고서, 화지채 부인과 매씨를 군사를 데리고 가서 붙들어왔었답니다. 그래서 내가 두 분 아주머니와 화도령을 구해내서 항주로 가던 중에 보대교(寶帶橋) 아래에서 동위·동맹 형제를 만나지 않았겠어요! 그리고 형님께서 상주 옥에 갇히셨다는 사실과, 돈 3천 냥을 갖다바치면 풀려나오실 수 있다는 것을 알았지요.

그런데 저 여태수란 자식이 왕보의 아들 왕선위의 부하란 말씀예요. 왕선위의 말이라면 섶을 지고 불속에 들어가라 해도 들어갈 만한 자식이기에 제가 화도령을 왕선위의 계씨로 가장시켜 찾아가서 인사를 하게 했더니, 아니나 다를까 여태수란 놈이 답례를 하러 도령한테 찾아왔기에, 이놈의 모가지 뒤에다 칼을 갖다대게 하고서 형님을 석방시키게 하고 또 그놈한테서 3천 냥을 되레 빼앗았죠!"

"그거 정말 그런 신통한 꾀가 있는 줄 입때까지 몰랐소! 정자섭이란 놈이 속으론 아우님을 죽이고 싶었겠소!"

"그런데 그 정자섭이란 자식은 제2의 황문병이라 죽여버려도 좋겠지만 그냥 살려줬습니다. 본래 인색한 놈의 재물이란 그놈의 육신의 살점과 같아서, 일조일석에 그 재물이 없어지면 몸뚱어리를 칼로 난도질하는 것처럼 아프답니다. 그놈이 가난한 백성들한테 쌀을 죄다 내주고 나라에 세금을 대신 납입하고, 또 어세(漁稅) 받은 것을 곱쟁이해서 돌려주게 됐으니 그만하면 족하지 않습니까? 그놈이 우리를 해치지 아니한 이상, 죽일 거까진 없지요."

"참으로 이번 일은 훌륭하게 잘했소!"

이준은 이렇게 칭찬한 다음에, 안채에 있는 화영의 미망인과 매씨와 도령을 청해서 나오게 한 후 인사를 했다.

"자제가 이렇게 장성했으니 참 기쁩니다. 그리고 저도 곤욕을 당하다가 무사하게 돼서 더욱 기쁩니다."

화영의 미망인은 감사했다.

"아직도 어린아이지마는 그래도 저의 부친을 닮았는지 지기(志氣)는 있지요. 저의 부친이 생존했을 때, 저 애 이름을 화봉춘(花逢春)이라고 지었답니다. 이번에 저의 모자가 악당 놈한테 화를 당할 뻔했었는데, 만일 악화 아주버니가 안 계셨던들 어찌될 뻔했는지 알 수 없지요. 장래도 우리 모자는 여러분 아주버니께서 잘 지도해주실 수밖에 없습니다."

"그야 아주머니께서 부탁하시지 않더라도, 제가 살아 있는 날까지는 끝까지 보아드리겠습니다."

이렇게 말하고 있을 때 다른 형제들은 고기와 술을 차려가지고 들어왔다. 그래서 그들은 술상을 차려놓고 천지신명에게 먼저 감사를 올리고, 그러고서 둘러앉아서 술을 마셨다.

"그런데 이형! 미리 의논을 해둡시다. 저 여태수란 놈과 정자섭이란 놈이 필시 복수를 하려고 이리로 쳐들어올 거란 말예요. 이걸 어떻게 막지요?"

술을 마시다가 악화가 문득 이런 말을 하니까 비보가 장담했다.

"걱정 없어! 여기 소하만에 어부만 모아도 3, 4백 명은 되고, 그 위에 우리들 형제가 있지 않나? 저놈들이 오기만 하라지, 한 놈도 살려놓지 않을 테니까! 이 태호의 수면(水面)이 8백 리나 되고, 72봉의 산이 있고 전량(錢糧)은 넉넉하니까 병정을 모집하고 말을 사들이면 일대전장(一大前場)이 될 거야!"

"그렇다 하더라도, 태호는 고립되어 있는 절지(絶地)란 말이야. 만일 각처의 나루터를 막아버리고, 소주·호주·상주의 세 고을 군사를 몰고 나온다면, 여기서 주워모은 어부들이란 언제 전쟁을 해본 경험이 있겠나, 소용이 없지! 더구나 동정산(洞庭山) 연안의 백성들은 본시 부유하게 살아오던 백성들이라서 우리들한테 순종하지도 않을 거란 말이오. 잘못하다간 내부에서 민변(民變)이 날 염려도 있고!"

악화가 이렇게 말하니까, 동위가 한마디 했다.

"그러지 말고 우리 다시 양산박으로 올라갑시다! 그래가지고 패업을 다시 중흥시켜보지요."

이 말에 악화는 머리를 좌우로 내저었다.

"양산박은 한때 흥왕했던 곳이니까 이제 지기(地氣)가 다 없어졌단 말이야. 송공명 형님이 노심초사해서 모은 사람이 모두 1백 8인, 그 중에서 죽은 사람이 많고, 살아남은 사람도 뿔뿔이 흩어져버리지 않았나! 세월이 흘러갔고, 사정이 달라졌고, 각처 관소(關所)에서는 경계가 엄중할 텐데, 우리가 거길 어떻게 가나!"

그 말을 듣고 이준이 말했다.

"악형(樂兄)의 말이 옳소! 저것들이 우리한테 복수를 한다 해도 앞으로 5, 6일은 지나야 할 거니까, 그때 우리가 일치단결해서 부숴버리면 그만이니까, 오늘일랑 취토록 마시고서 잡시다!"

"그럽시다!"

이래서 그들은 취토록 마신 뒤에 각각 자기 방으로 들어가 잤다.

그러나 이준은 잠자리에 들어가서도 잠이 오지 아니했다. 이불 속에서 이리 뒤척 저리 뒤척 하다가 3경 때나 되어서 눈을 붙이는데, 뜻밖에 머리에 누런 두건을 쓴 역사(力士)가 손에 영기(令旗)를 들고 나타나더니,

"이대왕(李大王)님! 지금 성주(星主)께서 산채에 계시니까, 그리로 오시랍니다. 소인더러 모시고 오라고 하셔서 달려왔으니 속히 가시지요."

이렇게 말하므로 이준은 얼른 자리에서 일어나 옷을 주워입고는,

"호수를 건너야 할 테니까, 배를 준비시켜야지."

하고 하인을 불렀다. 그러니까 역사는,

"배는 없어도 좋습니다. 소인이 말을 끌고 왔으니까요."

이렇게 말하므로 이준은 그를 따라서 대문 밖으로 나왔더니, 역사는 그를 부축해서 길이가 열 발이나 되고, 굵기가 절구통만한 시커먼 먹구렁이 등성이에다 올려 앉히는데, 구렁이 몸뚱어리에는 금빛 나는 비늘이 가득하고 두 눈깔은 횃불같이 밝은데, 이놈이 이준을 태우고 유성처럼 순식간에 공중을 날아가서 양산박 충의당 앞에 내려놓는다. 그런데 보니까, 충의당은 그전의 모양 같지 않고 대단히 변했다.

금빛 나는 쇠로 기둥과 문설주를 장식하고, 유리 같은 기와로 지붕을 덮었는데, 뜰아래엔 향수를 뿜는 분수탑이 있고, 대청 위에는 등촉이 휘황하다. 이준이 이상하게 여기고 섰노라니까, 대청 위 한복판에 편복을 입고 두건을 쓰고 앉았던 송공명과 그 왼편에 앉았던 오학구와 오른편에 앉았던 화지채 등 세 사람이 일제히 뜰아래까지 내려와서 그를 대청 위로 이끌고 가더니, 송공명이 먼저 입을 열었다.

　"동생! 나는 지금 천궁(天宮)에 와서 편안히 있지만, 늘 생각나는 것이 옛날 함께 지내던 형제들을 만나보고 싶은 마음뿐이오. 나는 간신 놈들 때문에 제 명에 못 죽고 독살당했지만, 동생의 전정은 참으로 창창하니까 부디 내가 다하지 못하고 남겨둔 후반 사업을 맡아서 완성해주기 바라네. 하늘을 대신해서 도를 행하고, 마음을 충(忠)과 의(義)에 두고서 내가 그전에 하던 것같이 실행하면, 하늘이 반드시 도와주실 걸세. 내가 지금 시(詩)를 네 구절 읽어줄 테니 꼭 기억해두었다가 후일 징험을 해보기 바라네."

> 금오배상 기교룡(金鰲背上 起蛟龍)
> 교외산천 기상웅(郊外山川 氣象雄)
> 강살산래 존일반(罡煞算來 存一半)
> 진조옥궐 향황봉(盡朝玉闕 享皇封)

　송강이 여기서 입을 다물고 바라보므로 이준은 그 뜻을 알지 못해 그게 무슨 의미냐고 물어보려는 순간, 흑선풍 이규가 쌍도끼를 들고 대청으로 뛰어나오더니 큰소리로,

　"이준아! 너 사람을 이렇게 깔보기냐? 어째서 형님은 찾아보고, 나는 찾아오지 않느냐 말이야!"

　하고 어깨를 탁 치는 바람에 깜짝 놀라 깨어보니 꿈이었다. 머리맡에

등불은 아직 꺼지지 않고 까물까물하는데, 동쪽 들창은 날이 밝아오는 듯 해끄름했다.

이준은 자리에서 일어나 즉시 형제들을 모두 깨워 꿈 이야기를 했다. 꿈속에서 송강으로부터 들은 시구를 한 자도 빼놓지 않고 외웠다.

"그런데 이상하단 말이야! '금오배상(金鰲背上)'이란 이 넉자는 전일 석판에 있던 글자인데, 이게 좋은 징존가 나쁜 징존가 알 수 없는데…?"

이준이 이렇게 말하자 악화가 말했다.

"그것은 송공명 형님의 영혼이 이형의 꿈속에 나타나신 거요. 이형이 먹구렁이를 타고 하늘을 날았다는 것은 장차 변화를 일으킨다는 징조고, 역사(力士)가 이형을 대왕(大王)이라고 불렀다는 것은 장차 좋은 자리가 정해진다는 뜻일 거요. 아무리 생각해봐도 우리가 종내 이곳을 지키기는 어려울 것 같습니다. 송공명 형님의 영혼이 말씀하시기를 '교외산천 기상웅(郊外山川 氣象雄)'이라 했다니, 이것은 우리더러 해외로 나가서 웅대한 사업을 해보라는 뜻이라고 나는 생각하는데요."

이준도 그 말에 고개를 끄덕였다.

"글쎄, 나도 그렇게 생각하는구먼. 전일 표사봉에 올라가서 설경을 보고 있을 때 벼락 치는 소리와 함께 떨어진 석판에도 똑같은 글자 넉자가 새겨져 있었으니까… 그때 그 석판을 가져다가 신당(神堂)에 모셔뒀는데 지금 가져올 테니 보라구."

이준은 사람을 시켜 그 석판을 갖다가 악화에게 보이면서 또 말하는 것이었다.

"오래전에 내가 구염공(虯髥公)이라는 관상쟁이한테서 이런 말을 들은 게 생각나는군. '태원(太原) 땅엔 이미 주인이 있는데, 그 사람하고는 힘으로 다퉈서도 안 될 테니까 부여국(扶餘國)에 가서 임금이나 되라구!' 그러나 내가 어떻게 그런 희망을 갖겠는가? 차라리 바다 밖으로 나가면 무인도도 많을 테고, 우리 형제들이 모두 물에는 익은 사람들이니까, 멀리 바다 바깥으로 나가서 일을 꾸며보는 게 좋겠단 말이야. 괜스레 이 땅에 앉아서 여태수니 정자섭이니 하는 조무래기를 상대해 싸울 필요도 없지 않은가?"

이 말에 그들은 모두 찬성했다.

"그건 그래요!"

"옳은 말씀이야!"

마침내 그들은 신천지를 구해보기 위해서 큰 배 네 척을 꾸리고, 기운 센 어부 2백 명을 모집하여 상인처럼 분장시킨 후, 중요한 재산을 모두 수습하고 식구들을 배에 태운 뒤에 오송강(嗚淞江)으로 나왔다. 호수의 물결이 잔잔해서 하나도 가로거치는 것 없이 강물이 바다로 빠지는 어귀에 이르렀을 때 그들은 그곳에다 배를 정박시키고 이준과 악화가 배에서 내려 해안의 언덕 위로 올라갔다. 장차 어느 쪽으로 나아갈까 의논을 한 후 방향을 정할 작정인 것이다.

두 사람이 언덕 위로 올라와서 바다를 내려보니, 가없이 넓은 하늘 아래 끝없이 펼쳐 있는 것이 오직 물결뿐이라, 동서를 분간할 수가 없고 주야를 분간하기도 어려울 것 같다.

"이거 걱정인데! 육지가 있을 것 같지도 않으니, 어디로 가서 산단 말인가?"

먼저 이준이 이렇게 탄식한다.

그러자 악화가 말했다.

"오늘은 날이 흐린 데다가 처음 보는 풍경이니까 그렇지, 만일 날씨가 청명하기만 하면 섬 같은 게 보일 겁니다. 너무 근심할 건 없어요. 그런데 우리 배가 원양(遠洋)까지 넉넉히 갈 수 있을지, 그게 의문인데요?"

이렇게 말하고 악화가 눈을 돌려 한 곳을 바라보니, 바로 언덕 아래에 소라껍질을 줍고 있는 노인이 있으므로 그는 그 노인을 불러서 물어봤다.

"노인장, 원양에 나가려면 배가 얼마나 커야 하나요?"

노인이 악화를 쳐다보면서 대답했다.

"배가 크고 작은 게 문제가 아니죠. 배를 만든 식에 따라서 다르니까
요."

악화는 그 앞에 정박시켜놓은 자기들의 배를 막대기로 가리키면서
물었다.

"저 배는 만든 식이 어떻습니까?"

노인은 악화가 가리키는 배를 한번 보더니 고개를 좌우로 내젓는다.

"밑바닥이 저렇게 너무 넓고 평평해서야 쓰나요. 풍랑에 뒤집혀지기
쉽지요. 저기 저 돛대 두 개가 높다란 저 배같이 된 거라야 해요. 저게
바로 조금 있다 원양으로 나갈 배랍니다."

웅지를 품고 신천지로

노인의 말을 듣고 이준과 악화가 한옆을 바라보니까, 과연 큰 배 두 척이 보이는데, 그 배의 구조된 격식이 자기들이 타고 온 배와 크게 다르다.

이준이 그것을 보고서 한숨을 후우 내쉬고 탄식했다.

"이 일을 어쩌나! 내가 배를 만들 때 처음부터 원양(遠洋)에 나갈 수 있도록 자세히 일러주지 못한 게 한이로군. 이거 언제 또다시 배를 만든단 말이오? 정말 진퇴양난인데!"

악화는 입을 다물고 한동안 아무 말이 없다가, 갑자기 좋은 수가 생긴 듯이 웃음을 머금고 말했다.

"형님, 염려 마시우. 썩 좋은 배 두 척이 우리를 태워주기로 됐으니 걱정할 거 없어요!"

"이 사람이 또 사람을 웃기려고 이러나? 지금 이 해변에 누구 아는 사람이 있기에 그 사람이 우리를 원양까지 태워다준다는 말인가?"

이준이 못마땅한 눈으로 바라보니까 악화가 손가락으로 아까 노인이 가리키던 큰 배를 가리키면서 말한다.

"저기 저 배가 있잖아요? 저 배의 사람들이 우리말을 듣지 않는다면 잠깐 빌려 타고 가면 그만 아닙니까?"

이준은 그제야 알아들었다.

"옳아! 알아들었네."

그러고서 이준과 악화가 언덕 위로부터 해변으로 내려와서 큰 배에 가까이 가보니까 군관 두 사람이 배 위에서 수부(水夫)들을 데리고 감독하면서 기호(旗號)를 뱃머리에 높이 걸고 있는데, 그 기호는 바로 추밀원의 기호였다. 원래 이 배는 동관의 소유요, 배에 타고 있는 사람들은 동관의 집 하인으로서 뱃사공까지 합치면 모두 백여 명 되는 모양인데, 그들이 갑판 위에서 분주히 일하면서 지껄이는 소리에 귀를 기울이니까,

"이거 봐, 빨리빨리 일을 해야지. 내일이면 해외로 떠난단 말이야!"

이런 소리가 들리는 것이었다.

이준과 악화는 이 소리를 듣고 급히 뱃간으로 돌아와서 형제들과 의논해서 방침을 정한 후, 이날 밤 3경 때가 지나서 동관의 배에 사람들이 모두 잠자고 있을 때, 비보와 예운을 선봉으로, 그들은 일제히 칼을 뽑아들고 배 안으로 뛰어들어가, 잠깐 동안에 두 명의 군관과 20여 명의 하인들을 거꾸러뜨린 후, 호령을 했다.

"뱃사공과 수부는 달아나지 못한다! 달아나기만 하면 죽여버린다!"

이래서 배 안에 있던 놈들을 모두 굴복시키고, 죽은 놈들의 시체를 모조리 바닷물 속에 집어던진 후 피 흔적을 깨끗이 씻어버린 뒤에, 그들은 자기들이 타고 왔던 배로부터 가족들과 재산을 모두 옮겨놓고 나서 배 안에 실려 있는 물품을 검사해보니 솜과 실[絲]과 비단과 기타 값진 물건이 하나 가득한데, 이 같은 상품 궤짝 틈에서 추밀원으로부터 발행한 비문(批文) 한 통이 나왔다.

이준은 그 비문이 항행증(航行證)이나 다름없으니까 그것을 따로 거둬둔 다음, 수부를 불러 닻을 감고 돛을 올리게 하여 동북풍을 타고 서남방을 향해서 배를 띄우니, 얼마 지나지 아니해서 배는 대양(大洋)으로 나왔다. 바람은 그다지 세게 불지 않건만, 다락같이 높은 파도에 밀려서

집채보다 더 큰 배가 조랑말처럼 들까불린다. 그리고 날은 점점 밝아오 건만, 사방을 둘러보아도 육지가 보이는 곳은 아무 데도 없다.

이렇게 가없이 넓은 대양을 1주야 동안 항행하다가 우연히 한 곳을 바라보니, 높은 산이 하나 보이고, 종소리까지 은은하게 들려오는 게 아 닌가.

"저 산이, 저게 어디냐?"

이준이 물으니까, 수부가 대답한다.

"저게 관음보살 도장(道場)이 있는 보타산(普陀山)입죠."

이준은 곧 배를 그리로 갖다대라 하고서, 악화·화도령·동위·동맹· 비보·예운·상청 등과 함께 올라가서 조음사(潮音寺)·자죽림(紫竹林)·사 신암(捨身岩) 등 각처를 두루 돌며 하루를 놀고 다시 뱃간으로 돌아왔다.

그러고 나서 또 이틀 동안을 항해하니까 배가 비산문(匪山間)이라는 항구에 닿았다. 그런데 이곳은 절강(浙江)과 복건(福建)의 접경으로서 대장 한 사람이 3백 명의 군사와 전선 열 척을 거느리고서 왜국 놈이 침 범해오나 않나, 다른 나라에서 간첩이 들어오나 않나, 혹시 국민 중 에서 어떤 놈이 외국과 사통(私通)하는 놈은 없나… 이런 것을 막기 위 해 경비하고 있는 곳이었는데, 이때 경비대에서는 이준의 큰 배가 두 척이나 들어오는 것을 발견하고는 호포(號砲) 한 방을 탕 터뜨리더니, 전선 열 척이 앞을 일렬로 쫙 막으면서 무장을 단단히 하고 한 손에 삼 첨양인도를 들고 있는 사람이 뱃머리에 버티고 서서 호령을 하는 것이 었다.

"배를 세워라! 세우지 않으면 쏜다!"

이 소리를 듣고 악화가 얼른 소리를 질렀다.

"가만있어요! 우리는 추밀원의 비문을 받아가지고 복건으로 가는 배 란 말이오!"

그러자 경비대 대장이 악화의 배 위로 올라오더니,

"추밀원의 비문이 있다니, 그걸 이리 가져다 뵈시오!"

하고 독촉한다. 악화는 전일 궤짝 틈에서 발견했던 비문을 갖다줬다.

경비대 대장은 그것을 한번 훑어보더니 큰소리로,

"이놈들이 간첩이로구나! 추밀원의 비문으로 말하면 고려국에 가는 것인데 이놈은 복건 땅에 간다니, 이게 어디 당한 소리냐?"

이렇게 호령하고서 대뜸 저의 부하를 부르는 게 아닌가.

원래 추밀원의 비문에는 종이 위에다 표만 해놓고, 어디 사는 누가 어디로 간다는 설명은 쓰지 아니하는 것임을 악화가 알지 못했던 까닭이다. 일이 이렇게 탄로 나자, 비보는 고기잡이할 때 쓰는 오고어차(五股魚叉)로 경비대장의 모가지를 찔렀다. 그러자 뱃전에 섰던 대장은 바닷물 속으로 풍덩 떨어졌다. 그와 동시에 동위·동맹과 예운·상청은 일제히 칼을 뽑아들고 경비대원들한테로 뛰어들려 했는데, 이때 경비대원 중에서 기골이 장대한 사람이 앞으로 나서면서 외친다.

"잠깐만 기다리십쇼! 여러분들 혹시 양산박에 계시던 호걸들 아니시오?"

이 소리를 듣고 이준이 대답했다.

"그래! 내가 바로 혼강룡 이준이다. 너는 누구냐?"

그자가 이 말을 듣더니 그 자리에 넙죽 엎드린다.

"주인님! 그동안 안녕하셨습니까?"

너무도 뜻밖의 일이라, 이준은 그를 붙들어 일으키면서 물었다.

"자네가 누군가?"

그러자 그 사람이 일어서서 이준을 바라보고 말하는 것이었다.

"저는 허의(許義)라는 사람입니다. 낭리백도 장순님의 부하로 있었습니다. 방납을 토벌할 때 장순 두령님이 용금문 싸움에서 전사하신 뒤, 저는 더 가지 않고 항주에 남아 있다가 나중에 왕도통(汪都統)님의 막하로 들어갔었죠. 그랬다가 나중에 초관(哨官)이 되어, 지금 비산문 경비대로 왔답니다. 양산박의 두령님들은 제가 모르는 분이 없습니다만, 워낙 여러 해 동안 못 뵈어서, 얼른 못 알아뵈었습니다. 그런데 지금 어디를 가시기에 이곳을 지나가십니까?"

"응! 우리가 중국에서는 그놈들 간신 놈들 때문에 살고 싶지 않아서, 어디 조용한 섬을 찾아가서 살아볼까 하고 나선 길일세."

"아, 그러십니까? 제가 이곳에 온 지가 오래되어서 이 근처 뱃길을 잘 압니다. 제가 따라가서 한 군데 썩 좋은 곳을 찾아드리면 어떻겠습니까?"

이준은 이 말을 듣고 대단히 기뻤다.

"좋구말구! 그렇지만 자네, 관인(官人)의 몸으로 어떻게 여기를 떠나겠나?"

그러니까 허의는 어깨를 한 번 추썩거리더니, 속에 있는 말을 털어놓는다.

"말씀 맙쇼! 제가 무슨 관인입니까. 저는 본래 심양강에서 떠돌던 인간입니다. 장수 두령님이 강주의 법장(法場)에서 한바탕 야료를 치고 백룡묘로 갈 때까지 줄곧 따라다니다가 양산박으로 들어가서는 정말 몇 해 동안 참 재미나게 지냈습니다. 송공명 대왕님은 참 호인이셨죠. 저를 수족같이 알아주셨는데… 글쎄, 간신 놈들 때문에 초주서 독약을 잡수시고 돌아가셨다는 말을 듣고, 저는 정말 울었습니다. 그런데요, 이곳을 경비하던 대장이라는 자식이 이게 고구(高俅)의 외가로 조카가 되는 전부(田富)라는 작자인데, 이자가 고구의 배경만 믿고 군량을 도둑질하고 병정들을 함부로 다루기 때문에 3백 명이 모두 이를 갈고 기회만 노려오던 터이었는데, 오늘 마침내 그자가 죽어버려서 모두들 시원해한답니다.

그런데 주인님! 제가 재주는 없습니다만, 주인님께서 저를 써주신다면, 제가 저 3백 명의 병정들을 데리고 와서, 주인님 마음에 드는 섬을 하나 찾아드리겠습니다."

이준은 애초에 떠날 때부터 자기의 병력이 약하고 무기가 부족한 것을 염려하던 터이라, 이 말을 듣고 진심으로 기쁘게 생각했다. 그러고서 그는 즉시 돈 3백 냥을 꺼내주었다. 병정 한 놈 앞에 한 냥씩 돌아간 셈이니, 돈을 받은 병정들은 모두 허리를 굽신거리면서 사례하는 것이었다.

병정들한테 돈을 죄다 나눠주고 나서, 허의가 다시 이준의 앞으로 오더니 묻는다.

"그런데요, 해외로 나가서 편히 사실 곳을 찾으시려면, 어딜 가든지 말이 죄다 다르고, 글자가 죄다 각각 다른 법인데… 아무래도 통역할 사람이 몇 사람 있어야 하잖겠습니까?"

사실 이 문제도 이준이 걱정하던 문제였다. 그래 그는 허의에게 물었다.

"물론 있어야지! 그래, 자네들 중에 통역할 사람이 있는가?"

"예, 있기는 몇 사람 있습니다만, 누구를 데리고 가야 할지, 물어보고서 다시 와서 말씀드리죠."

"그럼 그렇게 하게."

이준은 허의를 경비선으로 돌려보내고, 그날 밤은 모두들 비산문에서 하룻밤을 지냈다.

이튿날 아침에 허의가 이준의 배로 찾아와서,

"통역할 사람을 세 사람 골랐습니다. 각국 말과 글을 능히 하는 사람이니까, 조금 상금을 후히 주십시오."

이렇게 보고하므로, 이준은 쾌히 승낙했다.

"아무렴, 그야 물론이지!"

이리하여 통역사로 뽑힌 사람들을 모두 불러다가 이준은 그들에게 후하게 상을 주었다. 이렇게 해서 그 후 그는 청수오(清水澳)·금오도(金鰲島)·섬라국(暹羅國)은 물론이요, 그 뒤에 일본·고려 사람들과의 교제에도 이 사람들 때문에 대단히 편리했다.

하여간 이런 일 때문에 비산문에서 이틀을 경과한 후 사흘째 되는 날, 마침 풍세(風勢)도 순하고 날씨가 좋은 고로 이준은 허의로 하여금 십여 척의 배를 거느리고 길을 인도하게 한 후, 닻을 감고 돛을 올렸다. 하늘은 맑고 파도는 일지 않으므로 이준은 마음이 기뻐서 술을 가져오게 하여 형제들과 술을 먹는 자리에 허의도 불러들여 같이 먹었다.

그들이 서로 이렇게 재미나게 이야기해가면서 한창 먹는 중인데, 갑자기 갑판 뒤켠에서 사공이 부르짖는 소리가 들려왔다.

"빨리 닻을 내려라! 배를 세워야 한다!"

그러자 수부들이 황망히 뛰어와서 닻줄을 풀러 천 근이나 되는 무거운 닻을 물속에 풍덩 내려뜨린다.

이준은 놀라 뛰어나와서 물었다.

"왜들 이래? 무슨 일이야?"

"저걸 보십쇼!"

눈이 휘둥그레진 수부가 이렇게 말하면서 한 손으로 가리키는 곳을 바라보니까, 산더미 같은 파도가 우레 같은 소리와 함께 밀어닥치는데, 그 물결 속에서 집채보다 더 큰 물고기 한 마리가 하늘 높이 물줄기를 뿜으면서 가까이 오는 까닭으로, 이준의 배는 금시 뒤집혀질 것처럼 까불리는 것이었다.

이때 이준을 따라서 갑판 위에 나왔던 화봉춘은 얼른 뱃간으로 들어가서 철궁(鐵弓)을 갖고 나오더니, 낭아전(狼牙箭)을 메겨쥐고 힘껏 잡아당겼다가 탕 쏘는 것이었다. 그 순간 화살은 그 큰 고기의 눈깔을 정통으로 꿰뚫었으니, 그 고기가 어떻게 견딜 수 있으랴. 화살이 눈깔에 꽂힌 채 몸을 흔들고 꼬리를 치는 바람에 바닷물은 열 길 스무 길 치솟았다가 떨어지면서 이준 일행의 배에 물벼락이 계속해서 떨어진다. 만일 견고하게 만든 배가 아니었다면 아마 모두 부서졌을 것이다.

허의는 활 잘 쏘는 병정들을 불러 일제히 활을 쏘라고 명령했다. 그러자 30명의 선수가 나와서 그 고기에다 대고서 일제히 활을 쏘았다. 그러자 그렇게 기운이 세던 고기도 온몸에 화살이 꽂혀 물 위에 벙긋이 떠올라오고 말았다. 그리고 파도도 가라앉았다.

이때, 십여 척의 배에 타고 있던 병정들이 그 고기의 몸뚱이를 갈고리로 찍어 힘을 합쳐서 해변가로 끌고 가보니까 머리 꼭대기서부터 꼬리까지의 길이가 백 척이 넘고, 어금니가 한 발이나 되는 것이, 눈깔은 사발만 하다.

사공이 고기의 모양을 보더니 이렇게 말한다.

"이것이 고래라는 고깁니다. 저는 뱃길에서 가끔 이놈을 보는뎁쇼. 이놈은 작은 놈입니다. 큰 놈을 만났다면, 우리 배 같은 것은 그놈이 한 입에 혹 들이마셨을 거예요. 우리가 모두 그놈의 점심 요기가 됐을 겝니다!"

이준은 그 말엔 참견하지 않고 화도령을 칭찬했다.

"정말 화도령의 활은 아버님을 닮았구나! 그때 화지채가 처음 양산박엘 왔을 적에, 하늘 위로 기러기 한 떼가 울면서 날아가는 것을 보고, 화지채가 화살 한 개로 기러기 머리를 꿰뚫어 조천왕 이하 모두들 탄복했지. 과연 장문유종(將門有種)이라! 오늘도 말이야, 만일 처음에 이놈의 눈깔을 못 맞혔더라면, 이놈을 어떻게 잡을 수 있었겠느냐 말이야."

모두들 그 말에 찬동하고서 그들은 칼을 가지고 해변으로 내려와 고래 고기를 저며내고 배를 갈랐다. 뱃속에서는 아직도 소화되지 아니한 자라 한 마리가 나왔는데, 이놈의 눈깔이 주먹만 하다.

악화가 이것을 보고 소리쳤다.

"이거 말이야, 이거 등잔불에 기름으로 쓰면 좋아! 수정등(水晶燈)같이 밝다니까."

"그런가요? 그럼 잘 둬야죠!"

여러 놈이 좋아서 부지런히 칼질을 하여 고기를 저며내고 한옆에서는 고기를 지지고 굽고 해서 5, 6백 명이 실컷 먹고 나머지 고기는 소금에 절였다. 이러느라고 하루를 쉬었다.

그러고 나서 또 이틀 동안 항해하니까 눈앞에 산이 보이고 포구가 있는데, 이때 허의가 이준을 바라보며 그곳을 가리킨다.

"저기가 청수오(淸水澳)란 곳인데요, 바로 섬라국과의 경계선입죠. 토지가 비옥하고 경치가 좋은 곳입니다."

"어디, 내려가서 한번 둘러볼까."

이준은 이렇게 말하고 배를 언덕 아래 정박시킨 후, 허의를 데리고 언덕 위로 올라와서 둘러보니 좌우가 얕은 산으로 에워싸여 있으며, 그 중간에 기름진 농토가 널찍하게 펼쳐 있는데, 몇 채 안 되는 초가집이 이쪽저쪽에 흩어져 있고, 소와 양과 개와 닭이 돌아다니는 풍경이 제법 그림 속에서 보는 별유천지같이 보였다.

이준은 한번 둘러본 다음에 언덕으로부터 내려와서 마을 사람들을 붙들고 물어봤다.

"말 좀 물어봅시다. 여기가 어느 고을에 속한 땅이오? 그리고 토지가 모두 얼마나 한 면적인지 아시오?"

그러니까 그 농군의 대답이 이러했다.

"여기는 주위가 백 리가량 되죠. 인가는 천 호(戶)도 못 되구요. 모두들 밭농사 짓고, 틈틈이 바다에 나가서 고기잡이하는 것이 생업이죠. 모두들 멀찌감치 떨어져 살고 있지만 아무 데에도 소속되지 않고 그냥 살고 있답니다."

"그럼 여기서 사시는 지가 오래됐습니까?"

"예, 벌써 여러 대(代)째 살아온답니다. 그래도 몇 대째 한 번도 납세를 해본 일이 없습죠. 그저 목화 심고, 삼씨 뿌리고 해서 무명하고 베를 짜가지고 옷 해입고, 농사지어서 밥해먹, 채소·생선 먹으니까, 뉘 집에서나 다들 걱정이 없답니다."

"그러면 아주 넉넉한 편이올시다그려. 그렇지만 너무 외롭지는 않소?"

"외로운 거는 모르고 지내죠. 여기서 남쪽으로 3백 리가량 가면 금오도라는 섬이 있는데, 섬라국 땅이랍니다. 그런데 이 섬에 요사이 도장(島長)이라는 게 왔는데, 이름이 사룡(沙龍)이라던가요… 이게 아주 욕심이 많고 잔인해서 그 섬의 백성들을 못살게 군다는군요. 그런 걸 생각하면 우리같이 아무 데도 소속된 데 없이 그냥 사는 게 얼마나 다행합니까!"

이준은 '금오도'라는 섬의 이름을 듣고, 꿈에 송공명으로부터 들은 말과 석판에 새겨 있던 글자가 생각났다.

"금오도란 섬이 섬라국에서 얼마나 떨어진 곳이오? 그리고 경치가 좋소? 또 사룡이란 어디 사람이랍디까?"

"금오도는 섬라국에서 3백 리가량 떨어진 곳이죠. 높은 산이 삥 둘러막아섰고, 남쪽으로 뱃길이 딱 하나 틔어 있을 뿐인데, 나루터를 세 군데나 지나가서야 겨우 본도에 들어가게 되죠. 언덕에 올라가면 굉장히 단단한 성문이 있고, 성내에 들어가면 큰 기와집이 대궐 같습니다. 땅이 모두 걸어서 오곡이 풍성하고, 산에는 짐승이 많고, 과실도 많습니다. 면적은 아마 주위가 5백 리나 되지요. 그리고 사룡이란 사람은 본토사람으로 기골이 장대한데, 전신에 노랑 털이 가득 났고, 기운이 어떻게 세든지 50근 무게나 되는 도끼를 예사롭게 내두르고, 활을 잘 쏘아 백발백중한답니다. 그리고 연장이나 마필(馬匹)이나 선척(船隻)이 모두 구비되고, 싸움 잘하는 군사를 3천 명이나 거느리고 있답니다. 그런데 이 사룡이란 사람이 성질이 잔인해서 사람을 잘 죽이고, 술을 고래처럼 마시고, 얼굴 예쁜 여자를 보기만 하면 백주에 간음하고, 나이 어린 남녀를 잡아다가 종을 삼고, 소·돼지·술·쌀 같은 것을 닥치는 대로 마구 거

뒤다 먹기 때문에 백성들이 죽을 지경이라죠. 지금 섬라국에서 관찰하고 있는 섬이 모두 스물네 개 있는데, 그 중에서 금오도가 제일 강하답니다. 그래서 섬라국 임금님도 어쩔 도리가 없다는 소문입죠."

이같이 말하는 농군의 이야기를 듣고 이준은 정색하고서 말했다.

"나로 말하면 이번에 조정으로부터 이곳을 지키라고 특별히 파견된 사람이야. 사룡이란 놈을 죽여버리고 백성들의 해독을 싹 제거해줄 터이니, 그렇게 한다면 어떻겠는가?"

"좋습죠! 영감님이 그렇게 해주시고 여기 계신다면 누가 안 좋아하겠습니까. 우리들 청수오에 있는 사람들뿐 아니라, 이 근처 여러 섬에 사는 백성들이 모두 좋아할 겝니다."

"알았소."

이준은 농군과 이야기를 마치고 돌아와서 악화·허의 등과 의논한 뒤, 그 마을 중앙의 조금 높은 지대에다 성같이 담장을 쌓고 재목을 베어다가 집을 짓고서 가족들과 병정들을 안돈시킨 다음에, 도민(島民)들 중에서 강건한 사람들을 병정으로 뽑고, 전선(戰船)을 만들고, 무기를 제조하고, 기호(旗號)도 작성하고, 귀순하는 백성들한테는 상금과 비단을 주고, 지나가는 상선(商船)을 잘 보살펴주면서 날마다 병정들을 훈련시키기 시작했다. 이렇게 하기를 반년 동안 하니까, 병정이 2천 명이나 되어 그럭저럭 하나의 나라꼴이 이루어졌다.

하루는 마침 일기가 좋은 가을날인지라, 이준은 소 두 마리와 그리고 돼지와 양을 몇 마리씩 잡게 한 다음, 동지들과 함께 달놀이를 가기로 했다.

그들은 산 위로 올라가서 술자리를 벌여놓고 기다렸다. 조금 있으려니 동해 바다에서 거울같이 맑은 달이 솟아오르면서 찬란한 빛이 하늘과 물 위에 가득히 빛났다. 이준은 이때 술잔을 들고서 여러 형제들을 둘러보며 입을 열었다.

"양산박이나 태호, 두 군데가 다 광활하기는 하지만, 어디 여기처럼 호호탕탕한 기상이 있을 수 있나! 다행히 여러분의 협력으로 지옥에서 벗어나서 이곳 청수오로 온 이후 겨우 기초를 장만하기는 했지만, 아직 군사는 약하고 장수는 적어서 힘을 발휘하기 어렵소그려. 앞으로 우리가 힘을 키우려면, 먼저 금오도를 점령해놓고서 그곳에서 힘을 길러야겠는데 금오도의 사룡이란 놈이 그렇게 용맹무쌍한 놈이라니, 이걸 어쩌면 좋으냔 말이오?"

이준의 말이 끝나니까 악화가 얼른 그 말에 대답을 했다.

"옛날에 반초(班超)는 36명을 거느리고서 선선국(鄯善國)을 깨뜨리지 아니했습니까? 장수란 꾀가 으뜸이지, 용맹은 열다섯째랍니다! 그러니까 염려 마시고 장정을 더 소집해서 훈련을 시키고 기회를 노리고 있다가 금오도를 들이치면 될 겝니다. 너무 조급하게 생각하지 마십시오. 다만, 저것들이 먼저 우리를 침범할까 두려우니, 우리는 미리 준비를 갖춰야 합니다. 첫째, 해변에다 튼튼하게 목책이라도 세우고 배를 몇 척 풀어 바다 밖에 나가서 망을 보고 있다가 저놈이 쳐들어오거든 방포(放砲)를 해서 알려주도록 미리 예방을 해야 합니다."

"참 그렇게 해야겠군!"

이준은 악화의 의견에 공명했다. 그러고서 그들은 밤중까지 술을 마시면서 달구경을 하다가 내려왔다.

그다음 날부터 이준은 허의로 하여금 병정을 거느리고 나가서 망을 보도록 하고, 적성으로 하여금 목책을 해변에다 세우도록 했다. 그랬는데, 이같이 공사가 진행되는 중인데, 하루는 뜻밖에 호포 소리가 멀리서 울렸다.

이준은 적이 쳐들어오는 줄 깨닫고, 즉시 동위·동맹·예운·상청으로 하여금 병정을 데리고 사면에 매복하게 한 다음, 자기는 헝겊으로 만든 갑옷을 입고 비보·악화·화봉춘과 함께 1천 명의 병력을 거느리고서 해변으로 달려나갔다.

이때, 벌써 적병은 큰 배 다섯 척에 가득가득 타고 들어와서 상륙하고 있는데, 얼룩얼룩한 보자기를 모두 머리에 뒤집어썼고, 몸에는 헝겊으로 만든 갑옷을 입고, 길이가 여섯 자쯤 되는 왜놈의 칼을 두 자루씩 차고서 언덕으로 올라오는 것이었다. 그리고 도장(島長)이라는 사룡이가 커다란 도끼를 들고 앞장섰다.

이준과 비보는 창을 꼬나쥐고서 그놈한테로 달려들었다. 그러니까 사룡이도 도끼를 휘저으며 달려들어 맹렬히 싸우는데, 싸움이 10합을 경과하도록 승부가 나지 아니할 때, 적병의 한 떼가 칼을 휘저으며 마구 쳐들어오는 까닭으로 비보는 도저히 당해낼 수 없어서 뒤로 내뺐다. 병정들도 따라서 모두 달아났다.

이렇게 되고 보니 벌써 이 싸움엔 졌는지라 이준은 창으로 사룡을 한번 찌르는 체하고는 날쌔게 돌아서 내빼기 시작했다.

그러자 사룡이 굉장히 빠르게 쫓아오는 까닭으로 이준의 몸이 미구에 위태롭게 되었을 때, 아까부터 멀찌감치 떨어져 있던 화봉춘이 활을 겨냥하고 있다가 한 번 탕 쏘니까, 화살은 사룡의 어깨에 꽂히면서 그는 벌렁 나자빠져버린다. 이때 적병들은 혼이 나서 급히 사룡을 구해가지고 도로 달아나는데, 형세를 회복한 이준과 비보는 창을 꼬나쥐고 적병을 추격할 뿐 아니라, 사면에 매복했던 군사가 일제히 달려나와 적을 무찔러서 2백 명이나 죽여버렸고, 동위와 동맹은 물 위에 있는 적의 배를 세 척이나 빼앗았으니, 사룡은 간신히 배 두 척에 패잔병을 싣고 허둥지둥 도망쳐버렸다.

이준은 군사를 거두어 본영(本營)으로 돌아왔다.

"그놈들 오랑캐의 형세가 정말 대단하군! 오늘 화공자(花公子)의 화살 덕분에 살아났지, 만일 그때 활을 쏴주지 아니했던들 큰일 날 뻔했지! 과연 소년 장군을 하나 얻어서 다행한 일이야!"

이준은 이렇게 말하고 화봉춘의 손을 어루만진다.

이때 악화가 입을 열었다.

"저것들이 오늘 싸움에 지고서 돌아갔으니까 미구에 반드시 복수하러 올 겝니다. 그러니까 우리는 저놈들이 숨을 돌릴 틈을 주지 말고, 화살에 상한 그놈의 상처가 완치되기 전에 한번 들이쳐 금오도를 뺏어놓고 나서, 기초를 더욱 공고히 세워야 하겠습니다. 그런데 아직도 우리의 군대는 피복이 미비해서 안됐습니다. 우리가 전일 뺏은 원양선 안에 두꺼운 비단이 많더군요. 군사들한테 모두 비단 갑옷을 만들어 입힙시다. 가볍기도 하려니와 화살이나 칼끝이 잘 꿰뚫지 못하니까 좋아요. 오늘부터 밤을 새워가면서 갑옷을 짓도록 하세요. 그리고 또 한 가지 해야할 일은, 이번 해전(海戰)엔 화공(火攻)의 전술을 써야 합니다. 비산문의 병선(兵船) 속에 자모포(子母砲)가 세 대나 있는 것을 보았는데, 여기다 초황(硝黃)·연탄(鉛彈)을 가득 채워야겠어요. 그런 다음 큰 배 다섯 척에 1천 명의 병력으로 금오도를 들이칩시다."

"좋소! 그럽시다!"

이준은 찬성했다.

이틀 동안에 모든 준비가 다 됐으므로 이준은 적성으로 하여금 본영에 앉아서 청수오를 지키라 하고, 허의를 안내인 삼아서 뱃길로 출동을 했다.

불과 반나절 만에 배는 금오도에 이르렀다.

그런데 사룡이란 놈도 아는 것이 있는 놈이라, 혹시나 이준의 군사가 싸움에 이기고서 뻗치는 기세로 금오도를 들이칠는지도 모르니까, 포구에다 군사를 배치하고 석포(石砲)와 기타 무기를 준비시켜놓았기 때문에, 이준의 군함들은 포구 안에 들어가지 못하고 바깥에 정박하고서, 북을 치고 기를 흔들고 함성을 올리기만 했다.

이때 사룡은 어깨의 상처도 웬만큼 치료된 까닭으로 친히 나와서 포구를 한 바퀴 둘러보기까지 했다.

이렇게 포구 안에 들어오지 못하고 포구 밖에서 싸움을 돋우기를 사흘 동안 했건만 아무런 반응이 없으므로 이준은 마음이 초조해졌다.

"사룡이란 놈이 꼼짝 않고 있으니, 이 노릇을 어찌하면 좋소?"

이준이 이같이 초조해하는 모양을 보고, 악화가 말했다.

"좀 더 침착하게 인내성을 발휘하십쇼. 내가 허의하고 같이 산을 넘어가서 혹시 뒷길이 있는지 탐색해보고 오겠습니다."

"그럼 좀 갔다오시구려."

악화는 이준의 승낙을 얻어 허의와 함께 조그만 배를 타고 금오도 주위를 한 바퀴 돌면서 바라보았으나, 도무지 모두가 험준한 산으로 삥둘러싸여 있고, 그 위에 수목이 울창해서 도저히 군사를 끌고 올라갈 도리가 없어 보였다. 하는 수 없이 그는 돌아와서 사실대로 보고했다. 그랬더니 동위가 의견을 말한다.

"내가 들으니까 여기는 포구가 세 개나 있어서, 이 세 개의 포구를 거쳐 들어가야 비로소 성문 입구에 상륙할 수 있다는군요. 그런데 이 세 개의 포구를 어떻게 들어갑니까? 그러니까 이렇게 하는 수밖에 없어요. 나하고 내 동생하고 둘이서 유지(油紙)에다 유황·염초 같은 것을 단단히 싸가지고, 밤중에 바다 속으로 무자맥질해가서 성내에 불을 질러놓는단 말예요. 저것들이 바깥을 방비하느라고 성내를 수비하는 일은 형편없을 터이니까 불이 난 다음엔 정신을 못 차리고 갈팡질팡할 겁니다. 이럴 때 형님이 군사를 이끌고 들이치면 이길 것 같군요."

동위의 이 말을 듣고 이준은 기뻐했다.

"그래! 그거 잘 생각했네!"

이날 밤에 동위·동맹 형제는 배불리 먹고서 잠방이 하나만 입고, 알몸뚱어리로 인화물 한 보따리를 허리에 동여매고, 손에는 한 자루의 단도를 들고서 초경 때 물속으로 들어갔다.

이렇게 물 밑으로 걸어서 포구 입구까지 간 다음에 물 위로 머리를 내밀고 바라보니까, 과연 오랑캐 병정들이 불을 피워놓고 해변가에 나와 앉아 지키는데, 사룡이 근처에서 순찰을 하고 있기는 하나, 물 밑으로 사람이 들어오고 있는 줄은 모르는 모양이었다.

　동위와 동맹은 포구 안으로 들어갔다. 들어가 보니, 과연 어항 속같이 생긴 포구가 세 개 겹쳐 있는데 양쪽이 모두 석벽(石壁)이고, 간신히 배 하나가 빠져 들어갈 수 있는 좁디좁은 골목 같은 수로였다.

　육지에 다다라서 두 사람은 얼른 언덕 위로 올라왔다. 하늘에는 별이 총총한데 초목이라고는 하나도 없다. 그리고 성문이 굳게 걸려 있다.

　"이거 돌기둥에 모두 석벽이니, 어디다 불을 지른담! 공연히 헛수고만 하잖았나!"

　동맹이 성문을 바라보면서 먼저 이같이 푸념을 하니까, 동위가 아우를 달랬다.

　"작정하고서 나온 길인데, 뭘 그러니. 좀 더 생각해보면 무슨 계책이 생길 거다."

　이렇게 말하고서 형제가 한 구석에 쭈그리고 앉았노라니까, 이때는 가을도 깊은 때이라, 오랫동안 물속에서 식었던 몸뚱어리가 쌀쌀한 바람에 꽁꽁 얼어붙는 것만 같아서 견딜 수가 없었다. 정말 이 노릇을 어쩌나 싶어서 멍하니 앉아 있을 때 별안간 절벽의 문이 열리는 소리가 들렸다.

　동위와 동맹은 얼른 물속으로 들어가서 고개만 내밀고 가만히 보니까, 네 명의 오랑캐 병정 놈이 커다란 광주리에 물건을 가득 담아가지고 좌우에서 그것을 들고 오는데 한 놈은 커다란 술항아리 한 개를 들고, 그 뒤에서는 계집년 둘이 재잘거리면서 따라오고 있다. 그러더니 그것들이 언덕을 내려와서는 작은 배 하나를 타고 나간다. 원래 사룡이란 주색만 좋아하는 인간이어서, 밤중에 전령을 내려 계집과 술을 들여가는 까닭에 절문도 열어놓은 채 그대로 갔다.

동위와 동맹은 다시 육지로 올라왔다.

"됐다! 하늘이 절문을 열어주셨다!"

두 사람은 몸을 움츠리고 절문 안으로 들어갔다. 거리 좌우에 있는 주택들은 모두 꿈속에 잠겼는데, 하늘엔 별만 총총하고 사면이 괴괴하다. 동위·동맹은 유지를 풀어헤치고 그 속에서 부싯돌·쑥·유황·염초를 모두 꺼내서는 불을 일으켰다. 거리의 주택에는 담장 대신 모두 대나무로 엮은 울타리뿐이어서 두 사람은 십여 군데 울타리에다 쉽사리 불을 질러버렸다. 꿈속에서 놀라 깬 주민들은 비명을 지르며 모두들 뛰어나왔다.

동위와 동맹은 맨 먼저 뛰어나온 두 명의 주민을 찔러 죽이고서 그것들의 의복을 벗겨 빼앗아 입었다.

불은 점점 크게 번진다. 울타리를 태우던 불길이 금시에 가옥을 불사르고, 대나무가 불타는 소리는 콩 볶듯 요란했다. 이때 이준은 포구 밖에서 성내의 불길을 보고 즉시 행동을 개시하여, 자모포(子母砲)의 우람한 소리와 함께 화살을 빗발치듯 쏘아댔다.

사룡은 계집을 상대로 술을 마시고 있다가 깜짝 놀랐다. 성내에서는 화광이 충천하고, 포구에서는 이준의 군사가 쳐들어오는 게 아닌가. 그가 당황해서는 지휘를 하기도 전에 병정 놈들은 도망쳐버린다. 이때 이준과 비보가 먼저 적전 상륙을 했다.

사룡은 아직도 어깨의 상처가 완쾌되지 못했던 까닭으로 싸울 용기를 잃고 도끼를 든 채 돌아서서 내빼기 시작했다.

그러나 이준이 때를 놓치지 않고 쫓아가서 창으로 찔러 거꾸러뜨리자, 예운이 달려가 사룡의 모가지를 잘라버리는 것이었다. 그리고 이때 이준의 군사는 모두 상륙해서 오랑캐 군사들을 마구 베어버리는데, 이준은 이 모양을 보다가 소리 높이 외쳤다.

"항복하는 놈은 죽이지 말라!"

이렇게 되어 살아남았던 오랑캐 군사는 모두 항복했다.

이준은 해변에다 막사를 설치시키고 하룻밤을 지낸 뒤에 아침에 일제히 성문 앞으로 올라갔다. 이때 동위와 동맹이 성내로부터 나와서 영접했다.

"어젯밤에 주민 두 명을 죽이고서 그 옷을 뺏어 입었습니다. 이렇게 하지 않고서는 저것들한테 탄로가 나서 그냥 못 배기겠는 걸 어쩝니까."

"잘했어! 참 잘했어. 이번에 자네들 공로가 참 크네!"

이렇게 말하고 이준은 성내로 들어가면서 먼저 화재를 진화시키도록 명령하고, 사룡이 거처하던 궁궐 같은 집으로 가보았다. 장엄하고 화려한 품이 이루 말할 수 없었다.

이준은 사룡의 아내를 끌어내다 죽여버리도록 하고, 사룡의 재산을 모조리 조사해보니까, 곳간 속에는 미곡이 태산같이 쌓였고, 금은주보(金銀珠寶)가 얼마나 많은지 수효가 셀 수 없고, 전마(戰馬)가 백여 필이나 되고, 그 밖에 소와 양이 수없이 많다. 이준은 대단히 만족하여 하늘에 제사지낸 후 형제들과 함께 술을 들고 있노라니까, 포구를 지키던 병정이 두 명의 여자 포로를 끌고 들어왔다.

"해변가의 풀밭 속에 이것들이 숨어 있길래 붙들어가지고 왔습니다."

끌고 온 병정의 신고를 받고서 그 두 명의 여자 포로를 바라보니, 검은 머리털을 높다랗게 틀었는데 쑥 들어간 눈은 샛별 같고, 입술은 새빨갛고, 서양의 옷감으로 허리를 감았으며, 붉은 명주치마가 발등까지 내리덮였는데, 장바구니에 장미꽃 한 송이를 꽂은 품이 제법 요염해 보인다.

병정을 시켜서 계집들을 심문하니까, 이 여자들은 광동(廣東) 땅의

향산이란 곳에 살던 사람이었는데, 사룡이란 놈한테 붙들려와서, 낮에는 노래나 하고 밤이면 잠자리를 같이했다는 이야기였다.

"그런데 말씀예요, 만일 이 두 계집이 절문을 열고 나와주지 아니했다면, 우리가 어떻게 금오도를 함락시켰겠습니까? 그러니까 이것들은 공이 있죠!"

이준이 이 소리를 듣고 물었다.

"어째서 두 계집의 공이 있다는 거냐?"

"글쎄, 우리 형제가 성문 앞에 와서 보니까 불 지를 곳이 없잖아요? 문은 걸려 있고! 그때 이 여자들이 절문을 열고 나와줬으니 그 공이 얼마나 큽니까!"

"흥! 장수가 주색을 탐하다간 이렇게 망하는 법이야!"

이준은 이같이 탄식하고서 다시 계집들을 바라보고 입을 열었다.

"너희들을 고향으로 보내주고 싶다마는 워낙 길이 멀기 때문에 보내줄 수 없으니 그런 줄 알고 여기서 화씨 부인을 모시고 있으면서 심부름이나 잘 들고 있거라. 그러면 나중에 공을 세운 장병들 중에서 배필을 구해서 결혼시켜주겠다."

이준은 이렇게 이르고서 여자 포로들을 물리친 뒤에, 밤이 깊도록 여러 사람과 함께 술을 즐긴 후 흩어졌다.

이튿날부터 이준은 자기를 '정동대원수(征東大元帥)'라고 자칭하고, 우선 송(宋)나라의 연호(年號)인 '선화(宣和)' 연호를 사용하여 백성을 무마하는 방문을 거리거리에 써붙이게 한 후, 이번에 화재로 인해서 가옥을 불태운 백성들한테는 돈과 쌀을 주고서 가옥을 신축하게 하고, 70세 이상의 노인들한테는 명주 한 필씩을 주고, 고향에서 억지로 붙들려와서 종노릇을 하고 있던 여자들은 모두 해방시켜 각각 그들의 고향으로 돌려보내도록 했다. 이준이 이렇게 처리한 까닭에 금오도의 백성들은 이준을 대환영했다.

이렇게 하고 나서 이준은 곧 예운을 청수오로 보내어 화영의 미망인과 진명의 미망인과 비보와 예운의 부인들을 금오도로 모셔오게 했다. 이런 뒤에 악화는 돈과 곡식을 내주고 받는 사무를 전담하는 동시에 군무의 일을 맡아보고, 동위·동맹 형제는 포구의 입구를 파수 보는 한편 군사를 조련시키는데, 비보와 예운은 그 좌우의 부장으로 세웠다.

그리고 상청은 무기와 선척(船隻)을 관리하고, 적성은 3백 명의 군사를 데리고 청수오를 수비하고, 허의에게는 천총직(千總職)의 직함을 주어 심복 장정들을 거느리게 하고, 화봉춘은 그의 모친을 모시고 있으면서 기술과 병법을 자습하도록 했다.

이렇게 한 후에 이준은 또 태호에서 모집하여 데리고 온 어부들과 비산문에서 귀순해온 관병들과 청수오에서 징집한 장병들, 그리고 이번에 항복받은 오랑캐 군사들을 합쳐서 3천 명의 병력을 5영(營)으로 나누어 각각 대오를 작성케 하고, 중국의 법식대로 기치(旗幟)를 만들었다. 이렇게 하고 나니까 과연 면목이 일신해졌다.

하루는 이준이 섬의 백성을 불러 물어봤다.

"사룡이 이 섬에 와 있을 때는 백성들 간에 소송이 생기면 어떻게 처리했었더냐?"

그랬더니 백성의 대답은 이러했다.

"사룡이는 법이 없어 마구 다스렸습니다. 조금 중한 죄를 범한 사람이면 절구 속에 넣고서 방앗공이로 때려죽였고, 가벼운 죄를 범했다고 친다면 곡식을 갖다 벌금으로 바치게 했고, 돈이나 곡식은 농사지은 것을 거둬들일 때 받았습죠."

이 같은 대답을 듣고 이준은 악화로 하여금 법률을 공포하게 했다.

'살인자는 사형에 처한다. 간음한 자와 도둑질한 자는 곤장 70대에 처한다.'

법이 이렇게 간단했기 때문에 백성들은 모두 감탄하고 좋아하지 아니 하는 사람이 없었다.

이렇게 백성을 다스리는 일의 기초를 쌓는 중인데, 하루는 포구 밖으로 멀리 나갔던 군사가 급히 들어와서,

"지금 섬라국의 군사가 쳐들어오고 있습니다."

하고 놀라운 보고를 올리는 것이었다. 이준은 곧 악화를 불러 상의했더니, 악화가 말한다.

"적이 오면 맞아들이는 거죠. 금오도는 요새지인데, 그 위에 3천의 병력이 있잖습니까? 형제들이 일치단결하고 있는데 무얼 걱정하십니까? 포구의 입구를 단단히 지키고, 적의 형세를 본 후에 싸웁시다."

"그럽시다."

이준도 찬성하고 즉시 동위와 동맹에게 포구의 수비를 엄중히 하라고 영을 내렸다.

섬라국을 굴복시키고

　그런데 이때 섬라국의 임금은 옛날 한(漢)나라의 복파장군(伏波將軍) 마원(馬援)이라는 사람의 후손으로 이름을 새진(賽眞)이라 불렀는데, 위인이 착하기만 했지 겁이 많고, 국가의 크고 작은 일을 전부 간사하고 교활한 공도(共濤)라는 정승과 탄규(呑珪)라는 장군이 좌지우지하고 있었다. 그리고 섬라국에서는 스물네 개의 섬을 관할하고 있었는데, 각 도에는 도장(島長)을 두어 춘하추동으로 돈과 곡식을 상납시켜오는 터였는데, 그 스물네 개의 섬이란,

　금오(金鰲)·철판(鐵板)·장탄(長灘)·대당(大堂)·서오(西娛)·황자(潢刺)·준강(峻岡)·백석(白石)·정사(井沙)·동산(銅山)·동항(銅杭)·장전(長甸)·전풍(前豊)·후풍(後豊)·청예(靑預)·나강(羅江)·고도(古渡)·조어(釣魚)·문항(文港)·은만(銀灣)·남진(南津)·죽령(竹嶺)·감수(誹水)·대수(大水),

　이상 여러 섬으로써, 이 중에서 면적은 같지 않지만 금오·백석·조어·청예 등 네 개의 섬이 가장 부강했기 때문에, 섬라국에 외적이 범하는 경우엔 언제나 이 네 군데 섬에서 군사를 이끌고 와서 구호하는 터이었다. 그리고 이 중에서도 금오도가 제일 강하다는 평판이었는데, 이날 송나라의 군사가 금오도를 점령하고 사룡이를 죽여버렸다는 보고를 받은 섬라국 왕 마새진은 대경실색하여 어전 회의를 열었던 것이었는

데, 이때 공도는 이렇게 주장했었다.

"금오도로 말씀하면 우리나라의 문호(門戶)입니다. 이렇게 중요한 영토를 빼앗기고서는 국가의 장래가 위태합니다. 지금 송군이 먼 곳으로부터 왔기 때문에 지리를 모를 것이니까, 적이 발을 튼튼히 붙이기 전에 우리의 병력을 총동원해서 무찔러버려야 안전하지, 만일 시일을 천연하다간 후회막급하게 될 것이옵니다."

이 말을 듣고서 국왕은,

"승상의 말이 옳은 것 같소."

하고 즉시 전국 각도의 병력을 동원시켜 금오도를 수복하라는 분부를 내렸다. 그리고 탄규 대장은 정병 3천 명을 인솔하고서 공도와 함께 전선(戰船)으로 금오도를 향해 출동했다.

한편, 금오도의 이준은 벌써 준비를 끝내고 동위와 동맹이 포구의 입구를 수비하고 있었는데, 이럴 때 공도와 탄규의 대부대가 들어왔다. 그러나 동위·동맹은 자기의 진지를 지키기만 하고 내버려두었다.

그다음 날 이준·악화·비보가 달려와서 적의 형세를 관망하니까 규율이 없어 보이고 더욱이 교만한 기색이 눈에 띄는 것이었다.

악화가 이준의 귀에다 입을 대고 가만히 말했다.

"됐어요! 저런 것들은 이렇게 잡아야 합니다."

그는 이렇게 말하고 계책을 설명했다.

이준은 그 말을 듣고서 즉시 군사를 데리고 배 위에 올라 적 앞으로 가까이 갔다. 그랬더니 공도와 탄규가 갑판 위에서 이준을 바라보며 호령을 하는 것이었다.

"너 이놈들, 송나라가 오랫동안 중국 본토에서 잘살아왔으면 그것으로 만족할 일이지, 어찌해서 바다로 뻗어나와 우리의 강토를 침범한단 말이냐? 속히 군사를 거둬 돌아가면 용서하려니와 만일 안 그러면 너희들을 모두 어복(魚腹)에 장사지내 주겠다!"

이준이 그들을 바라보고 마주 호령했다.

"버러지 같은 이놈들아! 내가 여기 온 것은 조그만 섬이 탐나서 온 것이 아니다. 너희들 섬라국을 먹으려고 온 것이니까, 너는 속히 돌아가서 너의 임금더러 나한테 와서 항복을 하고 조공을 바치라고 해라!"

이 소리에 공도와 탄규는 크게 노해서 기다란 창과 쌍편(雙鞭)으로 이준을 들이치는 것이었다.

이때 이준은 겁난 듯이 배를 돌려서 포구 밖으로 내뺐다.

공도와 탄규는 그 뒤를 추격하다가 배를 멈추고서, 먼저 공도가 입을 열었다.

"내 생각에 송나라 군사가 대단히 잘 싸우는 줄 알았더니, 아주 하잘것없는 것들이란 말이야. 이놈들이 이렇게 허겁지겁 달아났으니, 우리가 이길로 바로 성을 들이쳐 금오도를 탈환합시다!"

"옳은 말씀이오."

탄규도 찬성하고 즉시 포구의 입구로 방향을 돌려 그 많은 배들이 서로서로 꼬리를 물고 잇대어서 좁디좁은 뱃길을 통과하여 성문이 보이는 언덕 아래까지 들어가 보니 성 위에는 깃발이 수없이 많이 펄럭거리고, 창과 칼이 빽빽이 꽂혔는데, 문루 위에는 예운·상청·화봉춘 세 사람이 보이므로 공도는 그들을 바라보고 크게 외쳤다.

"이놈들아! 너희 군사가 모두 도망쳐버렸으니, 빨리 성문을 열지 않겠느냐?"

그러니까 문루 위에서 예운이가 고함을 치는 것이었다.

"이놈아, 네 목숨이 지금 풍전등화가 된 줄 모르느냐!"

공도는 이 소리에 노해서 병정들을 상륙시킨 후, 성벽을 타고 넘어가라고 명령했다. 그러나 깎아세운 듯한 석벽(石壁)을 무슨 재주로 기어올라갈 수 있으랴! 그런 데다가 화전(火箭)과 석포(石砲)가 빗발처럼 쏟아지기 때문에 섬라국의 군사들은 수없이 부상을 당했다.

이제는 도저히 어떻게 해보는 도리가 없어서 공도와 탄규는 초조했다. 하는 수 없이 배 위로 다시 돌아왔는데, 밤이 2경 때쯤 되었을 때 별안간 포성이 천둥치는 듯하면서, 아까 도망갔던 이준·비보·동위·동맹이 포구 바깥으로부터 쳐들어오고, 예운·상청·화봉춘은 성내로부터 치고 나오는 까닭에 공도와 탄규는 내외협공을 당해 오도 가도 못 하게 되고 말았다.

그런데 또 화봉춘의 화전(火箭)이 연거푸 날아와 섬라국의 배들은 모두 화재를 일으켜 화광은 충천하고, 앞뒤에서 이준 군사의 고함 소리는 천병만마(千兵萬馬)가 들이닥치는 것 같았다.

이렇게 되어 섬라국 군사들은 육지에 올라와 있던 놈은 칼에 맞아 죽고, 물 위에 있던 놈은 모두 물속에 떨어져 죽는 판국이었다.

탄규는 이때 형세가 위험함을 깨닫고 쌍편을 휘저으며 공도를 보호해가며 포구의 입구로 빠져나오는데, 불붙지 않고 남은 그들의 배가 불과 다섯 척에 군사라고는 백여 명밖에 안 남았고, 이것들도 모두 다 머리털과 눈썹이 불에 그을린 사람들이다.

그런데 어느 틈에 이준은 비보와 함께 바싹 가까이 추격해오고 있다.

탄규는 공도를 보고 부르짖었다.

"승상! 뒤는 내가 감당할 테니, 어서 빨리 도망가시오!"

이렇게 말하고 돌아서서 이준의 추격을 막으려 하다가 탄규는 비보의 창에 찔려서 그대로 물속으로 떨어져버렸다.

공도는 이러는 동안에 간신히 다른 배 한 척으로 옮겨타고서 그곳을 빠져 도망쳐버렸다.

이렇게 되어 이준은 싸움에 크게 이겼다. 노획한 배가 30여 척이요, 항복을 받은 적병이 수백 명이었다.

일동은 기뻐하면서 본영으로 돌아간 후 군사들에게 상을 내리고 전승 축하의 잔치를 열었다.

술잔을 들고 비보가 먼저 이준을 보고 의견을 내놓았다.

"형님! 공도란 놈이 참패하고 돌아갔으니까 다시는 감히 침범하러 못 올 겁니다. 그 틈을 타서 우리는 다른 데 있는 몇 개의 섬을 더 점령해놔야 섬라국과 형세가 비등해질 거 아닙니까? 속히 백석도(白石島)나 조어도(釣魚島)를 들이치러 갑시다."

"그럴 거 없어! 섬라국 왕 마새진이는 겁쟁이고, 공도란 놈은 모든 걸 제 맘대로 하려는 까닭으로 군신 간에 화목하지 못하단 말이야. 가장 용맹하다는 장수가 탄규였는데, 이놈이 전사했으니까 섬라국에 장수라곤 없는 셈이지! 군사를 통솔할 만한 사람이 없으면 나라는 망하는 것 아닌가? 섬라국의 24개 섬은 저절로 항복하고 말 테니, 일일이 각 개의 도서(島嶼)를 수고스럽게 격파할 거 없잖나."

비보의 의견에 이준이 이같이 대답하니까 모두들,

"그 말씀이 옳습니다!"

하고 대찬성이었다.

이틀 후에 그들은 적성을 청수오에 두고, 상청을 금오도에 두고서 각각 그곳을 수비하도록 한 후, 그 외의 동지들은 군사를 이끌고 섬라성으로 쳐들어갔다.

그런데 이때 섬라국의 정승 공도가 금오도 공격전에서 참패한 후 본국에 돌아와서,

"이번에 금오도 탈환 작전에서 탄규는 전사하고 군사는 전멸당했습니다."

하고 아뢰었더니, 국왕은 대경실색하면서,

"탄규가 죽다니, 만리장성이 무너졌구나! 앞으로 국가의 장래를 어찌할 것인고!"

하며 한탄하기를 마지아니했다. 그랬는데, 뜻밖에 이준의 송군이 또 쳐들어오고 있다는 보고를 듣고는 기가 막혔다. 국왕은 어찌할 바를 모

르고 다만 공도와 함께 군사로 하여금 성을 지키고 있기만 하라 했다.

그런데 원래 섬라성은 금오도처럼 천연적으로 수비하기 좋게 생긴 곳이 아니고, 해안의 길이 3리가량이 허허벌판이어서, 적이 침범하기에 힘들지 아니한 곳이었다. 이를테면 금오도가 섬라성을 보호하는 구실을 해오던 터였는데, 지금은 금오도를 빼앗기고 있는 터이니 의지할 곳이 없다. 더구나 각 도의 도장(島長)들이 벌써 사룡과 탄규가 전사했다는 소식을 알고 있는 터이라 그들은 모두 가슴이 서늘해져 있는 형편인데, 평소에 공도란 사람이 국내의 정사를 맡아 기탄없이 제 맘대로 일을 처리해왔기 때문에 그들은 반감을 품고서 구원병을 급히 보내려고 하지도 아니하는 터였다.

이준의 군사는 성 아래에 진을 치고서 섬라국 왕의 항복을 독촉하는 고함을 지르는데, 그 군사들의 장비와 규율은 대단히 엄해 보였다.

섬라국 왕 마새진은 탄규가 죽은 뒤라 군사를 지휘할 장수가 없고, 정승으로 있는 공도한테는 아무런 계책도 없고 해서 근심만 하다가 궁중으로 돌아와서 왕비를 보고,

"성내엔 쓸 만한 장수가 없고, 밖에서는 구원병도 보내지 않으니, 조종(祖宗)의 기업(基業)을 보전하기 힘들게 됐소! 옥석구분이 되기 전에 송나라에 항복을 하고 생명이나 보존할 수밖에!"

이렇게 말하면서 눈물을 떨어뜨렸다.

그런데 이 왕비 소(蕭)씨는 원래 동경 사람으로 그의 부친이 참지정사(參知政事)였는데, 승상 장돈(章惇)의 미움을 샀기 때문에 담주(儋州)로 귀양을 갔다가 거기서 또 생명의 위험을 느끼고 섬라국으로 망명을 해서 자기가 데리고 왔던 딸을 국왕 마새진에게 출가시키고서 늦팔자가 좋게 살다가 연적에 작고한 터이다.

그리고 소씨 왕비는 현숙하고 총명한 부인으로서 소생에 일남 일녀를 두었으니, 공주의 이름을 옥지(玉芝)라고 부르는데 나이가 금년에 열

여섯 살이며, 얼굴이 예쁘고 글 잘 짓고 글씨 잘 쓰고 말을 달리고 칼을 쓰는 일도 잘하는 까닭에 국왕은 공주를 장중보옥처럼 애지중지하면서 중국 청년 가운데서 배필을 구하여 부마(駙馬)를 삼으려고 오늘까지 기회만 보아오는 터이고, 세자(世子)는 아직 여섯 살밖에 안 된 소년이었다.

이렇게 국왕이 눈물을 흘리면서 적에게 항복할 수밖에 없다고 탄식하고 있을 때, 왕비는 말을 못 하고 있는데, 공주가 부왕을 바라보며 여쭙는 것이었다.

"송나라 군사가 얼마나 강한 군사이기에 나가서 싸울 장수가 없다는 말씀이신가요? 제가 어머니를 모시고 문루 위에 올라가 한번 보고 올까요? 혹시 무슨 계책이 생길는지 모르니까요."

"그래보아라."

국왕은 승낙하고서 내감(內監)·궁아(宮娥)·시위(侍衛)에게 분부를 내렸다.

옥지 공주와 소씨 왕비는 향거(香車)를 타고 궁궐 밖으로 나가 성루 위로 올라가서 적의 진영을 바라보니 과연 기치가 선명하고 위풍이 늠름해 보이는데 전신에 무장을 단단히 한 우두머리 가는 장수들 가운데 나이 불과 17, 8세로 보이는 소년 장군 한 사람이, 몸엔 은갑(銀甲)을 장식한 금포를 입고서 화살과 활을 갖고 있는데, 얼굴이 백옥같이 희다.

왕비와 공주가 이 사람을 주목하고 있노라니까 이때 소년 장군은 하늘 높이 학·두루미가 날아가는 것을 보더니 화살을 겨누고서 한 대를 쏘았는데, 신통하게도 그 화살은 두루미에 적중해 금시에 땅바닥에 떨어지는 게 아닌가. 병정들이 와 하고 박수갈채하는 소리가 들렸다.

왕비와 공주는 성루 위에서 내려와 궁성으로 돌아온 뒤에 왕비가 국왕에게 말했다.

"중국의 군사들이 과연 모두 강하고 용맹 있어 보입니다. 어떻게 저런 것을 대적해 싸우겠습니까? 그렇다고 만일 항복해버린다면 금수강산을 거저 내주고 마는 꼴이 아닙니까? 그래서 한 가지 꾀를 생각했습니다. 군사를 수고시키지 않고 국가를 그냥 보존할 수 있을 것 같습니다.”

“중궁(中宮)한테 무슨 좋은 계책이라도 있거든 어서 말해보구려!”

국왕의 슬퍼하던 얼굴이 조금 명랑해지면서 이렇게 묻는 것이었다.

“저 애, 옥지 말씀예요. 그동안 중국 청년으로 배필을 구했지만 해외에서 어떻게 구하기가 힘드는지 모르겠습니다. 그런데 오늘 송나라 장수들 가운데서 한 사람의 소년 장군을 보니까 외양도 잘생겼고, 무예가 출중해서 족히 배필로 정할 만한데, 다만 그 사람이 미혼 남자인지 그것을 모르겠습니다. 사람을 시켜 그걸 알아보고 미혼이거든 그를 부마로 삼으면 첫째 강토를 보존할 것이고, 둘째 저 애의 종신대사(終身大事)를 정하는 것이니 이 아니 좋겠습니까?”

국왕은 이 소리를 듣고 대단히 기뻐하는 얼굴이 되었다.

“그것 참 훌륭한 생각이외다! 그런데 옥지의 마음이 어떨는지 그걸 알아야 하지 않겠소?”

국왕이 이렇게 말하자 왕비는 공주를 보고 여러 가지로 권하는 말을 하는 것이었다.

그런데 옥지 공주로 말하면, 아까 송나라 장수 화봉춘을 보고 마음에 흠모하는 생각이 들었던 터이라, 지금 모후(母后)의 말씀을 듣기가 매우 부끄러워서 얼굴이 붉어져서는 고개를 들지 못하는 형편이었다. 그런 줄은 모르고서 모후는 재삼 간곡히 권하는 것이었다.

“너한테 억지로 권하는 건 아니다마는 나라의 국난을 구해내는 일이기도 하니 잘 생각해보려무나!”

모후가 이렇게 말하니까 그제야 공주는 간신히 한마디 했다.

“부왕께서 정하시고, 마마께서 알아서 하시지요!”

국왕은 이 말을 듣고 만족했다.

"오냐! 네 말이 기특하다."

그러고서 왕은 내시를 불러 분부했다.

"송나라의 장군들은 잠시 군사를 뒤로 물리치고, 장군 중의 한 사람만 성내에 들어오도록 해달라. 내가 친히 할 말이 있다고 이렇게 전하여라!"

내시가 국왕의 분부를 듣고 성 밖에 나가 송나라 군사에게 이 뜻을 전했더니 이준의 진영에서는 여러 사람이 모두 반대하는 것이었다.

"그건 싸움을 지연시키려는 술책이야! 그런 말을 들을 수 없지!"

그러나 이때 악화는 그들과 의견을 달리했다.

"우리 군사가 성 밑에 와 있는 이상 나와서 싸우기는 해야겠는데 다른 곳에서 구원병은 오지 않으니까… 그야말로 계궁역갈(計窮力竭)해서 그러는 거란 말이야. 내가 혼자 가서, 국왕이 무슨 소리를 하는가 들어 보고 오겠소. 호랑이 새끼를 잡으려면 호랑이 굴에 들어가야 한다는 격으로 임기응변해서 국왕을 설득시켜, 싸우지 않고서 귀순시킬 수 있다면 그 얼마나 좋겠소!"

이준은 이에 동감하고서 사신을 보고,

"너의 국왕이 싸우지 않고 우리에게 면담을 요청하는 것은 귀순할 마음이 있는 까닭이라 생각하므로 내가 잠시 군사를 후퇴시킬 용의가 있다. 그러나 만일 이것이 지연작전일 경우엔, 내가 즉각 공격을 개시하여 너의 강토에 초목까지도 하나 남겨놓지 않고 전멸시킬 터이니 그리 알아라!"

이렇게 말해 돌려보내고서, 영을 내려 군사를 해안까지 후퇴시켰다.

이때, 악화는 기골이 장대한 군인 열 명을 간택하여 그들에게 모두 갑옷을 입고 칼과 활을 갖고서 흰 말을 타게 한 후 성문 앞으로 갔더니 과연 성문이 활짝 열리므로, 그들은 늠름한 위풍을 보이면서 성내로 들어갔었는데, 시가의 번화함과 주민들의 모양이 중국인의 모양과 별로 다를 것이 없었다.

악화가 동화문(東華門)으로 들어가 보니 궁전은 화려하고 장엄하다. 그가 전전(前殿) 앞에 이르렀을 때, 국왕 마새진이 뜰아래에 내려와서 그를 맞아들인 후 자리를 권하면서 좌정하니까 문무 중신들이 그 좌우에 시립하는데, 그의 풍채를 바라보니까 살빛은 희고, 키도 크고 오류자염(五柳髭髯)이 의젓한 얼굴이다.

내시가 차를 갖다놓은 다음 국왕은 악화를 보고 묻는 것이었다.

"우리나라는 바닷가의 조그만 나라로서 오직 강토를 지키고 있을 뿐이고 조금도 천조(天朝)에 득죄(得罪)한 일이 없는데, 무슨 까닭으로 이번에 군사를 멀리 보내어 수고를 시키는지요?"

악화는 허리를 한 번 굽히고서 이에 대답했다.

"하늘 아래 왕토(王土) 아닌 곳이 없고, 땅 위에 왕신(王臣) 아닌 사람이 없다 합니다. 우리 송나라가 중외(中外)를 통일하고서 열성(列聖)이 상전(相傳)하기를 수백 년 하였으며, 금상(今上)께서는 영특하고 인자하시어 사해(四海)의 백성들이 복종하지 아니하는 사람이 없건만, 유독 귀국만이 이소사대(以小事大)의 예를 모르고 조공을 바치지 아니하므로 이번에 정동대원수로 하여금 웅병(雄兵) 백만에 장수 백 명을 거느리고 와서 문죄를 하는 터이외다. 금오도의 사룡은 잔인무도한 놈이므로 천병(天兵)이 도착하는 즉시 죽여버렸는데도 귀국에서는 뉘우치고 깨달음이 없이 또 항전(抗戰)해왔으므로 귀국의 대장 탄규를 또한 죽여버린 것이외다. 이제 천병이 성 아래 왔으니 능히 싸울 수 있거든 나와서 싸울 것이요, 만일 싸우지 못하겠거든 성문을 열고 나가서 무릎을 꿇고 항복할 것이지, 이렇게 우물쭈물할 것이 아닙니다. 우리의 대원수님은 착하고 의로운 분이라 무고히 살육은 일삼지 아니합니다. 화포(火砲)와 운제(雲梯)를 사용하지 아니하고 이렇게 찾아뵈옵는 것도 실상인즉 국왕께옵서 도리에 합당하도록 생각하심이 있을까 해서 뵈오러 온 것이니 생각하시는 바를 솔직히 말씀해주시기 바랍니다."

국왕은 악화의 말을 듣더니 진실한 표정으로 말하는 것이었다.

"오래전 일이올시다마는, 내가 조공을 드리려고 사신을 보냈더니 채태사가 가로막고서 폐하께 자기가 아뢰겠다 하고는 상을 주기는커녕 뇌물만 받아먹고 냉대하는 까닭으로 그 사신은 부끄러워서 고국에 돌아오지도 못했고, 그 후로 이내 조공을 바치지 못했습니다. 나는 본래 성품이 착하고 유약해서 백성을 해치지 못하는 터입니다. 지금 귀국의 군사가 성 밖에 있으니까 불시에 습격하려면 용이한 일이지만 이렇게 한다면 양쪽의 군사가 많이 상할 것이니까 차마 그러지를 못합니다. 나는 본래 한조(漢朝)의 복파장군 신식후(新息侯)의 후손으로 섬라국의 왕위를 벌써 여러 대(代)째 계승해왔는데, 만일 이번에 항복해버린다면 조종(祖宗)의 강토를 하루아침에 잃어버리는 판국이니, 차마 그럴 수 없어 지금 주저하는 중입니다.

과인의 중전(中殿)으로 말하면 바로 동경 소참정(蕭參政)의 여식인데, 장돈 승상의 모함으로 담주의 귀양살이를 하다가 이곳으로 망명해왔기 때문에 과인이 맞이하여 비(妃)로 삼았고, 그간 딸을 하나 두었더니 금년에 나이가 벌써 이팔(二八)이요, 외양이 못생기지 아니했고 또 덕교(德教)가 있으므로, 중국의 청년 중에서 배필을 구하려 했으나 그도 여의치 못했는데, 오늘 마침 성 위에서 귀군의 진영에 매우 비범하게 생긴 소년 장군 한 사람이 있는 것을 보고 마음에 들었습니다. 성명이 무엇이며, 또는 혼인을 했는지 아니했는지도 알지 못하는 터이나, 만일 미혼이면 그 소년 장군을 과인의 부마로 삼고, 양쪽 군사를 거두어 치운 후 영구히 번신(藩臣)이 되어 조공을 올리고 싶으니, 이같이 화친하는 것이 어떠할지 가부(可否)를 말씀해주시오."

"예, 그러하십니까? 그 소년 장군의 성명은 화봉춘이라 부르는데 대대로 장군의 후손입니다. 육도삼략(六韜三略)은 물론이거니와 십팔반무예(十八般武藝)에 모두 정통합니다. 조금 전에도 하늘 높이 날아가는 학두루미를 화살 한 대로 쏘아 맞히어 떨어뜨렸답니다. 재주가 이러할 뿐만 아니라, 얼굴이 관옥(冠玉) 같고 성품이 총명하기 짝이 없는 고로, 얼마 후에 지체가 더욱 높아진 다음에야 혼인을 의논할까… 그렇게 생각하고 있는 중인데, 지금도 명문 거부의 집에서 혼담이 자주 들어오고 있지만 모두 사절해버리고 있습니다. 이제 말씀과 같이 귀국과 화친하기 위해서 혼사를 성취시키는 일은 제 생각으로는 좋을 것 같습니다마는, 제가 주장해서 할 수는 없는 일이기 때문에 무어라 말씀을 드리지 못하겠습니다. 제가 대원수님께 돌아가 말씀을 드리고서 그 회답을 사신 편에 보내드리면 어떻겠습니까?"

"그러시겠습니까? 아무쪼록 성사되도록 말씀해주시오."

섬라국 왕은 이렇게 부탁하고서 연회를 베풀고 악화를 관대하며, 또 여러 가지 진귀한 물건들을 선물로 주고, 악화의 수행원들한테도 선사품을 주는 것을 악화는 모두 사절하고 받지 아니했다. 국왕은 하는 수 없이 공도를 사신으로 하여 악화를 따라가게 했다.

악화는 진영으로 돌아와서 공도를 바깥에 잠깐 기다리게 하고 먼저 안으로 들어와서 이준에게 상세한 경과를 보고했다. 그랬더니 이준은 여러 형제들을 둘러보면서 의견을 묻는 것이었다.

"섬라국이 비록 작고 약한 나라이지만, 우리가 그냥 정복해서는 각 도(島)의 정세가 불온해져 싸움이 그칠 새 없고 편안한 날이 없을 것 같소. 그러니까 우선 화친해놓고 금오도를 지키면서 형세를 키운 뒤에 기회를 엿보는 것이 좋겠는데, 대관절 화공자(花公子)의 의향이 어떠한지 솔직히 말을 해주오."

이준이 이렇게 묻자, 화봉춘이 얼른 대답하는 것이었다.

"저는 딴 생각이 없습니다. 여러분 아저씨들께서 저의 모친과 저를 살려주셨으니까 저는 아저씨들이 하라시는 대로 하겠습니다만, 중국 사람으로 이름 있는 집에 태어나 오랑캐 땅에 와서 장가를 들었다가 일생을 그르친다면 그게 큰일이 아니겠습니까?"

악화가 말했다.

"아니야! 내가 청수오에 있을 때 풍편에 들으니까, 옥지 공주는 인물도 절세미인으로 생겼거니와, 글 잘하고 글씨 잘 쓰고 무예에 능숙하고 총명하고 온순한 공주라더구먼. 그리고 오랑캐 땅의 족속이 아니고, 동경서 온 소비의 소생이니까 우리와 같은 중국 사람이지. 그래서 부모가 중국 사람을 사위로 삼으려는 생각으로 이때까지 물색해오던 중이었는데, 어저께 성 위에서 화공자의 풍채를 내려다보고 마음에 들었기 때문에 그래서 이렇게 화친하기를 구하게 된 것이라더구먼. 내 생각엔 두 사람이 아주 알맞은 한 쌍이야. 그리고 여기가 아무리 해외라 할지라도 일국의 부마가 되고 보면 그 이상 부귀는 덮을 것이 없지 않은가? 의심할 것 없이 승낙해버리게."

"아저씨 말씀을 어기지는 않겠습니다만, 혼인대사를 어찌 제 스스로 결정할 수 있겠습니까. 어머니께 여쭙고서 말씀을 들어보고 결정하죠."

"그래, 그건 옳은 말일세. 내 생각엔 자당께서도 기꺼이 승낙하실 것 같으니, 먼저 나하고 같이 온 사신을 만나보고 나서 자당께 말씀드려도 좋을 것 같네."

"예."

악화의 주장대로 결정을 보자, 이준은 군사들을 정렬시키고 위엄을 돋운 뒤에 공도를 들어오게 하여 마주 앉았다.

"지금 악장군(樂將軍)으로부터 귀국의 국왕이 화친을 청한다는 말을 자세히 들었소이다. 천자님의 칙명을 받고서 내가 귀국을 정벌하러 온 것이지 백성을 해치고 토지를 뺏으러 온 것이 아닌데, 이미 국왕이 번신 되기를 자원하고 조공을 바치겠다 했으니까 그대로 좇아서 화친하려 합니다. 우리가 금오도로 돌아간 후 당신과 악장군은 중매로서 필요한 절차를 밟아 택일하여 성친(成親)하도록 하십시오. 그러나 우리 군사가 금오도로 돌아간 뒤에 또 태도를 변경하여 배신하는 경우엔 우리가 다시 들이칠 터이니까, 그렇게 되면 옥석을 구분할 줄로 아십시오."

이준이 이렇게 말하니까 공도가 공손히 말했다.

"천병(天兵)이 강림했으니 감히 항거하지 못할 것이어늘, 탄규가 저의 무용만 믿고 항거하다가 이 모양이 되고 말았습니다. 널리 용서하시기 바랍니다. 그리고 국모께서 작일 공주와 함께 화장군의 풍채를 한번 보시고 흡족히 생각하시고는 진심으로 부마를 삼으시겠다고 결정하신 터이니까, 어찌 거짓이 있겠습니까? 더욱이 원수(元帥)의 위엄을 잘 알고 있는 터이온데, 어찌 감히 배신을 하겠습니까? 결단코 그러지 아니할 것이니까 믿어주십시오."

이준은 더 긴말을 하지 않고 연회를 베푼 후 공도를 관대하고서 돌아가 국왕에게 보고하도록 했다.

그리고 나서 이준은 일동과 함께 그날로 금오도로 돌아와서 화씨 미망인을 청해 섬라국 왕이 화공자를 부마로 삼고 싶다고 화친을 청해온 사실을 이야기하고 미망인의 의견을 물어봤더니, 미망인은 아주 기꺼이 승낙하는 것이었다.

"여러분께서 그처럼 봉춘이를 생각해주시고, 이제 혼인까지 시켜주시겠다니, 구천(九泉)에 있는 지채(知寨)도 감격하고 있을 겝니다. 모든 것이 다 인연이고, 하늘에서 정해주신 일인 줄로 압니다."

이렇게 미망인의 승낙을 얻은 뒤에 이준과 악화는 택일을 해서는 채단과 진기한 예물을 준비하고, 예운·상청 두 사람으로 하여금 호위병 5백 명을 거느리고서 악화의 뒤를 따라 섬라성 수도로 가게 했다. 화봉춘이 모친과 고모와 이준에게 각각 절을 드리고서 말 위에 올라타자, 오늘의 경사를 축하하는 군악 소리가 하늘을 진동시켰다. 그들은 해안에 도착한 후 말에서 내려 배를 타고 금오도를 떠나서 불과 반나절 후에 섬라성에 도착했다. 먼저 호포 세 발을 터뜨리고서 배를 정박시켰다.

이때, 섬라국 왕 마새진은 부마가 도착한 것을 알고 승상 공도로 하여금 해변까지 나가서 악화와 화봉춘을 영접하여 황화관 역(皇華館驛)으로 안내한 후 접풍주를 내도록 시켰다.

예운과 상청이 말쑥하게 새로 지은 군복을 입은 5백 명의 군사를 거느리고 부마를 호위하여 행진하면서 좌우를 둘러보니, 집집마다 오색 헝겊을 걸어놓고 채색 등을 달아놓고서 축하의 뜻을 표하고 있다.

행렬이 성문 앞에 이르렀을 때 대궐 안에서는 내상 네 명과 궁녀 네 사람으로 하여금 술과 찬합을 갖고 나와서 무릎을 꿇고 영접해 들이게 하였는데, 거리에 나와서 구경하고 있던 남녀노소들은 생전 처음으로 중국 사람들의 모양과 예의범절을 보고, 또 부마의 외양이 잘생기고 풍채가 화려한 데 더욱 감탄하고 있었다.

행렬이 궁문 앞에 이르렀을 때엔 국왕이 문무관원들을 인솔하고 나와서 부마를 맞아들인 후 동궁으로 인도하여 그곳에서 옷을 갈아입도록 했다.

잠시 후 시각이 되자 국왕과 국모가 대홍길복(大紅吉服)을 입고 나왔다. 금란전(金鑾殿) 뜰아래서는 향전[香煙]이 오르고 생황 소리가 유량하게 울릴 때에, 화봉춘이 부마의 신혼복을 입고 나와서 국왕과 국모에게 절을 드리니까, 문무관원들도 이에 따라서 예를 드린다. 그러자 궁녀가 옥지 공주를 모시고 나왔다. 공주와 부마는 서로 마주서서 하늘과 땅에 맹세를 드리는 절을 교환했다.

이같이 해서 식이 끝난 후 공주와 부마는 동궁으로 돌아왔다. 옷을 편복으로 갈아입고 화봉춘이 공주의 얼굴을 흘낏 바라보니 과연 아름답기 한량없고 중국 사람과 꼭 같으므로 더욱 기뻤다. 이때 공주도 감히 화봉춘을 똑바로 보지는 못하고 곁눈으로 보니까 성 위에서 멀찌감치 바라보던 것보다도 더욱 정채가 빛나 보이므로 마음이 흡족했다.

첫날밤을 지낸 후 날이 밝자 화봉춘은 전전(殿前)에 나가서 사례를 드렸다.

국왕은 그날부터 동궁을 부마부(駙馬府)로 고치고, 내상과 궁녀들로 하여금 모시게 하여 극진하게 대우했다.

사흘이 지난 뒤에 악화는 금오도로 돌아가면서 화부마에게 부탁했다.

"국왕이 관대하고 인자하니 자네는 아무쪼록 조심하고 방종하지 말게. 다만 공도가 조금 교활한 인간이어서 혹시 무슨 사단이 생길지 알 수 없는 고로, 장수 두 명과 군사 3백 명을 남겨두고 가는 터이니, 몸을 조심하란 말일세."

화부마는 부탁을 받고서 공손히 말했다.

"예, 말씀대로 근신하고 있겠습니다. 저의 모친과 이준 아저씨께도 염려 마시라고 말씀드려 주십시오."

"그럼세."

이렇게 대답하고서 악화는 돌아갔다.

화부마는 부마부에서 공주와 더불어 즐겁게 하루하루를 시간 가는 줄 모르고 지냈다. 둘이서 글을 짓기도 하고, 거문고를 타기도 하고, 넓은 정원에서 말을 달리기도 하고, 국왕과 모후를 모시고 음식을 같이 먹으면서 즐기는 때도 있었다. 국왕도 대단히 만족해하고, 때때로 국가의 중대한 일을 부마와 상의하기도 했다.

하루는 공주가 화봉춘을 보고 묻는 것이었다.

"금오도에 계신 시어머님께선 안녕하신지요? 이준 원수와는 친척 간이신가요?"

화부마는 그동안 자기가 공주한테 이야기하지 못했던 것을 털어놓고 이야기했다.

"아니, 친척이 아니고 돌아가신 아버님과 이준 원수님은 결의형제하신 동지 간이셨다오. 아버님과 함께 조정에서 큰 벼슬을 하셨는데, 두 분이 피차에 의기상통해서 친형제같이 지내셨고, 그래서 원수님이 지금도 우리 모자를 골육이나 다름없이 끔찍이 생각해주시지. 우리 모자뿐 아니라 홀로 되신 우리 고모님도 작년에 우리하고 함께 환란을 당했었는데, 그때 장군이 구해주셨기 때문에 오늘날까지 무사히 지내는 거라오."

"원수님이 의리 인정이 퍽 깊으신 분이군요. 그렇지만 필경엔 딴 남이 아니겠어요? 제 생각에는 당신이 도리를 차리셔야 할 줄 압니다. 어머님을 뱃길로 수백 리나 떨어진 섬 속에 따로 계시게 한다는 것이 인정상으로도 말이 안 됩니다. 제가 부왕께 말씀해서 사람을 보내어 어머님을 이리로 모셔오도록 하겠어요."

화봉춘도 생각해보니 공주의 말이 옳은지라, 그렇게 하라고 했다. 그래서 공주는 부왕한테 말씀해서 사신을 한 사람 보내기로 하고, 화봉춘은 편지를 쓰고 공주는 어머님과 시고모님을 모실 전각을 깨끗이 청소시켰다.

이렇게 되어 섬라국 왕의 사신이 화부마의 편지를 가지고 금오도에 도착해서 편지를 올리니까, 이준은 그 편지를 읽고 나서 악화를 보고 의논을 했다.

"화공자가 어머님과 고모님을 모셔다가 부중에서 봉양하겠다는데, 어떻게 할까?"

악화는 그 말을 듣고 대찬성이다.

"물론 그럴 테지. 모자 간 정리가 그럴 거 아니겠소? 공주가 또 현숙한 여자니까 잘 받들 거요. 더군다나 두 분이 다 청상과부이신데 우리들이 모두 의리와 절개를 목숨보다 중히 아는 대장부이긴 하지만, 외부 사람한테 의심을 살 혐의도 없지 않은 터이니까, 두 분 과부님을 보내십시다. 그러는 게 양쪽에 다 유리할 거요."

"그 말이 옳소!"

두 사람이 이같이 의논한 뒤에, 이준은 화영의 미망인한테 이 뜻을 말했다. 그랬더니 미망인은 대단히 기뻐하면서,

"아주버님들께서 이렇게까지 마음을 써주시니 우리 모자가 이 은혜를 무엇으로 갚아야 하겠습니까!"

하고 이사 갈 준비를 해야겠다면서 급히 자기 처소로 돌아갔다. 이때 악화가 이준을 보고 한마디 했다.

"이번 기회에 계교를 하나 써야겠는데…."

"무슨 계교를?"

"섬라국은 아름다운 금수강산인데 국왕은 우유부단한 사람이고, 공도란 인간은 교활한 위인이라 이건 언제 변을 일으킬지 모르는 인간인데, 화공자가 그 가운데 홀로 있으니까 외롭단 말예요. 그러니까 이번에 화공자 모친이 가시는 길에 예운·상청 두 사람한테 군사 5백 명을 주어 호송하도록 한 후, 화공자더러 국왕한테 말씀드려 부중에 머물러 있도록 해서, 일단 유사시에 원흉을 제거해버리게 해서 아주 송두리째 우리가 차지해버리자는 말입니다."

"됐어! 그렇게 합시다!"

이준은 대찬성했다.

조금 있다가 화씨 미망인이 나와서 떠나가겠다고 인사를 할 때에 악화는 화씨 댁의 머슴살이로 오래 있던 화신을 보고 당부했다.

"자네가 마님을 모시고 가서 공자님과 두 분을 잘 받들고 있다가 무슨 일이 있거든 재빠르게 연락을 해주게."

화신은 이 같은 명령을 받은 후 내행(內行)을 모시고 떠나갔다.

고려국을 다녀온 안도전

　　화부마는 교꾼을 데리고 해변까지 나가서 어머님과 고모님을 부중으로 모시고 돌아와 공주로부터 대례(大禮)를 받으시게 하고 나서 궐내로 모시고 들어가 상견례를 치르시게 한 후 다시 부중으로 돌아왔는데, 이때 일행보다 조금 뒤떨어져 왔던 악화는 화부마에게 자신의 계획을 설명했다.

　　악화의 말을 듣고 화부마는 즉시 국왕 앞에 또 나아가서 말씀을 드렸다.

　　"이준 원수께서 나라의 군사가 약한 거 같아서 특히 예운·상청 두 장군으로 하여금 군사 백 명을 거느리고 성내의 방비를 더욱 엄중히 하는 동시에 저와 함께 무예를 익히도록 특청을 여쭈어달라 하옵는데 어찌하겠습니까? 처분을 내려주십시오."

　　이 말을 듣고 국왕은 쾌히 승낙하는 것이었다.

　　"이미 지친(至親) 간이 된 이상 한집안 같은 터이니, 원수의 뜻을 받아들인다. 그러니까 군사를 데리고 들어와 있게 하여라."

　　화부마는 허락을 얻어 곧 돌아가서 악화를 보고 말했다.

　　"국왕이 허락했으니, 장병들을 여기 머물러 있도록 하십시오."

　　악화는 자신의 계책대로 되어가고 있는 것에 만족해하면서 또 말했다.

"잘됐네! 아무쪼록 자네는 국왕의 눈에 들도록 국왕을 깍듯이 모셔야 하네. 공도와 또는 그 밖의 신하들한테도 공손하게 대해주고, 털끝만큼이라도 눈치를 보여서는 안 된단 말일세. 그리고 백성들한테는 은혜를 베풀어 인심을 수습하고, 조금이라도 실수하지 말아야 하네."

"예, 잘 알아들었습니다."

화부마의 말을 듣고서 악화는 금오도로 돌아와서 이준과 함께 심혈을 기울여가며 황무지를 개척하고, 백성을 잘살게 하고, 군사를 조련하고, 상업을 흥성하게 하니, 날이 가고 달이 갈수록 금오도의 형세는 부강해지는 것이었다.

하루는 이준이 악화를 보고 말했다.

"지나간 얘기요마는, 당초에 송공명이야 무슨 큰 재간이 있었소? 지모가 출중한 오학구와 노원외 같은 인물들이 많이 모여들었기 때문에 큰 테두리가 잡혔던 것이지. 거기다 대면 나 같은 것은 순전히 아우님이 시키는 대로 해외로 나와 되레 이렇게 기초를 튼튼히 닦아놓았으니, 이거야말로 요행이라는 거 아니겠소."

"그야 어디 그때와 지금이 같습니까? 그리고 일에는 쉽게 되는 일도 있고, 어렵게 되는 일도 있는 게 천하의 이치랍니다. 그런데 우리 중국인들은 도대체 간사하고 남을 시기하기 때문에 일을 하기가 어려운데, 해외 사람들은 고지식하고 단순해서, 그래서 가르쳐먹기가 쉽다니까요."

악화가 이렇게 대답하는 것을 듣고 이준은 만족해서 웃음을 터뜨렸던 것이다.

그런데 어느 날 두 사람이 청수오까지 갔다가 돌아오는 길에 별안간 광풍이 일면서 집채 같은 파도가 배를 뒤집어버리는 것 같기 때문에 사공은 급히 물이 얕은 곳에다 닻줄을 내리고 바람이 그치기를 기다리는 중이었는데, 문득 눈앞에 커다란 배가 한 척 보이면서 파도에 휘말려가며 떴다 잠겼다 하더니 돛대가 부러지고, 갑판 위로 파도가 쏟아져 들어간다.

이럴 때 사공과 수부들이 어쩌지 못하고 허둥지둥하는 동안에 배는 한쪽으로 기울더니, 바닷물이 쿨쿨 들어가, 사람이고 화물이고 무어고 모두 물속에 빠지므로 이 경황을 바라보다가 이준은 급히 자기 배의 군사들로 하여금 그 배의 사람들을 구조하라고 소리쳤다.

원래 이준의 군사는 물에는 익숙한 병정들이라 그들은 일제히 헤엄쳐 들어가서 조난을 당한 사람 20여 명과 화물의 절반가량을 건져냈는데, 물속에서 끌려나온 사람들은 얼굴이 모두 흙투성이요, 더러운 물을 토하고 눈을 감은 채 갑판 위에 축 늘어졌다.

한참 뒤에야 그중 몇 사람이 몸을 꿈틀거리더니 겨우 눈을 뜨고 바라보는 고로, 이준이 그 사람들한테 물어봤다.

"어느 나라 사람이오?"

그러자 눈을 희멀겋게 뜨고 누워 있는 그 사람이 제법 똑똑히 대답하는 것이었다.

"우린 서울 사는 사람입니다. 성지를 받들어 고려국까지 갔다가 돌아오는 길인데요, 우리 일행 중에 높으신 양반이 두 분 계신데, 그 두 분이 다 살아나셨으니 다행입니다."

"높으신 양반의 관직이 무어요?"

이준이 또 이렇게 물었더니, 그 사람이 일어나 앉으면서 대답했다.

"바로 이 양반이 태의원(太醫院)에 계신 안선생(安先生)이시죠."

그 말을 듣고 이준은 앞에 누워 있는 사람을 똑똑히 들여다보다가 그만 자기도 놀랐다.

"아, 안도전 선생 아니오?"

그러자 누워 있던 그 사람이 몸을 일으키고 앉아서 이준을 찬찬히 바라보더니, 알아보았다.

"이준 형이 아니시오? 이게 꿈인가, 생신가! 참, 이렇게 만나니… 부끄럽쇠다!"

이준은 급히 새 옷을 한 벌 내다가 갈아입혔다.

안도전은 옷을 입고 나서 말했다.

"송공명 형님이 요국을 정벌하고 돌아오신 때부터 나는 태의원에서 폐하를 받들며 무사히 지냈었는데, 이번에 고려 왕이 병환이 위중한데 본국엔 양의(良醫)가 없으니 중국의 의원을 보내달라는 글이 왔기 때문에 폐하께서 날더러 고려국엘 갔다 오라 하셨어요. 그래서 내가 본원(本院)에 있는 어의(御醫) 노사월(盧師越)을 데리고 고려국엘 가 3개월 동안이나 묵으면서 고려국 왕의 병환을 완전히 치료해드리고 이번에 돌아가는 길이죠. 고려국 왕이 폐하께 바치는 물건과 우리 두 사람한테 선사한 물건을 모두 가지고 왔는데, 누가 이런 풍파를 당할 줄 꿈에나 생각했었나! 만일 이형을 만나지 못했더라면 우리는 어복(魚腹)에 장사지낼 뻔했지!"

이준은 또 노사월이라는 의관(醫官)한테도 새 옷 한 벌을 갖다가 입히고 안도전과 함께 나란히 앉아서 자기가 지금까지 지내온 이야기를 말하기 시작했다.

안도전은 지채 화영의 아들 화봉춘이 섬라국의 부마가 되었다는 이야기를 듣더니, 악화를 바라보고 말하는 것이다.

"악형! 악형은 이렇게 여기서 편안히 지내시게 돼서 참으로 다행이오마는, 저 두흥 형의 일은 어떡하면 좋소?"

이 말에 악화는 놀랐다.

"왜? 그게 무슨 말이오?"

안도전은 악화가 전혀 그간의 사정을 모르는 모양인 고로, 두흥이가 손립의 편지를 가지고 서울에 왔다가 붙잡혀서 귀양을 가게 됐고, 그

후에 이응이가 탈옥을 해 음마천에서 당을 모아 의거를 일으킨 일을 모조리 이야기했다. 그 이야기를 듣고 악화는 감개무량해서 연해 탄식하는 것이었다.

이렇게 한참 이야기하는 동안에 어느덧 바람도 자고 풍랑이 일지 아니하므로, 이준은 영을 내려 닻을 감고, 돛을 올리게 하여 항해를 계속했다.

얼마 가지 아니해서 배는 금오도에 닿았다.

안도전은 금오도의 산이 묘하게 둘러 있고, 성벽이 견고하고, 인구가 많고, 궁실이 장엄 화려한 데 탄복했다.

이날 이준은 연회를 벌이고 안도전 일행을 대접하다가,

"근자에 조정에서 하는 일은 어때요? 좀 잘하는 일도 있나요?"

하고 물어봤다.

"대들보 위에다 집 짓고 사는 제비들이 그 집에 화재가 난 줄 모르고 있는 셈이지! 임금이나 신하가 향락만 즐길 줄 알고, 과세는 많고, 형벌은 엄하고, 아랫사람은 윗사람을 속이고, 윗사람은 아랫사람한테 감추는 짓만 하고 있으니까 인심이 산란해져서 도둑놈은 각처에서 발호하고 있죠. 게다가 동관은 조양사의 말을 듣고서 금나라와 통결해 요국을 협공해서 옛날 연나라 때의 강토를 도로 회복하겠다니까, 아마 군사가 지금쯤은 동원됐을는지도 몰라요."

이준이 이 말을 듣고 한숨을 쉬었다.

"우리가 요국을 정벌하고 형제같이 지내기를 맹세한 후 줄곧 무사했었는데, 하필 멀리 떨어져 있는 금나라와 손을 잡고서 화단(禍端)을 벌인단 말인가! 그러다간 나중엔 후회할 날이 있을걸!"

안도전은 또 탄식하는 어조로 말했다.

"그러게 말이죠. 고려 왕도 내 말을 들으시더니, 송나라와 요국은 순치지간(脣齒之間)이니까 오래오래 화목하게 지내야 할 것이라고 말하더군요. 그러면서 날더러, 돌아가거든 그렇게 폐하께 말씀드리라 하셨는데, 내 생각하니 '부재기위(不在其位)면 불모기정(不謀其政)'이라고 하는 터에, 나라의 대신들이 모두 이따위로 하는데 미천한 우리가 무슨 말을 감히 할 수 있어야지! 오늘은 우연히 말이 났으니까 이런 말도 했지만, 서울로 돌아가는 날이면 나는 혓바닥을 깨물고 입 밖에도 내지 않을 작정이야!"

이때 안도전이 이렇게 말하는 소리를 들으면서 곁에 앉아 있는 노사월은 입을 다문 채 가만히 있는데, 원래 이 노사월이라는 의관은 한 길 가에 우산을 뻗쳐놓고 앉아서 약장수를 하던 성질이 음험한 인간으로서 채경의 문하로 들어간 후 태의원에 있게 된 터이라, 안도전의 의술이 너무도 유명하니까 그것에 심술이 나던 판이었는데, 지금 안도전이 이준과 함께 조정을 비방하는 고로 그는 가만히 앉아서 듣기만 하고 속으로 치부만 했다.

그럴 때 또 이준이 말했다.

"그런데 내가 안형한테 청이 있소. 내가 여기서 사업을 벌이기 시작했는데 말이오, 섬라국에도 역시 의원이 적단 말예요. 그러니 안형이 구정을 생각해서 나하고 여기 같이 있어줄 수는 없을까? 또 서울로 돌아가서 간당(奸黨) 틈에서 눈치만 보고 지낼 건 없지 않소?"

"성지를 받들고 나온 몸이니까 반드시 돌아가 복명(復命)을 해야지요."

"가령 물에 빠져서 죽었더라면 어떻게 복명을 하였겠소? 같이 왔던 노형만 돌아가서 안형은 죽어버렸다고 말만 하면 그만 아니오?"

"정말 내가 죽었다면 그렇게 말할 수밖에 도리가 없겠지만, 다행히 살아났는데 그래도 죽었다고 한다면, 이거야말로 임금을 속이는 일이니, 어찌 그런 짓을 한단 말이오?"

안도전의 뜻을 꺾지 못할 것을 알고 이준이 말했다.

"그렇다면 굳이 붙들지는 않겠소. 다만 며칠만 더 묵고, 물에서 건져냈던 짐짝을 새로 부담상자에 넣어가지고 내가 보내드릴 테니 그때 떠나시구려."

"그래주면 더욱 고맙죠!"

안도전은 감사했다. 그리고 이날 밤 그들은 취토록 마신 뒤에 각각 자리에 들어갔다.

이튿날 안도전이 이준을 새삼스럽게 유심히 바라보더니 말하는 것이었다.

"형님은 과연 큰 그릇이고, 큰 복을 타고나셨소이다그려. 내가 보는 '태소맥(太素脈)'은 수명의 장단까지 알아맞힐 수 있으니, 어디 한번 맥을 좀 보십시다."

"허허… 나 같은 거 용기나 있는 놈이 언제 무슨 화를 당할지 그걸 누가 알아!"

이준은 이렇게 말하고 나서 한 팔을 쑥 내밀었다.

안도전은 이준의 오른편 손을 자기 무릎 위에 올려놓고 한참 동안 정신을 쏟아 진맥을 한 다음에 또 왼편 손목을 그같이 진맥하고 나더니, 칭찬을 하는 것이었다.

"신기(神氣)가 이렇게 고르고, 맥락(脈絡)이 이렇게나 맑고 뚜렷하니, 이야말로 비상한 부귀를 누릴 게라, 아마도 임금님같이 높고 귀한 지위에 오를 것이외다. 그 전날 송공명의 맥도 진맥해본 적이 있는데, 그때 보니까 그분의 복은 기초가 퍽 미약하더군요. 그렇더니 과연 일찍 죽고 말았어!"

이 말을 듣더니 이준은,

"비상한 부귀라는 게 그게 뭐야? 술 한 사발하고 쇠고기 한 덩어리를 먹는 거겠지!"

이렇게 대꾸하므로 악화와 노의관은 그만 웃음을 터뜨리고 말았다.

그럭저럭 십여 일이 지나니까 노사월은 하루바삐 서울로 가자고 재촉을 하는 고로 안도전은 이준에게 작별 인사를 했다. 이준도 그를 더 붙들 수 없어서, 새로 포장시킨 그들의 짐짝을 배에 싣게 하고 새 옷 한 벌과 백금 3백 냥을 안도전에게 진정하고, 노의관한테는 20냥을 진정하고, 고려국 사람들보고는 더 머물러 있으라 이르고 서울서부터 데리고 왔던 사람들만 모두 배 위에 오르게 했다.

이때 안도전은 이준에게 감사하고 나서 혼잣말처럼 탄식하는 것이었다.

"노의관 집 하인은 같이 돌아가건만, 내가 데리고 왔던 아이는 그만 죽고 말았구나!"

이 말을 듣고 이준이 말했다.

"아니, 선생 신변에 사람이 없어서야 됩니까? 내가 데리고 있는 아이를 하나 데리고 가시구려."

"아니, 그럴 거 없어. 길을 가는 도중에는 노의관 집 사람이 있고, 서울에 들어가면 소양·김대견과 함께 있을 테니까, 거기 심부름하는 사람이 있어요."

이렇게 말한 뒤 안도전은 이준에게 인사를 하고 돌아섰다.

악화는 배를 타는 곳까지 따라와서 편지봉투 하나를 꺼내들고 안도전에게 말하는 것이었다.

"선생이 등주 해안에서 상륙하시면 얼마 가지 아니해서 등운산 밑으로 지나가시게 됩니다. 그때 조금 수고스럽지만 저의 매부 손립에게 잠간 들러가 주실 수 없을까요?"

"그게 뭐지? 나가는 길이니까 어렵지 않겠지!"

안도전은 이렇게 말하더니, 한번 너털웃음을 웃고 나서 또 말을 계속했다.

"전일 두흥이가 자네한테 전할 편지를 가지고 서울에 왔을 땐 그 사

람이 붙잡혀 귀양을 갔다가 지금은 산채에 있는데… 이번엔 또 내가 서
울로 가는 길이 어렵지 않을까!"

이런 말을 하고 나서 안도전은 악화의 손을 잡고 흔든 다음 배에 올
라탔다.

금오도의 뱃사공들은 바닷길에 익숙한 사람들이라, 풍세(風勢)를 잘
이용하여 불과 4, 5일 만에 등주 언덕에 닿았다. 안도전과 노사월은 수
행원과 하인을 데리고서 내리고 배는 금오도로 돌려보낸 후, 교군을 두
개 불러서 하나씩 각각 올라탔다. 그리고 짐꾼을 시켜 짐짝을 어깨에
지워서 60리가량 오니까 거기가 바로 등운산으로 올라가는 입구였는
데, 가마 앞채의 교군이 숨을 가쁘게 쉬면서,

"등운산에 강적들이 산채를 묻고 있으니까, 여기를 빨리 지나가야
합니다!"

이렇게 말하는 게 아닌가.

이 말을 듣고 안도전은 태연히 말했다.

"천천히 가도 괜찮다! 내가 그 사람들을 만나보고 싶다."

그런데 안도전의 이 말이 채 끝나기도 전에, 막대기로 꽹과리를 때리
는 소리가 나더니, 별안간 숲속으로부터 4, 50명의 졸개가 뛰어나와 앞
길을 막고서는 호령을 하는 게 아닌가.

"꿈쩍 말고 거기 섰거라!"

뜻밖의 일을 당한 노의관은 가마 속에서 기절초풍하다시피 되어 벌
벌 떨고 있는데, 안도전은 태연하게 앉아서 교군 앞을 가로막고 섰는
졸개를 보고,

"시끄럽게 굴지 말라! 내가 지금 너희들의 손두령님을 만나러 오는
길이다."

이렇게 말했다. 그러니까 졸개 하나가,

"그러십니까? 그럼 저희들이 길을 인도해드립죠."

하고 다른 졸개들을 이끌고 앞서서 걸어간다.

일행이 졸개들을 따라서 산 위로 올라갔더니, 산채 안에서는 손립이 졸개들로부터 보고를 받고 쫓아나와서 반가이 맞아들여 취의청으로 안내하는데, 안도전은 난정옥과 호성을 처음 보는 터이라 누군지 모르고 산채 안에 있던 사람들은 노의관을 또한 모르는 고로, 그들은 서로 통성명을 하고 인사를 차린 후 자리에 좌정했다.

먼저 손립이 안도전을 바라보면서 물었다.

"선생은 안락하게 서울에 계신 줄 알았는데, 오늘 어떻게 여길 오셨습니까?"

"칙명으로 고려국까지 갔다가 돌아오는 길에 해상에서 풍파를 만나 배가 뒤집혀서 죽을 뻔하다가 이준 형님의 덕분으로 구조받아 금오도에서 오래 체류하다가 지금 서울로 돌아가는 길입니다. 그런데 악화 형이 이곳 이야기를 하고, 편지를 써주기에 가지고 왔습니다."

안도전이 이렇게 말하고 악화의 편지를 꺼내주니까, 손립은 그 편지를 읽어보고 나서 기뻐한다.

"그동안 악화한테서 소식이 없더니… 이 사람이 아주 큰 사업을 이룩했군!"

호성이 옆에 있다가 한마디 한다.

"나도 한 번 섬라국에 가본 일이 있어요. 금오도는 참 좋은 곳이더군요."

안도전이 손립을 바라보고 묻는다.

"손형! 전일 두흥 형이 편지를 가지고 서울에 왔을 때 굉장히 고생한 일을 아시오?"

"굉장히 고생을 했다구? 처음 듣는 이야긴데?"

안도전은 그때 두흥이가 손립의 편지를 악화에게 전하려고 서울에 왔다가 붙잡혀 고생하던 이야기를 자세히 했다. 그러고서,

"난 그때 옥중으로 두 번 찾아가서 만나보기는 했지만, 내가 힘이 있어야지! 구해낼 도리가 없었지!"

이렇게 말하고는 또,

"오늘 이 편지를 갖고 오는 데는 아무것도 방해하는 게 없더군!"

하고 껄껄 웃는 것이었다.

손립은 주먹을 한번 불끈 쥐더니 힘 있게 말했다.

"됐다! 우리 형제들이 모두 일어나야 할 때가 왔다! 안선생! 당신은 서울로 가지 말고 여기 좀 계시오. 내가 전일 고기하고 소주를 많이 먹었더니 요사이 뱃속이 영 좋지 않아서 죽을 지경이란 말이오. 나를 좀 고쳐주시오."

이때 안도전이 미처 대답도 하기 전에 노사월은 한시바삐 서울로 돌아가고 싶어서,

"안선생! 우리가 지체할 수 없습니다. 빨리 돌아가 복명해야 하잖습니까!"

하고 안도전을 보고 재촉하는 것이었다.

이때 원소칠은 그 꼴을 보고 속에서 불이 나는 것처럼 노의관 앞으로 성큼 들어서더니 그의 멱살을 붙잡고는 눈을 똥그랗게 뜨고서 호령을 해붙인다.

"이 개놈의 새끼! 여기가 어딘 줄 알고 개방구 같은 소리를 뀌는 거냐!"

안도전이 이 모양을 보고 황망히 말렸다.

"동생! 이러지 마요! 이분은 국가의 관원이신데, 쌍스럽게 이러지 마요!"

그 말을 듣고 원소칠은 기가 막히는 것처럼 소리를 지르더니,

"뭐라구요? 이따위 조가(趙哥)네 집 심부름꾼이 남의 속을 태우는 걸 그냥 놔두란 말예요? 주먹맛을 좀 봐야 할 걸!"

하고 노사월을 때리려 하므로, 난정옥은 급히 원소칠을 붙들고 말렸다.

"이게 무슨 짓인가! 안선생은 가셔야 할 처진데, 우리가 어떻게 억지로 붙잡는단 말인가? 그렇지만 오늘은 이미 날도 저물었으니, 하룻밤 쉬시게 하고 내일 떠나시도록 해!"

원소칠은 난정옥의 말을 듣고 분을 참으면서 노사월의 멱살을 놓아주었다.

노사월은 그때 전신에 식은땀을 흘렸다. 그리고 이날 저녁에 산채에서 연회를 베풀고 두 사람을 관대한 후, 이튿날 손립은 안도전에게 돈 30냥을 진정하고 산 밑에까지 내려가서 작별했다. 안도전은 노의관과 곧장 서울로 향했다.

이틀 후에 두 사람은 서울에 도착해서 먼저 채태사에게 들어가 뵈었다.

"고려 왕의 병환은 아주 쾌차하시었습니다. 그런데 사은하는 표문과 예물을 받아오다가 섬라국 경계에 이르렀을 때 무서운 풍파를 만나 배가 뒤집혀졌기 때문에 표문과 예물을 몽땅 잃어버리고 말았습니다. 저희들 두 사람은 우연히 구조해주는 사람이 있었기 때문에 살아났습니다만, 수행원 중 30여 명은 그만 목숨을 잃고 말았습니다."

안도전이 이같이 보고하니까 채태사가 말하는 것이었다.

"바다에서야 언제 풍파를 만날지 참으로 위태한 노릇이야. 폐하께서도 연일 염려하고 계셨거든. 그러나 원로에 피로했을 테니까 며칠간 편히 몸을 쉬게. 그런 다음에 내가 자네들을 데리고 궐내에 들어가 뵈옵겠네. 그런데 내가 자네들을 기다리고 있었던 것은 다름 아니라, 내가 총애하는 소첩(小妾)이 병이 나서 앓는단 말이야. 속히 좀 봐줘야겠네."

채태사는 이렇게 말하고 두 사람을 응접실에서 기다리게 한 후 청지기를 시켜 안에 들어가서 안(安)·노(盧) 두 선생이 젊은 마마의 병을 보시러 왔노라고 전달을 하도록 하는 것이었다.

조금 있다가 청지기가 나와서,

"두 분 선생님 들어오시라 하십니다."

하므로, 채경이 먼저 앞에서 걸어 들어가고, 두 사람은 그 뒤를 따라서 안으로 들어가니, 난간에 붉은 칠을 한 기다란 복도에는 비단으로 막을 내리치고 구슬로 엮은 발을 드리웠으며, 뜰 위에다는 하얀 돌을 쪽 깔고 귀한 화초와 향기로운 풀을 틈틈이 심었는데, 대리석으로 만든 상 위의 향로에서는 향연(香煙)이 자욱하게 오르고 있다.

대청으로 들어가서 안방 곁에 있는 작은 방에 인도되어 산차(山茶)를 한 잔씩 대접받은 후, 시녀의 안내로 안방에 들어가니, 침상 앞을 가린 비단 장막 귀퉁이로 시녀가 마마의 손목을 내밀게 했다. 안도전은 두 눈을 감고 정신을 모아 양쪽 손목의 맥을 보았다.

조금 있다가 안도전은 작은 방으로 나와서 채태사에게 진맥한 결과를 자신 있게 말했다.

"마마님의 맥이 거칠어 풍(風)과 화(火)가 엇갈려가며 뛰고 있습니다. 그리고 기(氣)는 노(怒)했고, 간(肝)은 상(傷)했으므로 열을 발산시키고 기침을 계속하며, 가슴이 아프고, 배가 충만해지는 터입니다. 그러나 화기를 끄고 간을 다스릴 청화평간약(淸火平肝藥)을 몇 제 잡수시면 자연 쾌차하실 겁니다."

채태사는 이 말을 듣고 상노로 하여금 붓과 먹을 가져오게 한 후 안도전에게 약방문을 쓰게 했다.

"그런데 나는 지금 조정에 중대한 안건이 있어서 나가봐야 하겠소. 약을 지어 청지기에 주고 돌아들 갔다가, 내일 다시 또 와서 진맥을 해주기 바라오."

이렇게 말한 뒤에 채태사는 조정으로 나가고, 안도전은 약방으로 건너가서 약을 짓기 시작했다.

이때 노사월은 안도전 곁에서 속으로 생각했다.

'이 자식 안도전이란 자식, 건방진 자식… 제가 조금 안다고 매양 날업신여기고 깔보기만 하는데… 내일 태사님 면전에서 한번 이놈을 망신을 시켜줄까? 그렇지만 태사님이 워낙 이놈을 신임하시는 터이니까 필시 내 말을 곧이듣지 않으실 거야… 그러기보다 차라리 이 자식이 짓는 약을 딴 약으로 바꿔치기해서, 죄를 이놈한테 뒤집어씌워, 이 자식을 죽여버리도록 하는 게 좋겠다.'

노사월은 이렇게 생각하고 있다가, 안도전이 귀한 약을 가지러 딴 방으로 잠깐 건너간 사이에, 재빠르게 극약 한 첩을 얼른 지어 소매 속에 감춘 다음에 시치미를 뚝 떼고서 앉았는데, 이때 안도전이 약을 다 지어가지고 건너왔다.

노사월이 손을 내밀면서 말했다.

"그 약을 이리 주십시오. 제가 청지기한테 주고서 잘 이르죠."

안도전은 그 말대로 약을 주었다. 노사월은 약을 받아가지고 얼른 소매 속에 감췄던 약과 바꿔서 그것을 청지기한테 주고는 약을 잘 달여드리라고 이르고서 나왔다. 이렇게 하고서 안도전과 노사월은 채태사 공관 문밖에 나와서 각각 자기 집으로 돌아갔다.

이때 약을 받은 청지기가 마마님의 시녀한테 약을 주자, 시녀는 그 약을 약탕관에 넣고서 정성껏 달여 마님에게 드리었다. 마마님은 그 약한보시기를 다 먹었던 것이다.

그랬는데, 한식경쯤 지나서부터 아랫배가 쥐어뜯는 것처럼 아프고, 전신이 불덩어리처럼 뜨거워지면서 정신이 혼몽해지고, 아래윗니가 꽉 달라붙고 떨어지지 아니하면서 손톱 빛이 새카매지는 게 아닌가.

시녀는 마마님의 이 모양을 보고 어쩔 줄을 몰랐다. 즉시 청지기에게 이야기해서 바깥사랑에 있는 관원에게 말해 채태사님에게 보고하도록 했다.

그런데 이날 조정에서는 금(金)나라와 협공 작전을 해서 요국을 정벌하는 중대한 국사를 의논하던 터이라, 모두들 의논이 분분해서 끝날 줄을 모르다가 밤중이나 되어서 조회가 끝난 고로, 채태사는 부랴부랴 공관으로 돌아왔다.

"마마님이 약을 잡수신 뒤부터 더 나빠지셨습니다. 아무래도 회생하시기 어려울 것 같습니다."

청지기가 먼저 이렇게 아뢰는 소리를 듣고서, 채태사는 가슴이 두근거리고 수족이 떨리는 것을 억지로 참으면서 급히 안방으로 건너갔더니 시녀가 마마의 손을 주무르고 앉았는데, 벌써 겉으로 보기에도 팔다리가 빳빳해 보이고, 눈동자가 곤두섰고, 얼굴엔 기름 같은 진땀이 쭉 흘러 있다.

"날 좀 보아! 가슴속이 어때? 응?"

채태사는 마마의 손을 쥐고 괴로운 소리로 이같이 한마디 했다. 그러나 목구멍에서 담이 끓는 마마의 입에서 대답이 나올 이치가 없다. 두 눈알이 곤두서 있는 채 마마는 숨이 끊어졌다.

"으흐흐흐…"

채태사는 울었다.

원래 이 마마는 나이 열아홉 살밖에 안 되지만, 얼굴이 절색이고 재주가 비상해서 양주 땅에서 첫손가락을 꼽던 인물이라, 회양 안무사(安撫使)가 돈을 3천 금(金)이나 들여서 그의 부모로부터 매수하여 채태사에게 보냈던 여자요, 채태사도 그를 애지중지하던 터이었으니 어찌 가슴이 아프지 아니하랴.

채태사는 어이어이… 울고 나서 간판을 불러 안도전과 노사월을 붙들어다 개봉부에 넘겨서 그 죄를 다스리게 하라고 분부했다.

그랬는데, 날이 밝기 조금 전에 심부름 나갔던 간판이 돌아와서 보고하는 것이었다.

"노사월이를 불러가지고 왔습니다. 그런데 안도전은 작일 성 밖에 나가서 돌아오지 않았다 하옵고, 또 아직 금문(禁門)이 열리지 아니했기 때문에 나가서 찾아보지도 못하고 돌아왔습니다."

"그러면 날이 밝거든 나가서 붙잡아오너라."

채태사는 간관을 내보낸 다음에 노사월을 보고 호령했다.

"노사월아! 내가 너를 그동안 잘 봐줬는데, 어찌해서 너는 내가 총애하는 작은집을 독약을 먹여 죽였느냐! 응?"

노사월이 무릎을 꿇고 여쭙는다.

"소인이 그간 태사대감께서 내리신 은혜를 입었사온데, 그 은혜는 분골쇄신한대도 보답하지 못하겠사온데, 어찌 감히 그런 흉측한 일을 저지르겠습니까? 작일 소인은 마마님의 진맥도 하지 아니했사옵고, 따라서 약도 짓지 아니했사옵니다. 모두 안도전이가 주장해서 했사온데… 대감께서도 보지 아니하셨습니까…?"

"잔말 말아라! 너도 태의원의 의관으로서 안도전이가 약을 잘못 쓰는 것을 보았으면 당연히 그런 걸 쓰지 않도록 막아야 할 거 아니냐? 그래 가만히 보고만 앉았다가 마마를 죽게 해놓고서 무슨 잔소리냐!"

"안도전이는 신의(神醫)라고 일컫는 국수(國手)가 아니오니까? 어찌 실수할 이치가 있사옵니까! 아무래도 그자가 실수한 것이 아니옵고, 대감을 해치려고 일부러 독수(毒手)를 쓴 것 같습니다."

"그렇다면 왜 어제 그런 말을 안 했느냐?"

"어제는 대감께서 조정에 들어가신 후 오래도록 나오시지 아니하셨기 때문에 여쭙지 못했사옵니다."

"그럼, 지금 말해라. 네가 아는 대로 모두 말해보란 말이다."

노사월은 이때 무릎을 펴고 일어서서 아뢰기 시작했다.

"전번에 칙명을 받자옵고 고려국에 갔을 때, 고려국 왕의 병환을 완쾌시킨 다음에, 안도전이가 고려국 왕에게 말하기를 '천자께서는 향락만 하시고, 소인배만 중용하시며, 금나라와 결탁해 요국을 침범하는 터이어서 장차 국가에 환란이 일어날 모양이니, 대왕께서 이 틈을 타서 군사를 일으켜 중국의 강토를 뺏으십시오. 제가 본국에 돌아가 내응을 하겠습니다.' 이런 말을 하였습니다. 그리고 그다음에, 바다에서 폭풍으로 배가 전복됐을 때 양산박의 역적 놈 이준이의 구조를 받았었는데, 그때 안도전이가 그놈의 맥을 짚어보고는 '굉장히 높으신 지위에 오르실 맥이올시다. 제가 보필이 되겠습니다.' 하니까, 이준이란 놈이 하는 말이 '내가 송나라를 뺏은 다음에 당신을 대신으로 쓰겠소.' 이렇게 말하는 것을 들었습니다. 그리고 또 한 가지는, 돌아올 때 악화의 편지를 맡아가지고 등운산에 있는 손립이를 찾아갔을 때, 원소칠이란 놈이 상감마마를 비꼬아 말하기를 '이놈 조가 놈의 심부름꾼은 주먹맛을 보아야 한다'고 고함을 치니까 안도전이 하는 말이 '조가네 집은 미구불원 거꾸러진다.' 이러더군요. 이 세 가지 일로 봐서, 안도전이가 대감을 해치려고 그런 것이 분명하다고 생각됩니다."

"뭣이 어쩌고 어째?"

"소인은 본 대로 들은 대로만 말씀을 여쭈었습니다. '채경이란 놈을 죽여버렸으면 속이 시원하겠다.' 이렇게 지껄이던 안도전이니까, 족히 마마님을 독살했을지 누가 압니까!"

채태사는 이 이상 더 참을 수 없어서 흥분하고 말았다.

"오냐! 그놈이 그럴 줄 몰랐구나! 안도전이를 즉각 체포해야겠다!"

채태사는 이렇게 소리치고서 즉시 서사(書士)를 불러 공문을 받아쓰라고 입으로 불러준다.

'안도전이 외국과 정을 통하고 역적 놈들과 결탁했을 뿐 아니라, 성상 폐하를 헐뜯고 대신을 모해했으니, 지체하지 말고 체포하여 동창태감(東廠太監)으로 호송하여 극형에 처한 후 속히 보고를 올리라.'

서사가 이같이 받아쓴 뒤 공문을 작성하는 동안에 채태사는 노사월을 보고 말했다.

"내가 하마터면 너를 의심할 뻔했구나. 앞으로 태의원은 네가 책임지고 맡아야겠다."

"감사하옵니다."

노사월이 이같이 저의 뜻을 이루고서 물러간 뒤에 채태사는 작은집의 시체를 안장하기 위해 바빴다.

그런데 이때 채태사의 공문과 밀게(密揭)가 동창에 송달된 것을 도군황제가 보니까 도저히 있을 수 없는 일인 고로, 황제는 즉시 붓을 들어 비답(批答)을 내렸다.

'안도전을 잡아 대리시(大理寺)가 감문(勘問)한 후 극형에 처하라.'

대리시에서는 이 같은 성지를 받들고서 공문을 개봉부로 보냈다.

개봉 부윤은 대리시에서 성지를 가지고 나온 차관(差官) 앞에서 즙포사신(緝捕使臣)을 불러,

"대리시에서 성지를 받들고 나오셨으니까, 범인을 곧 체포해오는데 시각을 다짐하고 나가 잡아와야 한다!"

이같이 명령하면서 음양관(陰陽官)을 돌아다보고,

"지금 어느 시각쯤 되었나?"

하고 물으니까 음양관이,

"사초일각(巳初一刻)이옵니다."

하는 고로, 부윤은 그 말을 듣고,

"그럼 오패시분(午牌時分)까지 잡아들여야 해! 만약 이 시각까지 못 잡아오면 너희들 목숨이 없다!"

이렇게 엄명을 내리는 것이었다.

즙포사신은 엄명을 받은 후 동료들을 불러 함께 안도전이 우거하고 있는 곳으로 달려가 보았으나, 안도전은 보이지 않고, 소양과 김대견이 둘이서 앉아서 한담을 하고 있다가 즙포사신이 들어오는 것을 보고 손을 내밀면서,

"여러분이 어떻게 이렇게 찾아오시오?"

하고 묻는 게 아닌가.

"안선생을 찾으러 나왔습니다."

즙포사신이 이같이 말하니까 김대견이 묻는다.

"왜 누가 편찮으십니까?"

즙포사신은 사실대로 말했다가는 안도전이 도망칠는지도 알 수 없다 생각하고서 어물어물했다.

"예, 병자가 있어서….."

"그럼 좀 앉아서 기다리시죠. 어제 성 밖으로 친구를 찾아갔는데 아마 미구에 돌아올 겁니다."

즙포사신들은 안도전이 돌아오기만 하면 대뜸 포승을 지우려고 앞문과 뒷문으로 자리를 갈라앉고서 기다렸다. 그러나 좀체 돌아오지 아니하고 시각만 흐른다. 마음이 초조해진 사신 하나가 하늘의 해를 바라보면서,

"아뿔싸! 오패시가 지났네! 집안에 숨어 있나 뒤져보기나 해야겠는걸!"

이같이 말하는 소리를 듣고 소양이 웃었다.

"원, 별소리를! 성급하게 그러지 마시고 기다려보시오."

그러니까 즙포사신이 고개를 들었다.

"두 분이 모르시니까 그러시죠. 안도전이 죄를 지었기 때문에 대리시에서 성지를 받들고서 개봉부로 이놈을 잡아들이라는 엄명이 내렸단 말예요!"

소양과 김대견은 그 말을 듣고 깜짝 놀랐다.

"아, 그래요? 그럼 맘대로 집안을 뒤져보십시오!"

즙포사신들은 소양과 김대견을 그 자리에서 꼼짝 못 하게 한 후 집안의 구석구석을 샅샅이 뒤져보았으나, 안도전이 숨어 있는 것을 발견 못

하고 하는 수 없이 두 사람을 개봉부로 끌고 가려 했다.

그러자 김대견이 항의했다.

"죄가 있으면 그 사람이 죄가 있지, 왜 우리가 무슨 상관이란 말이
오? 이러지 말고 그냥 돌아가서 사실대로 이야기하시오!"

그러나 즙포사신이 그 말을 들을 리 없다.

"잔말 마시오. 한 집에서 죄를 지으면 아홉 집에서 연좌되는 줄 모르
시우? 안도전이하고 한집에서 같이 지내는 절친한 친구 간에 연좌가 안
된단 말이 어데 있어요? 사또께서 말씀하기를 '오패시까지 붙잡아오지
못하면 너희들 목숨이 없다'고 하셨으니까, 당신들이라도 데리고 가잖
으면 우리가 죽는단 말이오! 알아들었거든 빨리 순순히 갑시다."

소양과 김대견은 하는 수 없이 그들을 따라서 개봉부로 갔다.

이때 부윤은 오패시가 지났는지라, 초조한 마음으로 기다리고 있는
중이었는데, 마침 즙포사신이 들어와서 아뢰는 것이었다.

"안도전이가 어떻게 기미를 채고서 어디로 내뺐는지 찾지를 못하고,
그 대신 한집에 같이 있는 소양과 김대견을 붙들어왔습니다. 이 두 사
람을 문초하시면 어디에 숨었는지 알 수 있을 것 같습니다."

부윤은 뜰아래에 와서 무릎을 꿇지 않고 섰는 두 사람을 보고 호령을
했다.

"무얼 하는 놈들이냐?"

소양과 김대견이 동시에 대답했다.

"국가에 봉공하는 직원입니다."

부윤은 또 호령을 했다.

"안도전이란 놈이 반역죄인인데, 너희들이 그놈을 내빼게 하잖았느
냐?"

소양이 아뢰었다.

"천만의 말씀이올시다. 그 사람이 고려국에 갔다 왔다고 각처의 대

감 댁에 인사를 다니다가, 작일 성 밖에 나가더니 돌아오지 아니했으니, 어찌 폐하의 밀지(密旨)가 내리신 것을 알 수 있으며, 또 누가 그 사람한테 먼저 알려주고 도망가게 할 수 있겠습니까?"

"잔말 마라! 너희가 한집에 살면서 종적을 모른다면 누가 곧이듣느냐! 그놈을 찾아내지 못한다면, 너희들 두 놈이 결코 무사치 못할 게다!"

"집도 없고 가족도 없는 그 사람을 어디 가서 찾아오랍니까?"

"그건 내가 모른다! 대리시에서 칙명을 받들고 죄를 다스리도록 됐으니까, 결과만 기다려봐라!"

소양과 김대견은 억울하고 기막혀서 하늘만 쳐다봤다.

그런데 안도전은 그때 채태사의 작은마마에게 약을 쓰라 하고서 공관으로부터 나오다가, 지난번 자기가 고려국엘 갈 때 몇몇 고관들이 자기한테 전별하는 물품을 보내준 것을 생각하고, 그분들을 찾아가서 인사나 드리는 것이 도리에 옳은 일이라 생각되므로, 우선 처소로 돌아가서 고려국으로부터 가지고 왔던 지선(紙扇) 한 뭉치를 갖고 나오다가 거리에서 아이놈을 하나 사서 밖에 있는 장상서(張尙書) 댁을 먼저 찾아가서 관대를 받고, 그날 밤은 장상서 댁에서 쉰 후, 이튿날 숙태위한테로 찾아갔더니 마침 조정에 들어가고 숙태위가 안 계시므로, 그는 기다려서라도 기어코 만나뵙고 인사를 드려야겠다는 생각으로 객실에 앉아서 기다렸었다. 그랬더니 오후가 훨씬 지나서 숙태위가 돌아온 고로 그는 쫓아나가서 절을 했더니, 숙태위는 얼른 그의 손을 붙들고 도서실로 들어가 앉으면서 가만히 말하는 것이었다.

"여보게! 자네가 채태사의 애첩을 약 먹여 죽였는가? 채태사가 노해 자네가 국가의 내정을 외국에 누설하고 역적 놈들과 결탁했다고 밀게를 올렸기 때문에, 벌써 대리시에서는 자네를 잡아다가 심문하기로 되었다네!"

모략에 걸려든 안도전

안도전은 숙태위의 말을 듣고 별안간 냉수 한 바가지를 머리에 뒤집어쓴 것처럼 전신에 소름이 끼치는 것을 느꼈다. 그러고는 어안이 벙벙해서 말을 못 하다가 간신히 한마디 했다.

"전혀 그런 사실이 없는데요!"

숙태위는 그럴 거라는 듯이 고개를 끄덕이면서 말하는 것이었다.

"의관 노사월이가 그렇게 증언을 했다네."

이 말을 듣고 안도전은 지난번 등운산에서 원소칠이한테 노사월이 욕을 당하던 일을 생각하고서 까닭을 알았다.

"그렇다면 알겠습니다. 지난번에 고려국엘 갔다가 돌아오는 길에 해상에서 풍파로 배가 전복되어 다행히 옛날 친구 이준의 구조를 받은 후 살아서 돌아왔는데요. 그때 악화가 등운산에 있는 손립이한테 편지를 좀 전해달라기에 거기엘 들렀었는데, 원소칠이가 노사월에게 욕을 퍼부은 일이 있었습니다. 이놈이 그때의 분풀이를 저한테 하려고 채태사님의 작은마마를 독살시켰습니다. 의사라는 것은 죽어가는 사람을 살리는 것이니까, 제대로 약을 쓰면 낫는 것이지, 어째서 죽이겠습니까? 이놈이 필시 저 몰래 약을 바꿔치기했을 것입니다. 그러니 어떡합니까? 제발 저를 살려주십시오!"

"알겠네. 그런데 채태사가 밀게를 올리어 위에서 엄중한 분부가 내렸으니까, 부중에 있는 것이 위험하네. 자네 처소로 돌아가지 말고 멀리 피신해 있다가, 다시 기회를 보아 처신할 도리를 강구해야겠네."

"예, 그럼 곧 물러가겠습니다."

안도전이 눈물이 글썽글썽해서 숙태위에게 절하고 물러가려 하자 숙태위가,

"잠깐 기다리게."

하고 그를 붙들어 앉히더니, 상노를 불러서 이른다.

"여봐라! 의복을 두 벌만 보자기에 싸가지고 오너라. 그리고 돈 50냥만 내오너라."

조금 있다 상노가 돈과 의복을 갖다주는 고로, 안도전은 그것을 받아 즉시 바깥으로 나가려 했다. 이때 숙태위가 또 주의를 주는 것이다.

"여보게, 가만있게! 개봉부에서 성문을 엄중히 지키고 있을 테니까, 자네는 옷을 갈아입고 모자도 바꿔 쓰고 나가야 하겠네. 그리고 내가 상노를 시켜 자네를 데리고 나가게 할 터이니까, 성문지기보고는 남방으로 간다고만 말하란 말이야!"

"예, 천만 감사하옵니다."

안도전은 또 절을 하고서 상노와 함께 봉구문(封邱門)으로 나오니까, 과연 개봉부의 공문 때문에 성문지기는 출입하는 사람 중에 혹시 안도전이 없는가 해서 검문하는 폼이 여간 세밀하지 않았다. 그러나 안도전이 숙태위 공관에 있는 상노와 함께 나오고 있으니까, 그 상노를 아는 문지기가 감히 검문하지도 않고 그대로 통과시키는 것이었다.

이렇게 무사히 성문을 빠져나온 두 사람이 교외에 이르렀을 때 안도전은 상노에게 사례를 하고 보따리를 받아가지고 어깨에 둘러메고서 상노와 작별했다.

이때는 깊은 겨울이라 북풍은 살을 에는 것 같고 황사(黃砂)는 온 하

늘을 덮어버려 햇볕이 무색할 지경인데, 원래 안도전은 책이나 읽던 의생인지라 빨리빨리 걸음을 걷지도 못했다. 한 발자국 한 발자국을 천천히 떼어놓으며 걸어가다가 날이 저문 고로 그는 객줏집을 찾아들어가서 술 한 병과 고기 한 접시를 놓고 한 잔 또 한 잔 마시면서 생각했다.

'이럴 줄 알았다면 차라리 바다 속에서 죽어버렸던 편이 깨끗하지 않았나… 이준이가 나를 붙잡았었는데… 금오도는 참 좋은 곳이었어… 이준이는 장래 훌륭하게 될 거야… 악화의 편지를 전하다가 내가 꼭 두홍이 꼴이 되지 않았나? 등운산에 그냥 눌러붙어 있었을 걸 괜스레 나와버렸지!'

안도전은 이런 생각 저런 생각을 하면서 술 한 병을 마신 뒤에 취해서 쓰러져 잤다.

이튿날 새벽에 그는 눈을 뜨는 즉시 길을 떠났다. 그는 지금 서울로부터 6, 70리나 떨어진 길을 걸어가는 터인데, 뜻밖에도 웬 사람 둘이 쫓아오면서,

"안선생! 어디로 가십니까?"

하고 말을 거는 게 아닌가.

깜짝 놀라서 뒤를 돌아다보니 모르는 사람이라, 그는 시치미를 뚝 떼고서 말했다.

"내 성은 안씨가 아니고 이(李)가요. 남방엘 가는 길인데, 왜 그러시우?"

그러니깐 그중 한 사람이 빙그레 웃으면서 말한다.

"겁내지 마십시오! 난 숙태위 부중에 있는 간판인데, 어제 태위님께서 상노를 안동해 당신을 성 밖으로 떠나보내시는 것을 보았소이다."

"아, 그래요? 내가 창졸간에 겁이 나서 그만 실수를 했소이다그려. 그런데 내가 성문을 나온 뒤에 개봉부에서는 부중으로 조사하러 나온 일 없습니까?"

"개봉부에서 어찌 감히 대담하게 숙태위님 부중엘 조사하러 나오겠습니까! 다만, 당신의 친구 되는 소양·김대견 두 사람을 잡아다가 대리시로 압송했답니다."

이 말을 듣고 안도전은 발을 굴렀다.

"저걸 어쩌나! 두 친구한테 화를 끼쳤구나! 그런데 지금 두 분은 어디로 가시는 길인가요?"

"우리는 지금 태위님의 편지를 가지고 기현(杞縣)까지 갔다가 내일 서울로 돌아올 판이오. 요 앞에서 당신과 길이 갈립니다."

"그렇습니까? 그런데 나는 도망을 해나오고 나 때문에 친구한테 누를 끼쳤으니 내 마음이 괴롭습니다. 숙태위님께 그 친구를 잘 주선해 주십사고 상서를 올리고 싶은데, 두 분께서 그 편지를 갖다 전해주시지 못하실까요?"

"글쎄, 어렵지 않은 일이지. 태위님께서도 동정하시는 터이니까, 별로 걱정은 없소이다."

간판 한 사람이 이렇게 말하다가 손으로 앞을 가리키면서,

"저기 객줏집이 있으니 저리로 들어가서 점심이나 지어먹고, 그럴 동안 당신은 편지를 쓰시구려."

이같이 말하는 것이었다.

안도전은 두 사람과 함께 객줏집으로 달려가서 주보를 불러 술과 안주를 주문하고, 두 사람이 밥을 짓는 동안 그는 지필묵을 얻어 편지를 쓴 후 돈 한 냥을 두 사람한테 주고서 숙태위님께 편지를 전해달라고 신신당부했다. 그러고 나서 술과 밥을 먹고 셈을 치른 다음에 객줏집으로부터 나와 삼 리가량 오다가 갈림길에 이르러 두 사람과 작별하고는 혼자서 걸었다.

그는 한 발자국 한 발자국 발을 떼어놓으면서도 자기 때문에 소양과 김대견이 체포되었다는 생각에 마음이 괴로웠다. 마음이 괴로우니까

걸음도 잘 걸리지 않는다.

십여 일 만에 그는 산동 지방에 들어섰다. 하루 온종일 걸어도 두 개의 주막거리밖에 가지 못했다. 그리고 걸어가다가 날이 어두우면 아무 데서나 잤다.

하루는 해가 서산에 기울고, 노상에 행인도 희소하고, 객줏집도 안 보이는데 배는 고프고 다리는 아프므로, 한숨을 쉬면서 사방을 두리번거리노라니까, 일 리가량 앞에 조그만 마을이 있고, 국도 옆으로 별장 같은 집이 한 채 보이는데, 문 앞에 고목나무 세 개가 서 있고, 집 뒤에는 조그만 언덕이 있고, 왼쪽에 돌다리가 있는데 그 밑으로 시냇물이 흐르고 고목같이 된 매화나무 한 주가 섰는데, 그 나무에 참새가 한 떼 앉아 있다가 안도전이 가까이 걸어가자 모두 날아가버린다. 그럴 때 별장 안에서 책보를 옆구리에 낀 소년이 세 명 나오고, 그 뒤에서 도복을 입고 높은 건을 쓴 골격이 청수하게 생긴 도사가 따라나온다.

안도전은 그 도사 앞으로 가까이 가서 두 손을 모으고 공손히 말했다.

"제가 본시 약질인 데다가 여러 날 걸어오느라고 몸이 대단히 쇠약해졌는데, 마침 이곳에 이르러 보니 객줏집도 없고 해서 황송합니다만, 선생의 별장에서 하룻밤 묵고 가도록 허락해주실 수 없을는지요? 방세는 내일 아침에 드리겠습니다."

이때, 날은 이미 어두웠고 달은 아직 나오지 아니했기 때문에 사람의 얼굴이 잘 보이지 아니했다. 그러나 안도전의 말을 듣고 그 사람이 잠시 바라보더니, 기상이 단정할 뿐 아니라 음성 또한 공부를 많이 한 사람 같으므로,

"아마 선비신 모양인데… 정녕 그러시다면 누추합니다만, 이리 들어오십시오."

하고 안도전을 데리고 초당으로 들어가는 것이었다.

두 사람이 서로 허리를 굽히고 인사를 한 뒤에 자리에 앉으니까 심

부름하는 아이가 나와서 등불을 켜놓는다. 그때 두 사람이 서로 얼굴을 바라보더니, 도사가 안도전을 보고 묻는다.

"실례의 말씀입니다만, 노형이 혹시 서울서 작별한 안도전 선생이 아니신가요?"

이 말을 듣고 안도전은 자기 신상에 사건이 걸려 있는 몸인지라, 즉시 그렇다고 대답할 용기가 없어서, 도리어 저쪽의 성명부터 물었다.

"선생의 성함이 누구신지… 초면은 아닌 것 같습니다만…?"

"예, 나는 문환장이란 사람이올시다."

안도전은 이때서야 비로소 마음을 놓았다.

"참, 오래간만이올시다. 깜빡 생각이 나지 아니했었습니다. 제가 바로 안도전입니다."

"참으로 반갑습니다."

문환장은 대단히 기뻐하며 차를 내놓더니,

"그런데 안선생은 조정에서 봉공하시느라 황족과 고관이 날마다 불시에 찾아오시는 등 대단히 바쁘게 지내실 터인데… 어떻게 이렇게 혼자서 이런 곳엘 나오셨나요?"

이같이 묻는 것이었다.

"예, 칙명을 받들고서 고려국에 가서 국왕의 병환을 치료해드리고 귀국하다가 해상에서 풍파로 배가 전복되어 생명을 잃을 뻔했었는데, 어떤 사람이 구조해줬답니다. 그러나 그때부터 세상의 명리(名利)를 부러워하는 마음은 아주 없어졌습니다. 그래서 고향으로 돌아가 여생을 안한(安閒)하게 살려고 나온 길이었는데, 정말 뜻밖에 문형을 이렇게 만났습니다그려. 날마다 객주에서 쉬느라고 심사가 산란하더니만, 오늘밤엔 정말 편안히 쉬게 돼서 참 기쁩니다."

안도전은 이렇게 말하고 나서 다시 문환장을 바라보고 물었다.

"그런데 문형은 고태위님하고 교분이 두터우신 터이었는데, 어째 이런 곳에 계시나요?"

문환장이 이 말을 듣더니 싱그레 웃으면서 대답하는 것이었다.

"교분이 두텁다는 게 무엇입니까? 권세와 명리를 가리키는 말일 뿐입니다. 권문에 드나들며 아첨이나 하는 일은 정말 못 하겠기에 그런 것을 피해서 조용한 이곳으로 나와 그저 어린아이들이나 가르치고 소일하고 지낸답니다."

이렇게 이야기하고 있노라니까 어린아이가 술상을 들고 나왔다. 문환장이 그 술상을 받아서 안도전 앞에 놓고는 또 말한다.

"참 잘 오셨습니다. 선생이 이렇게 찾아오시기가 쉬운 일이 아닌데요. 우연한 일이 아닌 것 같습니다. 제가 자식놈이 없고 딸이 하나 있을 뿐인데 이 애가 괴상한 병에 걸려서 밤엔 잠을 못 자고 낮에는 정신이 혼몽해져서 혼자 웃고 혼자 이야기하고… 괴상하게 앓고 있습니다. 몇 번이나 이 근처 의원한테 치료를 받았건만 도무지 효험이 없군요. 아마 하늘이 선생을 이리로 인도해주신 것 같습니다."

"걱정되시겠습니다. 그러나 맥을 짚어보면 알 것이니까 과히 염려 마십시오. 내일 보아드리지요."

안도전이 이렇게 말하는 것을 듣고 문환장은 적이 안심하는 기색이었다. 그도 그럴 것이, 두 사람은 말하자면 아는 것이 많은 사람이라 피차에 심지(心志)가 통하는 까닭이다. 그래서 그들은 서로 주거니 받거니 술을 마시다가 저녁때도 훨씬 지나서 밥을 먹은 다음에 문환장은 안도전을 책방으로 인도한 후 그로 하여금 편히 쉬게 하는 것이었다.

십여 일 동안 먼 길을 걸어오느라고 피로했던 안도전은 이날 밤 처음으로 마음을 놓고 잤기 때문에 이튿날은 해가 솟아서 중천에 떠오르도록 푹 쉬었다.

조반 때가 지나서 일어난 그가 세수를 하고 머리를 빗고서 앉았노라니까, 문환장이 들어오더니 그를 자기 딸의 침실로 안내하므로, 그는 따라 들어갔다.

"애야! 선생님을 모시고 왔으니 손을 내밀어라. 맥을 보셔야 한다."

문환장이 침실에 들어가면서 이같이 말하니까 문소저(聞小姐)는 침상에 드리운 장막을 걷고서 그 밑으로 팔을 쑥 내민다.

안도전은 숨을 죽이고 정신을 모으더니 문소저의 왼쪽과 오른쪽 손목의 삼부구후(三部九候)를 세밀히 진찰하고 나서 말하는 것이다.

"따님의 맥은 분명히 알았습니다. 그런데 의서(醫書)에서도 말하는 것처럼, 병을 알려면 네 가지 필요한 일이 있습니다. 첫째 얼굴을 보아야 하고, 둘째 증세를 들어야 하고, 셋째 증세를 물어봐야 하고, 넷째 진단을 잘 내려야 하는 법인데… 따님의 안색을 보아야겠군요. 그런 연후에 약을 쓰는 게 좋겠습니다."

문환장은 이 말을 듣고 심부름하는 계집아이를 시켜 침상의 장막을 열었다.

침상 위에 누워 있는 문소저의 얼굴은 비록 야위기는 했으나 눈썹이 가늘고 눈 속이 맑아서 오관(五官)이 순조로워 보이는 복스러운 골상(骨相)인데, 다만 얼굴에 약간 분홍빛이 있을 뿐이었다.

안도전은 문소저의 얼굴을 보고 나서 책방으로 들어왔다.

"따님의 병은 다른 게 아니라, 칠정(七情)이 손상되어 음양의 기운이 엇갈려서 일어나는 증세입니다. 약을 한 달가량만 계속해서 쓰시면 완전히 나을 겝니다."

그가 방에 들어와서 이렇게 말하니까 문환장은 희색이 만면해서 말하는 것이었다.

"선생은 과연 신선이십니다! 사실을 말씀하면, 내 아내가 죽었을 때 저 딸년이 평소에 효성이 지극했던 터이라, 너무도 애통해하면서 종일 울기만 하더니, 결국 저 모양이 되더군요. 어젯밤엔 내가 말씀을 안 했습니다만, 사실인즉 딸년의 병이 대단하기에 내가 그동안 줄곧 하늘을 향해서 기도를 드리고 왔었지요. 그랬는데 엊그제 밤 꿈에 천녀(天女)가 나타나더니 '내일 천의성(天醫星)이 오실 것이고 병은 자연히 나을 것이며, 일후에 국모(國母)가 될 것이니, 경솔히 아무 데도 허혼(許婚)을 하지 마라.' 하였는데, 이렇게 안형께서 왕림하시고 보니, 천의성이 바로 안형이십니다! 한 나라의 국모가 된다는 소리는 당치도 않지요. 빈한하기 짝이 없는 우리 집에 무슨 그 같은 사돈이 오겠습니까? 더구나 지금 나의 안중에는 부귀가 도무지 없는데요."

안도전은 이 말에 고개를 내젓는 것이었다.

"아니! 따님의 맥을 보니까, 정말 맑고 또 골상이 의젓해서 저절로 대귀(大貴)할 팔자더군요. 아마 하늘에서 정해놓은 인연이 있을 겝니다. 걱정 마십시오. 그런데 약을 쓰려도 약 재료가 없으니, 어디 가서 구하나요?"

"약재를 구하긴 어렵지 않습니다. 동창부(東昌府)가 여기서 불과 20리밖에 안 되니까, 선생이 약 이름만 적어주시면, 내가 사람을 시켜 사오겠습니다. 그리고 선생께서는 아무래도 한 달 동안은 아무 데도 가시지 말고 여기 계셔주십시오."

"이왕 이렇게 된 바에야 끝까지 보아드려야죠."

안도전이 이같이 승낙하니까 문환장은 대단히 기뻐하면서 사람을 불러 안도전이 적어주는 여러 가지 약 재료를 사오도록 동창부로 보냈다. 그리고 얼마 후에 그 사람이 사온 것을 가지고 안도전이 약을 지어주자 그것을 폭 달여서 딸에게 먹였더니, 문소저는 저녁때부터 깊이 잠을 자기 시작하는 것이었다.

이날부터 안도전은 혹시나 자기의 행색이 탄로 날까 조심스러워서 책방에 들어박힌 후 문밖에도 나오지 아니했다. 문환장이 어린아이들을 가르치다가 틈이 나면 책방으로 그를 찾아와서 말벗이 되어주는 것뿐이었다.

이렇게 한 달 동안 지내는 사이에 문소저의 병은 완전히 떨어지고, 정신이 그전보다 한층 더 똑똑해졌으므로 안도전은 길을 떠나려고 작별했더니, 문환장이 깜짝 놀라면서 붙드는 것이었다.

　"아니, 내 딸년이 선생의 덕분으로 재생했는데, 그리고 그 은혜를 갚을 길이 없는데, 지금 동지섣달 얼음장 같은 길을 어떻게 가시겠다고 떠나신다는 겝니까? 조금만 더 머물러 계시다가 날씨나 풀리거든 그때 떠나시죠."

　안도전은 이 말을 듣고 그냥 주저앉기로 마음을 정했다. 그러고서 아침저녁으로 문환장과 더불어 옳은 일과 착한 말만 서로 이야기하며 그날그날을 보내다가 자신의 신상에 떨어진 엉뚱한 죄목에 관해서도 남김없이 털어놓고 이야기했더니, 문환장이 권고하는 것이었다.

　"더군다나 그런 사정이 있으시다면 길을 떠나시는 게 아닙니다. 선생은 지금 나쁜 놈한테 모해를 당하고 있으니까 당분간 숨어 계셔야 합니다. 내가 사람을 서울로 보내 실정을 조사해본 후 혐의가 없이 된 형편이거든 그때 고향으로 돌아가시는 게 좋을 겝니다."

　안도전은 이 말을 듣고서 마음놓고 눌러 있기로 했다.

　어느덧 엄동설한이 지나고 봄철이 돌아왔는데, 눈이 굉장히 많이 오고 나서 날이 활짝 갠 어느 날, 문환장이 안도전을 보고 말한다.

　"안형! 저 아래 다리 가에 매화꽃이 탐스럽게 피기 시작했는데, 우리 함께 잠깐 나가서 구경하시지 않으시려오?"

　한 번도 바깥을 못 나가봤던 안도전은 두말하지 않고 문환장을 따라서 다리 근처까지 나갔다. 고목같이 늙은 매화가지에 방긋방긋 입을 벌리고 있는 매화꽃에서 그윽한 향기가 풍기는데, 산과 들에는 눈이 하얗게 쌓여서 천하가 은세계로 변했다.

　안도전이 사방의 경치를 둘러보다가 문득 앞에서 걸어오는 행인을 바라보니, 죄수 두 사람이 목에 칼을 쓰고서 걸어오는데, 그 뒤에서 공인(公人) 두 사람이 몽둥이 수화곤을 들고 따라오는 게 아닌가. 놀라워서 자세히 바라보니, 한 사람은 김대견이요, 한 사람은 소양인데, 뒤에서 걸어오던 김대견이 별안간,

"안!"

하고 소리치니까, 소양이 얼른 그 말을 가로막고서, 안도전에게로 가까이 오더니,

"장원외! 참 잘 만났소. 내가 당신 댁 얘기를 전할 게 있는데 잠깐 저리로 갑시다."

이렇게 말하고서는 2, 30보쯤 길옆으로 끌고 가서 귓속말을 하는 것이었다.

"얼마 전에 개봉부에서 형장을 붙들러 나왔다가 우리 두 사람을 붙잡아갔었는데, 숙태위님의 주선으로 감형이 돼서 지금 두 사람이 사문도로 귀양을 가는 길이랍니다. 저 공인들한테까지 숙태위님이 잘 부탁해주셨답니다."

안도전은 그 말을 듣고 한숨을 쉬었다.

"정말 죄송해요! 제가 전일 숙태위님을 찾아갔다가 태위님한테서 노사월이 나 몰래 독약을 청지기한테 주어서 채태사의 애첩을 독살시킨 사실을 비로소 알았고, 그 때문에 제가 사지(死地)에 떨어진 것도 알았지요! 그래, 숙태위님이 날더러 즉시 도망가라 하시면서 옷을 갈아입게 한 후 상노를 딸려서 봉구문 밖까지 전송해주셨는데, 그다음 날 노상에서 숙태위 부중에 있는 사람을 만나서, 나 때문에 두 분 형님이 고생하시게 된 줄도 알았답니다. 그래, 숙태위님께 상서를 하고 부탁 말씀도 드렸지요. 그러고서 오다가 문참모(聞參謀)를 만났는데, 그의 따님의 병이 대단해서… 그 까닭에 이곳에 머무르고 있는 중입니다. 하여간 처음에 내가 나타났더라면 아무 일 없었을 걸… 누가 일이 이렇게 될 줄 알았어야지… 그러나 나 때문에 생긴 일은 내가 처리하는 게 당연한 일이

니까, 내가 두 분을 모시고 서울로 가서 두 분을 석방토록 하겠습니다."

이 말을 듣고 소양은 얇은 음성이지만 힘 있게 말한다.

"안 돼요! 우리 두 사람은 연루자로 죄명이 가볍기나 하지만, 형장이 만일 가보시오, 필시 사형을 당하실 것이란 말예요! 그리고 우리는 이미 형을 받은 몸이니까 만기가 되면 자유로운 몸이 돼 다시 출신할 수가 있으니까 걱정 마시오. 그래, 아까 김형이 형님의 성을 부르기에, 내가 일부러 형님을 장원외라고 소리쳐 부른 게랍니다."

"고마운 말씀이오. 그런데 문참모는 사람이 대인군자(大人君子)요, 또 세상의 사리에도 밝은 분이니, 들어가서 이야기나 하다가 가십시오. 저 공인들도 같이 들어갑시다."

소양이 승낙하고서 자기를 기다리고 서 있는 공인한테로 가더니,

"지금 내 고향 친구 장원외가 편지를 써서 주겠다고 하는데, 잠깐 들어가십시다."

하고 청했다. 공인 두 사람이 승낙하고 소양과 김대견을 데리고 안도전의 뒤를 따라오는 것을 보고, 문참모는 먼저 안으로 들어가서 음식을 준비시키기에 바빴다.

조금 있다가 음식이 나오니까, 추위에 떨고 오던 공인들은 국과 술을 달게 퍼먹고 마시고 하는 것을, 안도전이 또 은근히 술을 자꾸 권하는 바람에, 그들은 취하는 줄도 모르고 받아 마시고 있었다.

이렇게 공인들이 취하는 것을 보고 문환장이 청하는 것이었다.

"그런데 이제는 날도 저물었고, 객줏집에 들르려 해도 10리는 더 가야 할 것이니, 여기서들 쉬시는 게 어떠시오? 이 두 분은 정다운 친구니까 하는 말이오."

공인은 벌써 취해서 혀 꼬부라진 소리로,

"에에, 두 분의 댁이 서울 계시죠… 숙태위님이 저희들더러 두 분을 잘 모시라고 하셨는데…그런데 혹시 실수나 안 했는지 그저 죄송하기

만 해요…."

이렇게 대꾸하는 것이었다.

문환장은 이 모양을 보고 먼저 그들한테 밥을 갖다 먹인 다음에 다른 방에 들어가 자도록 했다. 그러고 나서 그들끼리만 둘러앉아서 다시 술을 마시기 시작했다.

"그런데 말이오. 나야말로 기구한 운명을 타고난 사람이오. 죽어야 할 사람이 살아나서 두 분 형장한테 누를 끼쳐드리고 있으니 이 노릇을 어쩌면 좋아요!"

술을 마시다가 안도전이 또 이런 말을 하니까 김대견이 혀를 차면서 말한다.

"쯧… 또 그런 말씀을! 붕우(朋友)란 의리를 중하게 삼는 것인데, 대신 목숨을 버리는 일도 있잖은가! 다만 내가 지금 귀양을 가면서 마음에 걸리는 것은 서울에 두고 온 내 아내뿐이야! 누가 돌봐줄 사람이 있어야지?"

문환장이 그 말을 받았다.

"내가 한마디 말씀을 할 테니 들어주시겠소? 내 딸년이 안선생의 의술로 병이 완쾌되었건만 어떻게 은혜를 갚을 길이 없었는데, 오늘날 두 분이 안선생 때문에 고생을 하시는 터이니까 나도 한 몫을 들어서 고생을 나눠야 하겠습니다. 그러니 두 분께서는 서울 댁에다 편지를 쓰십시오. 내가 그 편지를 가지고 가서, 형들의 가족을 이리로 모셔다놓고 돌보아드리죠. 이다음에 두 분께서 이리로 돌아오셔서 다시 행복하게 사시면 좋지 않습니까?"

"고마운 말씀! 형장은 덕이 높은 군자시니까 처자를 맡겨둔대도 마음이 편안하겠으니, 참 고맙습니다."

소양은 이렇게 대답했다. 그러고서 그들은 밥을 먹은 다음에 소양과 김대견은 각기 편지를 쓰는 중인데, 안도전은 보따리 속에서 돈을 30냥

꺼내서 그것을 두 사람 앞에 내놓고 말하는 것이었다.

"약소합니다만 이건 용돈에 보태 쓰십시오. 문선생이 형들의 가족을 모셔다가 잘 보호해드릴 터이니까 안심하시고 계십시오. 나는 문선생이 서울 갔다 오신 뒤에 태안주로 가서 상천(上天)에 치성이나 드리고서 사문도로 형들을 찾아가 뵈오렵니다."

그들은 서로 이렇게 약속하고서 그날 밤 일찍이 자고, 새벽녘에 일어나서 눈물을 뿌리며 서로 헤어졌다.

문환장은 숙태위한테 보내는 안도전의 편지와, 소양과 김대견의 편지를 가지고 이틀 만에 서울에 도착한 후 즉시 소양과 김대견의 집엘 찾아가서 두 분 아주머니한테 편지를 전하고 이삿짐을 싸도록 당부했다. 그러고서 이튿날 숙태위한테로 찾아가서 안도전의 편지를 올렸다.

숙태위는 그 편지를 읽고 나더니 말하는 것이었다.

"이렇게들 의리가 두터우니, 참으로 노형들한테는 탄복할 뿐이오! 돌아가서 안의관한테 한마디 전해주시오. 아직 때가 아니니, 서울에 나타나지 말라고! 요사이 조정에서는 금(金)나라와 결탁해 요국을 정벌하는 의논을 하는 중이라서 채태사가 날마다 조정에 나와 앉아 세세한 일은 돌볼 겨를도 없는 처지라고…. 일전에 내가 대리시에 말해서 소양과 김대견을 경범(輕犯)으로 다스리게 하여 귀양을 보내기로만 했는데… 만일 그러지 아니했던들 형벌이 더 무거웠겠지. 그런데 노형을 대접해 보냈으면 좋겠는데, 내가 지금 또 조정에 들어가는 길이라, 틈이 없어 대단히 미안하오."

"천만의 말씀입니다."

문환장은 인사를 드리고 숙태위 부중에서 물러나와 소양과 김대견의 집으로 가서 보니까, 내행들이 모두 행장을 수습해가지고 있는지라 즉시 두 여인이 타고 갈 수레를 준비시켜 타게 한 후, 자기는 말을 타고 동창부로 길을 떠났다. 그리하여 왕복 한 달 만에 그는 두 여인을 데리고 무사히 돌아왔다.

그런데 소양에게는 금년에 열여섯 살 나는 딸이 있는데 인물이 뛰어나게 아름다울 뿐 아니라 바느질도 잘하고, 글씨도 잘 쓰고, 총명하기가 짝이 없으며, 소씨(蕭氏)와 김씨(金氏) 두 부인도 현숙하기 이를 데 없는 부인이어서 그들은 친형제같이 화목하게 지내온 터이다. 안도전은 문밖에 나가서 그들을 맞아들였다.

문환장은 안도전을 보고 서울 소식을 전했다.

"숙태위가 말씀하기를 '서울서 일이 끝나기는 했지만 아직 때가 이르니 더 숨어 있으라'고 하십디다. 그리고 조정에서는 금나라와 결탁해서 요국을 치려고 불일간 출병을 하는데, 이것이 동관과 왕보의 주장으로 강행되는 일이건만 아무도 반대를 못 한답니다. 이대로 가다간 미구에 일대 변고가 생길 것만 같습니다."

안도전은 문환장에게 사례했다.

"이번에 정말 어려운 길을 갔다 오셨습니다. 다행히 소형과 김형 두 분의 내행을 무사히 모셔왔으니, 마음이 놓입니다. 이제 날씨도 따뜻해졌고, 동악(東獄)의 성탄(聖誕)도 멀지 않았으니, 저는 어서 떠나가 봐야 하겠습니다. 지성을 올리고서 사문도로 가서 소식이나 알려줘야요."

"어느 날 떠나시렵니까?"

"내일 떠나렵니다."

그다음 날 문환장은 안도전을 위해 송별주를 들었다. 그리고 소양과 김대견의 부인은 안도전에게 인사를 하고 각각 자기 영감에게 안부를 전해달라고 부탁까지 하는 것이었다.

안도전은 부인들에게 위로의 말을 남기고 문환장과 작별한 후 보따리 하나를 둘러메고서 태안주를 향해 길을 떠났다.

그가 이렇게 걷기 시작하여 사흘째 되던 날, 점심때가 못 되었는데도 배는 고프고 목이 말라 견딜 수 없어서, 길거리에 있는 조그마한 술집으로 뛰어들어가서 나물 한 접시와 밥과 술을 주문했다. 술집 더부살이가 두부찌개와 나물과 술 한 병을 밥과 함께 갖다주는 것을 게 눈 감추듯 먹어치운 후 셈을 치르고 막 나가려는 판인데, 웬 사람 둘이 문에서 들어오더니 그를 바라보며,

"장원외! 어디로 지금 가시는 길이시오?"

하고 묻는 것이었다.

안도전이 그 두 사람을 찬찬히 보니 소양과 김대견을 압송하던 공인들이다.

"나는 지금 태안주로 치성을 드리러 가는 길입니다. 그런데 두 분은 벌써 사문도까지 가셨다가 돌아오시는 길인가요? 참 빠르기도 하시군요!"

"말씀 맙쇼! 거기까지 가지도 못하고, 등운산 밑으로 지나다가 불한당 떼를 만났답니다. 그런데 압송하던 두 사람이 본래부터 그 불한당패들과 친숙한 사이더군요. 그래 그 패들이 우리 두 사람을 죽이려 드는 것을 두 사람이 극력 말려서 우리 목숨을 구해줬답니다. 그러고선 불한당패의 대왕이 우리한테 돈을 20냥이나 주더군요. 그래 지금 서울로 돌아가는 길이랍니다. 그런데 참, 태안주로 치성드리러 가는 사람이 많더군요. 원외님도 어서 가보십시오."

안도전은 그들과 작별하고 문밖으로 나와서 길을 걸으며 생각했다.

'그러고 보니 소양과 김대견이 등운산에 들어가 잘 있게 되었구나… 내가 사문도까지 안 가도 좋게 되고… 태안주로 먼저 가서 치성을 드린 뒤에 그길로 등운산엘 가면 되겠다….'

이렇게 생각하다 또 입속으로 중얼거렸다.

'신행태보 대종이 악묘에서 도를 닦고 있다는 소문을 들었는데, 이 사람을 찾아보고, 그와 함께 동행하는 것이 좋겠구나!'

마음을 이렇게 정하고 걸어가기를 이틀, 마침내 태안주에 도착하여 대종을 찾아보니까 과연 그가 악묘 안에서 중이 되어 있으므로, 두 사람은 오래간만에 반가이 만났다.

먼저 대종이 물었다.

"안선생! 당신은 서울서 봉공(奉公)하고 있는 줄 알았는데, 여기는 웬일이시오?"

"곡절이 많아서 일구난설이랍니다!"

안도전은 이렇게 서두를 꺼낸 후 그동안 겪은 사연을 죄다 이야기하고 나서,

"그래, 이번엔 일부러 치성을 드리려고 이곳엘 찾아온 거랍니다."

이렇게 말했다.

"원래 하늘은 사람으로 하여금 아무 일도 않고 가만히 있도록 내버려두지 않는답니다. 선생같이 덕이 높은 분으로도 그런 사단이 생겼으니… 그러기에 나는 미리 그럴 줄 알고 벼슬을 퇴하고서 출가해버렸지! 오늘이 3월 26일이니까 하루 쉬시고, 모레 치성을 올리시오."

대종은 이렇게 말하고 간소한 밥상을 내왔다. 두 사람은 세상 이야기를 해가며 저녁을 먹은 뒤에 안도전이 말했다.

"내일은 아무 일도 할 일이 없으니 식전에 일찍이 산에 올라가서 해가 바다에서 솟는 경치나 구경합시다. 들으니까 여기서 해 뜨는 구경이 굉장히 좋다더군요."

"일찍이 일어나기만 하구려. 같이 나가봅시다."

대종도 찬성하는 것이었다.

이튿날 새벽 5경 때 안도전은 대종과 함께 일관봉(日觀峰) 위에 올라갔다. 때는 아직 일러서 하늘엔 별이 총총하고 바다는 그냥 시꺼멓다. 그러나 조금 있다가 바다 밑으로부터 한 줄기 붉은 기운이 솟아오르더니 삽시간에 수평선 위에 꽃빛 같은 서광이 뻗치면서 새빨간 해 덩어리

가 두둥실 떠오르는데, 그 순간부터 하늘과 바다에는 검은 그림자가 한 점 남지 아니하고 없어지는 게 아닌가.

두 사람은 바위에 앉아서 이같이 떠오른 해가 높다랗게 치솟은 뒤에 산에서 내려왔는데, 산 아래는 아직까지도 날이 덜 밝아서 어둠침침했다. 안도전은 대종과 함께 조반을 먹은 뒤에 근처의 명승고적을 돌아다니며 구경했다.

그다음 날 28일은 악묘의 성탄일이라, 3경 때부터 선악(仙樂)이 울리는 것이었다. 안도전은 목욕하고서 옷을 갈아입은 후 향을 들고 대종과 함께 가회전(嘉會殿)으로 들어가는 산문(山門) 앞으로 갔다. 벌써 이때 향을 피우면서 걸어오는 신도들은 줄을 지어 늘어섰으니, 그 길이가 10리에 뻗친 것 같다. 예배를 드린 뒤에 가회전으로부터 나오다 보니까 노대(露臺)는 세워 있건만 설교하는 사람은 보이지 아니하므로 안도전이 한마디 했다.

"당초에 언청이 임원(任原)이하고 여기서 씨름을 하던 때의 일을 생각하면 기가 막힌단 말이야. 모두 지나간 일! 물거품같이 사라진 일!"

그는 지나간 날을 회상하고 한숨을 쉬었다.

그러고서 대종의 처소로 돌아와서 그는 또 대종을 보고 말하는 것이었다.

"대원장! 원장이 어제 날더러 하늘이 사람을 편안히 있게 가만 내버려두지 않는다고 말씀했지? 그러나 아까 붉은 해가 솟는 것을 보시지 않았소? 해가 동쪽으로 올라왔다가 서쪽으로 꺼지는 일을 몇 만 년 동안 되풀이하는 하늘도 결국은 편안한 날이 없소그려! 그러니까 우리들은 시기를 잘 알아야만 한단 말예요. 내가 서울서 봉공하고 있을 땐 그저 날마다 왕후귀척(王侯貴戚)들과 만나서 진맥하고 찰색(察色)하기에 바빴는데, 그게 다 무슨 뜻이 있는 일이지요? 그저 원장같이 맘을 텅 비게 하고서 자유자재로 사는 게 제일이지. 난 본래 소인들과 어울려서 일을 못 한단 말예요. 이번에도 숙태위가 구해주지 아니했다면 벌써 모가지가 떨어졌을 것이지만, 나 때문에 소양과 김대견 두 친구가 연루자가 돼 귀양을 가게 된 것이 마음에 괴롭더니, 다행히 두 사람이 등운산에 들어가 있다니까 불가불 한번 찾아가 보고 나서, 나는 다시 이리로 원장을 찾아오겠소이다. 도사가 돼 우화등선(羽化登仙)은 못할망정, 눈앞에 홍진(紅塵)을 안 보고 깨끗한 산속에 있는 게 얼마나 좋겠소!"

이 말을 듣고 대종이 말한다.

"안선생같이 의술이 높은 분을 나같이 출가하도록 누가 내버려둘라구! 등운산엘 가기만 하면 그곳 형제들이 꼭 붙들고 놓지 아니할 테니 두고 보시오. 그러지 말고, 여기 더 머물러 있다가 서서히 가시구려."

두 사람이 이렇게 이야기하고 있을 때, 바깥에서 도인 한 사람이 들어오더니 대종을 보고,

"사또님께서 지금 원장님을 찾아보러 나오셨습니다."

이같이 알린다.

"사또님이 무슨 일로 나를 찾아오셨을까?"

대종이 의아해서 이렇게 중얼거리자 안도전이,

"나 때문에 무슨 일이 생긴 것 아닌가?"

하고 겁을 낸다.

"그럴 리도 없는데… 하여간 뒷방에 가서 좀 숨어 있으시오. 내가 만나보면 알지."

안도전을 뒷방으로 들어가게 한 후 대종은 나가서 태수를 영접해 들였다.

태수가 인사를 마치고 나서 찾아온 용무를 말한다.

"선생이 일찍이 조정을 위해서 공을 세우시고도 벼슬을 사퇴하시고 이렇게 나와 계신 줄 잘 알고 있습니다. 지금 동추밀께서 북경을 지키시면서 금나라 군사와 협력하여 요국을 정벌하시는 중인데, 선생이 하

루 동안 8백 리를 걸어갈 수 있는 기구를 가지셨다는 것을 알고, 폐하께 상주하여 도통제의 벼슬을 내리시게 되었습니다. 이 같은 칙명이 도착한 까닭으로 본관이 나온 것입니다."

대종이 공손히 대답했다.

"저는 본시 양원절급으로 있다가 송강 때문에 그와 함께 양산박에 들어갔었고, 다행히 그 후 조정으로부터 초안을 받아 약간의 공을 세우고서 방납을 토벌한 뒤에는 벼슬을 내리시는 것도 사퇴하고는 바로 출가해버린 사람이올시다. 이제는 나이도 많이 먹었고, 기운이 전 같지 아니해서, 그 같은 중임을 맡기가 어렵습니다. 죄송하오나 동추밀 대감께 말씀을 올려, 칙명을 거두시도록 하시기 바랍니다."

"그게 어디 될 뻔이나 한 말씀입니까? 이미 칙명이 내리신 것을 누가 감히 거두시게 합니까? 하물며 동추밀 대감이 심중에 두시고 청원해서 된 일이요, 또 이 고을을 맡고 있는 내가 친히 나와서 전하는 말씀인데, 그러지 마십시오. 일이 중대하니, 아예 딴 말씀 마십시오."

태수는 이렇게 말하고서, 데리고 왔던 통인으로 하여금 황제의 칙명을 적은 문서를 대종 앞에 놓게 하고는, 문밖으로 나가더니 말 위에 올라앉아 그냥 돌아가버리는 것이었다. 대종은 태수가 이렇게 돌아가는 광경을 멀거니 한참 바라보다가 안도전이 앉아 있는 뒷방으로 건너오면서 중얼거렸다.

"그거 참! 사람을 귀찮게 구는군! 어떡하면 좋아?"

안도전이 말했다.

"그러게 보슈! 하늘이 사람을 내버려두지 않는다고 누가 말했죠? 태수가 친히 나와서 청했는데, 만일 안 가보시오, 반드시 죄가 되고 말 테니까! 그러니까 두말 말고 가서 한바탕 볼일을 보아주고 돌아올 수밖에 없소이다. 나도 이제 등운산으로 가볼 테니까."

"상감의 명이시니 어길 수도 없고… 내일 사또를 찾아가서 사죄나

하고, 그러고서 서울로 올라갈 수밖에 없군! 우리 다시 만날 기회나 기다립시다!"

대종도 이렇게 말하고는 두 사람은 다시 술을 몇 잔씩 나누고서 작별했다.

안도전이 등운산으로 간 이야기는 잠시 멈추기로 한다.

이튿날 대종은 성내에 들어가 태수를 찾아보고 사과한 뒤에, 행장을 수습해가지고 산동 지방을 경유해서 하북으로 가는 길로 신행술을 써서, 불과 이틀 만에 북경 대명부에 도착했다.

요국을 협공하는 송·금 연합군

대종은 객주에 들어가 그날 밤을 쉬고, 이튿날 아침 후에 원문(轅門) 앞에 가서 자기가 찾아온 뜻을 말했다. 그러자 동관은 원문으로부터 보고를 받고 기패관을 시켜서 대종을 불러들인다.

대종이 들어와서 공손히 인사를 드리니까 동관이 그를 친절하게 대한다.

"그대의 신술을 내가 오래전부터 알고 있었기 때문에 이번에 폐하께 아뢰어서 관직을 내리시게 된 것이오. 그런데 나라에서 방금 용병하는 중이므로 각 성(省) 간에 급히 왕복해야 할 공문이 많아졌소. 이 때문에 그대가 꼭 필요하게 된 터이니 아무쪼록 공을 세워주시오."

동관이 이같이 말하는 것을 듣고 대종이 공손히 말씀드렸다.

"소인은 이미 도사가 되려고 출가한 사람이옵니다. 은상께서 발탁해 주시고 또 제 고을의 태수가 친히 권하시므로 감사히 알고 오기는 했습니다만, 아무쪼록 소인을 도로 산으로 돌아가게 해주시기만 바라옵니다."

그러나 동관은 고개를 저었다.

"그대가 속진(俗塵)을 싫어하는 줄 알고 있으니, 요국을 정벌한 뒤에는 본궁(本宮)을 맡아 있도록 하겠소."

대종은 다시 고집할 도리가 없어서 감사의 말씀을 드리고 물러나
왔다.

그런데 이보다 앞서 며칠 전에 동관은 조양사를 시켜 요국을 치는 군
사를 각기 일시에 동원하자는 국서(國書)를 금나라에 보냈었다. 그랬더
니 금나라 임금이 글을 받아보고서,

"우리 군사는 평지송림(平地松林)으로부터 고북구(古北口)로 나갈 터
이니, 송나라 군사는 백구(白溝)로부터 협공하시오."

이렇게 회답을 주므로, 조양사는 그 회답을 받아가지고 돌아와서 황
제에게 복명했더니, 도군 황제는 만족해하면서,

"수고했소. 속히 동관에게 가서 출사시켜 금나라와의 상약을 어기지
말도록 하고, 병마전량(兵馬錢糧)은 임의로 조달해서 사용하라 하오."

이렇게 분부를 내리는 것이었다. 그래서 조양사는 황은(皇恩)에 감사
하고 물러갔다.

도군 황제는 조양사가 물러간 뒤에 상청보록궁(上淸寶錄宮)으로 가서
임영소가 도경(道經)을 강술하는 것을 들었다. 도교에서는 이것을 '천도
회(千道會)'라고 부르는 것이다.

임영소의 강도 소리가 높이 들린다.

"하늘에는 아홉 하늘이 있으나 그 가운데 오직 신소(神霄)가 가장 높
은 하늘이요, 옥청상제(玉淸上帝)의 장자가 남방의 왕으로서 호(號)를 장
생대제군(長生大帝君)이라 하니, 폐하께서 바로 이분이십니다. 채경은
좌원선백(左元仙伯)이요, 왕보는 문화리(文華吏)요, 동관은 저혜(褚慧)의
하강(下降)이어서 모두 제군(帝君)을 보좌하는 사람이외다."

이때 도군 황제의 총애를 받고 있는 것이 유귀비(劉貴妃)였는데, 임영
소는 또 구화옥진선비(九華玉眞仙妃)의 이야기를 하는 것이었다.

도군 황제는 그의 설명을 듣고 더욱 기뻐했는데, 이렇게 황제가 도교
에 빠져 임영소를 우대하였기 때문에 임영소를 추앙하는 부하로 번둥

번둥 놀면서 호강스럽게 지내는 신도만도 2만여 명이나 있었던 것이다.

도군 황제가 도교를 숭상하던 이야기는 그만두고, 금나라의 임금은 송나라와 맹약을 한 뒤에 점몰갈(粘沒喝)을 대장으로 삼아 전국의 병력을 총동원해서 혼동강까지 나와 야영을 벌이고 하룻밤을 쉬었다. 그런데 금나라 임금이 자리 속에 누워 자고 있을 때, 웬 사람이 세 번이나 흔들어 깨우는 것 같으므로 그는 깜짝 놀라 일어나서,

'아하, 신명(神明)이 나를 깨우시는 거로다!'

이렇게 혼잣말하고 즉시 3군에 동원령을 내렸다.

그러나 군사를 이끌고 강변에 이르러 보니, 물은 철렁철렁 흘러내리는데 배는 한 척도 없어서, 강을 건너갈 도리가 없었다.

금나라 임금은 강물을 내려다보고 섰다가 백룡마를 탄 채 그대로 물 가운데 들어서면서 영을 내렸다.

"너희들은 내가 채찍을 쳐들고 앞을 가리키는 것만 바라보고 따라오너라!"

명령대로 군사들이 임금의 뒤를 따라 물속에 들어서니까 강물의 깊이가 불과 말의 배때기에 닿을 뿐 그다지 깊지 아니한 까닭으로 그들은 전부 무사히 강을 건넜다. 그랬는데 나중에 사람을 시켜 수심을 알아보니까, 강물이 굉장히 깊어서 밑바닥까지 몇 길이나 되는지 알 수 없다고 하는 게 아닌가.

"과연 하늘이 내리신 임금님이다!"

군사들은 모두 탄복해서 이렇게 소리쳤다.

금나라 군사가 이렇게 해서 국경까지 진군했을 때 요국의 대장 소사선(蕭嗣先)은 10만 명의 군사를 통솔하고 국경선을 지키고 있다가 금나라 군사가 도착한 것을 보고, 먼저 전고(戰鼓)를 세 번 두드리게 한 후, 창을 비껴들고 말을 걸려 앞으로 나가서 준절히 꾸짖는 것이었다.

"너희 나라는 우리나라의 속국이었는데, 무슨 까닭으로 이번에 송나

라와 결탁하여 국경을 침범하느냐?"

이 말을 듣자 금나라 임금이 호령하는 것이다.

"너의 집 운수가 다 지났기에 내가 잡아가려고 온 거다! 네놈이 천명(天命)을 알거들랑 빨리 항복해라! 그러면 목숨만은 살려주마!"

소사선이 분통이 터져서 달려들자, 금나라 임금 뒤에서 점몰갈이 내달아서 마주 싸우기를 50여 합 하면서도 승부가 끝나지 아니할 때, 돌연 서북풍이 맹렬히 불면서 모래와 먼지가 하늘을 덮고 눈을 못 뜨게 만든다.

요국의 군사가 이 통에 뿔뿔이 달아나는 판에 소사선은 점몰갈의 창에 찔려 말 아래 거꾸러졌다. 이리하여 요국의 군사가 형편없이 패주하자 금나라 군사는 그 뒤를 추격하여 황룡부(黃龍府)까지 쫓아갔다. 이때 이곳은 요국의 도통군 소적리(蕭敵里)가 수비하고 있었는데, 금나라 군사가 사방을 포위하고 맹렬히 공격하는 통에 소적리는 더 오래 지탱하지 못하고 성을 버리고 도망갔다.

금나라 임금은 황룡부를 점령해놓고서 대장 점몰갈과 올출 사태자(兀朮 四太子)와 발근(勃堇)을 데리고 앉아 말했다.

"내가 군사를 일으킨 이래 어디를 가나 나를 당하는 놈이 없다. 지금 군사도 정예하거니와 양식도 풍부하고 개척한 지방이 만 리가 넘는 터이므로 내가 호(號)를 높이고자 하는데, 너희들은 어찌 생각하느냐?"

먼저 점몰갈이 의견을 말했다.

"요국의 임금이 어둡고 약하기 때문에 이것을 깨치기는 쉽습니다. 그런 고로 옛날 유연(幽燕) 지방을 뺏기는 용이한 일인데, 송나라 임금이 교만하고 그 신하들은 간사해서 지금 우리와 서로 맹약을 했지마는 일후엔 맹약을 배반할 것이 뻔합니다. 그러니까 우리가 불원간 중원 땅을 송두리째 우리 것으로 만들어야겠습니다. 이번에 혼동강을 건너올 때 신명의 계시가 있었으니 이는 하늘이 우리를 도우신다는 증거입니다. 곧 이대로 행사하시기 바랍니다."

금나라 임금은 만족한 웃음을 지었다. 그리고 즉시 그날부터 호를 '황제'라 하고, 연호(年號)를 '수국원년(收國元年)'이라 하겠다 하고서 그는 또 말하는 것이었다.

"요국의 호는 '빈철(賓鐵)'이었다. 견고하다는 뜻으로 이른 모양인데, 금은 철보다 더 견고하고 금은 백색(白色)인데 내 성이 '완안(完顏)'이라 이 역시 백색이니, 국호를 '대금(大金)'이라 하고 내 이름을 '민(旻)'이라 하겠다."

이리해서 호수(虎水) 위에서 황제 즉위식을 거행하고, 하늘과 땅에 제사를 드리고서 삼군에 상을 내린 뒤에 또 진군을 시작했다.

송나라 조정에서는 금나라의 임금이 이렇게 요국군을 격파하고 진군한다는 소식을 듣고, 즉시 동관을 하북과 하동 지방의 선무사(宣撫使)로 임명, 채유(蔡攸)를 부사(副使)로 하고 조양사를 감군시어사(監軍侍御史)로 하여 우림군(羽林軍) 2만 명을 거느리고 나아가 협공하도록 했다.

동관은 채유와 조양사와 함께 앉아서 의논을 했다.

"금나라의 군사가 이미 황룡부(黃龍府)를 점령하고, 국호를 세우고, 황제가 되고 말았으니, 요국은 이제 더 오래 지탱하기 어렵겠소. 우리가 군사를 이끌고 백구하(白溝河)로 곧장 나가는 것이 좋지 않을까?"

조양사가 말했다.

"요국의 탁주(涿州) 땅의 유수(留守) 곽약사(郭藥師)는 저하고 맹약을 한 사이입니다. 제가 사람을 시켜 편지를 가지고 가게 해서 먼저 그 사람이 항복해오도록 하면, 탁주를 잃은 요국은 한쪽 팔이 떨어진 거나 마찬가지니까, 그담부터는 요국을 깨뜨리기 쉬울 겁니다."

"그렇다면 지체하지 말고 속히 편지를 보내라구!"

동관이 재촉해서 조양사는 편지를 급히 탁주로 보냈다.

조양사의 편지를 본 탁주 유수 곽약사로부터는 송군이 도착하는 즉시 성문을 열고 맞이하겠다는 회답이 왔다. 동관은 그 회답을 보고, 곽약사가 이미 항복했는지라 15만의 대군을 채유·조양사와 함께 거느리고서 곧장 탁주로 갔다. 곽약사가 교외까지 마중 나온 것을 보고 동관은 그의 손을 잡으면서 위로의 말을 했다.

"과연 노형이야말로 천명(天命)을 아시는 분이오! 내가 곧 상주(上奏)하여 현직(顯職)을 내리시게 하리다."

그러니까 곽약사가 말하는 것이었다.

"추밀 대감의 덕망을 사모하고 오래전부터 귀순하고 싶은 생각이 있었습니다. 또 저의 둘도 없는 친구 조양사가 대감의 막하에 있어서 더욱이 기쁩니다. 그런데 요국의 대장 소간(蕭幹)이가 정예한 군사를 데리고서 양향(良鄕)을 지키고 있는 중이니까, 대감께서는 먼저 양향을 치시어 소간을 사로잡으시는 게 좋겠습니다."

동관은 이 말을 듣고, 즉시 유광세(劉光世)와 조양사에게 군사 5만 명을 주고, 곽약사로 하여금 선봉이 되게 하여 양향을 공격하게 했다.

송군이 양향에 가까이 이르자, 소간은 군사를 이끌고 나와서 진세(陣勢)를 벌인다.

유광세가 먼저 뛰어나갔다. 그런데 이 유광세는 유연경(劉延慶)의 아들로서 기운이 보통 사람 이상이고, 꾀가 많은 사람이었다.

이때 소간이가 아무 말 하지 않고 창을 꼬나쥐고 덤벼들므로 유광세는 그를 맞아 싸우기를 30여 합 하였는데, 이러한 동안 곽약사가 좌우 양익으로 군사를 나누어 들이치는 바람에 요국군은 무너지기 시작했다. 이 모양을 당하자 소간은 창을 한번 휘두르고서 그대로 내빼버린다. 이때에 송군은 일시에 돌격해서 양향성을 점령해버렸다.

이렇게 패전한 소간은 저의 나라 서울로 돌아가 요국 왕에게 보고했다.

"탁주를 지키고 있던 곽약사가 송나라에 항복해버리고, 동관이 또 양향으로 들이쳐오는 까닭에 신이 도저히 감당하지 못하고 내뺐습니다. 아무래도 친정(親征)을 하셔야지 강토를 보전할 것 같습니다."

요국 왕이 그 말을 듣더니 두 눈을 껌벅거리면서 걱정스럽게 말하는 것이었다.

"금나라 군사가 우리나라 왼쪽을 뚫고 들어와 지척에 있으니, 내가 비록 친정을 한다 해도, 양쪽으로부터 협공을 받을 거라… 좌우를 함께 구하기 어려우니 이 노릇을 어쩔 것이냐!"

이때 승상 좌기궁(左企弓)이 한 가지 의견을 아뢴다.

"송나라의 조정이 본래 우리나라와 형제의 의를 맺지 아니했습니까? 그러므로 지금 동관에게 사람을 보내어 송나라와 수호하고서, 금나라의 군사를 무찔러버리는 것이 좋을까 싶습니다."

이 말을 듣자 요국 왕은,

"그럼 그럭하지!"

하고 좌승상의 말에 좇아서 차관(差官)을 통해 동관의 원수부(元帥府)로 보내어 글을 전했다.

동관이 글을 받아보니 이러했다.

금나라가 무단히 배반하니 이는 일시의 이익을 꾀하기 위해서 백년의 친함을 버리는 일이라, 이 같은 강포한 이웃을 가까이 하여 일후에 화를 가져오게 하는 것이 어찌 옳은 일이라 하리오. 고금에 통하는 의리를 생각하여 대국으로서 어려운 지경에 빠진 이웃을 불쌍히 생각하고 도와주소서.

동관은 글을 읽어본 뒤에 즉시 여러 장수들을 보고 의견을 물어봤다. 그러니까 먼저 조양사가 말한다.

"공을 거의 다 이루어놓고서 어찌 하루아침에 무너뜨리겠습니까! 더구나 금국과 약정한 터에, 또 요국과 통호(通好)한다는 것은 도리에 어긋나는 일인 줄 압니다."

동관은 이 말이 옳다 생각하고서 요국으로부터 심부름 온 사신을 그냥 원문 밖으로 내보내버렸다.

이같이 허행을 하고 사신이 돌아오니까 요국 왕은 겁이 나고 마음이 초조해져서 걱정을 하는 고로, 소간이 용기를 내어 주장했다.

"심려하셔야 별수 없습니다. 일이 급하게 된 이상 한번 싸울 수밖에 없지 않습니까. 앉아 있다가 죽을 수는 없으니까요!"

요국 왕도 하릴없이 싸우기로 마음을 정하고 전국의 총병력 3만 명의 군사를 동원시켜 행영(行營)을 차리고 앉아서 기다렸다.

이때 이미 금나라의 임금은 동관의 통지를 받고서 점몰갈·올출·발근·간리(幹離) 등 사대(四隊)의 군사를 거느리고, 자기는 철기(鐵騎)를 이끌고서 중군이 되고, 동관은 유광세·신흥종·곽약사·조양사 등 사대를 거느리고 자기가 중군이 되어 사면팔방으로 요국 왕의 진지를 포위하여 점점 좁혀 들어가니, 만산편야(漫山遍野)에 널린 것이 송·금의 군사라, 바라를 치는 소리, 북을 울리는 소리… 고함을 치며 깃발을 휘둘러대는 기세는 실로 어마어마했다.

요국 왕은 이 같은 형세를 관망하고서 가슴이 서늘했으나, 간신히 말을 걸려 진문(陣門) 앞으로 나아갔다. 왼편에는 소간, 오른편에는 좌기궁이 국왕을 보호하고 있는 형편인데, 이때 금나라 임금이 사나운 기병(騎兵)을 몰고 쳐들어올 뿐 아니라, 사방에서 포위군이 일제히 공격하는 바람에 요국군은 혼비백산해서는 달아나, 소간은 요국 왕과 태후(太后)를 모시고 간신히 포위망을 뚫고 빠져나가 천덕(天德) 지방으로 도망쳐 버렸다. 그리고 승상 좌기궁은 문무(文武) 신하들을 데리고 금나라 임금 앞에 나가서 항복해버렸다. 일이 이렇게 되고 보니 완전히 끝난 셈이라, 동관은 약사를 데리고 서울로 개선했다.

도군 황제는 대단히 기뻐하고서 신하들로부터 하례를 받고 종묘(宗廟)에 고하고 나서 곽약사를 연춘전(延春殿)으로 불러들였다.

"참으로 이번에 경은 천명을 알고 대공을 세웠으니 짐이 만족하노라. 이제 그대를 선무사로 임명하는 터이니 연산부(燕山府)에 부임하라!"

곽약사는 황제의 칙명을 듣고 감격해서 땅바닥에 엎드려 눈물을 흘리면서 아뢰었다.

"신이 요국에 있으면서 대송황제(大宋皇帝)를 하늘처럼 우러러 모셨사오나, 뜻밖에 오늘 용안을 뵈오니 만행이옵나이다."

도군 황제가 다시 말했다.

"연산부로 말하면 금나라와의 경계이니, 경은 극히 조심하여 그곳을 수비하기 바라오."

"진심갈력하옵겠습니다. 그러나 전일 금나라와 약정하기를 연운(燕雲) 16주 지방은 송나라에 환부하기로 했었지만 아직도 경계가 분명치 아니하와 걱정이옵니다. 조양사와 함께 금나라에 가서 경계를 분명히 지어가지고 다시 돌아와 복명하옵겠습니다."

"경이 그 일을 다한다면 과연 사직(社稷)에 큰 공이 될 거요!"

도군 황제는 이렇게 말하고 몸에 걸치고 있던 어주포(御珠袍)를 벗어서 곽약사에게 하사했다. 그러고서 그날 대신과 귀척(貴戚)들을 모아놓고서 연회를 베풀고 매우 융숭한 대접을 했다.

곽약사는 사은(謝恩)하고 나와서 연산으로 돌아온 후 조양사와 함께 칙지(勅旨)를 가지고 금나라의 임금을 찾아갔다.

그런데 금나라의 임금은 도군 황제로부터 영(營)·평(平)·난(欒)의 3주를 돌려달라는 뜻의 글을 받아보고서 딴소리를 하는 것이었다.

"당초에 송나라에 그렇게 약속한 게 아니란 말이오. 영·평·난 3주는 옛날 진(晉)나라로부터 뇌물로 증여받은 땅이 아니고, 유인공(劉仁恭)이가 진정한 토지란 말이오. 그러니까 연운 6주, 계(薊)·경(景)·단(檀)·순

(順)·탁(涿)·역(易) 지방만 돌려드리지요."

이 말을 듣고 조양사는 날카롭게 항의했다.

"당초에 연운 16주를 돌린다고 한 신의를 잊어버리셨습니까?"

그러나 금나라 임금은 태연하게 말하는 것이다.

"당초에 송국의 출병이 실기(失期)했기 때문에 연운 지방은 내가 점령했거든! 그러니까 그 지방의 조세는 당연히 내가 받아야 한단 말이오!"

"조세란 것은 토지에 따른 것인데 한쪽은 토지만 갖고 한쪽은 조세를 받고 그런 법이 어디 있습니까?"

"그 지방의 전조(典租)가 6백만 섬인데 그것을 송나라가 가져가려거든 대세(代稅)로 나에게 은 1백만 냥을 내야지! 그렇게 하지 않으려면 나에게 탁·역 두 지방을 주어야 한단 말이오."

교섭은 이 이상 더 진행되지 못하고 조양사와 곽약사는 금나라를 떠나 돌아갔다. 그리하여 송나라에서는 연운 16주의 강토만 찾고, 해마다 쌀 40만 섬과 은 백만 냥을 대세로 금나라에 보내기로 했다. 그리고 금나라 임금은 그 지방에 출병했던 군사를 회군시킬 적에 금백(金帛)과 여자들과 부잣집의 재산을 모조리 약탈해갔기 때문에, 말하자면 텅 빈 땅덩어리만 송나라가 차지한 셈이지만, 그래도 연운 지방을 수복시킨 공으로 조정에서는 왕보를 태부(太傅)로 해서 초국공(楚國公)에 봉하고, 채유를 소사(少師)로 해서 영국공(英國公)에 봉하고, 동관을 태위(太尉)로 예국공(豫國公)에 봉하고, 조양사를 연강전학사(延康殿學士)에 임명하였던 것이다.

이렇게 시국이 어지럽게 돌아가는 동안에 대종은 공문을 나르느라고 참으로 분주하게 지냈었는데, 전쟁이 끝나고 논공행상이 있은 뒤에는 자기가 할 일을 다했으므로 동관을 찾아가서 인사를 했다.

"이번에 대감께서는 큰 공을 세우셨습니다. 나라의 일이 끝났으므로 저는 이제 산으로 돌아가겠습니다."

그러나 동관은 대종을 붙드는 것이었다.

"내가 이미 그대의 공을 위에 아뢰었으니까 불일간 칙지가 내릴 것일세. 태안주에다 본궁을 두고서 그곳을 맡아보도록 할 터이니까, 칙명을 받고서 돌아가는 게 좋아. 그리고 지금 긴급한 문서가 있는데, 이것을 강남 건강부에 전하고서 회답을 받아다주게. 갔다가 오면 그동안에 성지가 내리셨을 테니까, 성지를 받들고 태안주로 가는 것이 좋지!"

대종은 다시 더 뭐라고 핑계 댈 말이 없어서 문서를 받아 처소로 돌아왔다.

이튿날 아침에 다리에다 갑마를 두 조각 동여매고서 마혜를 신고 거리로 나온 뒤엔 그저 바람을 탄 구름 모양으로 휘잉 휘잉 날아갔다.

날이 저물었는지라, 객줏집이 있는 곳을 보고 대종은 걸음을 멈추고서 갑마를 끄른 다음 객주에 들어가서 술 한 사발과 밥 한 사발을 먹고는 피곤해서 그냥 쓰러져 잤다.

그런데 이렇게 고단하게 자는 중인데, 웬 사람이 그의 어깨를 붙들고 흔들면서,

"여보게, 일어나게. 송강 형님의 장령으로 왔으니 얼른 가세!"

이렇게 큰소리치는 게 아닌가.

바라다보니 딴 사람 아니라 흑선풍 이규라, 대종은 그가 이미 죽었다는 사실은 깜박 잊어버리고 물어봤다.

"송강 형님의 장령이라는 게 뭐야?"

"나하고 같이 가보면 알 걸 무슨 잔소리야! 내게도 갑마를 붙들어매라구! 전번에 공손승을 청하러 갔을 때도 자네가 말을 안 들어서 나는 고기도 못 먹고 오잖았나!"

대종은 할 수 없이 흑선풍과 함께 밖으로 나갔다.

두 사람이 손을 마주 잡고 한참 가다 보니까, 앞에는 바다같이 가없이 넓은 호수가 있는 게 아닌가.

"이렇게 넓은 물을 어떻게 건너가나? 어디서 배를 구해와야 건너가 겠는데…."

그가 이렇게 말하니까 흑선풍이,

"배는 무슨 배를… 그만두고 나만 따라와요!"

하고 대종의 손을 붙들고서는 그냥 물 위를 평지같이 걸어간다.

그리고 미구에 어떤 나라의 궁궐 앞에 이르렀다. 으리으리하게 꾸민 전각 위에 임금님이 앉아 있는데, 흑선풍이 대종의 손을 붙들고서,

"자아, 나하고 같이 들어가자구."

하며 무턱대고 그 앞으로 이끈다. 대종은 손을 뿌리쳤다.

"글쎄, 여기가 어디요? 괜스레 함부로 들어가!"

"잠깐만 올라가 앉아보라구. 내가 잘 보아줄 테니."

대종이 잠깐 바라보니 조금도 짐작이 가지 않는 곳에 자기가 끌려왔 는 고로 딱 버티고 서서 안 들어갔다. 그러자 흑선풍이 눈을 부릅뜨면 서 고함을 지르는 게 아닌가.

"이 새끼가 형님의 장령을 준수하지 않을 작정이야? 동관이란 놈의 문서는 충실하게 갖다 전하면서 어째서 그따위냐!"

이렇게 소리치더니, 흑선풍이 허리춤에서 쌍도끼를 꺼내들고서 대 종의 머리를 찍으려고 냅다 치는 것을, 대종은 얼른 피하면서 소스라쳐 깨고 보니 꿈이었다.

'그거 참 이상하다… 어째서 꿈에 이철우가 나타났을까? 그리고 동 관의 문서를 갖고 있는 것을 어떻게 알고 있을까? 그놈은 참말 진짜 사 내자식이야. 그래서 간당들한테 원한을 잔뜩 품고 있는 것이겠지. 난 그 렇지도 못하니 이게 뭐람… 그런데 날더러 전각 위에 올라가 앉아보란 것은 무슨 뜻인가? 알 수 없는데… 참 이상한 꿈이다!'

이런 생각을 하노라니까 닭이 우는 소리가 들린다. 대종은 일어나 세 수를 하고, 방값을 치르고서 또 길을 떠났다.

이렇게 길을 가기 4, 5일 만에 대종은 건강부에 도착해서 객줏집을 정하고 그날은 편히 쉬고, 이튿날 대모(大帽)에 전의(箭衣)를 입고 군관(軍官) 모양으로 차리고서 건강부 청사로 들어가 문서를 전달했다.

태수가 문서를 받아가지고 펼쳐보니, 그 문서를 가지고 온 사람이 도통제의 직위를 가진 사람인지라 소홀히 대할 수 없어서, 그는 대종을 후당으로 인도해 들인 후 서로 읍하고서 좌정한 뒤 차를 대접하면서 말했다.

"원로에 오시느라 수고가 많으셨겠습니다. 속히 지시하신 대로 시행하겠습니다만, 닷새 동안만 지체해주시기 바랍니다."

"그렇게 하십시오."

대종은 승낙하고 나와서 객주로 돌아가 다시 편복(便服)으로 갈아입고서 각처로 돌아다니며 구경을 했다.

사흘째 되는 날 뜻밖에도 건강부의 아전 두 사람이 그를 찾아왔다. 전일 동관군에 전량을 수송해가지고 왔을 때 대종이 그들을 잘 대접해 보냈대서 이번에 그때의 신세를 갚을 양으로 그의 처소로 찾아온 것이다. 그래서 두 사람의 아전은 대종을 데리고 큰 거리로 나와 광대가 연극도 하는 요릿집으로 가서 한 잔씩 하자고 권하는 것이었다.

대종이 두 사람을 따라서 한참 오다 보니까, 노상에 5, 6명의 범강장달이같이 생긴 놈들이 웬 사람을 붙들고서 마구 욕하고 호령하는 게 아닌가.

"이놈의 강도새끼… 사람을 속이고서 무사할 줄 알았니? 사또님한테로 가자!"

이렇게 고함치고서 잡아끌건만 욕을 당하는 사람은 끌려가지 않으려고 애를 쓰고 있는데, 이 사람의 얼굴을 바라보던 대종은 고함을 쳤다.

"장형! 어째서 무슨 시비가 생겼소?"

이러자 욕을 보고 있던 사람이 대종을 쳐다보더니, 큰소리로 애걸한다.

"대원장! 날 좀 살려주시오! 이 멀쩡한 도둑놈들이 내 화물을 빼앗고서도 부족해서 날 때려주고 또 관가로 잡아간다는 판입니다!"

대종은 이 말을 듣고,

"손을 놔라!"

이렇게 소리를 꽥 질렀다.

그러니까 그 중에서 두목인 듯싶은 놈이 대종더러,

"네깐 놈이 무슨 참견이야!"

하고 그대로 끌고 가려 든다.

이 모양을 보고 두 사람의 아전이 고함쳤다.

"이놈들! 어디다 대고 무례한 짓을 하는고? 이 어른은 동추밀 대감의 차관(差官)으로 오신 어른이신데 어찌 감히 무례한 짓을 하느냐? 썩 물러나거라!"

범강장달이 같은 놈들이 이렇게 호령하는 사람을 바라보니 이 고을의 아전인 고로, 그들은 그만 손을 떼고 돌아서면서,

"오냐, 어디 두고 보자!"

하고 내빼버린다.

욕을 당하던 그 사람이 뭐라고 입을 벌리려고 할 때, 이 고을의 아전이 먼저 대종에게 말한다.

"통제님의 친구분이시군요? 그럼 우리하고 같이 가셔서 말씀을 하십시다."

이렇게 되어 그들은 함께 요릿집으로 들어가 무대 정면에 있는 술자리를 차지하고서, 대종과 욕을 당하던 사람들을 상좌로 모시고, 두 사람의 아전은 동서로 마주앉아 산해진미의 요리를 시켜다가 술을 마시기 시작했다. 무대에서는 창극(唱劇)이 한창 진행되고 있었다.

대종은 술이 서너 순배 돌기까지 아전들만 상대해서 이야기하다가

비로소 자기 곁에 앉은 친구를 보고 묻는 것이다.

"아우님은 언제 여길 왔었고, 어쩌다가 그따위 놈들과 시비가 생겼는지요?"

그런데 이 아우님이라는 사람이 누구냐 하면, 담주 출신의 신산자(神算子) 장경이었다.

장경이 대답했다.

"제가 벼슬을 하라는 것을 사퇴하고 집에 돌아가서 가만히 앉아 있다가 심심하기에, 본전을 얼마 장만해가지고 사천엘 가서 약재를 사다가 여기 와서 팔려고 했지요. 그런데 아까 나를 욕보이던 두목 놈이 중산랑 감무(中山浪 甘茂)라고 하는 이 고을의 개고긴데요, 이놈한테 걸렸습니다그려. 이놈이 손님의 물건을 뺏고, 행패를 부리고, 소송을 하는 상습자라는데, 이놈이 내가 가지고 온 황련(黃蓮)과 천부(川附) 백 냥어치를 열흘 후에 돈을 가져오기로 약정하고 가져가더니, 석 달이나 되도록 어디 일전 한 푼 가져옵니까? 나는 어서 돈을 꾸려가지고 호(湖)·광(廣) 지방으로 가서 쌀을 무역하려고 이놈을 보고 어서 돈을 가져오라고 독촉을 했더니만 이놈이 생떼기로 딴청을 부리고 나를 모함합니다그려. 내가 양산박에 있을 때 제 놈의 자본을 1천 냥이나 겁탈해갔다나요! 그러고선 건달패를 끌고 와서 나를 때리고 건강부로 끌고 가서 태수님에게 말해서 나를 서울로 압송한다고 얼러대는 판이었답니다. 그래 이런 일도 있습니까?"

이야기를 듣고서 대종이 아전들을 보고 말했다.

"이 사람은 장경이라는 사람인데, 지난번에 나하고 함께 방납을 토벌했기 때문에 그 공으로 통제 벼슬을 받았었건만, 그걸 마다하고 다시 고향으로 돌아가 있다가 이번에 실패를 본 모양입니다. 일후에 내가 사례를 충분히 할 테니까, 태수님께 말씀해서 이 사람의 본전이나 밑지지 않도록 주선 좀 해주십시오."

"염려 맙쇼! 그놈 감무란 놈, 부윤한테서 여러 번 혼이 났건만 도무지 개과천선이 안 되는군요. 이번엔 그놈의 버릇을 단단히 가르쳐놓을 테니, 그런 걱정 마시고 어서 술이나 드십쇼."

"감사합니다."

대종과 장경은 두 사람에게 감사했다. 그러고서 밤이 자정 때나 되어서 요릿집으로부터 나왔는데 대종은 장경을 보고,

"자네는 나하고 같이 가서 자고, 내일 태수님께 같이 가서 이야기하세."

하고 그를 데리고 아전들과 작별한 후 숙소로 돌아왔다.

"형님은 악묘로 출가하신다더니, 어떻게 여길 오셨습니까?"

장경이 묻자 대종이 말했다.

"내가 벌써 세상의 그물 밖으로 빠져나온 줄 알았더니, 동관이가 성상 폐하께 내 말을 한 줄 누가 알았나. 그래, 도통제 직위를 받아가지고 전장에 나아가 심부름을 하라는 거야. 내가 있는 고을의 사또님이 친히 나와서 청하는 바람에 하는 수 없이 북경엘 가서 반년 동안이나 분주히 심부름했지. 싸움이 끝난 뒤에 악묘로 돌아가겠다고 완강히 주장했더니, 꼭 한 가지 긴급한 문서가 있으니 이것을 건강부까지 갖다주고 회답을 받아오라는구먼. 그래서 여기엘 온 거야. 지금 조정에서는 대금(大金)나라와 결탁해 요국을 쳐부숴버리기는 했지만, 후일 변란이 일어날 거로구먼! 그런데 자녠 이응·배선이 음마천을 점거하고, 원소칠·손립이 등운산에서 산채를 묻고 있는 것을 아는가? 내일 어떻게든지 돈을 찾아가지고 집에 돌아가서 밭뙈기나 장만해주어 먹고살도록 해준 다음에… 그다음에야 알 게 뭐가 있나!"

"형님 말이 옳아! 나도 이제 약간 세상 물정을 알겠어!"

대종과 장경은 한 자리에 누워서 밤새도록 이야기하다가 날이 샐 무렵에야 눈을 붙였다.

유당만에서 원수를 갚고

이튿날 대종과 장경이 건강부 청사로 들어가서, 감무란 놈이 장경의 약재를 외상으로 가져가고서 돈도 안 줄 뿐 아니라, 없는 사실을 꾸며서 모함하는 이야기를 아뢰었더니, 태수는 즉시 감무를 잡아들인 후 대종으로 하여금 후당에 앉아 듣도록 했다. 그러고서 태수는 감무로 하여금 돈을 바치도록 하고, 곤장 30대를 치게 하는 것이었다. 일이 이렇게 되도록 아전들이 거들어준 덕택인 것은 물론이다.

대종은 태수에게 감사하고 회답문서를 영수한 후 부중으로부터 물러나와 아전들을 찾아가 인사하고, 장경과도 작별하고서 하북으로 돌아갔다.

장경은 감무란 놈한테서 받은 돈을 합해 시재를 모두 계산해보니까, 이번에 가지고 나왔던 본전 5백 냥을 내놓고서 30냥의 이문이 생겼다. 그는 돈보따리를 쌓아놓고서 속으로 궁리를 했다.

'가만있자… 이곳 건강부가 해마다 흉년이 들어 쌀값이 비싸지는데, 호·광 지방은 해마다 풍년이니까, 거기 가서 쌀을 무역해다 팔면 이문이 많이 떨어질 거 아닌가?'

한참 궁리하다가 결국 이런 결론을 얻었는지라, 그는 즉시 용강관(龍江關) 나룻가에 나가서 강서삼판선(江西三板船) 한 척을 구해 짐짝을 뱃간으로 옮긴 후에 뱃머리에 상을 놓고 소지를 올리면서 재수를 빌었다.

이렇게 치성을 드리고 나서 장경은 뱃사공 두 사람을 보고 물어봤다.

"자네들 이름을 내가 물어보지 못했네. 성명이 무엇이지?"

뱃사공 두 사람 중에서 대가리가 커다랗고, 눈썹이 시꺼멓고, 키는 작달막한 자가 먼저 대답했다.

"내 성은 육(陸)갑니다. 저놈은 장(張)가구요. 그리고 내 호(號)는 설리저(雪裏蛆)이구요."

그러자 얼굴이 강파르게 생기고, 눈썹이 수북하고, 키가 후리후리한 자가,

"저 자식이 제 놈의 호만 대네! 내 호는 뇌두단입니다."

이렇게 말하고 너털웃음을 웃더니, 돛을 올리고 배를 띄우는 것이었다.

배가 용강관을 떠나 열흘 동안은 순풍을 타고 무사히 강주(江州) 가까이까지 왔는데, 불과 30리 남겨놓고 갑자기 동북풍이 서북풍으로 변하면서 파도가 흉흉하게 일기 시작하여 도저히 더 나아갈 수가 없다. 그리고 조금 후엔 함박 같은 눈이 펑펑 쏟아지는 게 아닌가.

뱃사공 두 명은 근처 가까운 나루터로 배를 끌고 갔는데, 가서 보니까 쓸쓸하기 짝이 없는 조그만 마을이 있고, 이곳 이름이 노학저(老鶴渚)라는 곳이었다.

배를 언덕에 붙들어매놓고 나서 땅딸보 설리저가,

"풍랑이 안 일어났더라면 이런 곳 구경도 못 했지?"

하니까, 뇌두단이 씽긋 웃으면서,

"야, 너네 집 할마시가 지랄을 하나 보다."

이렇게 대꾸하더니 또,

"잠깐 기다려! 내가 요 며칠 동안 손님한테 시끄럽게 굴었는데, 오늘은 내가 술을 한잔 대접해드리고 사죄를 해야겠다."

하고 배에서 내려 언덕 위로 올라가는 것이었다.

이 모양을 보고 장경이 소리쳤다.

"여보게! 술을 사오려거든 내게 돈이 있으니 가지고 가게!"

그러니까 설리저가 한마디 한다.

"내버려둡쇼! 우리가 대접하려는 것인데… 손님의 돈을 쓰다니요!"

뇌두단은 벌써 어디로 갔는지 형적이 없어졌다.

그러더니 한참 있다가 뇌두단이 삶은 닭 한 마리와 오리 알 열 개와 황어(鰉魚) 한 마리를 들고 돌아오는데, 그 뒤에선 심부름꾼이 뜨겁게 데운 소주 한 항아리를 들고서 따라오더니 배 위에 올려놓는다. 그러고서 뇌두단과 설리저는 안주와 술을 선창 위에 벌여놓은 다음에 그들은 서로 은근히 권하기 시작했다.

날씨가 워낙 무섭게 추웠기 때문에 장경은 그들이 주는 대로 연거푸 열 잔이나 술을 마시다가 불현듯 정신이 번쩍 났다. '이렇게 후미진 곳에 와서… 흉악하게 생겨먹은 두 놈을 나 혼자 상대해서… 만일 두 놈이 나쁜 마음을 먹는다면?'

이런 생각이 불끈 솟았건만 그는 또다시,

'내가 양산박 호걸 아닌가! 겁낼 게 뭐가 있나!'

이렇게 생각을 뒤집고서 또 몇 잔을 받아 마셨다. 그러다가 또,

'가만있자. 낭리백도 장순이 양자강을 건너다가 전일 욕을 당한 일이 있잖은가? 아서라, 조금만 먹자.'

이렇게 생각하고서는 그만 술잔을 엎어버리고 안 먹었다.

그랬더니 뇌두단이 바싹 다가앉으면서 큰소리로,

"여보십쇼, 손님! 눈이 이렇게 쏟아지고, 날씨가 이렇게 추운데 그까짓 술 몇 잔 먹고, 겨우 그런 솜옷을 입고서 어떻게 견디나요? 우리가 잘 해드릴 건 아무것도 없고… 술이나 더 잡숩쇼. 내일 강주에 들어가서 딴 배를 바꿔 타신다면 할 말 없습니다만, 그렇지 않고 우리 배로 끝

까지 가시려거든 사이좋게 가십시다. 예, 그렇잖습니까?"

라고 떠들어댄다.

이래서 장경은 부득이 두 잔이나 더 받아 마시고 그때부터는 굳이 사양하고 안 마셨다.

그리고 저녁밥을 먹은 다음에는 뱃간으로 들어가서 요도를 끌러 머리맡에 놓고 의복을 벗지 않은 채 이불을 덮고 드러누웠다. 술이 절반가량 취했었는지라 이내 잠들었다.

그랬는데 3경 때쯤 되었을까, 몽롱한 가운데 무슨 이상한 소리에 놀라 그는 잠이 깨었다. 얼른 일어나 앉아 머리맡을 찾아보니 칼이 없어진 게 아닌가.

설광(雪光)이 희미하게 선창을 비치는데 가만히 보니 키다리 뇌두단이란 놈이 칼을 빼들고, 땅딸보 설리저란 놈은 도끼를 들고 살금살금 뱃간으로 가까이 다가오고 있다.

장경은 이 꼴을 보고서 어쩔 줄을 몰랐다. 칼이나 있었더라면 싸우기라도 하겠지만 형세가 급해졌다.

그런데 뇌두단이 뱃간으로 한 발을 들여놓는 게 아닌가. 이제는 최후의 순간이 눈앞에 닥쳤는 고로, 그는 용기를 내어 화닥닥 뛰면서 뱃전에 올라가 강물 속으로 풍덩 몸을 던져버렸다.

"아차 놓쳐버렸구나! 풀만 깎고 뿌리를 못 뽑았으니 어쩌노?"

뇌두단이 이때 이렇게 중얼거리니, 설리저가 아주 장담을 한다.

"염려 없어! 그까짓 놈, 육지에만 살던 놈이 강물 속에 빠졌으니 죽었지 별수 있을라구. 설령 제까짓 게 물에 익숙한댔자, 이렇게 추운 날씨에 얼어죽지! 얼어죽어! 걱정 말고 그놈의 보따리나 꺼내놓고 보자. 돈이 얼마나 있을까?"

"그럼 빨리 보따리를 가져오라구!"

설리저가 장경의 짐짝 속에서 전대를 끄집어내 그 속에서 커다란 보따리 두 개를 집어낸 후 먼저 푸른 보자기에 싸인 것을 풀러놓고 보니 모두 대정문은(大錠紋銀)이라, 은이 눈빛같이 새하얀데, 계산을 해보니 모두 5백 냥도 더 넘는다. 두 놈은 입이 딱 벌어져서는 기뻐했다.

"애, 절반씩 나눠 가지고, 넌 색시를 하나 얻어라. 장가갈 밑천이 됐구나!"

설리저가 이렇게 말하니까, 뇌두단이 어깨를 으쓱하면서 혼잣말처럼 씨부렁거리는 것이다.

"제기랄! 장가는 들어 뭐해? 1년에 한 번이나 만나볼까 말까 한데!"

이런 소리를 하고 있을 때, 바람은 자고 눈만 내리는 고로, 두 놈은 닻을 감고서 돛을 올린 다음에 노를 저어 강구로 향해 떠났다.

이때 창졸간에 횡액을 피하느라고 강물로 뛰어든 장경은 원래가 상강(湘江) 사람으로 물속을 아는 터이라, 강바닥까지 쑤욱 가라앉았다가 발을 한 번 힘껏 굴러 몸을 솟구쳐가지고 얼굴을 물 밖으로 불쑥 내놓은 다음에 헤엄을 쳐서 언덕으로 건너갔다.

이렇게 물속에서 나와 육지에 올라오기는 했으나, 이곳은 노학저라는 아까 그 동리가 아니고, 갈대가 우거진 망망한 들판이라, 길도 없고 사람 사는 집도 안 보인다. 눈은 발이 빠질 만큼 쌓였고 추위는 지독한데, 게다가 의복은 물에 흠씬 젖어서 전신이 얼어들어온다. 그는 부들부들 떨면서 갈대풀을 헤치며 앞으로 가다가 보니, 어느덧 자기가 언덕위에 올라왔는지라, 사방을 둘러보며 길을 찾았으나 길은 있는 것 같지 않고, 다만 저쪽 송림 속에 등불이 은은히 비치는 암자가 하나 보일 뿐이다.

그는 옳다! 이제는 살았다 싶어서 그 암자를 향해 바삐 걸음을 옮기다가 커다란 청석 바위를 넘어가지 못하고 미끄러져 눈바닥에 고꾸라졌다. 워낙 꽁꽁 얼었던 몸이라, 한번 넘어진 담엔 그냥 뻗어버렸다.

그런데 암자에 있는 노승이 5경 때 일어나서 경문을 읽다가 이때 문

밖에서 사람의 신음하는 소리가 들리므로 문을 열고 나와 보니, 웬 사람이 눈이 쌓인 땅바닥에 넘어져 있으므로, 그는 자비스런 마음으로 그를 끌어 일으켜서는 암자로 들어왔다. 노승은 그 사람에게 생강물 끓인 것을 먹이고, 얼음장 같은 옷을 벗기고서, 중이 입는 옷을 한 벌 입힌 후, 화롯불 가에 와서 몸을 녹이게 했다.

이렇게 몸을 한참 녹인 다음에, 장경은 그제야 입으로 말을 할 수 있게 됐다.

"감사합니다. 스님께서 저를 살려주셨습니다!"

장경이 이렇게 감사하니, 노승은 인자한 얼굴로 그를 바라보며 묻는다.

"아마, 강중에서 화를 당했지?"

"예, 뱃사공 두 놈이 술을 자꾸만 권하더니, 밤중에 칼을 갖고 덤벼드니 어쩌겠습니까? 하는 수 없이 물속으로 뛰어들어버렸죠!"

노승은 합장하면서,

"나무아미타불! 저 사람들을 불쌍히 여기시고, 착한 길로 인도합소서!"

이렇게 중얼거린다. 장경은 웃음이 터지는 것을 간신히 참았다.

그럭저럭 날이 밝았다. 노승이 밥 한 그릇, 나물 한 접시를 놓고 아침을 준다.

하늘은 말끔히 갰고 햇볕이 따뜻하게 비치자, 노승은 또 장경의 의복을 널어 말린다. 그러나 솜옷 젖은 것이 그렇게 쉽게 마를 수 있으랴.

장경이 아침 뒷설거지를 끝내고서 노승을 보고 물었다.

"여기가 노학저라는 마을인가요?"

"아니야. 이 위로 10리를 더 올라가야 노학저 마을이지."

"그러니까 어젯밤에 그 뱃사공 놈들이 배를 끌고 인가 없는 곳으로 나와서는 나를 없애버리려고 했습니다그려. 그런데 스님께선 법호(法

號)를 무어라 하십니까?"

"나요? 나는 서천 사람으로 호를 담연(淡然)이라 하오. 사방으로 돌아 다니다가 이곳에 이르렀더니, 이 고장 사람들이 여기 있어달라 해서… 그래 벌써 10년이나 여기서 지내는 터이오."

"예, 그러십니까?"

이렇게 되어 살아난 장경은 사흘째 되는 날, 의복도 다 말랐으므로 그 옷을 입고서 스님한테 작별 인사를 드렸다.

"저의 목숨은 사부님이 안 계셨더라면 살아나지 못했을 겝니다. 그 런데도 몸에 지닌 것이 아무것도 없으니, 은혜를 무엇으로 갚아드려야 옳을지 알 수 없습니다!"

노승은 장경의 말을 듣더니 담담한 표정으로,

"그런 말 하지 마오. 똑같은 사람으로 누가 한 사람이 물에 빠지면 다 른 사람은 그를 구원하는 것이 정한 이치인데, 그게 무슨 소리요! 내가 농사를 해가지고 얻은 곡식으로 대접했으니 남의 신세라 생각 마시고, 안심하시오."

이렇게 말하더니, 그는 다시 한 손으로 앞을 가리키면서 일러준다.

"저기 송림을 나가서 조금 올라가다가 남쪽으로 흐르는 냇물에 걸친 다리를 건너 동쪽으로 반리가량 더 가면 큰길이 나서니까, 어서 가시 오."

장경은 노승에게 절하고 작별한 후 큰길로 나오면서 속으로 생각 했다.

'어떡하면 좋은고… 다시 건강부로 가서 미수금을 모두 받아가지고 강주로 갈까? 이 근처서 혹시 아는 친구나 만나게 된다면, 그 사람한테 서 용돈을 구처해볼까?'

그는 이렇게 생각하다가 다시 생각했다.

'여기가 벌써 건강부로부터 천 리나 떨어진 곳인데, 몸엔 한 푼 지닌

것이 없으니 어떻게 간담? 차라리 강주로 가서 좌우간 결정을 지어야겠다.'

그는 결국 이렇게 하기로 주의를 정하고서, 꽁꽁 언 땅을 40리가량 걸어오다가 관문 근처에 있는 객줏집으로 들어갔다. 그러나 객줏집 주인은 그가 홀몸인 데다가 보따리 하나도 가진 것이 없는 것을 보더니 유숙하는 것을 거절해버리는 것이었다.

장경이 객줏집에서 거절당하여 맥없이 문밖으로 나와 정처 없이 발을 떼어놓자니 누가 등 뒤에서,

"장선생! 장선생!"

하고 부르므로 돌아다보니 지난번에 여기 와서 약재를 산 다음 통관할 때 관세를 수속해주던 주인집 영감이다.

영감이 장경의 곁으로 오더니 묻는 것이었다.

"참 반갑소이다. 속히 돌아오셨군요. 그래, 이익을 많이 보셨나요? 무슨 다른 물품을 갖고 오셨습니까? 통관 수속할 것은 없습니까?"

장경은 그 말을 듣고 힘없이 대답했다.

"말도 맙쇼! 이익이야 조금 봤지만, 여기 오다가 뱃사공 놈한테 몽땅 뺏기고, 간신히 목숨만 살아났으니 빈 손바닥 두 개뿐이지요! 그저 이 근처서 아는 친구나 만나면 사정을 해볼까 해서 객주에 들려고 했더니, 아 글쎄 이 객줏집에선 내가 짐이라곤 보따리 한 개도 가진 것이 없대서 방을 빌려주지 않는구려! 지금 오도 가도 못 하는 처지랍니다."

영감은 이 말을 듣더니 시원스럽게 동정을 표한다.

"그러시다면 내 집에 와서 잠시 묵으십쇼. 어때요?"

"그렇게 해주신다면 감사하지요!"

그래서 장경은 그 영감을 따라서 그 집으로 갔다. 그의 몸에 지닌 것이라고는 순금으로 만든 허리띠의 고리밖에 없는 까닭으로 그는 그것을 끌러가지고 저울에 달아보았더니 꼭 두 냥쭝이므로, 그것을 주인영

감한테 주고서 돈으로 바꿔달라 했다. 그러고서 그는 저녁밥을 먹은 다음에 전방에 나가서 잤다.

다음날,

그는 아침을 먹고 나서 혼자 번민하고 앉았다가 밖으로 나왔다. 강변으로 나가니 커다란 주루(酒樓)가 있는데, 정문 앞에 심양루(深陽樓)라고 커다란 글자로 쓴 깃발이 꽂혀 있다.

'여기가 유명한 '심양루'로구나! 어디 한번 들어가서 술이나 한잔 하고 심심풀이나 해보자!'

이렇게 생각하고서 그는 문을 열고 들어가 누각에 올라 창밖을 내다보니, 여산(廬山)에는 눈이 하얗게 덮였는데, 그 중의 오로봉(五老峰)은 백두노인(白頭老人)처럼 청수해 보인다.

조금 앉아 있으니 주보가 술과 안주를 가지고 올라와서 상 위에 놓고 나간다. 장경은 혼자서 술을 따라 마시기 시작했다.

이렇게 자작자음하기를 여남은 잔 하다가 그는 문득 여러 해 전에 송공명이 이곳에 왔다가 술에 취해서는 바람벽에 반시를 써놓았던 까닭으로 관가에 붙들려 하마터면 죽을 뻔했었지만, 다행히 여러 동지들의 구원으로 양산박에 들어왔던 일이 생각났다. 그때의 일이 엊그제 같건만, 그동안 벌써 얼마나 많은 세월이 흘렀는지 모른다. 그리고 그동안에 변동된 일은 많은데도 변하지 아니한 것은 경치뿐이요, 생사를 같이하겠다던 친구들은 모두 다 흩어지고 말았으니, 이 아니 서글프지 아니한가.

이런 생각을 하고서 그는 송공명이 그때 혼자 읊었던 '서강월(西江月)'을 기억 속에서 찾아냈다. 그러고서 그는 자기도 지금 처량하게 된 자기 신세를 한 수 적어보고 싶어서, 주보를 불러 지필묵을 빌려온 다음에 붓에 먹을 함빡 묻혀가지고 바람벽 위에 쓰기 시작했다.

꾀 많고 재주 비상하대도

만사를 하늘이 좌우하는데

어디로 가면 진실한 벗을

내가 만날 수 있으랴.

하늘 가 구름 밑에 떠돌다가

다시 강주로 왔구나.

목숨이 아까워 천금을 버렸으니

남들이 나를 비웃으렷다.

이렇게 끝까지 써놓고서 다시 한 번 읽어본 다음에 붓을 상 위에 내려놓자, 별안간 등 뒤에서 누가 어깨를 툭 치면서,

"형님이 여기서 송강의 반시(反詩)를 흉내 내는 건가요?"

하고 너털웃음을 웃는 게 아닌가. 깜짝 놀라서 돌아다보니, 바로 소차란(小遮攔) 목춘이라, 두 사람은 오래간만에 만난 것을 서로 기대하면서 마주 앉아 다시 주보를 불러 술을 주문했다.

그러고 나서 장경은 자기가 당한 사정 이야기를 털어놓았다.

"나는 집에 들어앉아 있기가 너무 심심해서 약재를 무역해가지고 건강부로 가서 팔려다가, 거기서 협잡군한테 걸려 몽땅 손해를 볼 뻔했었는데, 다행히 대원장을 만났기 때문에 태수한테 운통하여 돈을 받기는 했지만, 그 돈을 가지고 호·광 지방으로 와서 쌀을 무역해가려고 이곳 강주서 30리 떨어진 노학저라는 곳에 이르렀을 때 그놈의 뱃사공 두 놈한테 5백 냥 돈을 몽땅 빼앗기고, 난 강물 속에 빠졌다가 간신히 살아났단 말이야. 게양진으로 가서 자네를 찾아볼까 하는 생각도 했지만, 여기서 이렇게 만나볼 줄은 정말 몰랐구먼! 그래, 자넨 요새 어떻게 지내는가?"

그가 이렇게 물으니 목춘은 한숨을 쉬고 나서 말하는 것이다.

"난 우리 형님과 둘이서 계양진 고장에서는 왕노릇을 하고 지냈었지만, 형님이 돌아가시고 집안이 군색해지니 자연히 망조가 들더구면! 그래 지금은 강주성 안에서 동가식서가숙(東家食西家宿)하고 지내지… 날마다 남들의 찌꺼기나 얻어먹고 살아가는 판인데, 오늘은 참 형님을 만나서 반갑구려!"

이렇게 이야기를 주고받다가 목춘이 무슨 생각이 났는지,

"그런데 형님이 타고 오던 뱃사공 두 놈의 주소와 성명을 모르시오?"

이렇게 물으므로 장경이 대답했다.

"내가 용강관에서 계약한 삼판선(三板船)인데, 그놈들의 이름은 모르고, 한 놈의 성은 육가에 별호가 '설리저'이고, 또 한 놈의 성은 장가에 별호를 '뇌두단'이라 부른다더군. 풍랑을 만나 노학저 포구에 들어가 정박했을 때, 한 놈이 '순풍을 만났더라면 오늘 네 마누라가 널 반갑게 맞을 것을… 재수가 없구나!' 이렇게 지껄이는 걸 들었으니까, 아마 그놈들이 이곳 강주에 사는 놈들인가봐!"

장경이 이렇게 대답하니까 목춘이 자신 있게 말하는 것이었다.

"삼판선은 유당만(柳塘灣)에 많이 있는 것들인데, 유당만은 여기서 멀지도 않단 말이야. 우리 술김에 소풍 삼아 유당만까지 가서 그놈들을 찾아내서는 그 돈을 도로 찾아오면 어때요? 나하고 같이 갈까요?"

"그래, 그럼 같이 가보세!"

목춘의 제안을 듣고 장경은 찬성하고서, 술값을 치른 후 그와 함께 아래로 내려왔다.

그들이 큰길로 나와 2, 3리가량 왔을 때 목춘이 말한다.

"여기가 유당만이란 동낸데… 내가 그놈들을 찾아내볼 테니까, 가만히 듣고만 있어요!"

장경이 고개만 끄덕거리니, 목춘은 어떤 늙은이가 길가의 밭에서 허리를 꾸부리고 쟁이로 땅을 파헤치고 있는 것을 보더니, 그 노인이 호

씨(胡氏)라는 노인인 것을 알고, 큰목소리로 말을 건네는 것이었다.

"호노관(胡老官)! 여기가 정말 유당만이죠?"

노인이 머리를 쳐들고 목춘을 바라보더니,

"그래 여기가 유당만이야, 왜 그래?"

이렇게 대답한다.

"아니, 노인장은 배를 타고 다니시는 일이 업이시더니, 어째서 지금은 땅을 파고 계십니까?"

목춘이 이렇게 물으니 노인이 괭이를 지팡이처럼 짚고 서서 대답하는 것이었다.

"그렇지… 유당만에서야 내 이름을 모를 사람 없었지. 그렇지만 지금 세태가 어디 그전 세월 같은가? 난 벌써 늙었고, 젊은 것들 몇 사람이 배를 끌고 다니고, 난 그저 이렇게 농사나 짓지! 그런데 젊은이는 무슨 일로 왔는고?"

"예, 저 아는 친구가 와서 건강부까지 볼 일이 있어 가야겠다구 설리 저를 찾는데… 그 사람이 지금 집에 있을까요?"

"응, 육상(陸祥)이 말이로구먼. 장덕(張德)이하고 같이 3, 4일 전에 건강부에서 돌아왔지. 장덕이는 어저께부터 또 어디로 갔는지 안 보이더구먼… 육상이는 무슨 물건을 살 일이 있어서 나가고 지금 없고… 그런데 왜 꼭 그 사람의 배를 고용해야 하나?"

"예, 그전에 인연을 맺은 일이 있으니 그래서 그러는 건데… 그 사람의 집이 어딘지 가르쳐주십시오."

목춘이 이렇게 말하니까 노인이 동쪽을 가리키면서 일러준다.

"저기 저 버드나무 밑에 배가 보이지 않소! 저 배가 바로 장덕이의 배요. 그리고 저 헐어진 담장 속에 노렴(蘆簾)을 드리운 저 집이 바로 장덕의 집이라오."

이렇게 일러주더니 노인은 괭이를 들고서 다시 일을 시작한다.

노인이 가르쳐준 대로 목춘이 동쪽으로 2백 보가량 가보니까, 얼굴에 분을 하얗게 바르고 눈썹을 새까맣게 그린 젊은 부인 하나가 푸른빛 윗저고리에 분홍빛 수건을 걸치고, 초록빛 치마를 입고서, 커다란 물통에 물을 한 통 퍼들고 오는 고로, 목춘과 장경은 길옆으로 몸을 피해 그 부인을 먼저 들어가도록 했다.

담장 밖에서 들여다보니 방은 두 칸이 있는데, 뒤곁에 있는 것이 주방이요 침실이다. 그리고 사람은 아무도 없는 것 같다.

조금 있다 부인이 물통을 들고 부엌으로 들어오다가 뒤곁에 목춘과 장경이 서 있는 것을 보더니 깜짝 놀라는 눈치였다.

목춘이 먼저 말을 붙였다.

"장형 계십니까?"

"지금 안 계신데요."

"육상이한테 가셨나요?"

"그분도 성내로 무얼 사실 게 있다면서 나가셨다나 봐요."

목춘이 장경을 손가락으로 가리키면서 부인을 보고 말했다.

"그런데 이분이 댁의 바깥양반의 배를 건강부에서 타고 오신 분인데, 배 안에 돈을 5백 냥 놔두고 그냥 나오셨답니다. 그래 지금 그 돈을 찾으러 오신 터이니, 빨리 그 돈을 돌려드리십시오!"

이 말을 듣더니 부인은 갑자기 눈썹이 성큼해지면서 딱 잡아뗐다.

"그런 일 없어요! 난 몰라요!"

목춘은 한 발자국 부인 앞으로 다가섰다. 그러자 장경이 목춘의 뜻을 짐작하고 문을 탁 닫아거니까, 목춘은 한 손으로 부인의 멱살을 잡아 땅바닥에 쓰러뜨린 후 한쪽 발로 뱃가죽을 꽉 밟고서 허리춤으로부터 단도를 꺼내들고는 부인의 코 밑에 칼끝을 대면서 호령을 했다.

"엉큼스런 년! 사실대로 말할 테냐, 안 할 테냐? 네 말 한마디에 네 목숨이 달렸다!"

그러니까 부인은 애걸을 한다.

"나으리! 제발 살려줍쇼! 마룻장 밑 술항아리 뒤에 그 돈이 있습니다."

목춘은 또 호령을 했다.

"그리고 네년의 서방놈은 엊그제부터 어디로 갔니?"

"예, 그이는…."

이렇게 말하려 하다가 부인은 그만 입을 꼭 다물고 말을 아니한다.

목춘은 단도를 모가지에 대고 소리 질렀다.

"이년아! 빨리 말을 해!"

그러자 부인은,

"예! 그이는…."

하다가 또 입을 다물고 말을 않는다.

목춘은 더 참을 수 없다는 듯이 여자의 윗저고리를 풀어헤치고서 허여멀끔하고 토실토실한 두 개의 젖통을 꺼내놓고는 칼로 푹 찔러버릴 것같이 서둘렀다. 그랬더니 계집이 기겁을 해서 또 애걸을 한다.

"나으리! 살려줍쇼! 마룻장 밑 술항아리 뒤에 뒀어요!"

"무엇을 술항아리 뒤에 뒀냐 말이야?"

"일전에 두 사람이 돈을 많이 갖고 왔는데요… 육상이 그 돈을 장덕이하고 나눠 갖기가 싫어서 장덕이를 취토록 술을 먹여놓고는 칼로 모가지를 끊었지 뭐예요. 그러고는 빈 항아리에 송장을 몇 토막 내가지고 집어넣은 다음에 마룻장 밑에 뒀답니다."

"뭐 어쩌고 어째? 장덕이는 네 서방이 아니냐? 서방 놈이 육상이란 놈한테 죽는 것을 보면서도 넌 소리도 안 지르고 가만있었더냐?"

"육상이가 원체 사람을 잘 죽이는 사내라서 소리를 질렀다간 나도 죽일 거니까… 무서워서 끽 소리 못 했죠."

"그래, 그날 밤엔 육상이란 놈의 칼이 무서워서 소리를 못 질렀다 해두고, 어제오늘 이틀 동안은 어째서 이 지방 관가에 가서 고발도 안 했느냐?"

계집은 이 말에 대답을 못 하고 만다. 목춘이 고함을 쳤다.

"네 이년! 육상이란 놈하고 간통을 해가지고 제 서방을 죽인 년! 그래, 육상이란 놈이 무슨 물건을 사러 나갔느냐?"

"예, 이번 일이 탄로 날까봐 오늘밤으로 여기서 모두 불살라버리고 진강(鎭江)으로 도망가기로 했죠."

"에잇 고약한 년! 간부와 짜고 서방을 죽인 음녀(淫女)! 천리(天理)도 왕법(王法)도 너 같은 것은 용서 없다!"

목춘이 이렇게 한마디 소리치고서 칼로 계집의 모가지를 콱 찌르니까, 시뻘건 피가 분수처럼 찍 솟아오르더니, 계집은 두 다리를 뻗고 죽어버렸다.

계집 하나를 이렇게 처치해버린 다음에 목춘과 장경은 마룻장 밑에 있는 술항아리 뒤에서 돈 보따리 두 개를 찾아내고, 피투성이 된 장덕이의 의복과 피 묻은 칼이 칼집에 꽂히지 아니한 채 있는 것도 발견했다. 두 사람은 돈 보따리를 하나씩 나눠가지고 각각 허리에 찼다. 그럴 때 뜻밖에도 바깥에서 대문을 열어달라고 두드리는 소리가 났다.

목춘이 얼른 대문간으로 나가서 빗장을 빼놓고 문 뒤에 가만히 숨어버리자, 육상이가 커다란 상자에 어육(魚肉)과 향지(香紙) 따위를 담아가지고 들어오면서,

"여보! 아주머니!"

하고 계집을 부르다가, 피가 흥건히 괸 땅바닥에 계집이 죽어 자빠진 모양을 보더니 기절초풍해가지고 고함을 지를 뻔했는데, 이때 뒤꼍에서 장경이 뛰어나오며 호통을 치는 것이었다.

"네 이놈! 육상아! 네가 날 알아보겠느냐?"

육상이 더욱 놀라서는 돌아서서 내빼려는데 이때 문 뒤에 숨었던 목

춘이 쑥 나오면서,

"천하에 흉악한 도둑놈아! 손님의 돈을 빼앗았으니, 너 같은 놈은 골백번 죽어도 싸다!"

이렇게 호통을 치는데, 어느새 장경의 칼이 그놈의 모가지를 등 뒤에서 쳐버린다. 그 순간 목춘도 한칼로 그놈의 가슴팍을 찔러 거꾸러뜨렸다. 그러고 나서 목춘과 장경이 각각 손과 칼에 묻은 핏자국을 깨끗이 닦아버린 후 문을 닫아걸고 아까 오던 길로 돌아나오려니까, 호노인이 밭에서 일을 하다가 두 사람을 보더니,

"조금 전에 육상이가 뭣을 사가지고 집으로 돌아가던데… 만나봤소? 그래, 그 사람의 배를 얻기로 계약이 됐소? 그리고 그 보따리는 그 사람 집에 맡겨뒀던 거요?"

이렇게 묻는 것이었다.

"예! 그런데 그 사람이 갈 새가 없다고 하기 때문에 그 배를 계약하는 얘기는 틀어지고 말았습니다."

목춘이 호노인한테 이렇게 대답했다. 그러고서 두 사람은 그곳을 떠나 달음질하다시피 객주로 돌아와서 등불을 켜놓고 술을 사다가 마시면서 이야기했다.

"오늘 일은 아주 시원하게 됐죠? 장덕이란 놈의 원수까지 갚아줬으니까!"

목춘이가 이런 말을 하니까 장경은,

"그게 다 자네 덕일세. 자네가 없었더라면 어떻게 그놈들을 찾아낼 수 있었겠나!"

하고 목춘의 공을 추어올리는 것이었다. 그러자 목춘이 정색을 하고 말을 꺼낸다.

"형님한테 꼭 의논할 일이 있습니다."

"무슨 일인데?"

"전일 송공명 형님을 구해드리느라고, 전장(田莊)을 버리고 가산을 버리고 양산박에 들어갔다가 장원에 돌아와 보니까 방 한 칸 남아 있는 게 있어야죠? 서장산계(西莊山界)엔 어떤 건달 놈이 점령하고 사는데 이 놈이 천구성(天狗星) 요괴(桃壞)라는 놈으로 성질이 교활하고 잔인한 놈이어서, 내가 그자더러 전장을 도로 달라고 했더니, 이놈이 제가 그동안 개간하고 수리하고 땅에 거름하느라고 비용이 많이 들었으니까 돈을 2백 냥을 내놓으면 돌려주겠다는군요. 그렇지만 내게 돈이 있어야죠? 어떻게 해볼 도리가 없는 판이니까, 오늘 형님이 도로 찾으신 돈 가운데서 2백 냥만 나한테 빌려주시면 내가 좀 편안하게 살게 될 것 같습니다."

장경은 쾌히 승낙했다.

"아니, 우리들이 언제 돈 같은 거 안중에 두고 살아왔나? 그리고 이 돈은 아우님 덕분에 도로 내 손에 들어온 거 아닌가. 소용되면 갖다쓰라구!"

"고맙소이다. 그럼 내일 형님하고 같이 요괴란 놈한테 가겠어요."

"그럭해!"

이날 밤은 그냥 자고, 이튿날 목춘은 돈 2백 냥을 전대에 넣어 허리에 차고, 나머지 돈은 보따리에 꾸려가지고 상자에 넣어서 주인한테 맡긴 후 게양진으로 갔다.

요괴라는 자는 목춘이가 찾아온 것을 보고 반기며 맞아들이더니 두 사람을 뒷방으로 인도하는 것이었다.

목춘은 방에 들어가서 자리에 좌정하자마자 허리춤으로부터 돈전대를 끌러 내려놓으면서 말했다.

"요전번 결정대로 돈 2백 냥을 이 친구가 빌려줬기 때문에 갖고 왔으니, 이 돈을 받고서 전장을 내게 돌려주시구려."

이렇게 말하고 나서 그는 돈전대를 요괴 앞으로 밀어놓았다.

요괴란 자는 본래 웃음 속에 칼을 감추고 있는 자여서 아주 교활하게 웃으며 말하는 것이다.

"아, 그러십니까. 돈을 가지고 오실 줄은 몰랐습니다. 미리 기별이라도 하셨더라면 음식을 좀 장만했을 걸… 저 친구분과 어른과 함께 박주라도 한잔 드시죠. 자아, 오늘은 이미 날도 저물었으니, 아주 마음놓고 노시다가 내일 가십쇼."

요괴는 이렇게 말하고서 장경을 상좌로 모시고, 목춘을 그 곁에 앉히고, 자기는 마주앉아 은근히 술을 권하는 것이다.

"그런데 요새 연일 무엇으로 소일하셨나요? 성내엔 자주 들어가 보셨나요?"

"성내에는 자주 못 갔습니다."

목춘이 이같이 대답하니까 요괴가 또 말한다.

"아, 요새 밤이 긴데 왜 놀러 오시지 않으셨어요? 우리 한번 내기를 합시다. 노름을 하여 형이 이기시면 돈을 내실 것도 없이 전장을 도로 찾아가시기로 하고… 형장의 친구분이 증인이시니까, 어떻습니까?"

목춘은 벌써 술이 거나하게 취했었다.

"내기를 해두 좋지! 하지만 노형이 내기에 지고서도 이행하잖는다면 어쩌겠소!"

"그럴 리가 있나요! 내가 언제 형장하고 내기를 해서 지고도 이행하지 않은 일이 있었나요? 난 이래뵈어도 정직한 사람이랍니다."

요괴는 너털웃음을 웃으면서 상 위에 분홍빛 보자기를 깔고, 촛불을 좌우에 켜놓고서, 새빨간 보자기에서 주사위를 꺼내놓는다.

이때 장경은 목춘이가 술에 취해서 너무 흥겨워하는 모양을 보고 가만히 눈짓을 했다. 내기를 하지 말라는 눈짓이었다.

그러나 목춘은 그냥 주사위를 들고 요괴와 마주앉아서 열심히 말을 쓴다. 이렇게 한참 동안 겨루다가 목춘의 말이 요괴의 말을 모두 잡아버리게 되자, 목춘은 손을 툭툭 털고 일어섰다.

"자, 그만합시다. 밤도 깊었으니 어서 자고 내일일랑 전장을 내게 명도하고, 그리고 아까 준 돈을 도로 주시오!"

목춘이 이렇게 말하니까 요괴는 껄껄 웃으면서 그를 붙들어 앉힌다.

"내 말을 좀 들으시오. 내 집의 동쪽에 있는 일호산(一號山)이 내 것이란 말예요. 원값이 1백 냥인데, 이걸 또 걸고서 한 번만 더 내기를 합시다."

목춘은 자기가 이긴 끝이라 신명이 난 데다가 또 욕심이 생겨서 다시 앉아 또 한 번 노름을 시작했다. 그런데 어찌된 일인지 이번에는 형편없이 지고 말았다. 아까 이겼던 3백 냥을 합쳐서 모두 3백 냥 내기에 져버린 것이다.

"자, 이제 그만 잡시다."

이번에는 요괴가 손을 툭툭 털고 일어서는 것을 목춘이 붙들었다.

"이게 뭐요? 내가 이겼을 땐 다시 한 번 놀자고 하더니, 당신이 이기고선 그만두자고 하니… 그런 법이 어디 있소?"

"난 일호산이 있으니까 그걸 걸고서 다시 한 번 놀았단 말예요! 당신이 또 한 번 더 놀려거든 새로 돈을 갖다놓고 걸어야 해요!"

요괴가 이렇게 말하고서 안으로 내빼려는 것을 목춘은 꽉 붙들었다.

"당신이 요구하는 전장 대금을 가지고 오니까 당신은 날 꾀어가지고 노름을 해서 돈만 뺏지 않았소? 지금 일호산이라는 산을 걸고 두 번째 내기를 했지만, 난 일호산이란 게 어디 있는지 알지두 못한단 말요! 엉터리로 사람을 속여먹어도 무사할 줄 아는 거요?"

목춘이 큰소리로 이렇게 떠드니까 요괴도 지지 않고 냅다 호령을 해붙인다.

"느덜 형제가 강도 놈을 감춰뒀다가 두 고을에서 야료를 부리게 해놓고는 달아나버린 까닭에 관가에서 느덜 형제를 잡으러 다니느라고 온통 이 근처 백성들이 편안한 날이 없었다! 네가 그래 지금도 송강의 세를 쓰는 거냐? 네가 내기에 지고서 무슨 잔말이냐!"

목춘이 성이 왈칵 나가지고 뺨을 한 대 후려갈기자, 요괴는 고함을 질렀다.

"이놈이 사람 죽인다!"

목춘은 그만 한쪽 발로 그를 냅다 걷어찼다. 그는 뜰아래로 굴러떨어졌다. 이럴 때 그 집 하인들이 우르르 몰려들어 주인을 구해내려고 덤비는 것을 장경이 달려들어 주먹으로 치고 발길로 차고 해서 모조리 쓰러뜨렸다. 주인 되는 요괴는 골통이 깨져가지고 죽어 자빠졌다.

"에잇, 시원하게 잘됐소! 진작 이래버렸을걸!"

목춘은 이렇게 뇌까리면서 안마당으로 들어갔다. 벌써 하인 놈들이 안식구를 데리고 뒷문으로 피해 달아난 뒤였다. 침실로 들어가 보니 상위에 2백 냥 돈이 그대로 놓여 있다.

머리맡에 놓여 있는 궤짝을 열고 보니까, 돈 백 냥과 금으로 만든 목걸이와 구슬로 만든 목걸이도 여러 개 있으므로 목춘은 그것들을 장경과 함께 모조리 두 개의 보따리에 꾸려가지고 마당 한옆에 치워놓은 다음에, 짚단을 열 개쯤 집어다가 불을 댕겨 그 집에 불을 질렀다. 삽시간에 불길은 그 집 전체를 삥 둘러싸고서 훨훨 타버린다.

"형님! 이제 가십시다!"

목춘이 장경과 함께 불타는 집을 뒤에 두고 바깥으로 나오니, 때는 4경이라 이지러진 달이 동쪽 하늘에 걸려서 은은히 비친다.

날이 밝기 전에 객주로 돌아와서 주인한테 돈 한 냥을 방값으로 지불한 후 행장을 둘러메고서 두 사람은 큰길로 나왔다.

"자아, 두 가지 일을 하긴 시원스럽게 잘 해치웠는데… 이제 어디로 가면 좋지요?"

목춘이 먼저 이렇게 말을 꺼내자 장경은,

"글쎄…."

하고 한참 묵묵히 걸어오다가 대답한다.

"전일 대원장을 만났더니 그 형님 말이, 이응하고 원소칠이 음마천에 있고, 손립은 등운산에서 다시 의거를 일으켰다더군. 그런데 음마천은 하북이라 얼른 가기가 힘들고, 등운산은 산동이라 여기서 가기가 조금 쉬우니… 나하고 같이 등운산으로 가는 게 어떤가?"

목춘은 즉시 찬성했다.

"그래요! 산채에서는 지내기가 편하고, 집에 있는 건 불편하니… 우리 그렇게 합시다."

이리해서 그들은 등운산을 향하여 길을 걸었는데, 불과 50리도 못 가서 장경은 몸이 오슬오슬 떨리고, 팔다리가 아프고, 신열과 두통이 나서 견딜 수 없게 되었다. 감기에 몸살이 겹친 것이다.

"동생! 이거 내가 아마 병이 나는 모양이야! 이제는 조금도 못 걷겠는데."

장경이 괴로운 소리를 하니까, 목춘이 주의를 준다.

"어이구, 그러지 맙쇼! 아직도 여기가 강주 땅이란 말예요. 우리가 무슨 변을 당할지 알 수 없단 말예요! 형님! 조금만 더 참고 견디어보십시다. 어디 조용한 객줏집을 찾아가서 의생(醫生)을 구해설랑 감기몸살에 먹는 약을 몇 첩 잡수시면 자연 나을 것이니까… 조금 더 견디고 갑시다."

장경은 이를 깨물고 다시 걷기 시작했다.

쌍봉묘에서 위기를 넘기고

이렇게 걷기를 또 5리가량 걸어가니까 길가에 '쌍봉산 신지묘(雙峰山神之廟)'라는 커다란 사당집이 있는데, 여기까지 억지로 걸어오던 장경은 사당문 앞으로 발을 떼어놓더니 그만 맥없이 땅바닥에 쓰러져버리는 것이었다.

목춘은 깜짝 놀라 그를 붙들어 일으켰다.

"어이구! 형님 병환이 대단하신 모양이군요. 어떡하나, 더 못 걸으시겠는데! 여기 잠깐 앉아서 기다려보셔요. 내가 저 뒤로 들어가서 방을 한 칸 빌려보고… 의원을 불러다가 병환을 좀 보아달라고 부탁할 테니."

목춘은 이렇게 말하고서 장경을 사당문 앞에 있는 걸상에 앉혀놓고 뒤꼍으로 돌아갔다.

뒤꼍으로 돌아와 보니 부엌에서 불목하니가 화롯불에 술을 데우고 있으므로 그는 그를 보고 청을 했다.

"여보시오. 난 지나가던 상인인데, 같이 가던 형님이 노상에서 병환이 나셨구려. 걸음을 걷지 못해 그러니 방 한 칸만 빌려주시면 의원을 찾아보고 약을 지어다가 잡숫도록 해야겠소. 내가 사례는 단단히 하리다."

"제가 어디 그런 일을 압니까! 저쪽 뒤채에 선생님이 계시니 거기로 가서 말씀하십쇼!"

"선생님이 어느 방에 계신지 잠깐만 뵙도록 해주시구려."

"잠깐 계십쇼."

불목하니가 이렇게 대답하고 화롯불에 올려놨던 술항아리를 들고 뒤채로 건너간 다음에 조금 있다가 도사 하나가 이리로 나오는데, 보니까 수염이 기다랗고, 눈동자가 붉고, 얼굴 상판이 넓적하게 생긴 사람이 검정 학의(鶴衣)를 입고, 검정 건을 썼다.

목춘은 그 앞으로 가서 공손히 예를 드리고 조금 전에 불목하니한테 하던 말과 똑같은 말을 했다.

도사는 그 말을 듣고 수염을 쓰다듬으면서 고개를 좌우로 젓는 것이었다.

"병든 사람이 불편해서 있을 수 있을라구! 어려운데!"

목춘은 애원하다시피 또 말했다.

"아녜요! 그다지 무거운 병이 아니고 감기몸살이랍니다. 선생님께서 좀 사정을 봐주셔야겠습니다!"

그러니까 도사가 아주 거드름을 빼면서 불목하니를 보고,

"여봐라, 이분을 저 서쪽 아래채에 들어가 계시도록 해라!"

이렇게 이르고는 뒷짐을 지고서 들어가버리는 것이었다.

목춘이 불목하니 뒤를 따라가 보니까, 아래채라는 집은 헛간이나 다름없어서 문짝은 떨어졌고, 땅바닥엔 아무것도 깐 것이 없다.

그러나 어찌할 도리가 없어서 그는 밖으로 나와 배낭을 짊어지고 장경을 부축해서 아래채로 데리고 들어온 후 거적때기를 주워다가 한구석에 깔고서 그 위에 장경을 앉히고, 전대에서 돈 두 돈을 꺼내어 그것을 불목하니에게 주면서 부탁했다.

"옜네, 약소하지만 술이나 한잔 사 자시게. 그리고 생강탕이 있거든

한 사발만 갖다주게나그려. 난 나가서 약을 지어와야겠는데 내가 돌아와서 또 사례할 테니 그동안 이분을 좀 잘 봐주게!"

불목하니는 돈을 받더니 너무도 좋아서 싱글벙글하면서,

"예, 예, 예… 염려 맙쇼! 생강탕 갖구 올 테니… 다녀오십쇼!"

하고 부엌으로 주르르 달려가더니 금시에 진하게 끓인 생강탕을 한 그릇 떠가지고 오는 고로 목춘이 그릇을 받아 장경에게 권하니, 장경은 간신히 어깨를 펴고 반듯이 앉아서 한숨에 생강탕을 죄다 마셔버리고는 두 눈을 감고서 비스듬히 누워버린다.

목춘은 장경의 어깨를 만지면서,

"아무 걱정 마시고 좀 참고 계십시오. 내가 나가서 약을 지어 오리다."

이렇게 안심시키고 일어서려니 불목하니가 친절하게 일러주는 것이었다.

"보십쇼. 여기서 북쪽으로 5리만 가면 쌍봉진(雙峰鎭)이란 곳에 가행암(賈杏庵)이란 유명한 의원이 있습니다. 병의 증세를 자세히 이야기만 하시면 그 양반이 약 한 첩으로 단박 낫게 해드릴 겝니다. 뭐 아주 신통하다고 소문이 났죠! 이 손님이 또 더운물을 찾으시면 제가 얼른 갖다 드릴 테니 염려 마시고 어서 갔다 오십쇼."

"그럼, 잘 부탁하오."

목춘은 돈을 집어넣고 사당문 밖으로 나왔는데 나오다가 보니까 키는 조그맣고 몸은 호리호리하고 주근깨가 가득한 얼굴에 수염은 서너 가닥밖에 안 되는 것이 코끝은 독수리 주둥이같이 꼬부라져서 고집통이로 생겨먹은 놈팡이가 술이 거나하게 취해가지고 이리 비틀 저리 비틀… 갈지자걸음으로 어떤 검은 여자의 손을 쥐고 뒤꼍으로부터 나오고 있었다. 그런데 그때 그 젊은 여자가 목춘이를 보더니,

"소랑(小郎)!"

하고 소리를 쳤건만 목춘은 빨리 의원을 찾아가서 약을 지어야겠다는 생각밖에 없었기 때문에 여자가 자기를 부르는 소리는 못 듣고 그냥 곧장 가버렸다.

그런데 이 여자의 손을 쥐고 나오는 사내는 축대립(쓰大立)이라는 성명을 가진 강주서도 이름난 건달로서, 글줄이나 읽은 것이 있는 데다가 구변이 좋고 글씨도 잘 쓰는 편이어서 입으로나 붓으로나 사람을 죽이기도 잘할 뿐 아니라, 대단한 호색가여서 못하는 짓이 없는 위인이고, 또 젊은 여자로 말하면 노름판의 주인 지대안(池大眼)의 딸로서 이름을 방가(芳哥)라고 부르는 터인데, 나이는 열여섯 살에 얼굴이 제법 아름답게 생겼기 때문에 글을 배우기를 싫어하다가 선생님한테 꾸중을 듣고는 축대립이 꾀는 대로 그를 따라서 이곳 쌍봉묘로 도망해 와 있는 여자이다.

그리고 이 쌍봉묘의 도사로 있는 초약선(焦若仙)으로 말하면 이 마을의 보정(保正)으로 있는 원애천(袁愛泉)과 친밀하게 지내는 사이라, 축대립과 연락해 이것들 셋이 결의형제를 하고서 초도사(焦道士)가 지방의 사고 난 일을 원애천에게 알리면 축대립이 관가를 끼고서 돈을 훑어내서 그것을 세 놈이 나눠먹는 판이어서, 이곳 사람들치고는 이 세 놈을 미워하지 않는 사람이 없었다. 그래서 이것들의 별명이 '쌍봉삼호(雙峰三虎)'인데, 축대립이가 지방가(池芳哥)라는 젊은 여자를 데리고 이곳으로 와 있는 것도 여자 하나를 꾀어내다가 초도사와 함께 두 놈이 공동으로 행락하자는 데 불과했다.

그래, 이날 축대립이 방 안에서 술을 먹고 있다가, 도사가 바깥에 나가서 어떤 사람한테 방을 빌려주는 것 같은 수작을 하는 소리를 들었는지라, 술에 반쯤 취해가지고서 지방가의 손을 쥐고 바깥으로 나오다가 지방가가

"소랑!"

하고 그 사람을 부르므로 그는 얼른,

"소랑이라는 게 그 누구여?"

하고 물어봤다. 그랬더니 방가가,

"우리 집 노름판에 늘 와서 살다시피 하던 사람인데… 모두들 저이를 보고 목소랑(穆小郞)이라고 부릅디다."

이렇게 대답한다.

축대립은 이 말을 듣고 속으로 생각했다.

'가만있자. 전일 유당만에 두 사람을 죽인 살인 사건이 있었고, 또 술항아리 속에서는 토막을 친 송장이 나왔고, 호노인이 관가에 와서 말한 것으로는 목소랑하고 또 하나 성명을 모르는 사람하고 둘이 왔었다고 했으니까… 지금 관가에선 1천의 상금을 걸고 범인을 찾는 판인데 원보정(袁保正)한테 빨리 통지해서 저놈들 둘을 잡아주고 상금을 타먹어야 할 거 아닌가?'

축대립이 이렇게 생각하고 급히 아래채로 가보니까, 웬 사람이 저고리를 머리 위까지 푹 뒤집어쓰고 잠들었는데 그 곁에 커다란 보따리 두 개가 놓여 있으므로, 그는 부리나케 방으로 들어와서 도사를 보고 말했다.

"초형! 우리가 팔아먹을 수 있는 아주 상품(上品)이 하나 생겼어."

초도사가 이게 무슨 소린지 알아듣지 못하고서 그게 무슨 소리냐고 물어보려 할 즈음에, 뜻밖에도 손님 세 사람이 쑥 들어오더니 아주 무관하게 척척 자리에 좌정한다. 그럴 때 축대립이 그중 한 사람을 보고,

"원보정! 마침 잘 왔소. 그렇잖아도 내가 좀 와달라고 사람을 보내려던 참이오."

이렇게 말하고 나서,

"그런데 이 두 분은 누구시오?"

하고 묻는다.

"응, 이분이 고을에 계신 포도장교시고, 이분은 그 부하시고….'

원보정이 이같이 대답하고 나서 왼쪽에 앉아 있는 사람을 가리키며 설명을 더하는 것이었다.

"저 유명하신 주발천(朱潑天), 관명(官名)을 주원(朱元)이라고 부르시는 분이 바로 이분이시야. 이분이 축선생의 높으신 존함을 듣고서 특별히 한번 만나보고 싶다고 찾아오셨다는군."

이 말을 듣고 축대립은 좋아서 입이 떡 벌어졌다.

"사람이 좋은 일을 소원하면 하늘이 기어이 이루어주시거든!'

축대립은 희색이 만면해서는 도사더러 큰 사발 세 개만 가져오게 하라 한 후 사발을 가져오니까 그것을 세 사람에게 하나씩 권하면서,

"어서 한 잔씩 드십시오. 그런 다음에 내가 얘기를 할 게 있단 말예요."

이렇게 말하는 고로 세 사람은 일제히 술을 한 사발씩 들고서 쭉 들이켰다. 그러자 축대립이 말한다.

"강주 유당만에 남자 하나, 여자 하나 두 사람을 죽인 살인사건이 있었는데, 그 지방에 살고 있는 호노인이 관가에 가서 보고한 것을 보면, 범인 중 한 놈은 성명을 모르는 놈이고, 한 놈은 목소랑이라는군. 정말 이런 사건이 있었죠?"

주원이 얼른 대답한다.

"내가 바로 그 사건 때문에 범인을 잡기 위해, 혹시 어디 숨어 있을까 해서 이렇게 나온 것이랍니다."

"그렇다면 먼저 상금 1천 관을 가져다가 우리가 여기서 적당히 나눕시다."

축대립이 이렇게 말하니까, 원보정이 껄껄 웃었다.

"여보 축선생! 범인의 그림자도 안 보고서 상금부터 먼저 나눠먹자니… 그런 경우가 있나?"

그래도 축대립은 장담했다.

"글쎄, 그 범인 두 놈을 내가 벌써 잡아 가뒀다니까! 아까 초형더러 방을 빌려달라던 그것들 말이오!"

"아니, 그자들이 범인인 것을 어떻게 안단 말이오?"

도사가 이렇게 물으니까 축대립이 대답한다.

"아까 내가 지방가를 데리고 잠깐 문밖에 나가니까, 한 놈이 바깥으로 나가는 것을 방가가 보더니 '목소랑'이라고 부르더군. 그래 내가 물어보니까, 지방가네 집 노름판에 매일 나와서 살다시피 하던 '목소랑'이랍디다. 그러니까 범인이 틀림없단 말이야!"

"그래도 그놈이 바깥으로 나가더라면서? 어디 갔는지 알고 그놈을 잡나?"

원보정이 이렇게 묻자 축대립은 손을 내저으면서 대답한다.

"그놈이 바깥에 나간 것은, 공범 한 놈이 지금 병이 나서 앓고 있으니까, 장터로 약을 사러 나간 것이란 말이야. 그러니 이제 그놈이 곧 돌아올 거야."

이때까지 세 사람의 말을 듣고만 앉았던 주원이가 이때 벌떡 일어서면서,

"그럼 밖에 나간 놈이 돌아오기 전에 지금 앓고 있는 놈을 심문해보고서 일을 진행합시다."

이렇게 주장했다.

모두들 그 말에 찬성하고서 아래채로 우르르 몰려가, 헛간 안의 거적자리 위에 쓰러져 자고 있는 사내를 일으켜 앉히고서 먼저 주원이가 냅다 호령을 했다.

"너 이놈, 살인범이 어째서 여기 와서 숨었느냐? 하늘이 무섭지도 않더냐?"

장경이 이때 정신이 흐릿했지만, 이렇게 6, 7명이 자기를 붙들려고

온 것임을 알고 그는 일어서서 대답했다.

"여러분께 제가 말씀을 드리겠습니다. 제 말씀을 죄다 듣고 나서 판단을 해주십쇼. 저는 담주 사는 장경이라는 사람이올시다. 건강부에 갔다가 호·광 지방으로 오려고 육상하고 장덕이 가지고 있는 배를 탔었는데, 밤중에 두 놈이 칼을 들고 나를 죽이려고 뱃간으로 들어오기에, 창졸간에 나는 강물로 뛰어들었습니다. 그랬다가 조그만 암자를 지키고 있는 노스님의 덕택으로 생명을 구했습니다. 그랬으나 돈 5백 냥은 두 놈한테 뺏겨버렸지요…. 제가 강주로 와서 의형제를 만나가지고 유당만엘 갔다가 뜻밖에 그 원수 놈을 만났으니 어떡합니까… 그래서 두 놈을 죽였습니다. 관가에 가서도 이 말밖에 할 말이 없습니다."

이 말을 듣고 주원이 또 호령했다.

"강도 놈이 무슨 잔소리야!"

그러고선 소매 속으로부터 오랏줄을 꺼내가지고 장경을 묶으면서,

"나는 강주서 파견된 즙포사신(揖捕使臣)이다. 목소랑이란 놈을 잡은 다음에, 같이 본부로 가자!"

하고 끌어낸다. 병이 들어서 몸은 아픈 데다가 잡으러 온 사람은 6, 7명이나 되는지라, 장경은 아무 말 않고 따라갔더니, 그들은 장경을 장작을 쌓아둔 광 속에 집어처넣고 문을 잠가버리는 것이었다.

축대립·초도사·원보정 세 사람은 장경의 짐을 죄다 가지고 방으로 들어가서 끌러보니, 눈같이 흰 은(銀)이 5, 6백 냥이 나오고, 그 밖에 금과 구슬로 만든 목걸이가 나오는 게 아닌가. 그들은 뜻밖에 큰 수확을 얻은 셈이다.

재물을 보고 먼저 축대립이 한마디 했다.

"이건 모두 내 덕분으로 생긴 것이니, 절반은 당연히 내가 가질 것이고, 나머지 절반을 가지고 당신들이 똑같이 나눠 갖구려."

그러니까 보정이 찬성했다.

"그렇게 해! 또 목소랑이란 놈을 잡아야 할 거 아냐?"

"암!"

초도사는 이렇게 맞장구를 치고 기뻐하면서 다락 속에 감춰뒀던 좋은 술을 꺼내놓고, 또 불목하니를 시켜 닭 두 마리를 잡으라 하고, 채소를 가져오게 하여 우선 술을 마시기 시작했다.

이렇게 술을 마시다가 축대립이 도사를 보고 말했다.

"그런데 말이오. 목소랑이란 놈이 돌아와서 보고 의심하지 않도록 누구 한 사람 아래채에 가서 있다가 그자가 돌아오거든 병객이 외풍에 상할까 봐서 도사님이 딴 방에 모셔두라 했기 때문에 다른 데로 옮겼다고 그놈을 속이고 안심시킨 다음에 그놈을 당장 체포해버려야 한단 말이야! 얼른 그렇게 하시오!"

도사는 축대립의 말을 듣고 즉시 하인을 불러 아래채에 내려가서 목춘이 돌아올 때까지 지키고 있도록 했다.

그런데 이때 지방가는 아까 조금 전에 축대립과 함께 바깥에 나오다가 목소랑을 보고서 반가운 김에 느닷없이 그의 이름을 부르고 말을 붙인 것을 후회했다.

'아무래도 내가 잘못했지… 잘못했어! 그 사람이 퍽 좋은 사람인데… 노름판에서 두전(頭錢)을 떼면 언제든지 나한테 주었지. 오늘 내가 그 사람의 별명을 불렀기 때문에 이렇게 본색이 탄로되어 관가에 붙들려가게 됐으니, 나중에 내가 아버님한테 꾸중을 들을 거 아닌가. 그이한테 이렇게 된 사정을 미리 알려줄 수 없을까?'

지방가는 이렇게 생각하고서 축대립과 도사와 보정이 재물을 놓고 더욱 흥이 나가지고 왁자지껄 떠들며 마시는 좌석에서 빠져나왔다.

바깥으로 나와서 아래채로 가보니, 헛간 문 앞에 불목하니가 꾸벅꾸벅 졸고 앉아 있는 고로 방가는 그를 흔들어 깨웠다.

그랬더니 불목하니는 잠이 깨가지고 방가를 바라보면서 묻는 것이었다.

"왜 나왔어?"

"이거 봐… 아까 왔던 손님은 좋은 사람이고, 지금 저 방 안에 있는 사람들은 마음이 불량한 사람들이야! 내가 왜 나왔겠어? 너하고 같이 손님들을 구해주려고 나왔단 말이야!"

"그래, 나도 그러고 싶어! 손님은 맘이 좋단 말야… 글쎄 아까 이리로 들어오더니만 대뜸 나한테 돈을 두 돈이나 주는 거 아냐? 나와 같이 대문 밖으로 나가서 그 손님이 돌아올 때까지 기다리고 있다가 내빼도록 할까?"

"그래! 그래!"

지방가는 불목하니와 함께 급히 대문 밖으로 나왔다. 그랬더니 마침 그때 목춘이가 급한 걸음으로 돌아오는 고로 그를 본 불목하니는 손을 내저으면서,

"들어오지 마시오!"

이렇게 소리쳤다.

그러나 목춘은 그 뜻을 알지 못하는지라 지방가를 보고 묻는 것이었다.

"지소저(池小組)! 소저는 왜 이곳에 와 있소?"

지방가는 아무 말 하지 않고서 목춘의 손을 쥐고 솔밭 밑으로 가서, 사태가 지금 위급하게 된 전후 사정을 이야기한 다음에,

"나와 저 사람하고 둘이서 당신을 구해주려고 이러는 것이니, 어서 빨리 달아나세요!"

이같이 권고했다.

"고맙소! 두 분의 호의는 감사한테… 그렇지만 내 형님이 안에 있으니, 어떡하죠?"

"별수 없지요. 저것들이 모두 취해가지고 자빠진 다음에 가만히 안

에 들어가서 형님이라는 그분을 구해 달아날밖에 없죠!"

"일이 급하게 됐는데! 하여간 내가 들어가서 동정을 좀 살펴야겠군!"

목춘은 이렇게 말하고 급히 대문 안으로 들어가 뒤채 방문 앞에 가서 문틈으로 가만히 엿보니, 이것들이 모두 취안(醉眼)이 몽롱해서는 떠들썩하고 있다.

이때 주원이가,

"그런데 이 자식이 여직 안 돌아왔나?"

하고 목춘이를 아직 못 붙잡은 것을 걱정하니까 축대립이,

"걱정 없어요. 그거 벌써 그물 속에 든 거나 다름없으니까!"

이렇게 장담하고 나서,

"방가는 어디 갔나?"

하고 아까까지 그 방에 앉아 있던 색시가 안 보인다고 투덜거리자, 초도사가 씽긋 웃으면서,

"자네 애인 말인가? 졸려서 먼저 자야겠다고 나갔네."

이렇게 말한다. 그러자 주원이가 큰소리로 떠든다.

"여보시오, 오늘 저녁엔 그 색시를 내게 양보하시오. 당신네들 둘이서 돌려가며 계간(鷄姦)하는 죄는 그게 중죄란 말이야!"

방문 밖에서 이런 소리를 엿듣고 있던 목춘의 가슴속에서는 불덩이가 치솟는 것같이 화가 났다. 이놈들을 금방 쳐죽이고 싶었지만, 손에 칼이 없다.

급한 마음으로 부엌에 뛰어들어가 연장을 찾아보니까, 한쪽 구석에 나무토막과 함께 도끼 한 개가 있고, 그 밖에 산에서 바위를 쪼갤 때 사용하는 철추(鐵錐)가 하나 있는데, 한쪽 끝이 은빛처럼 하얗게 번쩍거린다.

목춘이 그것을 집어들고 머리 쪽을 보니까 주먹처럼 두툼하고 굵다랗게 생겼는데, 무게가 열 근은 더 되는 것 같다.

'됐다! 이만하면 됐다!'

그는 이렇게 중얼댄 다음에 의복을 깡동하게 붙들어매고, 철추를 들고 바로 뒤 방문 앞으로 가서 문을 열어젖히면서 냅다 호령을 했다.

"쥐새끼 같은 도둑놈들아! 철추 맛을 좀 봐라!"

청천벽력 같은 이 호령 소리에 방 안에 있던 사람들은 모두 질겁을 해서 한 귀퉁이로 몰려들었지만, 이 방에는 뒷문이 없는 까닭에 그냥 한 덩어리가 돼가지고 서 있을 뿐이다.

이때 목춘은 이를 부드득 갈면서 철추로 원보정을 내리쳤다. 그러자 이자가 철추에 맞지 않고 앞문으로 뚫고 나가려고 옆으로 빠지는 것을 목춘이 날쌔게 그자의 멱살을 잡아가지고 마당에 동댕이쳤다.

그러자 주원이가 선반을 떼어들고 대항하므로 목춘은 또 철추로 내리쳤는데, 이번엔 탁자를 친 까닭에 음식그릇이 부서지면서 상이 뒤집히는 바람에 도사가 탁자와 바람벽 틈에 끼여 온몸이 닭 삶은 국물을 뒤집어쓴 꼴이었다.

이때 주원이 또 선반 조각을 꼬나쥐고서 달려드는 것을 목춘은 그를 한 손으로 막으면서 한 손에 있는 철추로 힘껏 내리쳤다. 그와 동시에 끼익 소리가 나면서 주원은 골통이 두 조각이 나 거꾸러졌다.

그러자 이번에는 초도사가 탁자를 밀어붙이고 벽 틈에서 기어나오므로 목춘은 철추로 내리쳐서 아주 그 자리에 뻗어버리게 했다.

이렇게 세 놈은 처치해버렸는데, 축대립이 어디로 갔는지 안 보인다.

"그거 괴상하다!"

목춘이 중얼거리면서 방문 밖을 내다보니까, 어느 틈에 축대립이 뜰 앞에 있는 커다란 파초나무 뒤에 숨어 있는 게 아닌가. 그것을 보고 목춘은 뛰어가서 철추로 축대립의 오른편 어깨를 내리쳐 땅바닥에 거꾸러뜨렸다. 그리고 나서 뒤를 돌아다보니, 원보정이나 초도사가 모두 쓰러진 채 꿈지럭거리지도 못하고 있다.

그는 부엌으로 쫓아가봤다. 불목하니와 방가가 부뚜막 앞에서 부들부들 떨고 있다.

"우리 형님이 어디 가셨니?"

그가 큰소리로 이렇게 물으니까 불목하니는 눈을 멀뚱멀뚱 뜬 채 한동안 말을 못 하다가 겨우,

"저기… 뒤꼍에 있는 광 속에 계십니다."

이렇게 대답한다.

목춘은 그에게 등불을 들리고 하인을 앞세우고서 광으로 가보았다. 그런데 광문에는 커다란 자물쇠가 잠겨 있는 게 아닌가.

"열쇠가 어디 있느냐?"

목춘이 물으니까 불목하니가,

"몰라요! 도사님이 잠그셨으니까 아마 그 양반이 가지고 계실 거예요."

목춘은 그냥 발길로 냅다 걷어차 광문을 빠개 열고서 큰소리로,

"형님!"

하고 불렀다. 그랬더니 바로 눈앞 장작더미 위에 장경이 올라앉아 있는 모양이 보이므로 그는 반가워서,

"형님! 이제 됐어요. 개 같은 놈들을 내가 모두 처치해버렸으니 안심하세요!"

우선 이렇게 안심시켰다.

그러고서 장경의 몸을 찬찬히 보니까 그의 팔을 등 뒤에 묶어놓았으므로 목춘은 주머니칼로 밧줄을 끊어버리고 그의 팔을 주물러주면서,

"몸이 좀 어떠세요?"

하고 물어봤다. 그러자 아까보다는 훨씬 기운 있는 목소리로 장경이 대답하는 것이었다.

"아까 생강탕을 먹고 나서 이놈들한테 놀라 식은땀을 쭉 흘렸더니 몸이 거뜬해진 것 같군."

"아, 그래요? 잘됐습니다. 그럼 같이 나가십시다."

목춘이 장경과 함께 헛간으로 나와서 자기들의 짐을 찾아보니까, 보따리 두 개가 몽땅 없어졌다.

이때 불목하니가 손으로 가리키면서,

"저기 저 침실로 가져갔답니다."

이렇게 가르쳐준다.

목춘이 그 방으로 가보니 과연 보따리 두 개가 놓여 있고 요도는 한 구석에 세워뒀다.

그는 그 칼을 뽑아들고 다시 도사의 방으로 건너가서 원보정·주원·초도사의 모가지를 떼어버렸다. 그러고 나서 불목하니를 보고 물어봤다.

"술이 있니?"

"예, 저 곳간 속에 있죠."

이 말을 듣고 목춘은 뛰어가서 술 한 항아리를 번쩍 들어다놓고 또 부엌으로 들어가서 먹을 것을 찾아보니까, 양의 다리 한 개와 삶은 닭 반 마리가 남아 있으므로 그것을 모두 내다놓고서 칼로 썰어놓은 다음에 장경을 그 앞으로 청했다.

"형님! 어서 한 잔 드시고 닭고기도 좀 맛보시지요."

그러고는 방가와 불목하니도 불러 같이 먹자고 했다.

방가가 옆으로 와서 앉더니,

"소랑! 난 당신 때문에 어떻게 놀랐는지 가슴이 아직도 서늘해요!"

이렇게 말을 한다.

"색시! 이담엘랑 절대로 나쁜 놈하고 같이 달아나지 마! 부모님이 기다리시니 내일일랑 집으로 돌아가란 말이야!"

목춘은 이렇게 말하고서 연거푸 대여섯 잔 큰 사발로 술을 마시다가,

"옳거니… 내가 할 일이 또 하나 있구나!"

하고 불목하니한테 등불을 들리어 뒤뜰로 나와서, 파초나무 아래 쓰러져 있는 축대립의 옷을 벗기고 꿇어앉힌 다음에 냅다 호령을 했다.

"이 개놈의 새끼! 네가 오늘날까지 남의 재산을 뺏어먹고 나쁜 짓을 한 사실을 숨김없이 자백할 테냐? 안 할 테냐? 사실대로 자백하면 살려준다!"

그러니까 축대립이 자백하는 것이었다.

"호걸님! 살려만 주신다면 사실대로 말씀드리죠. 아무 날 아무개한테서 돈을 얼마를 속여먹고, 아무 날 아무개네 집 여자를 강간하고, 아무 날 어떤 벼슬아치를 꾀어먹고, 아무 날 누구를 모해하고 없는 사실을 꾸며가지고 소송을 하고 사람을 충동여 평지풍파를 일으키고 한 일이 너무 많아서… 지금 일일이 기억이 안 납니다. 제가 지금 죽어도 아깝지 않은 목숨이올시다마는, 집에 늙으신 어머니 한 분이 계신데, 제가 죽고 나면 봉양할 사람이 없으니 어찌합니까! 살려줍시오! 바른쪽 어깨가 부러졌으니까 이제는 칼이나 붓대도 쥐지를 못하게 됐습니다. 이제부터는 개과천선하겠습니다."

이 말을 듣고 목춘은 웃었다.

"이놈아! 네 어머니는 내가 들으니 봉양할 사람이 있다더라. 넌 지금 어깨가 부러졌기 때문에 칼과 붓을 들지 못한다고 했지만 이놈아! 네가 발가락 새에 붓대를 끼워가지고 누구를 모해하는지 누가 아느냐? 내가 너를 원수로 생각해본 일은 없다마는 부득이 너를 없애버려야겠다. 지방가는 양가집 색신데, 어째서 꾀어내어 버려놓았느냐?"

목춘은 이렇게 말하고 또 술 한 사발을 쭈욱 마신 후 일어서더니, 축대립의 모가지를 한칼로 베어버리고 나서, 앞가슴을 문지르며 트림을 했다.

"이제야 속이 시원하구나! 이제는 약이나 달여서 형님을 먹여야지!"

이때까지 장경은 목춘을 바라보고 있다가 탄복하고서,

"동생! 정말 동생이 이렇게 훌륭한 호걸인 줄은 과연 몰랐네. 내 병은 그만 뚝 떨어졌으니 안심해도 좋아. 약 먹을 필요 없어! 그리고 이런 곳에 괜스레 머뭇거리고 있을 필요도 없으니, 빨리 떠나세!"

이렇게 말하는 게 아닌가.

"옳은 말씀이야! 병이 나았으면 얼른 떠나야지."

목춘도 찬성하고 나서 불목하니를 보고 말했다.

"이거 봐! 초도사한테 그동안 저축해둔 돈이 있을 게다. 너는 그것을 가져가란 말이야. 그리고 내일 관가에 가서 보고를 해라!"

그리고 또 목춘은 지방가를 보고 말했다.

"너는 빨리 집으로 돌아가란 말야! 관가에서 나오면 연루자로 끌려가기 쉬우니… 그리고 이다음엘랑 두 번 다시 놀아나선 안 돼!"

이렇게 이르고 나서 방에 들어가 두 개의 보따리를 내다놓고 칼을 칼집에 꽂아 허리에 찬 후, 장경과 함께 길을 떠났다.

이때는 4경이라 서리가 땅바닥에 하얗게 쌓였고, 차디찬 별빛이 하늘에 총총한데, 목춘은 두 개의 보따리를 혼자 울러매고서 장경을 빈 몸으로 걷게 했다. 그랬더니 장경이 생기 있게 걸으면서 말하는 것이다.

"몸이 그전같이 쓰기가 아주 자유스러운데! 어제 하루 동안 앓았던가 싶지도 않으니 이상하지?"

"아마 그놈들 죄가 많은 놈들을 처치해달라고 귀신이 일부러 형님을 앓게 했던 모양이지? 그래 우리가 하늘을 대신해서 도를 행한 모양이야!"

목춘은 이렇게 말하고서 껄껄 웃었다.

이렇게 이야기해가면서 걷노라니까 얼마 가지 아니해서 날이 환하게 밝는다. 두 사람은 객주에 들어가 아침밥을 지어먹었다.

사흘 후에 그들은 등운산 밑에 당도했는데, 앞을 바라보니 넓은 들판과 골짜기에 군대들의 깃발과 창과 칼이 빽빽이 들어섰고, 군대의 진영이 세 개나 설치되어 있어서 감히 가까이 갈 수가 없으므로, 오던 길을 도로 돌아서서 술집 하나를 찾아 그 집에 들어가, 술 두 근과 밥을 주문했다.

그랬더니 주보가 나와서 공손히 말하는 것이었다.

"죄송합니다만… 실상인즉 관병이 이곳에 주둔하고 있는 까닭에 주육(酒肉)을 일체 못 팔게 됐습니다."

이 말을 듣고 장경이 물어봤다.

"왜, 무슨 까닭에 관병이 여기 나왔나요?"

"예, 저 등운산에 있는 두령들이 졸개를 수백 명 거느리고 있죠. 그래, 서울서 추밀원에 있는 대장 한 사람이 군사 3천 명을 거느리고 나와서 등주·청주·내주의 세 곳 군사와 합쳐가지고 저것들을 토벌한다는 겁니다. 그런데 벌써 반달 이상 세월이 갔건만 요정이 나지 않기 때문에 상인들의 왕래가 뚝 끊겨졌습죠."

주보의 설명을 듣고서 목춘이 물어봤다.

"그런데 등운산에 있는 두령 중에 혹시 원소칠하고 손립이란 사람이 있답디까?"

"예? 손님이 어디서 오셨기에 그 두 사람의 이름을 물으시는 건가요?"

주보의 놀라는 표정을 보고 장경이 대답했다.

"전일 그 사람들과 우리가 다 같이 양산박에 있다가 조정의 초안을 받았으니까…"

"아, 그러세요? 그러시다면 저 뒤에 있는 정자로 올라오십쇼."

주보는 즉시 두 사람을 정자로 안내하고, 술과 안주를 내다가 대접하면서 사실을 실토하는 것이었다.

"사실대로 말씀하면 이 집은 고대수의 일가집이랍니다. 그리고 이 주점도 산채에서 염탐하는 구실을 하기 위해서 영업시키고 있는 주점이죠. 손님들이 산채의 두령님들을 만나시려거든 날이 어둔 다음에 샛길로 산 위에 올라가시면 됩니다."

주보의 말을 듣고 장경과 목춘은 대단히 기뻐했다.

얼마 후에 날이 어두워지자 주보는 두 사람을 샛길로 인도하여 산채의 뒷문으로 갔는데, 그때 졸개가 안에 들어가 통보했기 때문에 두 사람이 바로 취의청에 들어가 인사를 했더니, 먼저 원소칠이 반겨하면서,

"참 잘 오셨소! 우리를 도와줘요. 정말 도와줘야겠소."

하고 청하는데, 또 손립이가 사정을 이야기하는 것이었다.

"내 얘기를 들어봐요. 글쎄 내가 연전에 등주를 쳐부수고 양태수를 죽인 후 이 양반 난정옥 형님을 산채의 주인으로 모셔왔는데, 이것이 모두 호삼랑의 오라버니 되는 호성의 계책이었단 말이야. 그래서 양전은 저의 동생을 죽였대서 나를 원수로 알고, 또 채경이는 안도전 선생을 못 잡은 분풀이로 소양과 김대견을 사문도로 귀양 보내는 것을 내가 알고서, 산 밑에서 이리로 지나가는 것을 뺏어 여기 있게 했더니, 얼마 후에 안선생도 소문을 듣고 이리로 왔단 말이야. 그래서 이렇게 우리가 한 군데 모여 있는 것을 조정에서는 중대하게 보고서 어영대장(御營大將) 오경(鄔瓊)에게 군사 3천 명을 주고서 등주·청주·내주의 세 곳 병력과 합쳐서는 우리를 치게 했구려. 그래서 그간 벌써 두 번이나 접전을 했지만 승부는 나지 아니했는데, 아무래도 중과부적이라 반달 동안을 서로 바라보고만 있을밖에…. 어떻게든지 저놈들을 격퇴시켜야겠는데 속수무책이니… 좀 도와줘야겠소. 그런데 어떻게 알고 우리를 찾아왔는가?"

"내가 건강부에서 대원장을 만나 여러분이 여기 모이신 것을 알고서 이리로 오려 했는데, 강주서 도둑놈을 만나가지고 두 번이나 죽을 뻔하다가 목형 때문에 간신히 살아났답니다. 오늘도 그 덕분에 형님들과 만나보게 된 거야!"

장경이가 이렇게 말하고 있을 때 곁에 앉아 있던 호성이가 손립을 보고 묻는다.

"손형! 이 두 분이 그렇게 믿고 사귀시는 분이오?"

"아무렴! 우리가 모두 양산박에 있던 형제들인데… 창자를 서로 잇고, 물속이거나 불속이거나 함께 들어가는 사이고말고!"

손립이 이렇게 대답하니까 호성이 말한다.

"그렇다면 이제 묘한 계책을 쓸 기회가 왔소!"

이 말을 듣고서 난정옥이 묻는다.

"어떤 계책이오?"

호성이 대답했다.

"청주의 도통제 황신이가 전일에 우리하고 같이 지내던 정리를 생각해서 이번에 신병을 핑계대고 안 나왔으니까, 장형이 황신으로 분장하고서 졸개 5백 명을 거느리고 청주 기호(旗號)를 들고서 오경이한테로 가서, 그간 앓다가 일어났더니 태수가 빨리 가보라고 재촉해서 지금 왔습니다, 하고 말한단 말예요. 그러면 오경이란 자는 서울 어영에만 있던 자라, 등주와 내주에 새로 와 있는 장관들도 전혀 모르거든요. 그래, 장형이 감쪽같이 오경이를 속이고서 며칠만 그곳에 있으면, 내가 사람을 보내어 항복한단 말예요. 그러면 저것들이 마음놓고 있을 테니까 그 틈을 타서 내가 들이치고, 또 안에서 장형이 협력해주면, 그땐 완전히 우리가 이길 거란 말예요!"

호성의 이 같은 계책을 듣고서 그들은 모두 훌륭한 꾀라고 칭찬했다. 그러고서 장경과 목춘의 환영을 겸한 잔치를 베풀었다.

이튿날 호성은 졸개들 중에서 기술자를 뽑아 청주 지방에서 사용하는 기치(旗幟)를 만들고, 또 소양으로 하여금 청주 고을에서 보내는 공문을 작성케 해가지고 김대견이 새로 새긴 관인을 찍어서 사람을 시켜 하루 먼저 어영대장 오경에게로 보내놓고, 다음날 장경은 황신으로 가장하여 5백 명을 거느리고 오솔길로 산에서 내려와 청주서 오는 길로 뼹 둘러 와가지고 영문 앞에 이르러 청주 도통제가 군사를 이끌고 합영(合營)하러 왔습니다, 하고 대장한테 보고케 했다.

이때 오경은 전날 이미 공문을 받아본 뒤였는지라 조금도 의심하지 않고 원문을 열고서 청주 군사를 들어오게 하라는 명령을 내렸다.

장경이 중군 앞에 이르러 정면을 바라보니까 오경이 중앙에 앉아 있고, 등주의 우원명(尤元明)과 내주의 유인(兪仁) 등 두 사람의 도통제가 그의 좌우에 앉아 있으므로 그는 앞으로 가까이 가서 읍(揖)을 했다. 그러니까 오경이 답례를 하고, 유인과 우원명도 장경에게 답례를 하는데, 오경은 그에게 자리를 권하면서,

"장군이 그동안 신병을 빙자하고서 오지 아니했었으니, 혹시 전일에 저것들과 같이 지내던 정리를 생각해서 그런 것 아니오?"

이렇게 묻는 것이었다.

장경은 이 말을 듣더니 매우 공순한 태도로 정색하고서 대답했다.

"제가 양산박에 있을 때 하늘이 용서 못할 죄를 지었건만 다행히 나라의 은사를 받은 후 작으나마 공을 세웠기 때문에 조정에서는 저에게 벼슬을 내리셨습니다. 그 은혜에 보답하려면 분골쇄신해도 부족합니다. 이번에 역적 놈들이 구습을 버리지 못하고서 또 조정을 배반하니만 번 쳐죽여도 시원치 않겠는데, 어찌 전일의 정분이 있겠습니까! 오직 제 몸이 감기몸살에 걸렸기 때문에 속히 못 왔을 뿐이온데, 간신히 일전에서야 병이 떨어졌기 때문에 급히 나왔을 뿐입니다. 그간 기다리시게 한 죄를 널리 용서해주시면 감사하겠습니다."

오경은 이같이 말하는 장경의 태도가 진실해 보일 뿐더러 그의 기상이 늠름한 고로 아주 마음을 놓고 믿는 눈치였다.

"장군을 '진삼산(鎭三山)'이라고 칭송한다는 이야기를 들은 지 오래였는데, 과연 명불허전이오!"

"황송한 말씀, 그런데 그간 저놈들과 몇 번이나 접전을 해보셨습니까? 저것들이 얼마나 세던가요?"

"뭐 도무지 하잘것없는 좀도둑 놈들이지! 그러나 그 중에서 난정옥이만은 무예가 상당하더군. 본래 그 사람은 양제독 문하에 있다가 등주의 도통제로 제수되어 나가 있던 사람이었는데, 이 사람이 배반할 줄을 몰랐지. 그리고 그 밖의 도둑놈들은 문제도 안 되는 것들이어서, 세 번이나 싸우다가 참패당하고 지금은 감히 나오지를 못하고 숨어 있단 말이오. 두고 보시오, 불일간 내가 저놈들을 완전히 쳐부술 테니까!"

장경과 오경이 이같이 이야기하고 있을 때 중군의 장교가 들어와서 오경 장군에게 보고를 올린다.

"지금 등운산에서 졸개가 항서를 갖고 왔습니다."

"불러들여라!"

오경 장군은 등운산 졸개가 가져온 항복문서를 받아보고 막료들을 둘러보면서,

"저놈들이 항복을 하겠다니 여러분들은 어떻게 생각하시오?"

하고 묻는 것이었다.

위인모이불충

이때 등주의 도통제 우원명이 먼저 의견을 말했다.

"본래 조정의 군사는 은위(恩威)를 병용(竝用)하는 법이 아닙니까? 저 것들이 지금 시세가 불리해져서 갈 곳이 없으니까 항복하고 들어오려는 것인 줄 압니다. 전일 양산박에 있는 것들도 귀순시킨 터에 지금 저 것들의 귀순을 안 받을 이유야 없겠죠."

그가 이렇게 말하자 황신이로 가장하고서 들어온 장경이는 단호히 반대의견을 말하는 것이었다.

"그 말이 안 될 말씀입니다. 저것들이 양민으로 있다가 부득이한 사 정으로 산속에 들어가 도당을 지은 것이라면 혹시 용서할 수도 있겠지 만, 저것들은 과거에 한 번 초안받았으면서 또다시 배반한 것이니까 도 저히 용서할 수 없습니다. 그까짓 것들 몇 놈밖에 안 되는데 뭐 어렵겠 습니까? 결단코 항복을 들어주지 마십쇼."

그러자 내주에서 온 도통제 유인이 의견을 말한다.

"황신 장군의 말씀도 유리한 말씀이지만, 이곳 산세가 험준한 데다 가 임목(林木)이 너무 울창해서 저놈들이 죽어도 안 나오겠다고 버티고 만 있으면, 공연히 장구한 시일을 허비할 겁니다. 그런데 지금 조정에서 는 서북 지방에 군사 행동을 개시해서 군량이 부족한 데다가 우리들로 말하면 등주·청주·내주에서 병정을 몽땅 데리고 왔기 때문에 각기 제 고을을 지키는 병력이 부족한 형편이라, 이 틈을 타가지고 도둑놈이 성을 들이친다면 그것도 큰 걱정입니다. 그러니까 지금은 저것들의 항복을 받아들이는 것이 좋습니다. 그러고 나서 저놈들을 엄중히 경계만 한다면 좋을 것입니다."

"유장군의 말씀이 옳소이다!"

오경 장군은 마침내 유인의 의견에 따르기로 정하고서 등운산에서 온 졸개에게 분부를 내렸다.

"항복을 받아들이겠으니 앞으로 사흘 안에 너희들 모두가 무기를 버리고서 항복해와야 하지, 만일 사흘이 지나도록 천연한다면 용서 없이 산을 들이쳐 풀 한 포기도 그냥 놔두지 않겠다!"

"감사하옵니다. 분부하옵신 대로 내일 중에 산에 있는 채책을 불살라버리고, 명부를 작성해가지고 내려오겠사오니 장군께서 저희들을 받아들이신다는 패를 하나 주시옵기 바랍니다."

등운산에서 온 졸개가 이렇게 청하자 오경 장군은 군정사(軍政司)로 하여금 그 졸개에게 대패(大牌)를 한 개 만들어주게 했다.

얼마 후에 졸개는 등운산으로 돌아가서 오경이가 항복을 받아들이더라는 이야기와 장경이가 일부러 반대하더라는 이야기를 자세히 보고했다.

난정옥은 그 말을 듣고 즉시 손립으로 하여금 적의 동채(東寨)를 치게 하고, 원소칠로 하여금 서채(西寨)를 들이치게 하는 동시에, 고대수는 등주로 가는 길에 매복하게 하고, 추윤과 목춘은 내주로 가는 길에 가서 매복하고, 자기와 호성 두 사람은 적의 중군을 들이치기로 각각 군사를 배정했다. 그러고서 그날 밤 3경 때 각각 군사를 거느리고 말방울 소리도 내지 아니하면서 가만히 산에서 내려와 관군의 진지로 가까이 갔는데, 이때 관군의 진영은 쥐 죽은 듯이 고요했다.

난정옥이 먼저 호성으로 하여금 영문을 열어젖히면서 함성을 올리고 중군으로 쳐들어가게 했다.

이때, 오경은 본시 전쟁에 익숙한 장군이라 갑옷을 끄르지 않고 있다가 놀라서 일어나 보니, 화광이 뻗치어서 영내가 온통 새빨개졌는데, 이때까지 곤하게 잠자고 있던 군사들은 혼비백산해서 모두들 뿔뿔이 내빼느라고 야단법석이다.

오경 장군은 사태가 위급함을 깨닫고서 급히 칼을 들고 쫓아나왔는데, 이때 난정옥이 창을 꼬나쥐고서 그의 앞을 가로막았고, 뒤에서는 또 황신이 졸개를 휘몰고 뛰어나오므로, 그는 마음이 타고 생각이 어지러워 어쩔 줄을 몰라서 허둥지둥하다가 난정옥의 창에 찔려 말 아래 떨어졌다. 그러자 호성이 달려와서 한칼로 그의 목을 베어버린다.

이때 우원명은 중군에서 요란한 소리가 나는 것을 듣고 달려나왔지만 어느새 영내에 들어와 있던 원소칠의 칼에 맞아 말 아래로 떨어졌다.

유인은 이때 두 군데 진영이 벌써 깨진 줄 알고서 말을 달려 진영의 후방으로 내빼는데, 뒤에서는 손립이 바싹 쫓아오고 있다. 그럴 때 포성이 쾅 울리더니, 어디서 뛰어나왔는지 추윤과 목춘이 번개같이 달려드는 까닭에 허둥지둥하다가 마침내 유인도 손립의 강편(鋼鞭)에 맞아 골통이 두 조각 나 말 아래로 떨어졌다. 이때 등운산의 졸개들은 사방에서 관군을 들이치는데 그럭저럭 날이 밝은 다음에 관군의 세 군데 진지를 보니, 관군은 모두 죽었고, 일부는 도망해버렸다.

등운산 졸개들은 관군의 갑옷·무기·마필·군량을 모조리 수거해서 산채로 돌아갔다.

두령들은 취의청에 앉아서 술을 마시며 기뻐했다.

"이번엔 워낙 관군의 수효가 많아서 오랫동안 수비하기에 곤란 막심했는데, 장형이 청주 군사로 가장하고 들어가 있다가 내부에서 호응해 주지 아니했더라면 이렇게 이길 수 없었을 거야!"

난정옥이 이렇게 말하니까 손립은 갑자기 걱정스러운 표정을 짓는다.

"그런데 말이오. 우리 네 형제들이 모두 과거엔 낙제를 했지만, 문무겸전(文武兼全)한 사람들이라, 이번엔 장형이 황신으로 가장하고서도 용케 탄로되지 아니했단 말이야. 다만 걱정되는 것이 황신이에게 못 할 일을 한 것 같아서 미안한데… 누가 그 사람을 찾아가서 차라리 이리로 데려왔으면 좋겠어. 우리가 모해를 해놓고 청하는 것 같아서 안 오려고 할는지도 모르지만, 그렇다고 해서 그냥 놔둘 수도 없지."

이 말을 듣고 소양이 자기 의견을 말한다.

"나도 그렇게 생각해요. 그 사람의 이름을 사칭하고서 관군을 때려잡았으니까 말이지! 그 사람은 지난날의 정분을 생각하고서 병을 핑계 대고 안 나왔었는데… 지금 우리 때문에 함정에 빠진 셈이니까 가만히 앉아서 볼 수는 없지. 내가 비록 재주는 없지만, 그 사람을 찾아가서 설득시켜 데리고 오면 어떨까?"

이 말에 난정옥이 찬성했다.

"소선생의 말이 옳소! 그런 일이란 빨리 서둘러야지, 늦어지면 등주와 내주의 패잔병들이 돌아가서 청주 도통제가 내응했다고 말을 퍼뜨릴 테니, 그렇게 된 뒤엔 변명하기가 어렵단 말이야. 내일로 곧 떠나셔야겠소."

"예, 내일 떠나죠."

소양이 승낙했다. 그러고서 그날 연회를 파한 후 일찍 쉬고, 이튿날 그는 백의수사(白衣秀士)의 행색을 차리고 돈을 넉넉히 집어넣은 후 산에서 내려왔다.

한편, 등주와 내주 두 고을의 패잔병들은 각기 돌아가서 여출일구(如出一口)로 아뢰었다.

"청주의 도통제 황신 장군이 군사 5백 명을 거느리고 와서 영내에 있다가 도둑놈들과 결탁해서 장군 세 분을 죽이고 군사 3천 명을 몰살시켰습니다."

이 같은 보고를 받고서 두 고을에서는 즉시 이 뜻을 추밀원에 보고하는 동시에 청주부로 조회를 했다.

이때 청주부의 장태수는 문과에 급제해서 벼슬길에 오른 사람으로서 조금도 이 세상의 더러운 때가 묻지 아니한 인물이었는데, 황신과는 지극히 가까이 지내는 사이였다. 그런데 뜻밖에도 등주와 내주로부터 똑같은 의미의 조회가 왔으므로 그는 놀라서 즉시 황신을 청해다가 그 조회문을 보여주었다.

황신도 두 군데서 온 조회문을 읽어보고 놀랐다.

"이거 참 기 막히는 얘깁니다. 제가 병이 나서 꼼짝 못 하고 집안에 들어앉았던 일은 사또께서도 아시는 일인데, 어찌 이럴 수가 있을까요?"

"글쎄 말이오. 황통제가 충성스럽고 정직하다는 것은 내가 믿고 있는 사실인데, 아마 도둑놈들이 반간책(反奸策)을 써서 가짜로 장군의 행세를 하고 관군을 격파시켰던가 보오. 그러니까 이번에 장군이 꼼짝 않고 성내에만 들어앉아 있었다는 증명서를 만들어 등주와 내주로 회답문을 보낸 다음에, 추밀원에 상신하고 변명을 해야겠소이다. 우리가 모두 입을 모아 변명하면 무사할 테니까 걱정 마시오."

"감사합니다."

황신은 장태수에게 치사하고 자기 처소인 통제부로 돌아왔으나 마음이 불안해서 온종일 번민했다.

그런 지 이틀이 지난 뒤에 정문에 있는 수위실로부터,

"서울에 사신다는 소수재(疏秀才)라는 분이 찾아오셨습니다."

이 같은 보고가 올라왔다.

'소수재란 사람이 서울에 있었던가?'

황신은 아무리 머릿속에서 찾아보아도 그런 사람이 생각나지 아니했다.

그러나 다시 생각하고서 하여간 들어오시라 하라고 명령을 했다. 그랬더니 바로 소양이 들어오는 게 아닌가.

황신은 그를 맞아들인 후에 먼저 물어봤다.

"소선생은 서울서 조정에 봉공하고 계시는 줄 알았는데, 어떻게 이렇게 왕림하셨습니까?"

"예, 내 친구의 일로 말미암아 내가 혐의를 받게 돼서 신변이 위험해졌기 때문에 내빼왔지요. 황형은 워낙 대재(大才)이시라 청주의 도통제로 부임하셔서 이렇게 지내시니, 참 부럽소이다."

"지난날 화지채의 일에 관련돼서 송공명의 권고로 양산박에 들어갔다가 초안받은 뒤 동정서벌에 다행히 생명을 보전해가지고 성은을 입어 이곳에 와서 지내는데, 이번에 신임된 장태수와는 매우 사이가 좋아서 무사히 지내는 중입니다. 그런데 뜻밖에도 손립·원소칠 등이 등운산에 웅거하여 일을 일으킨 까닭에 이번에 추밀원에서 대장이 3천 명을 거느리고 나와 등주·청주·내주의 통제들과 합세하여 그들을 토벌하게 됐습니다그려.

그렇지만 내가 지난날의 형제들을 어떻게 토벌하겠어요? 이럴 수도 없고 저럴 수도 없고 해서 꾀병을 하고 안 갔었는데 등운산 형제들이 나로 가장하여 졸개들을 거느리고 영내에 들어가 있다가 관병들을 몰살시켰습니다그려. 그래 등주·내주 두 고을에서는 이런 사실을 잘 모르는 채 추밀원에 상신하고, 또 이리로 조회문을 보내왔기 때문에 장태수가 나를 위해서 극력 변명을 하기는 했지만 앞으로 무슨 일이 있을지 알 수 없어서 걱정하는 중입니다. 소선생이 마침 잘 오셨으니, 나를 위해서 좋은 계책을 마련해주십시오."

털어놓고 이같이 사정을 실토하는 황신의 이야기를 듣고서 소양이 말했다.

"모든 원인이 조정이 혼암(昏暗)하고 간당(奸黨)이 전권(專權)을 하고 있는 까닭입니다. 생각해보시오. 송공명이 일생 동안 충성과 의리를 지켰고, 또한 남정북벌에 큰 공을 세웠건만, 독주를 먹여 죽이지 않았습니까?"

소양은 이렇게 말하다가 말을 멈추고 자기의 이마빼기에 남아 있는 금인(金印) 자국을 손가락으로 가리키면서 말을 계속했다.

"연전에 안도전이 고려국에 사신으로 갔다 온 뒤에 노사월이 참소를 했기 때문에 채경이 노해서 잡아 죽이려 하는 것을 안도전이 미리 알고서 피해버렸기 때문에 개봉부에서는 김대견과 나를 붙잡아 가뒀었는데, 숙태위의 주선도 있고 해서 우리를 사문도로 귀양 보냈었지만, 우리 두 사람이 등운산 밑으로 지나오려니까 산에서 형제들이 내려와서 우리를 구해냈답니다. 그 후 얼마 지나지 아니해서 추밀원의 오경이가 우리를 토벌하러 나온 까닭에 중과부적인 우리는 꼼짝 못 하고 망하는 판국이었죠. 그랬는데 마침 이럴 때 장경이 산에 들어왔습니다. 그래 호성이 꾀를 내 형장을 가장하고 들어가서 관군을 전멸시킨 것이랍니다. 사실이 이렇게 된 일인데 지금 와서 형장이 내응한 것으로 알고 있을 뿐 아니라, 전일의 동지들인 까닭으로 믿어주지 않습니다. 아무리 장태수가 증명을 한대도 고구·동관의 무리가 곧이들을 이치가 있습니까? 닥쳐올 환란을 피해서 나하고 함께 여기서 달아날 수밖에 별 도리가 없습니다. 나중에 후회해야 그때는 이미 때가 늦죠!"

소양이 이같이 말하는 것을 듣고서 황신은 한참 동안 말없이 생각하고 있다가 침통하게 말한다.

"선생! 며칠만 여기 머물러 계십쇼. 태수가 극력 변명해준다 했으니까, 정세를 관망하다가 아무래도 안 될 눈치면 그때 형장과 함께 가겠습니다."

이렇게 말하는 황신의 얼굴을 바라다보던 소양은 너무 독촉하는 것이 도리어 재미롭지 못할 것 같아서 더 긴말을 하지 않고 기다려보기로 했다. 그랬는데, 다음날 아침에 무장을 단단히 한 장군 한 사람이 칼을 빼들고 활을 둘러멘 부하를 백여 명이나 거느리고서 곧장 통제부 뜰 안으로 들이닥치는 고로, 황신이 놀라서 급히 어디서 무슨 일로 오는 사람이냐고 물어보려 했건만, 그럴 사이도 없이 그 장군의 호령이 떨어지기가 무섭게 험상궂게 생긴 부하 놈들이 황신을 붙들어 수차(囚車)에 실어버린다. 이렇게 황신을 잡은 사람이 누구냐 하면, 오경의 사위가 되는 성을 우가(牛哥)라고 하는 사람으로서 제주부의 도감(都監)으로 있는 인물인데, 그는 저의 장인이 황신이 내응한 까닭에 죽어버린 것이 너무도 분해서 미처 추밀원으로부터 지시가 내리기도 전에 이같이 달려와서 황신을 체포한 것이다. 그러고는 황신을 보고 냅다 호령을 하는 게 아닌가.

"네 이놈의 자식! 이래도 조정을 배반할 생각이냐? 나라에서 너한테 도통제의 벼슬을 주었으면 진충보국해야 마땅하지, 어째서 옛날 같이 지내던 도둑놈들과 결탁해서 관군을 전멸시켰느냐?"

그가 이렇게 호령하고 있을 때 벌써 장태수가 이 급보를 듣고 달려와서 변명해주는 것이었다.

"그런 게 아니오! 황통제로 말하면 그 당시 신병으로 인해서 나하고 함께 성안에 있었고, 바깥에 나가본 일도 없었답니다. 도둑놈들이 음흉스럽게 청주의 군사로 가장하고 들어갔었던 거란 말예요! 그건 내가 보증합니다. 그리고 벌써 추밀원에 사실대로 보고도 올렸으니까, 이러지 마십시오!"

"뭐라고요? 이놈이 병을 핑계대고 몰래 통모했단 말예요. 군사들이 친히 눈으로 보았다는데 무슨 잔말이시오? 태수도 먼저 공문을 받아보았을 테니까, 정 그런다면 연루자로 몰릴 수밖에 없소이다!"

우가는 더 이상 긴말하지 않고 수차를 몰고 나가버린다. 장태수는 한

숨만 쉬었다.

그런데 이때 통제부 안에 숨어 있던 소양은 황신이가 붙들려간 것을 알고 급히 등운산으로 돌아와서 사실을 알렸다.

난정옥은 일이 급하게 된 것을 알고 즉시 5백 명의 졸개를 이끌고 손립·호성·원소칠과 함께 청주로부터 오는 길가에 가서 매복했다.

이튿날, 아니나 다를까 우도감(牛都監)이 병정들로 하여금 수차를 호위시켜 의기양양하게 마상에 앉아 꺼떡대고 온다. 이때 숲속에서 바라를 치는 소리가 꽝 나더니, 말을 탄 대장 네 사람과 5백 명의 졸개가 일렬로 앞을 가로막으면서, 원소칠이 먼저 한마디 한다.

"이 길로 갈 테거들랑, 네 이놈 길 값을 내놓아야만 가는 줄 알아라!"

이 소리를 듣고 우도감이 크게 노했다.

"이놈아! 나로 말하면 제주부의 상사관(上司官)이다. 아무리 거렁뱅이 같은 좀도둑들이기로서니, 어디다 대고 이따위 수작이냐!"

"이 미련한 개새끼야! 송나라 임금님이래도 평천관(平天冠)을 벗기고야 길을 틔워주겠다!"

우도감은 더 말을 하지 않고서 칼로 원소칠을 내리쳤는데, 이때 난정옥이 창으로 받아넘기고, 손립이 강편으로 옆구리를 치는 바람에 우도감은 도저히 당할 수 없을 줄 깨닫고 그냥 내뺐다.

원소칠과 호성은 급히 수차를 열어젖히고서 황신을 구해냈다.

난정옥은 우도감이 내빼는 것을 보고서도 내버려뒀다.

황신은 졸개가 끌고 온 말 한 필을 얻어 탄 후에 그들과 함께 산채로 돌아와서 고맙다는 인사를 하고 물어보는 것이었다.

"그런데 나를 살려내신 이분이 누구십니까?"

"이분이 옛날 축가장에 교사로 계시던 난정옥 선생이신데, 나하고는 같은 선생님한테서 무예 공부를 한 형제간이라오. 등주 고을에 도통제로 계시는 것을 우리가 이곳 산채의 어른으로 모셔왔다오."

손립이 이렇게 대답하고서 또 호성을 가리키면서 말하는 것이었다.

"이분은 호삼랑의 오라버니 되는 호성이라는 분인데, 전일 황형(皇兄)을 가장하고서 관군을 전멸시킨 꾀는 이분의 계책이었다오."

황신은 이 말을 듣고 장경을 돌아다보면서 한마디 한다.

"동생! 어쩌면 자네가 그렇게도 내 흉내를 잘 냈단 말인가!"

"그렇게라도 흉내를 내야지 형님같이 위풍 늠름한 청주부의 고관님을 우리 산채에다 모시지요! 안 그러면 오실 리가 있어야지!"

장경이 대꾸하는 소리에 모두들 깔깔 웃었다.

"그런데 내가 그렇게 간곡하게 권하면서도 그렇게 빨리 화가 떨어질 줄은 몰랐어!"

소양이 이렇게 말하자 황신은 고개를 한 번 수그렸다가 다시 쳐들고 반듯하게 앉으면서 정중하게 말한다.

"여러분이 나를 구해주셨는 고로 이제부터는 죽는 날까지 합심해서 일하겠습니다. 단지 마음에 하나 걸리는 것이 장태수의 호의뿐입니다."

"자아, 그럼 우리 황통제를 환영하는 축배나 듭시다."

이렇게 되어서 이날 산채에서는 큰 잔치가 벌어졌다. 그리고 한편으로는 사람을 청주부에 보내어 황신의 가족을 데려오게 했는데, 모두들 술이 거나하게 취할 무렵에 안도전이 좌중을 둘러보면서 의논을 꺼낸다.

"그동안 사건이 많아서 지금까지 내가 말을 꺼내지 못했는데… 이젠 평온해졌으니까 하는 말인데… 소형과 김형의 가족들이 나 때문에 모두 지금 문환장의 별장에서 고생들을 하고 계신단 말예요. 가서 모셔오라고 부탁할 만한 사람도 없고… 내가 가자니 잘못하다간 관가에 붙잡힐 것만 같고… 목형(穆兄)이 별로 꺼리는 일도 없으니, 수고스럽지만 좀 갔다 와주었으면 좋겠는데 생각이 어떠시오?"

목춘이 안도전의 말을 듣고서,

"진작 말씀하시지 왜 이제 말씀하세요. 형님의 일이 즉 저의 일인데… 우리들 사이가 그렇지 않습니까? 내일 떠나가겠습니다."

이렇게 찬성하니까 안도전은,

"아이 고마워라! 이제 맘이 놓인다!"

하고 기뻐했다.

이날 밤 연회가 끝난 뒤에 안도전은 문환장에게 보낼 편지를 쓰고 돈 1백 냥을 따로 쌌다. 소양과 김대견도 각각 자기 아내한테 보내는 편지를 써가지고 목춘에게 주었다.

"이거 봐요. 동창까지 가서 거기서 국도로 20리만 더 가면 안락촌이란 마을이 있는데, 길가에 작은 돌다리가 하나 있고, 다리 곁에 고목이 다 된 매화나무가 있으니까, 거기가 바로 문환장의 별장이란 말이오."

안도전이 목춘에게 이같이 길을 가르쳐주니까 목춘은,

"염려 마세요. 길이란 사람의 집 근처에 있기로 마련된 것인데, 설마 집을 못 찾을라구요!"

이렇게 말하고 나서 요도를 차고, 박도를 들고, 보따리를 둘러메고서 형제들과 작별한 후 산에서 내려갔다.

며칠 만에 목춘은 안락촌에 이르러 문환장의 별장을 찾아가서 문을 두드렸다.

그러자 어린아이가 나와서 묻는다.

"손님 어데서 오셨나요? 왜 오셨죠?"

"문선생님을 찾아뵈오러 왔다. 안도전 선생, 소양 선생, 김대견 선생 세 분의 편지를 가지고 왔다."

목춘이 이렇게 대답하자, 안에서 이 말을 들은 소양과 김대견의 부인은 오랫동안 소식을 몰라 퍽 궁금하던 터이라, 대문간으로 급히 뛰어나와서 목춘에게 예를 하더니 묻는 것이었다.

"실례올습니다만, 손님은 누구신지요? 편질 가져오셨다니, 손님께서 그래 저의 집 바깥양반을 친히 보셨나요?"

"예, 저는 본시 양산박에 있던 소차란 목춘입니다. 두 분 형님이 지금 등운산의 산채 속에 계시는데, 절더러 두 분 아주머니를 모셔오라 해서… 그래서 찾아온 겁니다."

목춘은 이렇게 말하고서 편지를 꺼내주었다.

"아, 그러세요. 목아주버니시구먼요. 여러 해 동안 산채에서 살면서도 한 번도 만나뵌 일이 없어서 몰라뵈었습니다. 원로에 오시느라고 수고 많으셨습니다. 문선생께선 저희들 때문에 사고가 생겨가지고 아침에 동창부에 불려가셨는데 아마 저녁때쯤 돼야 돌아오실 겁니다. 요새는 어떻게 불안한지 바늘방석에 앉아 있는 것 같았는데, 마침 이런 때 소식을 전해주셔서 얼마나 안심되는지 모르겠군요. 어서 들어오셔서 좀 편히 앉으십쇼."

부인들이 이렇게 말하고 그를 안으로 인도해 들이더니, 점심상을 내다가 바친다. 목춘은 점심을 먹고 나서 저녁때가 되도록 혼자 앉아서 기다렸다.

날이 저물자 과연 문환장이 돌아왔다.

목춘이 인사를 한 뒤에,

"제가 등운산으로부터 왔습니다. 여기 안도전 선생의 편지가 있습니다."

하고 편지와 돈주머니를 꺼내놓으니까, 문환장이 편지를 읽어본 다음에 말한다.

"목형의 성화는 들은 지 오래됩니다만, 이렇게 만나뵈니 반갑습니다. 그런데 안선생이 돈을 보내주셨지만, 이것은 필요가 없으니 도로 갖다 주십쇼."

"그러지 마십시오. 안선생이 조금의 성의를 표하는 것인데, 이걸 도로 돌려보내시면 어쩝니까?"

"그렇게 말씀하시니… 그러면 받겠습니다."

문환장은 더 사양하지 않고 돈주머니를 받아서 벽장 속에 집어넣은 다음에 술상을 내다놓고서 권한다.

"어서 술을 드시면서 내 사정 얘기나 좀 들어주십쇼. 나는 본래 성질이 곧아서 항상 피해가 많습니다. 그런데 지난번 안도전 선생의 부탁으로 소(蘇)·김(金) 두 분의 권솔을 맡아 지내는데, 소씨 따님하고 내 딸아이하고는 아주 사이좋게 친형제처럼 지내는 중이고, 그리고 소씨·김씨 두 부인도 현숙하시기 때문에 비록 성은 다르지만 골육같이 지내는 터이고, 그 밖에 친구라고는 중자하(仲子霞)라는 깨끗한 선비가 하나 있을 뿐인데, 이 사람의 외아들이 여섯 살 됐을 때 그 부인이 신병으로 작고해버렸습니다. 그래, 중자하가 혼자서 어린 자식을 기를 수 없어서 호씨라는 여자한테 재취 장가를 들었는데, 이게 성질이 흉악하게 나쁜 여자여서 도저히 오래 함께 살 수가 없겠으므로, 서천채방사(西川采訪使)로 있는 그의 친구한테 청해서 그리로 서사(書士)가 되어 떠나가면서 날더러 자기 아들한테 글이나 가르쳐달라고 부탁했습니다.

그런데 자하가 떠난 뒤에 호씨는 전 남편의 아들 초면귀(焦面鬼)라는 자식을 데려다 뒀는데, 이 자식이 제 어미를 닮아 교활하고 잔인해서 필경 자하의 어린 자식을 죽여 없애버리고는, 자하의 집안을 송두리째 먹어버리지 않았겠습니까! 죽은 아이가 너무도 불쌍해서 내가 몇 마디 말을 했지요. 그랬는데, 호씨라는 게 흉물이어서 조금도 성을 내지 않고 도리어 내 딸년을 저의 며느리로 삼겠다고 구혼을 합니다그려."

"그거 참, 흉물이라도 이만저만한 흉물이 아니군요."

"얘기를 더 들어보세요. 나한테 딸년을 달라구 해놓고서 그 계집이 딴 사람들한테는 뭐라고 말했느냐 하면, '만약에 딸년을 며느리로 안 주겠다고만 해봐라, 그냥 놔둘 줄 알구? 어림도 없지! 내가 서울로 올라가서 저 녀석의 비밀을 밀고할 테야. 도둑놈들하고 내통해 그놈들의 가족을 감춰주고 있다고.' 이러더라는 거요. 그래 내가 이 소리를 듣고는 그만 맥이 풀렸습니다. 훌륭한 사위를 봐가지고 내가 여생을 의탁하려던 참인데… 어떻게 내가 초면귀 같은 거한테 딸을 맡기겠습니까?"

"그래서요? 저런 죽일 년!"

"그래 내가 그렇게 못 하겠다고 거절했더니 초면귀란 자식이 서울로 가서 개봉부에 들어가 '내가 도둑놈들과 결탁해 역천대죄(逆天大罪)를 지었다'고 밀고했답니다. 그래서 공문이 동창부에 도착했대서 나는 지금 생각하기를 먼저 서울로 가서 숙태위 대감께 사정 말씀을 드리고 구원해주십사고 애걸을 할까… 이렇게 생각했지요. 안도전 선생의 부탁을 천금같이 무겁게 알고 있는 나로서 어떻게 저 부인네 두 분을 출두시키겠습니까? 그런다면 그야말로 위인모이불충(爲人謨而不忠)이지요! 이렇게 난처한 판국인데 마침 형장이 와주셨으니 얼마나 다행인지, 참 기쁩니다!"

목춘은 얘기를 듣고 나서 흥분된 목소리로 묻는다.

"그래, 그 계집년과 초면귀란 새끼가 사는 집이 어딥니까? 내가 오늘 밤에 그것들을 죽여버리렵니다. 그리고 선생도 나하고 함께 등운산으로 가십시다. 그래야 후환이 없겠습니다."

문환장은 이 말을 듣고 손을 내젓는다.

"아니, 그래서는 안 되죠. 나야 아무 죄도 없는 사람이니까, 사정만 말한다면 결국 무사할 겝니다. 형장이 두 분 내행만 모셔간 다음에는 증거가 없으니까요. 그런데 오늘 내가 동창부에 가서 염탐을 해봤더니, 초면귀란 놈이 밀고한 것은 사실이고 공문은 아직 안 온 모양인데, 아마 2, 3일 내엔 올 것 같다더군요."

목춘은 문환장의 말을 듣고 조금 안심되는 듯한 숨을 쉬고 나서 말한다.

"그럼 이렇게 하지요. 내일 아침 일찍이 가마 태워 부인 두 분을 먼저 등운산으로 보내버리고, 저는 서울까지 가서 선생 일을 알아보고 오지요. 안선생이 아시고 필시 걱정하고 계실 테니까 말입니다."

"아니, 그럴 것도 없어요. 오직 한 가지 걱정되는 일이 있는데, 그건 내가 서울로 가게 된 담엔 집안에 딸년이 혼자 남아 있게 되는데, 저 음흉한 것들이 무슨 짓을 할는지 알 수 없단 말예요. 그렇다구 딸년을 서울까지 데리고 갈 수도 없잖아요? 요새 소문을 들으니까 금나라 군사가 남침하기 시작했기 때문에 서울 있는 관원들도 가족들을 고향 시골로 많이들 보냈다는데, 만약 변고가 생긴다면 오도 가도 못 하게 될 염려가 있단 말예요. 친한 친구네 집이 있으면 안심하고 맡겨두겠는데, 그럴 만한 친구도 없고… 요새 세상은 그저 눈 감으면 코 베어갈 세상이라서 마음을 진정 못 하고 있습니다. 그뿐 아니라 딸년이 소씨댁 따님과는 서로 떨어지기가 싫어서 눈물만 흘리고 있는 꼴이 더욱 측은합니다."

문환장의 이런 말을 듣고 목춘은 그를 위로했다.

"제가 좋은 수를 하나 생각해냈습니다. 선생님과 안선생은 간담을 서로 털어놓는 친구 간이시고, 소양과 김대견은 선생의 은혜를 가슴에 새기고 있는 사이가 아닙니까? 그런데 지금 등운산에서는 관군이 토벌하러 온 것을 전멸시키고서 평온하게 지냅니다. 우리들은 비록 조잡한 인간들입니다만, 그래도 하늘을 쓰고 도리질할 만한 기백은 가졌습니다. 따님을 이번에 제가 데리고 산채로 갔다가 일이 무사하게 된 다음에 다시 선생께로 보내드리면 어떻겠습니까?"

"글쎄, 아까 두 분 부인네들도 그런 말씀을 하시더군요. 목형께서도 그렇게 생각하신다면 물론 안심하고말고요. 마부가 마침 이웃에 살고 있으니까 내가 가서 수레를 맞추겠습니다. 오늘밤 5고(鼓) 칠 때 떠나가십쇼."

문환장은 이렇게 말하고 나서 딸에게 일렀다.

"이거 봐라. 내가 서울 간대도 별일 없을 게니까 목형 말씀대로 안심하고서 두 분 아주머니를 모시고 떠나거라. 안선생이 산에 계시니까 거기 가면 편안할 게다. 내가 서울서 돌아오면 그길로 너를 데리러 갈 테니 그런 줄 알아라."

"예."

문소저(聞小姐)는 대답하고 소소저(蕭小姐)한테로 가서 같이 동행하게 되었다는 이야기를 하고 좋아했다.

이렇게 되어 온 집안 사람들이 짐을 싸놓고서 그 밤을 꼬박 새우고, 5경에 술과 밥을 먹었는데, 이때 마부가 수레를 가지고 문간에 왔으므로 소·김 두 부인이 각각 하나씩 타고, 아가씨 두 분은 수레 하나에 나란히 올라앉았다.

"너희들이 떠나면 난 바로 서울로 간다."

"예, 안녕히 다녀오셔요."

문환장은 딸에게 안도전한테 보내는 편지를 주었다. 그럴 때 일행을 실은 세 채의 수레는 삐걱거리면서 떠났다.

이때 목춘은 박도를 들고, 한 손으로 수레를 떠다밀면서 우쭐우쭐 걸었다. 이렇게 온종일 걷기를 1백 리나 걸어가서 객주를 찾아 정결한 방을 한 칸 얻은 다음에 목춘은 부인들과 아가씨를 그 방에서 쉬도록 하고, 자기는 방문 앞에 걸상을 내다놓고 다리를 뻗었다. 그런데 이 객줏집이 있는 곳은 길이 세 갈래로 갈리는 곳이어서 하북 산동 하남으로 통하는 통로가 되기 때문에 이 집으로 찾아드는 나그네가 많았다.

이때 목춘이 한쪽을 바라보니까 얼굴은 주근깨 바가지고, 두 눈깔은 툭 불거진 험상궂게 생긴 사내가 술 한 병과 쇠고기 한 쟁반을 앞에 놓고 어떤 사내와 술을 먹고 있다가 그 사내가,

"당신은 어디까지 갔다 오는 길이오?"

이같이 물으니까,

"난 지금 개봉부에 가서 반역하는 놈들의 사정을 고발하고서 동창부로 공문을 보내게 해놓고, 지금 집으로 돌아가는 길이오."

이렇게 대답하는 게 아닌가. 그러니까 그 사내가 또 한마디 하는 것이었다.

"바쁜 세상에 남의 일을 가지고서 뭣하러 고발하러 다니시우? 왜 무슨 원수 간인가?"

"원수 간이라면 원수 간이지! 남들이 나를 초면귀라 하는데… 초면귀가 그런 걸 그냥 보구 내버려둘 수는 없잖소? 우리 어머니도 그래야 좋아하시거든!"

"자아, 난 이제 술을 그만하겠소. 내일 일찍 떠날 테니까, 일찍 쉬어야지."

이렇게 말하고서 그 사내는 험상궂게 생긴 사내를 혼자 놔두고 뺑소니를 쳐버리는 것이다. 목춘은 그들이 하는 수작을 죄다 듣고서 맘속으로 치부를 했다.

"옳거니, 저 녀석이 초면귀로구나… 어디 이놈 견뎌봐라!"

새벽녘에 닭이 울 때, 목춘은 일어나 소씨 부인, 김씨 부인 모녀와 문환장의 따님 등을 모두 출발시키면서 마부들한테 단단히 일렀다.

"먼저 내행들을 모시고 떠나란 말일세. 10리를 가면 거기 십리정이 있으니, 거기서 기다리고 있어. 내가 곧 갈 테니!"

마부들은 수레를 끌고 떠났다. 원래 이곳 세 갈래 길에서 동쪽으로 가면 등주로 가는 길이요, 북쪽으로 가면 동창으로 가는 터이다.

내행들을 먼저 보내놓고 나서 목춘은 큰길 복판에 서서 기다렸다. 과연 초면귀가 혼자서 객줏집 대문으로부터 나오더니 외투 같은 것을 뒤집어쓰고서 그의 곁으로 지나간다. 그는 그 뒤를 바싹 따라갔다. 5리가량이나 걸었건만 아직도 날은 밝지 아니했는데, 바로 길가에 오래된 고묘가 하나 있고, 앞뒤를 둘러보아도 행인이 한 사람도 없는 고로 목춘은 말했다.

"초면귀! 나하고 같이 갑시다!"

그러자 초면귀는 그가 어젯저녁에 술을 같이 먹던 친구인 줄 알고서 걸음을 멈추고 우뚝 서서 돌아다본다. 이때 목춘이 날쌔게 덤벼들어 딴죽을 걸면서 주먹으로 그놈의 복장을 냅다 지르며,

"이놈의 자식! 네 에미가 좋아하라구 고발을 했어?"

이같이 호통을 치면서 한칼로 그놈의 모가지를 베어버린 후 사방을 둘러보니 사당 앞에 물이 말라빠진 우물이 하나 있으므로, 그는 초면귀의 시체를 번쩍 들고 가서 그 우물 속에 집어처넣었다. 그런 다음에 그놈의 외투를 뒤져보니까, 가죽으로 만든 조그만 지갑 속에 돈 몇 냥과 문서쪼가리가 들어 있으므로 그는 그것을 자기 전대 속에 집어넣은 다음에 오던 길을 되돌아 동쪽을 향해 부지런히 걸었다. 이렇게 20리가량 걸어가니까 정자가 보이고 차부들이 기다리고 있는 모양이 보인다. 목춘은 그 앞으로 달려가서 문환장의 따님한테 자랑하는 게 아닌가.

"문소저! 내가 문선생님의 원수를 죽여버렸단 말이야! 이제 서울 가셨던 일이 아주 무사하게 될 테니까 안심해!"

문소저는 이 말을 듣고도 무슨 영문인지 알지 못했으나 감히 물어보지도 못하는 눈치다. 목춘은 차부들을 재촉해서 동쪽으로 달리기 시작했다.

호연옥과 서성

사흘째 되는 날, 목춘 일행은 등운산에 이르러 그곳을 지키고 있던 졸개를 불러 안도전한테 선통을 하고, 문환장의 집 사정 얘기를 알리도록 했다. 그랬더니, 소양과 김대견이 고대수와 원소칠의 모친과 함께 나와서 자기 가족을 맞아들이고, 안도전은 문환장의 답장 편지와 그의 따님을 보고 나서 여간 기뻐하는 게 아니다. 그럴 때 목춘이,

"그런데 이번에 약간 애석하지만 시원한 일이 한 가지 있었죠!"

이렇게 말을 꺼내면서 전대 속으로부터 종잇조각을 꺼내 보이며, 이것이 초면귀가 개봉부에 고발할 때 쓴 고발문의 원고라는 것을 가르쳐 주고 나서,

"그래 이 자식이 객주에 앉아서 그따위 얘기를 하기에 내가 뒤를 밟아가서 모가지를 베어버린 다음에 우물 속에다 집어처넣었답니다."

자랑삼아 이런 이야기를 털어놓으니까, 난정옥이 아주 좋아한다.

"그거 참, 훌륭한 일을 했구려! 무슨 일이든지 그렇게 맺고 끊는 듯이 일을 해야지!"

난정옥이 그를 칭찬하고 나서 그들은 목춘을 위로하는 술자리를 벌이고, 소양과 김대견은 각각 방에다 불을 때고서 부인네들과 아가씨들을 안정시켰다.

한편, 문환장은 목춘의 내행을 안동하여 떠나가게 한 뒤에 자기 집 방문을 모두 걸어잠그고 이웃집에 부탁한 후, 안락촌을 떠나 서울로 올라왔다. 그는 곧바로 숙태위를 찾아가서 초면귀가 자기를 모함해서 개봉부에 고발했으니 어떻게 자기를 무사하도록 구원해달라고 청했다. 그랬더니 숙태위가 그를 안심시키면서,

"염려 말게. 내가 사람을 시켜 부윤한테 그놈이 자네를 모함하는 것이니까 상관하지 말라고 이름세."

이렇게 말하는 것이었다. 문환장은 숙태위에게 감사하다는 말씀을 드린 후 물러나와 그길로 바로 대상국사(大相國寺)로 가서 한쪽 구석방을 얻어들었다. 그런데 이곳 대상국사의 지청장로(智淸長老)는 벌써 입적(入寂)한 지 오래고, 지금은 진공선사(眞空禪師)가 앉아 있는 터인데, 이분은 오래전부터 이 절에 있는 노승(老僧)으로 덕행(德行)이 높은 분일 뿐 아니라, 문환장과도 익히 아는 처지였다.

이때 진공선사는 송월헌(松月軒)에 앉아 있다가 문환장을 청해 들인 다음, 아이를 시켜 차를 끓이게 했다.

"문선생은 진실로 범인이 아니어서 속세를 피해 몸을 감추고 계시는 줄 알았는데 어찌해서 오늘 이런 곳에 오셨소이까?"

진공선사가 이렇게 묻는 고로 문환장은 모든 것을 사실대로 대답했다.

"제가 성질이 우직해서 소인들한테 봉변을 당하는 일이 많지요. 이번에도 사소한 일로 말미암아 개봉부에까지 왔는데, 숙태위님이 저를 보아주셔서 별일이 없게 되었기에 잠시 머무르다 가려고 대선사 스님의 그늘을 찾아온 터입니다. 혹시 스님께 불편이나 끼치지 아니할까 근심이 됩니다."

문환장이 이렇게 말하니까 진공선사는 웃으면서 말한다.

"허허, 그게 무슨 말씀이오! 내가 늙었고 또 세상과 등진 사람이긴 하

지만, 눈에 보이는 것이야 안 볼 수 없지. 그저 조용한 곳에 편안히 있을 뿐인데, 국가 조정의 일은 요사이 나쁜 놈들의 붕당(朋黨)으로 인해서 붕괴되는 모양이고, 천재지변도 잇달아 생기는 모양인데… 그런 얘기를 들으셨소?"

"촌구석에 있었으니까 전혀 알지 못합니다."

"마침 날이 어둡고 아무도 없으니 얘기해도 무방하겠지. 군기고(軍器庫)에 용 같은 생선이 나온 것을 병사들이 잡아내다 삶아 먹었고, 이레 동안을 억수같이 비가 쏟아져서 장안 큰길에 물이 괴기를 두 자 이상이나 높이 괴었었지!"

"그거 참, 큰 변인데요!"

"어디 그뿐이었나! 대궐 안에서 시커먼 구렁이가, 길이가 열 발이나 되는 것이 기어나와 독기를 뿜기 때문에 사방에서 피를 토한 사람이 많았고… 또 검둥개같이 생긴 괴상한 인간이 낮에는 쭈그리고 앉았다가 땅거미가 질 때면 어린애를 잡아먹고… 궁중의 어탑(御榻) 위에 여우가 올라앉았던 일이 있었단 말이오!"

"저런 변괴가 어디 있겠습니까! 그래서 어찌됐나요?"

"그리고 동대문 밖에 있는 야채장수가 선덕문(宣德門) 앞에 오더니 별안간 미친놈처럼 '태조 황제·신종 황제가 나를 보내셨으니, 빨리 개과천선해라!' 이렇게 소리를 지른 일이 있고… 또 과일장수 사내녀석이 아이를 배가지고 아들을 낳지 않았나… 술장사하는 주씨(朱氏)라는 여자는 갑자기 턱에 수염이 나 수염 길이가 6척 7촌이나 길어졌기 때문에 조정에서는 이 여자한테 여도사(女道士)의 칭호를 주지 않았나… 별똥이 떨어지면서 우레 같은 소리가 일어났고… 자미성(紫微星) 옆에서 꼬리가 기다란 혜성이 나타나서 문창성(文昌星)을 덮어버린 일이 있지 않았나… 너무나도 이상야릇한 괴변이 속출했기 때문에, 일언이폐지하면 나라가 망할 징조란 말이오! 내가 너무 수다스럽게 지껄인 모양인데…

하여간 선생은 말조심하시오."

"예! 조심하겠습니다."

진공선사와 문환장은 밤이 깊도록 이런 일 저런 일 세상 이야기를 하다가 편히 쉬었다.

며칠 지난 뒤에 문환장이 숙태위를 가뵈었더니 숙태위는 그를 보고,

"내가 이미 개봉부에 일러뒀네. 요사이 군무에 총망해서 사소한 사건은 취급할 겨를도 없는 모양이야. 별일 없을 테니, 안심하오!"

이렇게 말하는 고로, 문환장은 숙태위에게 감사의 말씀을 드리고 대상국사로 돌아왔다.

그런데 이때 금국은 송나라와 화친한 뒤라, 연운 지방을 송나라에 떼어주고서 요국의 구신 좌기궁을 그 지방으로부터 몰아냈기 때문에 좌기궁은 백성들을 데리고 동쪽으로 이동하는 판이었다. 길은 멀고, 먹을 것은 적고 해서, 백성들은 갖은 고생을 겪어가며 걸어오다가 자식을 버리기도 하고, 계집을 버리기도 했다. 이같이 비참한 길을 걷다가 그들, 이동하는 요국민의 대부대는 평주 땅에 이르러서 그곳을 지키고 있던 장각(張角) 장군에게 호소했다.

"승상 좌기궁이 금국에 항복하고 저희들을 모조리 데리고 떠나오니, 이거 어디 살겠습니까! 생업을 잃고… 처자를 버리고… 생불여사(生不如死)이오니, 제발 장군께서는 저희들을 다시 제 땅에 찾아가 살 수 있도록 구해줍쇼!"

백성들의 이 같은 호소를 듣고 장군은 즉시 부하 장수들을 모아놓고 의논했다.

"내가 요국의 대장으로 평주 땅을 지키고 있는데, 모두들 용감한 장수와 군사들인데도 불구하고 금국에 항복을 하다니 그건 말이 안 된다! 그대들은 어떻게 생각하는고?"

그러자 부하 장수들은 모두,

"장군의 말씀이 옳습니다!"

하고 찬성하므로 장각은 즉시 승상 좌기궁을 청해놓고 엄숙한 태도로 말했다.

"대감은 나라의 대신으로서 마땅히 사직을 위해 진충갈력(盡忠竭力)해야 옳은데 어째서 금국 군사한테 넙죽 엎드려 국가를 패망시키고, 백성을 동천(東遷)시키느라 이런 고생을 시키니, 이것이 모두 대감의 죄가 아니고 뭐요?"

좌기궁이 입을 다문 채 말을 못 하자, 장각은 병정을 시켜 좌기궁을 잡아내려 교외로 끌고 나가 모가지를 졸라 죽이게 한 후, 그 시체를 땅바닥에 그냥 내버리게 했다. 그러고선 아장(牙將) 이필(李弼)을 동관의 군문으로 보내어 송(宋)나라에 항복을 드리게 했다.

이렇게 되어서 요국의 장수 장각의 항복을 받은 동관은 조정에 나아가 일이 이같이 된 것이 잘된 일이라고 주장했다.

"평주 땅은 매우 요긴한 지방입니다. 그리고 장각이로 말씀하면 훌륭한 장군인 고로 족히 금국인을 막고 연경(燕瓊)을 수비할 인물이니, 지금 그 사람의 항복을 받아들입시다."

동관이 이렇게 의논을 꺼내자 좌사랑(左司郎) 가운데서 송소(宋昭)가 반대의견을 주장한다.

"추밀 대감의 말씀은 불가합니다. 전자에 금국과 결탁해서 요국을 격멸시킨 것은, 말하자면 오랫동안 친하게 지내던 이웃을 버리고 호랑이와 친교를 맺은 셈입니다. 벌써 이것은 실책이었습니다. 그런데 지금 새로 금국과 동맹을 해놓고서 또 금국을 배반하고 요국 장수의 항복을 받아들인다면 그건 더욱 옳지 못한 짓이 아닙니까? 일후에 반드시 후회할 것입니다."

승상 왕보는 이 말에 대단히 노해 호령을 해서 송소를 내쫓고 즉시 그의 관직을 박탈해 평민으로 만들었다. 도군 황제는 왕보의 주장대로 따라갔다. 그리고 왕보는 장각을 진동장군(鎭東將軍)에 봉하고 황금과 채단을 내리고, 장각은 황제의 조서를 받은 후에 송조(宋朝)의 기호(旗號)를 사용하고서 군사를 조련시키며 평주성을 엄중히 수비했다. 이때 금국의 국왕은 장각이 송나라에 항복한 사실을 알고 크게 노했다.

"송나라가 우리의 병력을 빌려서 요국을 정벌했음에도 불구하고, 내가 너그러운 마음으로 연운 지방을 떼어줬으면 그것으로 만족할 일이지, 그래도 부족해서 나와의 맹세를 배신하면서 나를 배반하는 놈의 항복을 받아들였다니 불가불 싸워야겠다!"

금국 왕은 대원수 간리불(幹離不)로 하여금 2만 명의 병력을 이끌고 가서 평주성을 공격케 했다.

간리불이 평주성을 3일간 맹렬히 공격하니까 성을 지키고 있던 장각은 견딜 수 없어서 아들 둘을 데리고 동관의 진지로 도망해버렸다.

간리불은 평주성을 점령한 뒤에 급히 장각을 추격하여 동관의 진영으로 와서는 호령을 추상같이 하는 것이었다.

"맹약을 배반하는 놈이 어디 있느냐! 장각이를 잡아서 우리한테 보내주면 가(可)커니와 만약에 안 보내주면 이길로 너의 나라 서울로 가서 허수아비 같은 너의 임금 놈을 잡아오겠다!"

동관은 이 소리에 마음이 대단히 어지러워졌다. 저놈들 황소 같고 호랑이 같은 금국 군사가 서울을 들이치면 어쩔 것인가? 생각만 해도 겁이 나는지라, 동관은 장각 부자를 잡아가지고 목을 매어 죽인 후 나무 궤짝에다 그 목을 잘라서 담아가지고 금국군의 진영으로 보냈다. 그랬건만 간리불은 퇴각하지 않고 기어이 동관으로 하여금 친히 찾아와서 사죄를 하라고 요구하는 것이다. 그러나 동관은 간리불의 진영엘 가기만 했다가는 반드시 해를 당할 줄 미리 알고서 그날 밤으로 몰래 도망해서 서울로 내빼버렸다.

판국이 이 모양으로 돌아갈 때, 곽약사는 30만의 군사를 거느린 채 마음을 아직 정하지 못하고 있었는데, 장각이가 동관한테 항복하고 들어갔다가 죽음을 당한 후 모가지가 금국군의 진영으로 회송되었다는 소문을 듣고서 분개했다.

'동관이란 놈이 죽일 놈이다! 금국이 장각이를 보내라니까 죽여가지고 보내줬으니, 만일 나를 보내라 한다면 장각이처럼 나를 죽여가지고 모가지를 잘라 보낼 거 아닌가!'

이렇게 생각하고서 그는 즉시 금국에 항복한 후, 송나라를 들이치는 선봉이 되어 금국군을 이끌고 나왔다.

그리고 금국은 또 대장 점몰갈로 하여금 10만 명의 군사를 이끌고서 태원(太原)을 들이치게 했다.

이때 도군 황제는 북경과 태원 두 곳으로부터 금국의 군사가 쳐들어온다는 급보를 받고 근심이 태산 같아서 문무백관과 더불어 계책을 의논하는 동시에, 국민의 분발과 단결을 촉구하는 조서를 내렸다. 그럴 때 태상소경(太常少卿) 이강(李綱)이라는 사람은 자기 팔뚝의 피를 뽑아 혈서로써 상소하기를 '황태자에게 위를 물리시어 종묘와 사직을 보전케 하는 동시에, 장졸들의 사기를 돋우어 목숨을 내놓고 싸우도록 하면 국난을 물리칠 수 있습니다'라고 하였는데, 황제는 그같이 결심하고서 제위(帝位)를 황태자에게 물렸다. 그리해서 태자는 그 이튿날 즉위하고, 연호를 정강원년(靖康元年)이라 하고, 도군 황제는 자기를 태상황제(太上皇帝)라 부르게 하고 용덕궁(龍德宮)으로 거처를 옮겼다. 그리고 이강은 병부시랑(兵部侍郎)이 되어 열 명의 어영병마(御營兵馬) 지휘관을 새로 임명하고서 그들로 하여금 각각 2천 명씩의 군사를 이끌고 여양(黎陽) 지방으로 나아가 금국군이 강을 건너오지 못하게 방어하도록 했다. 바야흐로 국가 조정은 중대 위기에 닥친 것이다.

이렇게 국내 사정이 위태한 중에 초면귀의 모친 호씨는 집에 앉아서 기일이 지나도록 자식 놈이 돌아오지 않는 것을 걱정하고 있었다.

그런데 하루는 동창부에 갔다 온 이웃 사람이, 길가의 고묘 앞에 있는 우물 속에서 근처 사람들이 시체 하나를 꺼냈는데 아무래도 그것이 초면귀의 시체 같더라고 이야기하는 소리를 듣고, 호씨는 얼이 빠진 사람같이 허둥지둥 그곳을 찾아가 보았다. 가서 보니까, 땅바닥에 뒹구는 모가지는 생시나 마찬가지로 시커먼 상판대긴데, 따로 떨어져 있는 시체의 한쪽 다리는 개가 뜯어먹었는지 없어졌으므로 호씨는 이것을 보고 그만 주저앉아서 방성통곡했다.

그러나 언제까지 울고만 있을 수도 없는 일이므로 그는 주머니 속에 있던 돈으로 관을 사고 사람을 사서 땅속에 파묻은 후, 집에 돌아와서는 날마다 슬피 울다가,

'내 자식을 문환장이란 놈이 죽인 게 분명해!'

이렇게 짐작하고 동창부에 달려가 고발을 하고 싶었지만, 본래 이웃 간에 인심을 잃고 지내오던 부인이라, 아무도 그를 도와주는 사람이 없었기 때문에 그는 혼자서 며칠을 울면서 끙끙 앓다가 죽어버렸다.

한편 대상국사에 있던 문환장은 그동안 수십 일이 지났건만, 초면귀란 놈의 성가심도 없고, 개봉부에서도 숙태위의 부탁이 있었으므로 부르러 오지 아니하는 까닭에 날마다 온종일 한가하게 지내면서 진공선사(進空禪師)와 더불어 불법(佛法)이나 이야기하는 것으로 소일했다. 그랬는데 하루는 대웅전 앞뜰에서 산 아래를 내려다보고 섰노라니까, 어떤 군관 한 분이 말을 타고서 하인을 두 사람이나 데리고 산문(山門)으로 들어오면서 하인에게 명함을 주어 보내더니, 절 앞에 이르러 말에서 내려 안으로 걸어 들어오다가 문환장을 보더니 한 손을 번쩍 쳐들면서,

"오래간만이올시다. 어떻게 여기 와 계십니까?"

이렇게 인사를 하는 게 아닌가.

문환장이 유심히 바라보니 다른 사람 아니라 쌍편(雙鞭) 호연작인 고로, 그는 급히 뜰아래로 내려가서 예를 하고,

"장군! 이거 정말 여러 해 만에 만나뵙니다. 그동안 별고 없으셨습니까? 나는 좀 사소한 일이 있어서 이곳에 와 있는 중입니다. 자, 저리로 가셔서 차나 한잔 드시죠."

이같이 청하니까, 호연작이 빙그레 웃으면서,

"나는 지금 친구 한 사람이 여기 와 있대서 그 친구를 찾아온 것이랍니다."

이같이 대답한다. 그럴 때 하인이 밖에서 들어오더니,

"그 어른께선 벌써 떠나셨다는군요."

이같이 보고하는 고로, 문환장은 마침 잘됐다는 듯이,

"그럼 저쪽 방으로 가십시다."

하고 호연작을 송월헌으로 안내해 들어갔다.

두 사람이 방 안에 들어와서 자리에 좌정하자 아이가 차를 갖다놓는다.

호연작이 문환장을 바라보면서,

"그래, 선생은 무슨 일로 여기 머물고 계십니까?"

하고 차를 마신다.

"이야기가 퍽 깁니다. 들어보실랍니까?"

문환장은 이렇게 시작해 자기가 안도전을 만나 그를 자기 집에 머무르게 한 후 딸의 병을 치료하던 때로부터 소양과 김대견이 귀양 가던 이야기와 초면귀란 놈이 자기를 고발하게 된 이야기를 죄다 털어놓았다.

호연작이 그 이야기를 다 듣고 나더니 말한다.

"그게 무슨 큰일입니까? 문제도 안 되는 사건입니다. 걱정 마십시오! 그러고저러고 간에 우리 형제들이 초안을 받은 뒤에 나라를 위해서 공을 세우고 관작(官爵)을 받기까지 했으니 각기 모두 다 본분을 지켜야 할 텐데, 뭣 때문에 이 구석 저 구석에서 도당을 모아가지고 일을 일으킨다는 겁니까? 송공명이 일생을 충의(忠義)에 바친 것을 생각한다면 그럴 수 없을 겝니다! 걸핏하면 '양산박의 잔당들!'이라는 말을 듣는 것이 제일 불쾌한 일입니다."

"그게 모두 벼슬아치들이 백성을 들볶는 까닭이죠. 어쩔 수 없으니까 도당을 묶어 일어나는 거 아니겠습니까? 나야 국외(局外)에 있는 사람이니까 잘 알지 못합니다만…."

"그런데 참, 선생께 청이 하나 있습니다. 내 자식 놈 호연옥(呼延鈺)이 이제 장성했는데, 힘도 제법 세고 무예도 익혔건만 오직 글과 글씨를 배우지 못했습니다. 선생이 이놈을 좀 가르쳐주셨으면 좋겠는데 승낙해주실 수 없겠습니까?"

이 말을 듣고 문환장은 한참 생각했다.

'딸년은 안도전한테로 가 있으니까 걱정할 것 없고… 집으로 돌아간대야 할 일도 별로 없고…, 글이나 배워주면서 한가롭게 지낼 수도 있을 거니 좋지 않을까…?'

그는 이렇게 생각하고서 마음을 정했다.

"글쎄올시다. 내가 뭐 아는 것이 넉넉해야 자제를 가르치지요?"

"원 천만의 말씀! 너무 겸손해 말씀하지 맙쇼. 그럼 그런 줄 알고 가겠습니다. 여기서 내 집이 멀지 않으니까 조금 후에 와서 모셔가겠습니다."

호연작은 이같이 말하고서 이내 그와 작별하고 돌아갔다.

점심때가 지나서 호연작의 집 하인이 명함을 가지고 그를 모시러 온고로 문환장은 진공선사한테 가서 사례를 하고, 말을 타고서 호연작의 집으로 갔더니 부자가 함께 나와서 그를 맞아들인다. 문환장이 호연작의 아들을 얼핏 바라보니, 이목구비가 번듯하고, 기골이 장대해서 영특한 기상이 넘쳐흐르는 믿음직한 인물이다.

호연작이 문환장을 별당으로 안내하여 상좌에다 앉히니까, 그의 아들 호연옥이 그 앞에 사배(四拜)의 예를 드린다. 이렇게 인사를 받은 후에 저녁에는 또 굉장히 술대접을 받았다.

이튿날부터 문환장은 젊은이에게 책을 가르치고 글씨를 익히게 하고, 육도삼략(六韜三略)을 해설해 들려주기 시작했다. 젊은이는 총명해서 빨리빨리 깨닫는 것이었다.

이렇게 지내던 중, 하루는 호연작이 영내에서 군사를 조련시킨 후, 돌아오는 길에 용덕패(龍德牌) 큰길에서 골목으로 들어서려니까, 어떤 놈이 붉은 빛 양의 가죽으로 만든 상자를 옆구리에 끼고 급히 달려오는데, 그 뒤를 나이 불과 15, 6세 되어 보이는 얼굴이 어여쁘게 생긴 소년이 쫓아오면서 큰소리로 외친다.

"이놈아! 대담무쌍한 도둑놈 같으니! 네가 그걸 가지고 도망을 가면 어디로 갈 테냐!"

마침 이럴 때 근처에 있던 건달패 세 놈 가운데서 한 놈이 그 소년을 붙들더니,

"야! 너 왜 저 사람을 쫓아가느냐?"

하고 길을 가로막는 게 아닌가.

그러니까 소년은 화를 내면서 뿌리친다.

"당신네들이 남의 일에 무슨 참견이오?"

그러고서 소년이 그냥 쫓아가려고 하는 것을 건달패들 세 놈이 가로막으니까, 소년은 분해서 못 견디는 듯이 주먹으로 한 놈의 복장을 내리쳤다. 그러자 그놈이 나가자빠진다. 소년은 또 한 놈의 사타구니를 발길로 냅다 걷어차니까 그놈 또한 그 자리에 푹 고꾸라진다. 그리고 또 한 놈은 기가 질려 감히 덤벼들지도 못하는 사이에, 소년은 가죽 상자를 가지고 달아나는 놈한테로 쫓아가더니 주먹으로 그놈의 뒤통수를 쥐어박아 그놈을 쓰러뜨리고 상자를 빼앗아가지고 큰소리로 냅다 호령을 하는 것이었다.

"사지를 찢어 죽여도 시원찮을 도둑놈의 새끼야! 이놈의 새끼, 너 같

은 놈은 당장 묶어서 관가로 보내야겠다!"

이때 이 같은 광경을 보고 있던 행인들은 서로 바라다보면서 탄복한다.

"야아, 그 소년 참 훌륭한데! 어쩌면 저렇게 기운이 셀까? 장정 네 명이 소년 하나를 못 당하잖나!"

"글쎄 말이야! 이다음에 장성하면 굉장한 사람이 되겠는데!"

그런데 아까부터 말을 멈추고 서서 이 광경을 보고 있던 호연작은 이때 그 소년을 향해서 소리쳤다.

"이거 봐, 소년! 자네 집이 누구네 집안인가? 그리고 그 상자 속엔 무엇이 들어 있나?"

이 소리를 들은 소년이 호연작을 힐끔 바라보더니, 이분이 높은 지위에 있는 관원인 것을 알아보고, 즉시 가죽 상자를 내려놓고 두 손을 모으고서 공손히 대답한다.

"예, 제 성은 서(徐)가입니다. 이 가죽 상자 속에는 저의 집에 삼 대째 전해 내려오는 갑옷이 들어 있습니다. 아버님이 작고하시기 전에 화아왕태위(花兒 王太尉)께서 이 갑옷을 십만 관에 양도하라 하시는 것도 팔지 않으신 가전지물(家傳之物)입니다. 저의 아버님께서 방납을 토벌하시고 개선해 돌아오시다가 병환으로 작고하신 후 저의 모친도 별세하시고, 저는 유모와 같이 근근이 살아왔습니다만, 이 물건은 귀중한 가전지물이라서 남한테 구경시킨 일도 없는 터인데, 사흘 전에 지금 보신 바와 같은 저 건달패가 찾아와서, 노충 경략상공이 잠깐 보고 싶다고 빌려오라 하신다기에 제가 그런 물건이 내 집에 없다고 거절해 보냈더니, 오늘 제가 집에 없는 틈에 이놈들이 찾아와서 저의 집 유모를 속이고 방에 들어가서 이 상자를 찾아내가지고 달아났답니다. 그럴 때 마침 제가 집에 돌아오다가 발견하고서 이렇게 쫓아와 도로 뺏은 것입니다."

이같이 말하는 소리를 듣고서 호연작은 이 소년이 바로 서녕의 아들임을 알았다. 그리고 소년의 기상이 매우 비범할 뿐 아니라 힘이 장사인 것을 보고는 마음이 대단히 기뻤다.

"자네 이야기를 듣고 보니 자네 선친이 금창수(金槍手) 서녕씨가 분명하이. 나는 쌍편 호연작일세. 자네 양친이 구몰하셨으니 어떤가? 내 집에 와서 내 아들 놈과 함께 공부하고 있을 생각이 없는가? 지금 내가 문선생을 집에 모셔다뒀으니까 공부하기가 좋을 걸세."

소년은 호연작의 말을 듣더니 너무도 기쁜 듯이 큰소리로 대답하는 것이었다.

"큰아버지! 너무 감사합니다. 제가 어려운 형편이온데, 이렇게 저를 구해주시니 참 감사합니다."

호연작은 서녕의 아들을 데리고 즉시 공관으로 돌아와서 직원을 불러서 새 옷을 한 벌 가져다가 소년한테 입히라고 이르고는,

"얘는 이다음에 반드시 큰 인물이 될 거니까 두고 봐라."

이렇게 말한 후에 다시 소년을 보고,

"그런데 너는 지금 몇 살이냐?"

하고 묻는 것이었다. 그러자 소년이,

"열여섯 살입니다. 이름은 서성(徐晟)입니다."

이같이 대답하니까 호연작이,

"그럼 내 아들보다 한 살 아래로구나. 너희들 둘이 결의형제를 해야겠다."

이렇게 말하고 서성으로 하여금 절을 하게 했다. 그리고 호연작을 보고 큰아버지라 부르고, 부인을 보고는 큰어머니라 부르고, 호연옥을 보고는 형님이라 부르라고 했다. 그런 다음에 공관에서 일보는 직원과 하인들한테는 서성을 보고 작은도련님이라 부르라고 했다.

이렇게 일을 마친 다음에 호연작은 서성을 데리고 문환장 선생이 거처하는 서관(書館)으로 가서 인사를 시켰다. 이렇게 되어 서성은 이날부

터 병서를 배웠다. 그런데 워낙 바탕이 총명하고 재주가 비상해서 빨리 깨달을 뿐 아니라, 행동범절이 노성한 사람 같아서 공관 안에 있는 모든 사람이 그를 좋아하게 되었다.

며칠 후에 서성은 자기 집에 있는 세간살이를 죄다 가지고 유모를 그리로 이사 오도록 했다. 그러고 나서 차츰 안정된 뒤에 그는 공부하다가 밖으로 나와서 쉬는 때에는 호연옥 형님과 더불어 힘을 겨루어보기도 하고, 말을 타고 달리기와 활쏘기 내기도 했다. 그런데 호연옥은 쌍편(雙鞭)을 잘 쓰고, 서성은 금창(金鎗)을 잘 썼다. 그들의 무예는 날이 갈수록 점점 신통해졌다. 그래서 호연작은 이것을 보고 매양 자랑삼아 이렇게 말했다.

"두고 봐라. 애들 둘이 일후에 조정에서 뛰어난 인물이 될 거다!"

호연작이 두 소년을 이렇게 칭찬하면 공관의 책임자는,

"정말 훌륭합니다. 저 서성 도령을 제가 꼭 사위로 삼았으면 좋겠는데요… 저의 딸 옥영(玉英)이가 올해 열다섯 살인데… 아직 좀 나이가 어려서 통혼을 못 하는 게 유감스럽습니다."

이런 소리를 하는 것이었다.

서성을 데려다둔 지 한 달가량 지나서 하루는 호연작이 전수부(殿帥府)로부터 돌아와 두 소년을 불러놓고 말했다.

"시국이 대단히 험악하게 됐다. 폐하께서 왕보와 동관의 말을 경신(輕信)하고서 평주의 수장 장각의 항복을 받아들이셨기 때문에 금국에서는 우리가 저희들과의 맹약을 위반했대서 군사를 이끌고 쳐들어오는구나. 저놈들이 벌써 하북의 여러 고을을 휩쓸고서 장차 강을 건너올 모양이라 폐하께서는 호주(亳州)로 몽진하실 모양이고, 이강(李綱)의 상소로 태자(太子)에게 전위(傳位)하셨단 말이다. 내일엔 군사를 이끌고 나가서 황하를 수비할 모양이다. 지금 특지(特旨)를 내리셔서 양방평(梁方平)을 총감독사로 해 천하 영웅들을 연병장에다 모으게 하여 무술의 시험을 보이시게 했구나. 큰 전쟁이 벌어지게 됐다."

이 말을 듣더니 호연옥과 서성이 똑같이,

"그럼 저희들도 나가봐야죠?"

하고 묻는 것이었다.

"나가 보고 싶거든 가봐라. 일찍이 5고(鼓) 칠 때 일어나야 한다."

호연작의 대답이었다.

이튿날 아침 일찍이 호연옥과 서성이 무기를 손에 들고 호연작을 따라서 연병장으로 가보니, 말 탄 군인이 가득 들어섰고, 갑옷을 입은 장군들이 쭉 늘어서 있어서 장내의 공기는 매우 엄숙했다.

진시(辰時)쯤 되었을 때 내시 양방평이 망포(蟒袍)를 입고 옥대를 띠고서 수십 명의 가장(家將)들을 데리고 나타나자, 대포 소리가 탕 탕 탕 세 번 울렸다.

이때 양방평이 장대(將臺) 위에 올라와 좌정하니까, 도부수(刀斧手)가 좌우에 시립하고 장대 위에는 수자기(帥字旗)가 세워지면서 동시에 중군관(中軍官)의 호령이 떨어진다.

"출중하게 힘이 센 사람과 육도삼략을 외는 사람과 활을 잘 쏘고 말을 잘 달리는 사람과 기타 무예에 출중한 사람은 유식 무식 간에 모두들 나와서 시험해보라! 재주가 뛰어난 사람은 모두 중용한다!"

이 같은 호령이 떨어지자 북소리가 세 번 울렸다. 그러고서 각 영과 각 대의 시합이 벌어졌는데 모두들 그 기능이 한결같지 아니했다.

시합이 끝나자 또 중군관의 호령이 떨어졌다.

"군민(郡民) 간에 누구든지 응모할 사람은 들어라! 시험을 보는 것은 세 가지 종류이니, 그 하나는 힘을 시험하는 것이다. 장대 아래 놓여 있는 철돈(鐵墩)을 두 손으로 받쳐들고서 장대 주위를 세 바퀴 달음박질하는 일이요, 두 번째는 활을 쏘는 일이니, 2백 보 바깥에 세워놓은 과녁판 안에 박혀 있는 한 개의 금전을 마상에서 화살 세 개로 세 번 쏘아 맞혀야 하는데, 과녁만 맞히면 일등이지만 금전을 맞히면 특등이다. 그리고 세 번째는 무예의 경쟁이다."

이 같은 호령이 떨어지자, 응모자들은 제각기 나와서 재주를 발휘하려 하지만, 대관절 철돈이라는 쇠는 무게가 5백 근도 더 되는 까닭에 모두들 땅뜀도 못 하고, 어쩌다가 간신히 쳐든 사람도 몇 발자국 떼어놓다가는 숨이 차서 땅바닥에 내려놓고 그만둔다. 그리고 마상에서 활을 쏘아 과녁을 맞히는 사람은 있어도 금전을 쏘아 맞히는 사람은 한 사람도 없고, 세 번째의 무예 경쟁은 비교적 용이하게 집행되었다.

호연옥과 서성은 반나절 동안이나 이들이 경쟁하는 광경을 보고 있다가 신통한 재주와 탄복할 만큼 힘 센 사람이 한 사람도 없는 것을 보고 장대 앞으로 뛰어나갔다. 이때 주위에 있던 장병들은 더벅머리 총각 두 사람이 뛰어나오는 것을 보고 일제히 주목한다.

호연옥과 서성은 먼저 장대 앞에 있는 철돈을 번쩍 쳐들더니, 장대 주위를 세 바퀴 돌고는 아까 놓였던 그 자리에 철돈을 사뿐 내려놓는데, 얼굴빛이 조금도 변하지 아니했다. 이 모양을 본 장병들은 일제히 박수갈채했다.

그리고 호연옥과 서성은 하인을 시켜 말을 두 필 끌어오게 한 후 각각 말을 탔다. 그리하여 말 두 마리가 힘찬 소리를 지르고 비호같이 뛰기 시작하자, 두 사람은 각각 활을 쥐고서 과녁을 쏘았는데, 그 순간 두 개의 화살은 과녁의 중심에 박힌 금전 복판에 꽂히는 게 아닌가. 실로 놀라운 기술이었다. 이때 적중됐다는 북소리가 요란하게 울렸다. 양방 평은 만족해서 입이 딱 벌어졌다. 호연옥과 서성은 계속해서 각각 두 개의 화살을 쏘았는데 네 개의 화살도 모두 금전을 맞혔다.

활쏘기를 끝낸 후 두 사람은 말에서 내려 호연옥은 쌍편을 쥐고, 서성은 금창을 쥐고서 각기 수단을 다해 싸우는데 그 재주가 비상해서 이 모양을 바라보던 장군들은 모두 박수갈채를 아끼지 않는다.

양방평은 대단히 만족해서 젊은이 두 사람을 장대 위로 부른 후 성명을 물어보는 것이었다. 이럴 때, 왼편 대열로부터 호연작이 달려나가서 양방평 총감독사에게 공손히 아뢰었다.

"저 아이 하나는 저의 자식이온데, 이름을 호연옥이라 부릅니다. 그리고 하나는 저의 의질(義姪)이온데, 이름이 서성입니다."

양방평은 호연작의 말을 듣고서 고개를 끄덕거렸다.

"참으로 훌륭하오. 오늘 성지를 받들어 영걸을 모집해 여양 지방으로 나아가 황하를 건너오지 못하도록 적을 방어하려 했는데, 아까까지 응모한 장정들이 모두 용렬한 위인들이더니만, 오직 장군 댁의 두 젊은이는 천생호걸이요, 국가 동량의 재목이외다. 우선 효기교위(曉騎校尉)로 임명하여 출정시킨 후 금병(金兵)을 퇴각시킨 후에 벼슬을 올릴까 하오."

"황공합니다."

호연작은 아들 호연옥과 서성을 데리고 감사드린 후 자기 대열로 돌아왔다.

이때 양방평은 군정사(軍政司)로 하여금 어영(御營)에 있는 열 명의 장군에게 각각 2천 명의 군사를 주고서 내일 아침 일찍 출동하도록 명령하는데 만일 시각에 지참하는 사람은 군법에 따라 목을 자른다는 엄명을 내리게 했다. 그리하여 이렇게 출정하게 된 장군은,

왕진·유광세·왕표·악비·양기중·한세충·호연작·장준·마걸·호정국,

이상 열 명인데, 이 중에는 용맹무쌍한 명장도 있지만, 그와 반대로 하잘것없는 밥통 같은 위인도 있었다.

양방평은 출정할 절차에 대한 지시를 끝낸 후 조정으로 돌아가 모든 준비가 끝난 것을 보고했다.

호연작도 아들과 조카를 데리고 집으로 돌아와 문환장 선생에게 자세한 이야기를 하는 것이었다.

"오늘 양태감(梁太鑑)이 성지를 받들고서 연병장에 나와 황하를 수비

할 용사를 모집했는데 응모자가 모두 변변치 못해서 실망했었건만, 오직 내가 데리고 간 두 아이가 용력(勇力)으로나 무예로나 모두 합격되어 효기교위에 임관되어 나를 따라서 명일 출정하게 되었답니다. 금국에선 지금 간리불이 하북을 들이치고, 점몰갈은 하동을 치는데, 이것들이 각각 10만의 병력을 이끌고 왔답니다. 그런데 우리들 열 명이 2천 명씩 거느리고 나가서 비록 용전분투한다 할지라도 중과부적해서 만일 적병이 황하를 건너오게 된다면, 서울은 도저히 지탱하기 어렵습니다. 내가 이번에 두 아이를 데리고 나가기 때문에 정말 안심이 안 되는군요.

사실 말이지, 조정의 관원들 중에 벌써부터 집안 식구들을 시골로 내려보내놓고 있는 친구가 많습니다. 나도 이렇게 했으면 좋겠는데… 아무래도 선생께서 수고를 좀 해주셔야겠군요. 노처(老妻)와 여식(女息)을 여녕(汝寧)으로 보내두면, 그곳엔 약간의 재산이 있으니까 그럭저럭 지내갈 수 있을 겁니다. 다만 선생이 성가신 일을 좀 보아주실 생각이 있으신지… 어떻습니까, 그렇게 해주시겠습니까?"

"그동안 형장께서 나를 극진히 아껴주셨는데 어찌 감히 내가 사양하겠습니까? 더군다나 이젠 이곳에 있을 수도 없게 됐고, 남쪽으로 돌아가야 할 판국이니까, 귀댁 가족을 여녕 지방으로 모셔다드리고 나서, 그 길로 나도 딸년이 있는 곳으로 가봐야겠습니다."

"그럼 잘됐습니다. 그렇게 좀 수고해주십시오."

호연작은 이렇게 말하고 즉시 안으로 들어가서 부인과 하인에게 행장을 수습하도록 일렀다.

"날이 밝기 전에 출발할 준비를 해야 한다. 문선생이 데려다주실 테니까 안심하란 말이야. 그리고 나도 두 아이와 함께 떠날 테니까 그런 줄 알아라."

하인들은 이날 밤 바쁘게 심부름하느라고 밤을 새웠는데, 5고가 울릴 때 마부가 수레를 끌고 왔으므로 문환장은 부인과 소저를 수레에 태우고 자기는 말을 타고서 네 명의 하인을 데리고 호연작과 작별한 후 먼저 길을 떠났다.

이렇게 총총히 서울을 떠난 후 문환장이 남쪽 길로 사흘 동안 오다가 보니까 여기서부터는 뜻밖에도 남부여대한 피난민들이 한길에 가득 찼다. 그런데 그들이 떠드는 소리를 들으니까, 여(汝)·영(穎)·광(光)·황(黃) 등 네 군데 지방에서는 불한당의 괴수 왕선(王善)이란 놈이 반란을 일으켜 50만의 병력을 이끌고 다니면서 닥치는 대로 양민의 자녀를 빼앗고, 재물을 약탈하고, 살인 방화를 함부로 하건만 관군은 맥을 못 쓰고 도망치는 까닭에 어쩔 수 없이 피난 나온 것이라 한다.

문환장은 이 소리를 듣고 놀랐다. 그는 곧 말에서 내려 수레를 멈추게 한 후 그 앞에 가서 말했다.

"왕선이라는 불한당 괴수 놈이 난을 일으켜 여·영·광·황 지방을 점령했기 때문에 백성들이 저같이 모두 피난 나왔답니다. 이렇게 됐으니 여녕 고을로 어떻게 가겠습니까! 그렇다고 지금 서울로 도로 돌아갈 수도 없지 않습니까? 정말 진퇴양난입니다. 그런데 내 딸년이 지금 등주에 있는 내 친구들한테 보호를 받고 있는데, 그 친구들은 호연 장군과도 오래전부터 잘 아는 친구들입니다. 내 생각 같아서는 우선 지금 그곳으로 가서 있다가 호연 장군이 승전하고 돌아오시거든 다시 방침을 정하는 게 좋겠습니다. 어찌하시겠습니까?"

수레 속에서 이 말을 들은 호연작의 부인이 대답한다.

"제가 일개 여자로서 무엇을 알겠습니까? 등주로 가면 우선 안전할 것 같다 하시니, 선생님의 뜻대로 따라야겠습니다."

문환장은 즉시 마부에게 등주로 가는 길로 방향을 돌리게 했다. 이렇게 방향을 돌려서 5, 6일 만에 문환장 일행은 등운산 밑에 도착했다. 그가 졸개를 시켜서 산채에 통보를 올리게 했더니, 조금 있다가 안도전·김대견·소양·목춘 등이 일제히 내려와서 일행을 영접하여 취의청으로 들어와서 안돈한 뒤, 안도전이 먼저 묻는 것이었다.

"그런데 요즘 서울 사정이 어떠합니까?"

"지금 말이 아닙니다! 금국 놈들이 우리나라가 저희들과 맹약한 것을 위반했다는 구실로 하북과 하동 지방을 치고 들어왔기 때문에, 폐하께서는 태자님에게 전위(傳位)하시고, 연호를 정강원년(靖康元年)으로 고치셨습니다. 그리고 내시 양방평으로 하여금 열 명의 장군과 함께 군사 2만 명을 거느리고 나아가 황하 연안을 수비하도록 시키고 있는데, 호연작도 그 열 명 중에 들었습니다. 그래서 호연 장군은 혹시 서울이 위태하게 될까 봐서 가족들을 시골로 보내고 싶다 하기에 내가 모시고 여녕 고을까지 가는 길이었는데, 불한당 괴수 왕선이란 놈이 난을 일으켜 그 고을을 점령했대서… 하는 수 없이 내행을 모시고 이리로 찾아온 것입니다."

문환장으로부터 이같이 자세한 내력을 듣더니 산채의 두령들은 모두들,

"참 잘하신 처사올시다! 정말 오시기를 잘하셨습니다."

하고 문환장에게 치사하기를 마지아니했다. 조금 있다가 고대수는 하인을 시켜 호연작의 따님을 뒤채로 안내하여 소양과 김대견의 따님과 또 문환장의 따님과 서로 인사하도록 시킨 다음, 별로 소용이 없는 세간살이 같은 것은 서울서 온 마부들한테 도로 가져가라고 내주었다. 그리고 문환장은 오래간만에 자기 딸을 만나보고 기뻐했다.

산채에서는 이날 크게 잔치를 차리고서 축하연을 벌였다. 이 자리에서 목춘이가 초면귀란 놈을 죽여 우물 속에다 처넣었다는 이야기를 문환장에게 했더니, 문환장은 통쾌하게 웃으면서 목춘을 칭찬했다.

"시원하게 잘했습니다! 목형이 아니고는 어찌… 어려운 일을 잘 해치워주셨군요!"

이날 밤 그들은 취하도록 마셨다.

금군의 침략

한편 호연작은 부인과 딸을 출발시킨 후 자기도 부랴부랴 출정할 준비를 마친 다음 산조문(酸棗門) 밖으로 나와서 다른 장군들과 회동하여 총감 양방평이 도착하기를 기다리니까, 얼마 지나지 아니해서 양총감이 의장대를 앞세우고 무수한 내관들과 아장들을 거느리고 나타나므로, 장군들은 모두들 그 앞에 나아가 수본(手本)을 바치고 인사를 드렸다. 그러고 나서 대포 소리를 열 번 터뜨린 후 북을 치면서 대군은 출동을 개시했는데 이때 파발이 달려오더니,

"금병이 곧 황하를 건너올 모양입니다!"

이 같은 보고를 올리는 것이었다.

양총감은 즉시 장군들에게 화속히 행군하라는 엄명을 내렸다.

여양에 도착했을 때 양총감은 지휘소에 앉아서,

"이곳엔 황하를 건너올 만한 요긴한 곳이 다섯 군데니까, 그대로 열 명이 한 곳을 두 사람씩 책임지고, 5영(營)으로 나누어 4천 명씩 병력을 가지고 엄중히 방비하오. 공을 세우는 사람은 승진될 것이고, 실수하는 사람은 그 죄를 물을 것이니 명심하오!"

이같이 명령하는 것이었다.

이렇게 되어 호연작은 이곳 황하 연안에서 가장 요긴한 곳인 양유촌

(楊劉村)을 왕표(汪豹) 장군과 함께 수비하는 책임을 맡게 되었다.

장령(將令)을 받은 호연작은 왕표와 함께 군사를 이끌고서 양유촌으로 왔다. 와서 보니까 바로 강가에 있는 마을인데, 주민들은 죄다 도망가고 한 사람도 없다. 호연작은 적당한 자리를 잡아 채책(寨柵)을 치고서 호연옥과 서성으로 하여금 밤을 새워가며 양쪽 언덕을 지키도록 명령했다.

그런데 호연작과 함께 이곳을 지키게 된 왕표라는 인간은 원래 놀고먹던 건달패로서 아무런 재능도 없는 것이 채경의 문하에 들어가 찬영(饌營)으로 있다가 어영지휘사(御營指揮使)가 된 인물인데, 심술이 아주 좋지 못한 인간이었다. 이 같은 인간이었던 까닭에 지금 양유촌에 와서 강 건너 금국 군사의 형세가 굉장한 것을 바라보고는 슬며시 금국에 항복하고 들어가서 부귀를 누려보고 싶은 마음이 생겼다. 그래서 몰래 사람을 간리불한테로 보내, 이곳 양유촌을 내놓을 터이니 자기를 잘 보아달라고 운동을 했다. 그리고 호연작이 자기를 억누를까봐 겁이 나는 고로 어느 날 밤에 호연작을 청해놓고서 술을 대접하다가 슬며시 그의 의사를 떠보는 것이었다.

"조정에서 하는 일이 모두 이 모양입니다그려. 이미 국가의 대세가 기울어졌는데 어떻게 이걸 바로 잡겠습니까? 큰 집이 무너지는 것을 막대기 한 개로 버티어보려는 거나 마찬가지죠. 장군과 내가 피땀을 흘려가며 애를 쓴댔자 승리를 하면 공은 윗사람들한테 돌아가고… 만일 실패하는 날이면 죄만 뒤집어쓰고 말 뿐입니다. 그러기에 '새도 나무를 택해 보금자리를 짓는다'는 말이 있듯이 우리도 대세에 따라서 행동을 취해야 옳지 않을까요?"

왕표가 이렇게 말하는 것을 듣고 호연작은 정색하고서 말했다.

"왕장군! 그게 무슨 말씀이오? 우리가 오늘날까지 국은을 입었으니 마땅히 목숨을 내놓고 국가에 보답해야 옳지, 누구를 위해서 공을 세운

다는 생각은 말도 안 됩니다! 금국의 군사가 비록 형세가 굉장하지만 우리가 이곳 요긴한 지점을 엄중히 지키고 있는 이상 저놈들이 황하를 날아서 건너오겠습니까? 지금 후방에서 노충 경략상공이 모집한 의병 30만이 이곳으로 오는 중이니까, 이렇게 되면 대세는 비슷비슷해집니다. 이 근처 백성들 가운데서 호걸도 나와 우리를 도울 것이고, 적군은 멀리 나온 까닭에 불리한 터인데, 우리 스스로가 기운을 떨어뜨린다는 것은 군심에 나쁜 영향을 주는 것이니 조심하십시오!"

왕표는 호연작의 말을 듣고, 또 그의 태도로 보아서 자기의 뜻이 통할 것 같지 않음을 깨달았는지라, 슬쩍 말을 바꾸었다.

"장군의 말씀이 과연 정당한 말씀이외다. 제가 아까 말씀한 것은 농담이구요. 우리 두 사람이 합심해서 기어이 공을 세워야 하죠!"

이렇게 말하고 그는 다시 술을 가져다가 권하는 것이었건만, 호연작은 몸이 불편하다며 한 방울도 마시지 아니했다.

조금 앉았다가 호연작은 자기 진영으로 돌아와 아들과 조카를 불러 놓고 의논을 했다.

"왕표가 아무래도 배반할 의사가 있는 모양이다. …이놈을 어떻게 하면 좋으냐?"

호연옥이 먼저 의견을 말한다.

"아버지! 양쪽 진영이 합력해서 방어한다 해도 병력이 부족한 터인데, 저 사람이 그따위 맘을 품고 있다면 도저히 어렵지요! 아버님께서 비밀히 양총감한테 밀게(密揭)를 올려두셔야지, 잘못하면 후일에 연좌(連坐)되실 우려가 있잖습니까?"

이 말에 호연작이 대답했다.

"글쎄, 그자가 제 말을 듣고 내가 정색하고서 바른 말을 했더니, 금시에 먼저 한 말은 농담이라 하고서 다시 말을 고쳐서 했으니… 이렇게 되고 보니 근거가 없어졌단 말이다. 그런 것을 가지고 어떻게 경솔하게 밀게를 내겠느냐?"

이 말을 듣고 서성이 의견을 말한다.

"저 사람이 마음은 변했는데, 큰아버지께서 제 말에 따라오지 않는 걸 보고서는 맘속으로 겁을 품고 있을 겁니다. 그러니까 차라리 제가 형님하고 둘이서 군사 5백 명을 떼어가지고 저쪽 산 위로 가서, 진영을 따로 설치하고 경계하는 것이 좋겠습니다. 저 사람이 만일 변을 일으키면 즉시 달려나와서 구원하도록 해야겠습니다!"

"그래, 네 말이 유리한 말이다!"

호연작은 찬동하고 군사 5백 명을 데리고 나가도록 지시했다.

그러자 호연옥이 또 말한다.

"아버지! 이렇게 되면 아버지께서 고립되시는 형상입니다. 한쪽에만 뿔이 나는 것 같아서 재미없는데요. 저희들 형제가 각각 양쪽에서 호위해야만 비로소 안심되는 형상을 이룰 수 있습니다."

"그러는 게 더욱 유리하겠다!"

호연작은 만족하게 생각한 후, 두 쪽에 진영을 설치케 하고 서로 엄중히 경계하여 긴밀히 연락하도록 지시했다.

이때 왕표는 호연작이 산 위에 조그만 진영을 두 개나 설치하는 것을 보고 그가 자기를 의심하고 있음을 알, 일이 탄로 나지 않도록 몰래 사람을 적국 금병의 진영으로 보내 기일을 단단히 약속시켰다.

이렇게 한 후 며칠 동안 금국 군사는 꿈쩍을 않고 가만히 있는 까닭으로 강가에는 적병의 그림자도 나타나지 아니했다.

이렇게 며칠이 지난 뒤 하루는 캄캄한 밤중에 비가 쏟아지고 바람이 몹시 부는 고로 호연작은,

"이거 봐라, 이렇게 풍우대작하는 날엔 더욱 엄중히 경계해야 하는 법이다."

이같이 말하고서, 서성으로 하여금 병정 일개 부대를 인솔하고 나오

게 하여 그들을 데리고서 강가를 돌아보며 다니는 중이었는데, 그럴 때 별안간 자기 진영으로부터 화광이 충천하면서 고함 소리가 요란하게 들리는 것이었다. 어찌된 까닭이냐 하면, 왕표가 몰래 적의 5열(列)을 저의 진영 내에 끌어들여 두었다가 풍우대작하는 캄캄한 밤중을 틈타서 일을 일으킨 것이다.

호연작이 놀라서 서성을 데리고 황급히 돌아오다 보니, 수백 명의 금국군이 고함치며 날뛰는 가운데서 왕표가 그들을 지휘하는 꼴이 불빛에 뚜렷하게 보인다.

호연작은 왕표를 보고 분이 상투 끝까지 치솟았다.

"이 역적 놈아! 이 죽일 놈아!"

그가 이같이 호령하고 쌍편으로 내리치니까, 왕표는 창으로 얼른 막는다. 이럴 때 서성이 급히 달려들어 창으로 그를 찌르려 하자, 왕표는 질겁해서 말머리를 돌이켜 달아나므로 호연작과 서성은 생각할 겨를도 없이 이놈의 뒤를 쫓아가는데, 이럴 사이에 금국군은 뗏목을 타고서 잇달아 황하를 건너왔다.

호연작과 서성이 왕표를 추격하다가 되돌아온 때는 적군이 이미 개미떼같이 무수히 건너와 진영을 포위하고 있었다.

이때 호연옥은 부친과 의제가 자기를 구원하러 오는 것을 산 위에서 내려다보고서 급히 아래로 내려오다가 적장 간리불과 마주쳐 대항해서 싸우자 호연작과 서성이 급히 달려와 그를 도와서 간리불과 싸웠지만, 금국군의 또 다른 장수가 뛰어나와 대항하는 까닭에 쌍방의 접전은 한참 계속되었다.

그러다가 금국군의 수효가 워낙 많아서 삼부자(三父子)가 완전히 포위당하게 되자, 호연작은 죽을힘을 다해 포위망을 뚫고서 산 위에 있는 작은 진영으로 피신했는데, 이때 그의 수하 2천 명의 군사 중 살아남아 있는 군사는 불과 백여 명밖에 안 되었다. 그런데 또 금국군은 이곳을 철통같이 에워싸니 이제는 어찌할 도리가 없다. 간리불은 왕표가 양유촌을 그에게 제공해준 덕분으로 연락부절 수송하여 10만 대군을 모조리 황하 이쪽으로 넘겨놓고서 각 처로 진격했다. 이렇게 되고 나서 송나라 군사는 도처에서 참패를 당하니, 양총감인들 무슨 도리가 있으랴. 하는 수 없이 여양 지방을 버리고 서울로 내빼버렸다.

그런데 호연작 삼부자는 적에게 포위당한 채 산 위에서 하루 동안 견디기는 했지만, 양식이 한 톨도 남지 아니한 까닭에 걱정이었다.

"이제는 다른 도리가 없습니다. 결사적인 각오를 하고 오늘밤엔 아래로 내려가야지… 이대로 여기서 굶어 죽을 수는 없지 않습니까?"

서성이 옳게 말하므로 호연작도 찬동했다.

"그럭하자!"

삼부자는 결사적 각오를 하고서 어둡기를 기다렸다.

이때는 9월 중순이었는데, 가끔가끔 뿌리던 빗발도 걷히고, 하늘이 오래간만에 맑았다.

밤중쯤 되니까 별빛이 찬란해지면서 서풍이 쌀쌀하게 불고, 서리 기운이 공중에 가득한데 외로운 기러기의 울음소리가 들린다. 이때 금국군의 진영을 내려다보니까 아직도 불을 끄지 않고 그냥 있다.

"아무래도 더 기다리고 있다가는 이대로 밤이 밝아지겠다. 그냥 내려가 보자!"

호연작은 이렇게 말하고서 두 아들과 남아 있는 병정들을 데리고 분연히 뛰어내려왔다.

이때 적군은 사방을 에워싸고서 길을 막는데, 말을 탄 장수 하나가 창을 꼬나쥐고서 달려오므로, 바라다보니 이놈이 왕표인지라, 호연작은 냅다 호령을 해붙였다.

"이 역적 놈아! 네가 감히 내게 덤비느냐!"

그는 이같이 호령을 하고는 쌍편으로 내리쳤다. 이때 호연옥과 서성은 쌍편으로 적군을 때리고 창으로 찌르면서 간신히 빠져나갈 길을 뚫고, 호연작은 일변 달아나며 일변 싸우면서 도망가는데, 왕표는 그를 놓치지 않으려고 바싹 쫓아오는 게 아닌가.

이것을 보고 호연작은 또 한 번 큰소리로 호령을 하고는 쌍편으로 그를 때려 말 위에서 떨어뜨렸다. 그러자 적군이 와아 달려들어 그를 구원했지만, 감히 호연작을 쫓아오지는 못한다.

그제야 호연작이 적의 포위망을 완전히 벗어나 좌우를 둘러보니까, 병정들이라고는 한 놈도 남지 아니했고, 오직 살아 있는 사람이라고는 그들 삼부자뿐이다.

캄캄한 어둠 속을 그들 삼부자는 무작정 달렸다.

도대체 양유촌으로부터 얼마나 멀리 달려왔는지 몰라도, 날이 훤히 밝을 무렵에 호연작은 비로소 숨을 돌렸다.

"천행으로 살아났구나! 그러나 대관절 어디로 가면 좋겠느냐? 이놈 왕표란 놈 때문에 요해지를 뺏겼으니… 서울로 돌아갈 수도 없고 만일 여녕으로 갔다가는 저 나쁜 놈이 양유촌 뺏긴 죄를 내게다 뒤집어씌울 것이니… 장차 어디로 가면 좋단 말이냐?"

호연작은 이렇게 말하다가 입을 다물고 잠시 생각하더니,

"이제 생각이 난다! 미염공 주동이가 보정부(保定府)에 도통제로 있으니, 우선 그리로 가서 용신하고 있다가, 서울 소식을 알아본 후에 작정하자!"

이렇게 말하고서 그는 두 아들을 데리고 보정 가는 길로 접어들었다. 이렇게 오다가 점심때가 되자, 그들 삼부자는 배가 고파 견딜 수가 없어서 주막집을 찾아갔다.

"술 좀 주고, 그리고 볶음밥 있소?"

호연작이 이렇게 물으니까, 주보가 대답한다.

"금국군이 쳐들어왔기 때문에 소를 잡지 못해 고기가 없습죠. 소주

는 몇 병 있습니다."

"할 수 없지! 그럼 술이나 가져오고, 밥을 좀 짓구려."

주보가 대답하고 들어가더니, 사발 세 개와 술 두 병과 나물 한 양푼을 가져다놓는다. 이때 호연작이 대문 밖에서 땅바닥을 헤집어가며 벌레 같은 것을 쪼아먹고 있는 닭 한 마리를 보고서 말했다.

"여보! 저 닭 좀 잡아가지고 푹 삶아주구려. 돈은 두둑이 낼게!"

호연작은 술을 곱빼기로 마신 다음에 서성을 보고 말한다.

"내가 말이다, 전일 양산박엘 토벌하러 나갔을 때, 너의 아버님이 구겸창(鉤鎌鎗)을 사용해서 내가 창안한 연환마(連環馬)를 깨뜨렸기 때문에 참패했었다. 그래서 청주로 가서 구원병을 얻어 돌아와서 복수를 하려고 객주에 들어갔었는데 주머니에 돈이라고는 가진 것이 없더구나. 하는 수 없이 금이 달린 허리띠를 끌러놓고서 양고기를 사먹었단다. 이것이 벌써 옛날 얘긴데… 지금 왕표란 놈 때문에 또 이런 꼴을 당하는구나! 그런데 대관절 너희들 중에 누가 돈이나 가졌느냐?"

이 말을 듣고 호연옥이 대답한다.

"제가 조금 가졌습니다."

"그렇다면 오늘은 허리띠를 끌러놓잖아도 좋겠구나!"

호연작은 이렇게 말하고 껄껄 웃었다.

이때 주보가 닭국과 쌀밥을 가져왔다. 그들 삼부자는 배부르게 먹은 다음 셈을 치른 후 말을 타고 길을 떠났다.

그들이 보정성 밑에 다다랐을 때는 날이 이미 저문 때였다.

호연작이 바라보니 성문은 굳게 닫혔고, 성 위에는 각색 기치가 꽂혀 있건만 성 밖에 살고 있는 주민들은 집을 닫아걸고서 모두 도망해버렸다.

그는 성루를 바라다보고 성을 지키는 군사에게 물어봤다.

"도통제 주선생 계시냐?"

그러자 병정 놈의 대답 소리가 들린다.

"지금 안 계십니다. 금국군이 침범해왔기 때문에 통제님이 여기서 30리 떨어진 비호욕(飛虎峪)엘 나가셔서 그곳을 지키고 계십니다."

호연작은 이 소리를 듣고 말고삐를 쥔 채, 어찌할까 생각하느라고 한참 동안 그대로 섰었다.

그럴 때 별안간 꽹과리 소리가 요란히 들리더니, 수백 개의 검정 깃발을 펄럭거리면서 한 떼의 군사가 나타나는 게 아닌가.

호연작은 이것이 금국군인 줄로 알고, 급히 두 아들과 함께 오솔길로 말을 달려 내뺐다. 그러자 성 위로부터 화살이 빗발처럼 쏟아지는 고로 삼부자는 정신없이 채찍질해 도망쳤다.

이렇게 해서 간신히 위험한 지구를 벗어난 뒤에 호연작은 비로소 정신을 차렸다.

'이제 어디로 간다? 주동(朱同)은 간 데 없고… 적병은 온통 땅바닥을 덮었으니, 어디로 간단 말인가?'

이런 생각을 하면서 달아나다가 보니, 아무래도 길을 잘못 든 것 같았다. 산 밑으로 뻗친 좁은 길이 아닌가.

해는 아주 넘어가버렸고, 수풀 속에서는 괴상한 새들의 울음소리가 들린다.

이왕 들어선 길이라 산모퉁이를 돌아가니까, 낙락장송이 두 줄로 서 있는 저쪽 끝에 굉장히 큰 절간이 보이고, 종소리가 은은히 들린다.

호연작은 절을 바라다보고 아들한테 말했다.

"됐다! 우선 절에 들어가 하룻밤 쉬고, 그다음 일은 내일 작정하자!"

이렇게 말한 다음에 절문 앞에서 막 말을 세워놓고 내리려 할 때, 별안간 딱딱이를 울리는 소리가 나더니, 산문(山門) 뒤로부터 창과 몽둥이를 든 4, 50명의 중들이 뛰어나오면서,

"이놈들, 음마천의 강도들아! 어디를 감히 덤벼드느냐!"

이같이 호령하는 게 아닌가.

"아니올시다! 우리 삼부자가 보정부의 주통제를 찾아갔다가 못 만나고서 돌아가는 길에 날이 저물었기 때문에 하룻밤 쉬고 가려고 들어왔습니다. 강도라니, 말이 됩니까!"

호연작이 이렇게 대답하니까, 중은 한층 더 큰소리로 떠든다.

"똑똑히 들으란 말이다! 이 만경사(萬慶寺)는 북제(北齊) 때 창건된 사찰인데, 이번에 금국에 귀순했으니까, 금국군의 포고대로 시행한단 말이다. 마상에 투구가 있는 걸 보니 너희들이 송조(宋朝)의 패장 아니냐? 너희들을 잡아다가 상을 타야겠다!"

한 놈이 이렇게 떠드니까 4, 50명의 중들이 창과 막대기를 꼬나쥐고 일제히 덤벼드는 게 아닌가.

호연작 삼부자는 분통이 터져 닥치는 대로 중놈들을 창으로 찌르고 칼로 베었다. 여러 놈이 이같이 쓰러져버리니까, 남은 놈들은 모두 달아나버린다.

이렇게 해서 중들을 퇴치한 뒤에 호연작은 아들들과 함께 그곳을 떠나 조금 더 가보았더니, 굉장히 큰 고목나무 밑에 산신묘가 하나 있는데, 몸이 피곤해서 더 갈 수도 없으므로 말에서 내려 산신묘의 대문을 열고 안으로 들어갔다. 사당 앞 너른 마당에 사람의 그림자라곤 하나도 없고 낙엽만 수북이 쌓였는데, 귀뚜라미 우는 소리만 처량하게 들린다. 그런데 배는 고프고 몸은 오싹오싹 추워온다.

세 사람이 댓돌 위에 앉았다가 서성이 벌떡 일어나더니 돌멩이 두 개를 집어들고서 부싯돌처럼 치니까 낙엽에 불이 붙는다. 그러자 서성과 호연옥은 여기저기 흩어져 있는 나뭇가지를 주워다가 불이 활활 타오르게 만들었다.

이렇게 불을 피우고서 그 불에 손을 쬐니까 몸이 차차 녹는 것 같으므로 젊은이 두 사람은 또 나뭇가지를 태우려고 사방을 둘러보았지만,

태울 만한 것이 하나도 눈에 띄지 않는다. 이때 서성은 대문 밖에 있는 고목나무에 올라가서 마른 나뭇가지를 꺾어올 생각으로 급히 나가더니, 부리나케 다시 들어와서 창을 집어들고 급히 뛰어나가는 고로, 호연옥이 놀라서 물어봤다.

"동생! 창을 들고 어디로 가나?"

서성은 대답을 하지 않고 수상스럽게 손짓만 하는 고로 무슨 일인지 몰라서 호연옥도 쌍편을 집어들고 쫓아나가니까 서성은 걸음을 사뿐사뿐 걸어서 냇가까지 가더니 손가락으로 아래를 가리키면서,

"형! 저기서 노루가 물을 먹고 있잖아요? 저놈을 잡아가지고 저녁을 먹어야지."

이같이 속삭이고 나서 비호같이 달려가더니, 창으로 노루의 옆구리를 콱 찔러버린다. 그와 동시에 노루란 놈은 외마디 소리를 지르고 자빠지는 것을, 호연옥이 달려들어 칼로 모가지를 잘라버리고 배를 가른 후, 시냇물에 깨끗이 씻어 사당으로 들어갔다. 이렇게 두 사람은 분주히 돌아다니면서 솥과 냄비를 어느 구석에 가서 찾아낸 다음에 노루 고기를 썰어서 담아가지고 불에다 올려놓고서 푹 삶았다.

"자아, 익기는 익었는데, 소금이 없으니 이걸 어떻게 먹나?"

서성이 이런 말을 하자 호연작은 그를 보고,

"애! 호강스런 소리 하지 말아라. 행군할 땐 언제나 맨 걸로 먹는 법이야. 어디서 소금을 구한다데. 노루 고기를 맛본다는 것만도 다행한 일이다. 이것이 없었다면 굶었지, 별수없었다!"

이같이 말한 후 그릇에다 노루 고기를 떠내 막 먹으려 하는 판인데, 어디서 사람의 울음소리가 은은히 들려오는 것이었다.

호연옥이 귀를 기울이고 듣더니,

"그거 참 괴상한 일인데요! 산속 고요한 밤에 곡성이 나다니, 이게 웬일예요? 이거 별일 아녜요?"

이렇게 중얼거리고는 대문 밖으로 쫓아나간다. 서성도 따라서 나가 보았더니, 사람이라곤 그림자도 보이지 않는다.

때마침 달빛이 명랑해서 사방을 둘러보니까, 고목나무 아래로 한 가닥 오솔길이 있으므로 그 길로 걸어가 보니, 맞은편 죽림으로부터 불빛이 새어나오는 게 아닌가.

호연옥과 서성이 급히 그곳으로 가보니까 한적하게 지은 작은 방이 하나 있는데, 그 방 안으로부터 부인의 울음소리가 나는 것이었다.

서성이 사립문을 열어젖히고 들창문 앞으로 가서 방 안을 들여다보니까 중놈 한 놈은 부인을 타고 앉았고, 한 놈은 부인의 아랫도리 의복을 벗기는 판이었다.

이때 호연옥이 뒤미처 들창문 틈으로 이 광경을 보고는 금시 분통이 터져 들창문을 와락 잡아당겨 떼어 팽개쳐버린 다음에 방 안으로 뛰어 넘어 들어갔다. 서성도 잇따라 들어갔다. 그러자 중놈 두 놈은 옆문을 박차고 일제히 뛰어 달아난다.

"개 같은 중놈의 새끼! 네놈들 어디로 가느냐!"

서성이 고함을 치고 그 뒤를 추격했다.

이때 호연작은 사당 안뜰에 앉았다가 두 아들이 바깥에 나가서 돌아오지 않는 고로 대문 밖으로 나와서 기다리고 있었는데, 서성의 고함소리가 들리더니 중놈 두 놈이 도망해오므로, 그는 한 손으로 우선 한 놈을 거머잡자 또 한 놈은 몸을 빼쳐 도망해버렸는데, 그때 서성이 쫓아오더니 칼로 중놈의 한쪽 팔을 후려쳤다. 중놈의 오른쪽 팔이 뚝 잘렸다.

호연작과 서성이 중놈을 데리고 다시 그 방으로 와보니까, 욕을 당할 뻔하던 부인이 땅바닥에 쪼그리고 앉아서 엉엉 우는데, 비록 두메산속의 부인이긴 하지만 인물이 제법 아름답다. 머리는 흐트러졌고 의복도 볼썽사납게 흐트러졌다.

이 모양을 내려다보고 호연작이 물어봤다.

"당신 어디 사시오? 어쩌다가 중놈들 손에 붙들렸소?"

그러자 부인은 울음을 그치고 눈물을 씻으면서 대답한다.

"저는 이 근처 촌에 사는 이(李)씨의 아낙입니다. 금나라 병정 놈들이 쳐들어와서 집집마다 뒤지는 까닭에 저는 남편과 함께 시어머님을 모시고 산골짜기로 피신했었는데, 고목나무 뒤에 은신하고 있다가 나와 보니까 어머님도 바깥양반도 어디로 갔는지 없어졌군요. 밤은 깊었고, 길은 험하고… 어떻게 집으로 돌아가나 걱정하면서 땅바닥에 앉아 있노라니까, 중놈 두 놈이 나타나더니 저를 끌고 이리로 왔답니다. 한사코 그놈들한테 욕을 안 당하려고 울음을 터뜨렸는데, 구해주셔서 감사합니다."

호연작은 부인의 말을 들은 후 끌고 온 중놈을 보고 호령했다.

"너는 어느 절에 있는 중이냐? 어째서 불도를 지키지 않고, 양가 유부녀를 강간하는 거냐?"

호령이 추상같으니까 중놈이 벌벌 떨면서 답변하는 것이었다.

"예! 저는 만경사에 있다가 이곳에 방을 한 칸 짓고서 요새 스승님과 함께 여기 와 있는데요. 본사 주지 담화(曇化) 스님이 숭산 소림사(小林寺)에 계시던 스님으로 창봉(鎗棒)을 잘 쓰시는 어른인데, 담화 스님허구 형제같이 지내시는 필풍(畢豊) 스님이 용각산에 계시다가 요새 음마천에 있는 불한당 떼한테 결딴나셨기 때문에 이번에 그 원수를 갚으시려고 금국군의 원수 간리불 장군한테 청원을 드려 음마천을 토벌하려고 금국에 귀순하셨습니다. 그래서 오늘 모두 금국군 영문에 가서 점명(點名)을 받고 돌아오는 길인데, 수풀 속을 지나오다가 저 부인이 혼자서 앉아 있는 것을 보고, 제 스승님이 욕심을 내가지고 끌고 왔답니다. 그러니까 저의 스승님의 소행이지, 저는 잘못한 일이 없습니다."

이때 곁에서 호연옥이 소리를 질렀다.

"이 죽일 놈아! 네가 부인의 옷을 벗기는 걸 내가 봤는데, 그래도 잘 못한 일이 없어?"

그러자 서성이가 그 중놈의 멱살을 거머쥐고서 질질 끌고 시냇가로 나가더니 모가지를 베어 던진 후, 별일 없었다는 표정으로 다시 들어왔다.

호연작은 이때 부인을 보고 말했다.

"부인을 위해서 우리가 중놈을 아주 없애버렸으니까, 내일 날이 밝거든 당신 바깥양반을 찾아서 떠나시오!"

"감사합니다! 이렇게 목숨을 건져주시니… 그놈에게 욕을 당했다면 저는 머리를 돌에 부딪고 죽었을 텐데… 구해주셔서 감사합니다."

"좋소! 과연 정렬부인(貞烈婦人)이오!"

이럴 때 서성이는 침을 삼키면서,

"아이, 배고파라! 그럭저럭 밤이 깊었네. 그놈의 중녀석 한 놈을 놓친 게 분한데요."

이렇게 말하더니 껄껄 웃으면서,

"참! 노루 고기가 아주 잘 익었을 거야. 형님이 가서 이리로 갖고 오시구려. 난 여기서 무어 양념거리가 있는가 찾아볼게요."

하고 등불을 들고 부엌으로 들어가 찾아보는데, 그가 예상한 대로 된장·간장·초·쌀·국수·채소 온갖 것이 죄다 있다. 그리고 상 밑에 커다란 술항아리가 있는데, 술 냄새가 대단히 좋다. 서성은 술을 주전자에 퍼담아서 따끈하게 데웠다. 그러자 호연옥이 노루 고기가 들어 있는 냄비를 들고 왔다.

두 사람은 밥을 지은 후 고기와 술을 내다놓고서 아버님 호연작에게 드리고서 세 사람이 각기 배부르게 먹었다. 그리고 그 부인도 먹었다.

날이 밝은 뒤에 호연작은 아들과 상의하다가,

"하는 수 없다. 갈 곳이라곤 음마천밖에 없으니, 우선 그리로 가자."

하고서 부인보고 물었다.

"여기서 음마천까지 몇 리나 되는지 당신이 아시오?"

그 부인이 얼른 대답한다.

"그다지 멀지 않습니다. 여기서 서남쪽으로 불과 20리밖에 안 됩니다. 얘기를 들으니까요, 그곳에 있는 대왕(大王)이 아주 의기가 놀랍고, 그 위에 착하기 짝이 없어서, 나쁜 놈의 재물만 뺏고 양민은 조금도 해치지 않는대요. 이곳 만경사의 강도 같은 중놈들과는 판이한 모양예요."

"알았소! 부인은 이제 맘대로 돌아가시오."

호연작은 즉시 아들과 조카를 데리고 말을 타고서 음마천을 향해 떠났다.

이렇게 떠나서 10리쯤 왔을 때, 맞은편 언덕길로부터 말 탄 사람 하나가 달려오는데, 그 뒤에선 검정 깃발을 펄럭거리며 금국군의 한 떼가 추격해오는 고로 호연작이 유심히 바라보니 바로 미염공 주동인데, 웬일이냐고 물어볼 새도 없이 추격군이 그의 신변에 달려드는 것이다. 이때 서성이 뛰어가서 창으로 추격군을 찔러 말 아래 떨어뜨리자, 호연작은 쌍편으로 또 한 놈을 후려갈겨 떨어뜨렸다. 그러자 추격하던 금국군은 이상야릇한 소리로 군호를 하더니 도로 내빼버린다.

이때 주동이 호연작의 모양을 유심히 바라보더니 반색을 한다.

"아니, 이거 큰형님 아니십니까! 형님을 못 만났다면 큰일 날 뻔했습니다. 그런데 형님은 어디서 오시는 길입니까? 그리고 이 두 분 젊은이는 누군데 이렇게도 용감한가요?"

호연작이 막 대답을 하려는 순간, 난데없이 꽝 크게 울리는 바라 소리와 함께 맞은편으로부터 4, 50명의 졸개를 거느린 두령이 어떤 중놈을 한 놈 묶어가지고 나타난다.

호연작이 놀라운 얼굴로 그들을 바라볼 때 그 두령은 호연작과 주동을 보더니, 말 위에서 얼른 뛰어내린다. 이 사람이 바로 금표자 양림인 것을 알아본 그들은 일제히 말 위에서 내려 서로 예를 나누고 노송나무 아래로 가서 둘러앉더니 먼저 호연작이 말을 시작한다.

"나는 어영병마 지휘사로서 그동안 쭉 서울에 있다가 이번에 금국 놈들이 우리가 배신했다는 핑계로 하북·하동 지방에 침범해오기 때문에 성상 폐하께서 태자에게 전위(傳位)하시고, 내시 양방평으로 하여금 열 명의 대장과 함께 적군이 황하를 건너오지 못하도록 막으라 하신 까닭에 나는 왕표라는 장수와 함께 양유촌 지방을 지키고 있었단 말이오. 그랬는데 왕표란 그 못된 놈이 금국과 내통해서 적병을 끌어들일 줄 누가 알았나! 그래 내가 낭패를 당했는데, 다행히 아들놈과 금창수 서녕의 자제 서성이 함께 뛰어나온 덕분으로 도망을 쳐서 보정부에 계신 주형한테로 갔더니, 성 밑에서 금국군이 뛰어나오기 때문에 오솔길로 그냥 내뺐지요.

그래서 한참 내빼다가 만경사를 보고 찾아들어가 하룻밤 쉬고 가겠다고 했더니, 중놈들이 나를 음마천에서 보낸 염탐꾼이라 하면서 마구 덤벼든단 말이야! 나는 애들을 데리고서 몇 놈을 때려치우고 그길로 10리쯤 더 가다가 길가에 고묘가 있기에 들어가 앉아서 잠시 몸을 쉬고 있다가 부인네의 울음소리를 듣고서 그 방 앞에 가서 엿보니까, 중놈 두 녀석이 어떤 부인 하나를 강간하려 들기에 내가 한 놈을 잡아 죽이고서 부인을 구해줬다오. 그러고 나서 삼부자가 의논 끝에 다른 데로는 갈 곳이 없어서 음마천으로 찾아가는 길인데, 조금 전에 주동 형님을 만났더니, 이번엔 또 양형을 만나게 됐소이다그려!"

호연작의 말이 끝나니까 주동이 말을 받는다.

"나는 말예요, 금병이 월경한 뒤에 태수의 명령으로 비호욕을 수비하고 있었는데, 워낙 적군의 형세가 크기 때문에 병정 놈들은 겁을 집어먹고 도망쳐버리고, 나는 혼자서 도망해오다가 마침 호연작 형님을 만났기에 살아났습니다."

두 사람의 이야기를 듣고만 있던 양림이 말한다.

"하여간 잘됐습니다. 음마천까지 얼마 안 갑니다. 일어나십시다."

그들은 모두 일어나서 말 위에 올라탔는데, 호연옥이 말 곁에 있는 중을 보더니,

"이놈이 어젯밤에 강간하려던 중녀석이군요. 이놈을 어디서 잡으셨습니까?"

하고 묻는다.

"응, 우리 산채허구 만경사허구 그동안 몇 번 충돌이 있어서 저놈들한테 졸개가 몇 놈 붙잡혀 갔단 말이야. 오늘 저 중놈이 나를 보더니 부리나케 도망치기에 붙잡았다. 산채로 끌고 가서 저놈의 간을 꺼내가지고 성주탕을 만들어 먹을 작정이었는데, 저놈이 부녀자를 강간하던 놈인 줄은 몰랐구나!"

양림이 이렇게 대답한다.

미구에 그들은 음마천에 도착했다.

양림이 먼저 졸개를 시켜 산채에 통보한 까닭으로 이응 등 여러 사람이 나와서 그들을 영접해서 취의청으로 올라갔다.

인사가 끝난 뒤에 이응이 먼저 말하는 것이었다.

"만경사의 담화 화상(和尙)이 금국 군사를 청해가지고 와서 우리를 공격한다는 판인데, 다행히 두 분 형님이 오셨으니까, 이제는 두려울 게 없습니다."

이 말을 듣고 주동이 말한다.

"내나 호연 장군은 과거로 물러가는 사람이고, 이제는 이 두 청년이 우리보다 월등 낫습니다. 이 사람의 이름은 호연옥으로 바로 호연 장군의 자제이고, 저 사람은 금창수 서녕의 자제 서성인데, 둘이 다 영특합니다. 내가 적군한테 추격당했을 때 저 사람들 둘이서 적군을 물리쳤다니까요!"

이 말을 듣고 이응은 대단히 기쁜 얼굴로 말한다.

"참 여러 해 못 봤더니 몰라볼 만큼 장성했구려! 설명을 해주니까 알지, 그렇지 않구선 전혀 몰라보겠는데. 참 반갑소. 그런데 공손 선생과 주군사(朱軍師)가 한적한 곳을 좋아하시는 까닭에 저쪽 백운과(白雲垮)에 암자를 하나 짓고서 두 분이 그곳에 계시니까 좀 이리로 오시게 하리다."

이럴 때 양림이 한마디 했다.

"내가 지금 오다가 중놈을 한 놈 잡아왔습니다. 이놈이 어젯밤에 유부녀를 강간하려던 놈인데… 한 놈은 호연 형이 죽이고, 이놈은 도망친 놈인데, 나한테 붙잡혔답니다."

"마침 잘됐군! 담화 주지란 놈이 오거든 저 녀석을 때려죽여가지고 기제(旗祭)를 올려야겠소!"

이렇게 말하고 있을 때 공손승과 주무가 취의청에 들어왔다. 두 사람은 호연작과 주동을 오래간만에 보고서 대단히 반가워했다. 그리하여 이날 취의청에서는 잔치가 벌어졌다.

그런데 호연작이 부인을 구해주던 날 밤에 그곳 외딴 집에는 불도를 닦는 도인이 하나 있다가 웬 중놈 둘이 들어와서 흉측한 짓을 하는 바람에 뒷문으로 도망쳤었는데, 그다음 날 시냇가에 중의 시체가 있는 것을 발견하고 이 사실을 담화 주지한테 알렸다.

담화 주지는 이 같은 기별을 듣고 크게 노했다.

"음마천에 있는 도둑놈들의 짓이다! 저놈들을 하루 속히 처치해야지, 그러지 않고서는 우리가 못 견딜 거니까. 용각산의 필풍이허구 합세해서 저놈들을 섬멸시키려 했지만, 언제까지 기다리고 있을 수가 있느냐. 내가 간원수(幹元帥)를 찾아보고 군사를 청해다가 음마천을 소탕해 버려야겠다!"

그는 이같이 마음을 정하고서 시자승(侍者僧)을 데리고 금국군의 진영으로 떠나갔다.

그는 영문으로 들어가서 간리불 장군 앞에 합장하고 아뢰었다.

"만경사로 말씀하오면 북조(北朝) 때 호태후(胡太后)께서 건립하신 향화원(香火院)이옵고, 역대 제왕이 공양을 드리던 사찰이옵니다. 이번에 저희가 귀국의 대군 앞에 맨 먼저 귀순하였습니다. 그러하온데 음마천에 있는 이응이라는 도둑놈은 원래 송강의 부하이온데, 양산박의 잔당들을 모아가지고 산채를 짓고서 숨어 앉아 못 하는 짓이 없습니다. 이번에 귀국에서 군사 행동을 하시니까, 이자는 송조(宋朝)를 부흥시키겠다고 일어났습니다. 그리고 어젯밤에는 정실(靜室)에서 불도를 닦고 있는 소승의 제자 두 사람을 참혹하게 죽였습니다. 원수께서는 소승을 불쌍히 보시고 군사를 내어 도와주시옵기 바라옵니다. 산적들을 소탕해 버리고서 백성들로 하여금 귀국의 은혜를 알도록 한 후, 불법을 크게 일으켜야 할 때가 지금인가 하옵니다."

그는 이렇게 말하고서 산호(珊瑚)로 만든 구슬 한 꾸러미와 금으로 만든 불상 하나를 바쳤다. 그런데 이 간리불이란 금국군 원수는 성질은 잔인한 위인으로 불교를 광신하는 인물이었다.

"우리 대군이 이르는 곳마다 머리를 숙이지 않는 백성이 없거늘 그 어떤 도적이 감히 항거하려 든다는 거요? 스님한테 5백 명의 군사를 줄 터이니 데리고 가서 도적들을 무찔러버리시오."

간리불은 즉시 이같이 명령을 내렸다. 담화 주지는 그에게 사례하고서 금국 군사들과 함께 만경사로 돌아온 후 재를 올리고, 또 승병 3백 명을 뽑아 십리송(十里松) 벌판에 진영을 설치했다.

이때 음마천 산채에서는 이응과 여러 두령들이 잡담을 하고 있었는데, 염탐을 맡은 졸개가 올라와서 말하기를, 지금 만경사의 담화 주지가 금국 군사와 승병을 거느리고 와서 십리송에 진을 치고, 산채를 들이칠 준비를 하고 있다는 것이었다. 이 같은 보고를 들은 이응은 픽 웃었다.

"간음이나 하는 흉악한 중놈이 이제 죽을 때가 됐나 보다. 제 발로 걸어오게!"

그는 곧 쫓아나가 무찔러버릴 기세이므로 주무가 한마디 했다.

"서두르지 마시오! 금군이란 사나운 것들입니다. 채책을 엄중히 수비하면서 2, 3일 가만히 있다가, 저것들의 예기가 풀린 다음에 그때 나가서 싸워야 합니다."

이 말을 듣고 이응도 옳다 생각하고서 즉시 번서·두흥·양림·채경으로 하여금 세 군데 관소(關所)를 엄중히 지키는 동시에, 여러 군데 오솔길에 나무토막과 돌멩이를 쌓아 길을 막아버리고, 포석(砲石)·화전(火箭)·뇌목(擂木)·회병(灰瓶)을 가득 준비해둔 후, 채문(寨門)은 단단히 닫아걸고 깃발은 전부 감추고서 가만히 있도록 지시했다.

그런데 담화 주지는 날이 밝기 전에 군사들을 먹여가지고, 기세등등하게 산 밑에까지 뛰어와서 산 위를 바라보니 사람이라고는 그림자도 안 보이므로 주위를 한 바퀴 돌아다녀 보았더니, 길이란 길은 모두 다 끊겼다. 그는 곧 승병들에게 산을 기어 올라가라는 명령을 내렸다. 그랬더니 산상에서 포석과 폭죽이 빗발처럼 쏟아지는 바람에 승병들은 모두 피투성이가 되어 쫓겨 내려오는 게 아닌가. 날도 이미 저물었는 고로 담화 주지는 하는 수 없이 십리송으로 돌아와서 초조하게 그날 밤을 지냈다.

그러고서 이튿날 또다시 산 밑에 나아가 싸움을 돋우어보았건만 도무지 상대도 않는 까닭에 할 일이 없게 된 금국 군사들은 몇 놈씩 뿔뿔이 흩어져 근처 마을로 돌아다니면서 재물을 약탈하거나 부녀자를 강간하는 등 행패가 심했다.

금국군 병정들의 행동이 이같이 문란해졌고 날도 벌써 점심때가 지났는 고로, 담화 주지는 군사를 거둬서 십리송 진영으로 돌아가려고 생각했는데, 뜻밖에 이때 쾅 하고 대포 소리가 요란히 울리더니, 이응·호연작·양림·번서 등 네 명의 두령이 4, 5백 명의 졸개를 거느리고 뛰어나오는 게 아닌가.

몸집이 뚱뚱한 담화 주지는 무게가 60근이나 되는 혼철선장(渾鐵禪杖)을 꼬나쥐고 백마를 달려나가면서 호통을 치는 꼴이 그 전날의 노지심을 방불케 한다.

"돼지다가 살아남은 양산박의 잔당들아! 어째서 깨끗한 우리의 법문(法門)을 어지럽히느냐? 금국 대군이 잡으러 왔으니, 빨리 결박을 받아라!"

이에 대해서 이응이가,

"머리 빠진 당나귀야! 네가 죽을 때가 돼서 왔느냐?"

이같이 호령을 해붙이고서 창을 꼬나쥐고 달려드니까, 담화는 선장을 휘두르며 대항하여 싸우기를 30여 합 계속하건만, 승부가 나지 않는다.

이것을 보고 호연작이 쌍편을 들고 달려들어 응원을 한다. 그래도 담화는 조금도 겁내는 빛이 없다.

이렇게 한참 동안 접전이 계속되니까 금국군 측에서는 꽹과리를 두드리며 풀피리 소리를 휘익 휘익 내면서 일제히 돌격하여 쳐들어온다. 이럴 때 양림과 번서가 졸개들을 끌고 뛰어나가 싸우는데, 어느덧 날이 어두워지는 고로 쌍방에서는 각각 징을 쳐서 군사를 거뒀다.

이 싸움에서 쌍방의 손해는 비슷비슷했다. 담화는 십리송의 진영으로 물러왔다.

이응은 산채에 돌아와서 군사(軍師) 주무를 보고 실감을 토했다.

"그놈 중녀석이 뜻밖에 어떻게 센지, 나허구 호연 장군허구 둘이서 겨우 막아냈답니다!"

이 말을 듣고 주무가 고개를 갸우뚱하며 잠시 생각하더니 의견을 말한다.

"담화란 놈이 그렇게 무예가 강한 놈이라면 힘으로 대적해서는 안 되겠고, 꾀로써 그놈을 잡아야겠군요. 그러니까 이렇게 합시다. 즉, 내일일랑 산 위에서 고함이나 지르고 깃발이나 내젓고, 나가 싸우지는 말고, 몰래 뒷산으로 군사를 4백 명가량 내려보내 만경사를 들이칩시다. 저것들이 만경사는 필시 텅 비워두고 있을 게니까, 먼저 중놈들의 소굴을 없애야죠. 그러고 나서 두 쪽 길에 복병을 해뒀다가, 담화란 놈이 우리가 만경사를 들이치는 것을 알면 그리로 군사를 끌고 올 테니까, 그때 뛰어나와 무찔러버리면 됩니다."

"그거 좋습니다."

주무의 말에 모두가 찬성하는 고로 이응은 호연작·서성·호연옥·양림으로 하여금 만경사를 들이치도록 하고, 배선·채경·번서·두흥은 양쪽 길에 매복하고 있도록 지시한 후, 자기와 주동은 산채를 지키면서 적과 대진하기로 했다.

이렇게 작정한 뒤에 3경쯤 되었을 때 호연작과 배선은 각각 졸개들을 데리고 산을 내려가는데, 양림이 길을 인도했다. 그리고 배선·번서 등 네 사람의 두령은 만경사 못미처 3리쯤 되는 송림 속에 졸개들을 매복시켰는데, 호연작이 3백 명의 졸개와 함께 만경사 문 앞에 이르렀을 때는 대웅전 안에서 식전불공을 드리는 독경 소리가 흘러나오는 때였다.

이때 졸개들은 절문을 열어젖히고서 일제히 뛰어들어가 늙은 중 젊은 중 할 것 없이 20명가량의 중놈들을 닥치는 대로 찔러 죽였다. 이렇게 되어 삽시간에 대웅전 앞뒤 마당엔 시체가 즐비하게 되었다.

이같이 한 명도 남기지 않고 다 죽인 다음에 양림이 절에 불을 지르려 하자, 호연작이 그를 붙들고 말렸다.

"잠깐 있어! 이 절에 필시 저축해둔 게 많을 거야… 그걸 몽땅 산으로 가져가면 얼마나 유용하게 쓸 수 있다구!"

창주로

호연작이 이같이 말하고 나서 졸개들을 지휘해가며 방마다 들어가서 수색하고, 곳간마다 들어가서 뒤져내니까, 여러 해 묵힌 고급술을 비롯해서 불에 구워 납으로 밀봉한 고기와 말린 해삼·새우·젓갈·참기름·과자·채소뿐만 아니라, 금·은·비단·의복·베·놋그릇·쌀·보리·콩·국수 따위, 이루 헤아릴 수 없는 물자가 산더미같이 나왔다.

호연작이 다시 절의 뒷마당으로 돌아가 보니까, 어두컴컴한 동굴이 뒷산 허리에 뚫려 있으므로, 그는 불을 켜들고 동굴 속으로 들어갔다.

조금 걸어 들어가니까 커다란 석문이 닫혀 있는데 그 문을 열고 안으로 들어서니까, 향긋한 사향 냄새가 코를 찌르는 넓은 방이 하나 있고, 방 안에는 나이 어린 여승이 7, 8명 있을 뿐 아니라, 얼굴이 예쁘게 생긴 여자들이 20여 명 드러누워 자고 있다 여러 사람이 들어오는 줄 알고 모두들 일어나 앉는데, 그들은 모두 아랫도리에 바지는 입지 않고 치맛바람이다.

호연작과 양림이 이 광경을 보고 기가 막혀 서로 얼굴을 바라보고 말을 못 할 때, 계집들이 꿇어앉아서 애걸한다.

"제발 덕분에 저희들을 살려주십시오. 저희들은 모두 양가집 여자들이올시다. 이 절의 중놈들한테 속아 여기 갇혀서 밤마다 그놈들한테 윤

간당하면서도 도망갈 길이 없어서 이 모양으로 있습니다. 제발 덕분에 살려주십시오!"

호연작과 양림은 두말하지 않고 바깥으로 그들을 나오게 한 후, 빈 방 한 칸을 치우게 하고서 그 안에 들어가 있도록 했다. 그러고서 졸개들을 시켜 밥을 짓게 한 후 술과 고기를 내다가 배부르게 먹고 나서 부하들을 데리고 대웅전의 양쪽 복도에 즐비하게 드러누웠다.

한편, 담화 주지는 이때 금국군을 이끌고 십리송에서 진영을 나와 음마천의 산 밑으로 왔었지만, 산 위엔 한 사람도 보이지 않고 북소리 바람 소리만 들릴 뿐이어서, 속에서는 분통이 터지는 것 같았으나 어찌하는 도리가 없었는데, 이럴 때 얼굴이 먼지투성이가 된 만경사의 중 세명이 땀을 뻘뻘 흘리면서 달려오더니 큰소리로,

"주지님! 큰일 났습니다! 강도들이 절을 부수고 들어왔어요! 식구들을 모두 죽여버리고 지금 그놈들이 대웅전 복도에 자빠져 있어요! 저희들은 마침 산을 돌아보느라고 바깥에 있었기에 죽지 않고 지금 쫓아왔습니다."

담화 주지가 이 소리를 들었으니 정신이 있을 이치가 있으랴. 그는 허둥지둥하면서 군사를 돌이켜 만경사로 향했다.

이때 산 위에서 이 꼴을 내려다본 이응과 주동은 벌써 만경사를 결딴낸 줄 알고, 급히 졸개들을 거느리고서 뛰어내려왔다.

"중놈아! 달아나지 마라!"

이응과 주동이 이같이 소리 지르며 쫓아오건만, 담화 주지는 뒤를 돌아다볼 마음도 없어서 그냥 내빼는데, 삼거리에 이르자 금국 군사들은 담화 주지한테 한마디 말도 하지 않고 그대로 동쪽 길로 달아나버린다.

담화 주지는 얼마 남지 않은 승병들만 데리고 달려왔는데, 그가 만경사 앞에 이르렀을 때 갑자기 쾅 소리가 나더니, 송림 속으로부터 배선·번서·두흥·채경 등 네 사람의 두령이 뛰어나오면서,

"중놈아! 빨리 항복해라!"

이같이 호통을 친다.

담화 주지는 아무 말 않고 선장을 쳐들고서 덤볐는데, 이때 이응과 주동이 등 뒤에 닥쳤으므로, 담화는 당황해서 선장을 앞으로 찔렀건만, 배선은 몸을 피하면서 승병들의 대가리를 한 칼에 서너 개 베어던지는 게 아닌가. 이럴 때 이 자리를 벗어난 담화 주지는 절문 앞으로 뛰어갔다.

그때 문안에서 호연작과 서성이 뛰어나오더니, 서성의 창이 번갯불처럼 빠르게 담화의 오른쪽 갈비를 찔러 말 아래 떨어뜨린다. 그러자 졸개들이 와아 달려들어 꽁꽁 묶어버렸다.

이때 이응이 대웅전 마루 위로 올라가서 동지들과 함께 좌정하니까, 호연작이 먼저 보고를 한다.

"중놈들이란 정말 흉측하군요. 뒷산에 동굴을 파고 그 속에 밀실을 만들어놓고서 부녀자들을 수십 명이나 감춰놨습니다그려. 거기다가 술까지 갖다두지 않았겠어요! 기가 막혀서!"

그는 이렇게 말하고 나서 담화 주지를 끌어다가 이응 앞에 꿇어앉히고 심문했다.

"이놈아! 이미 출가한 몸으로 깨끗하게 육신을 갖고 자비를 베풀어야 마땅한데, 어째서 음욕을 탐하고 살생을 좋아하고 짓궂게 우리들과 싸우려 덤볐느냐? 만경사로 말하면 호태후의 향화원으로서 역대 조정에서 공양해오던 절이요, 또 우리 송나라의 국토요, 국민이 아니냐? 그런데 금병이 쳐들어온대서 아직 승패가 나기도 전에 쭈르르 달려가 귀순해 적병을 이끌고 와서 우리를 공격하니 이게 어디서 배워먹은 도리냐? 또, 여자들을 동굴 속에 감춰놓고 술과 고기만 처먹고 지냈으니, 네놈의 죄를 보살님인들 용서하겠니?"

호연작의 말이 채 끝나기도 전에,

"잔소리 그만두고, 빨리 죽여다오!"

담화 주지가 이같이 호통치는 게 아닌가.

이에 분개한 양림이 벌떡 일어나서 칼로 담화 주지의 목을 치려 하자, 이응이 한 손으로 그를 막으면서,

"잠깐 참아요! 불도한테는 칼을 쓸 것도 없지. 저승으로 보내주는 묘한 방법이 있으니까!"

이같이 말하고는 즉시 졸개들에게 영을 내려, 절 안에 있는 모든 물품을 산 위로 운반케 하고 동굴 속에서 구해냈던 여자들을 모두 자기 집에 돌려보내도록 한 후, 담화 주지를 기둥에다 단단히 붙들어맨 다음에 대웅전 건물에 불을 지르고 동지들과 함께 절문 밖으로 나왔는데, 그들이 말을 타고 앉아서 바라보니까, 대웅전은 삽시간에 불덩어리로 변해버리더니 미구에 만경사 전체가 불속에 싸여버린다.

이응과 호연작 등은 담화 주지를 만경사와 함께 이같이 불살라버리고 산채로 돌아와 축하연을 벌이고 유쾌하게 술을 마시기 시작했는데, 이때 졸개 한 명이 들어와서,

"지금 대원장님이 오십니다."

하고 알린다.

이응이 졸개에게 어서 모시고 들어오라고 이르기도 전에 벌써 대원장이 달려 들어오는 고로, 모든 동지들이 뛰어내려가 그를 맞아들이며,

"그래 그동안 어떻게 지내셨어요?"

하고 물으니까 대종이 말한다.

"글쎄, 내가 말이요, 악묘로 출가하여 세상과 아주 인연을 끊고 있었는데, 추밀원에서 기어코 나를 끌어내다 벼슬을 시킬 줄 누가 알았겠소? 그래, 하는 수 없이 끌려나가 군전(軍前)에서 심부름이나 하고, 왕래하는 문서를 빨리 전해주느라고 수고를 했죠. 나중에 서울에 돌아와서 그만 산으로 돌아가겠다고 작별하러 찾아갔더니, 동관이 또 붙들고 칙명을 전하는 거 아니오? 왕보란 놈이 잘못 생각해가지고 평주를 지키는

장각이의 항복을 받아들였기 때문에 금국 놈들이 들고 일어나 황하를 건너와서 서울을 들이치려고 하자, 조정에서는 주전론(主戰論)·화평론(和平論)이 분분했었는데, 병부시랑(兵部侍郎) 이강(李綱)이 극력 주장해서 하북·하동과 관(關)·섬(陝) 지방의 의병을 모아 노충 경략상공이 통솔하여 금국병을 막으려고 했지."

"그랬어도 그렇게 안 됐다는 얘기를 들었는데요?"

이때 대종의 이야기를 끊고 이응이 이렇게 물었다.

"그랬어요! 노충 경략상공의 부하 요고(姚古)·경남중(耿南仲)의 부대가 성 밖에 주둔하고 있을 때, 추밀원에서는 날더러 각처에 보내는 조서를 전하고 빨리 응원병을 보내도록 재촉하라 해서 먼저 대명부로 갔더니 누가 알았나? 태수 유예란 놈이 벌써 적국에 귀순해버리고 점몰갈을 중국의 상감님으로 떠받들기로 작정한 뒤로구려! 그래, 이놈한테 붙들려서 가졌던 조서는 모두 빼앗기고, 나는 금국군 영문으로 압송됐었으나 거기서 도망쳐나왔단 말예요. 그렇지만 조서를 몽땅 잃어버린 주제에 서울로 돌아갈 수도 없고… 생각다 못해 창주에 계신 시대관인한테로 피신하려 했지. 그런데 이걸 또 누가 알았어야지! 재상 이방언(李邦彦)이가 적군과 싸우지 않기로 하고서 점몰갈이한테 삼진(三鎭) 지방을 떼어주기로 했더니 저놈이 다시 금을 백만 냥, 은을 5백만 냥을 요구해왔기 때문에 서울 안에 살고 있는 부자와 상인들의 재물을 털었으나 십 분의 일밖에 안 되니까, 각처 시골로 사람을 내려보내 재물을 털어 모으는데, 만일 감추어두고 안 내놓는 사람이 있으면 전 가족을 모두 죽여버리게 됐다는구려.

그래 이런 지시가 창주에 내리니까 창주 태수 고원이란 자식이 이놈은 전일 송공명이 고당주를 들이쳤을 때 시대관인한테 결딴난 고렴의 동생이라, 이놈이 제 형의 원수를 갚겠다고 상감의 분부라 하고서 금 3천 냥과 은 만 냥을 시대관인한테 바치라 했단 말예요. 그리고 시대관인이 그렇게 많은 돈을 변통하지 못하자, 고원이란 놈은 시대관인과 그 댁의 전 가족을 몽땅 잡아다 가뒀으니, 아무리 난세기로서니 태조 황제의 서서(誓書)를 보관하고 있는 시대관인한테 이럴 수가 있소? 나는 그래, 옥중으로 시대관인을 찾아가 봤는데 그 형님이 날더러 제발 여러 형제들이 합력해서 자기를 구원해주기 바란다고 부탁합디다! 그래서 내가 지금 여길 찾아온 거요."

대종의 이 같은 사연을 듣고 나서 이응이 분연히 대답하는 것이었다.

"염려 마십시오! 시대관인이 가장 중하게 생각하는 것이 의기(意氣)가 아닙니까? 방납이를 토벌한 뒤로 피차에 만나지는 못하고 서신 왕래는 종종 있었지만 그렇게 된 줄은 몰랐었는데, 알고서야 어떻게 우리가 그냥 있겠습니까? 물론 구해드려야죠! 자아, 모두들 내일 창주로 가서 한바탕 해댑시다!"

이응의 이 말에 모두들 대찬성이었다. 그러고 나서 이날 그들은 취토록 마시고 이야기하다가 흩어져 갔다.

이튿날 이응은 호연작·양림·호연옥·대종·서성을 데리고 1천 명의 졸개를 소집하여 부대를 편성하여 창주로 향해 출발하면서 주동과 번서는 산채를 지키도록 부탁했다.

"혹시 적병이 복수를 하려고 쳐들어올지도 모르니까, 결코 나가서 접전하지는 말아야 해요. 급한 일이 생기면 대원장이 앞뒤로 다니며 신속히 연락을 취해서 처리할 테니까!"

이응이 이같이 말하니까 곁에서 대종이 말한다.

"그전에 고렴이란 놈이 요술을 했기 때문에 송공명이 날더러 공손 선생을 모셔오라 했을 때 내가 무척 고생한 적이 있는데, 지금은 비록 고원이란 놈이 요술을 한다 하더라도 공손 선생이 이곳에 계시니, 모시러 가지 않아서 좋게 됐군요!"

이응은 이 말엔 대꾸도 않고, 대원장에게 딴 일을 부탁한다.

"대원장은 신행법을 써서 빨리 창주로 가서 시대관인을 안심이나 시켜드리십쇼. 우리 군사가 곧 도착할 것이니까 마음을 놓으시라구!"

"그럭하리다."

대종은 대답하고서 곧 신행법을 써서 먼저 떠났다.

그런데 창주 태수 고원은 본래 성질이 교활하고, 나쁜 재주가 많고, 수단이 악랄한 인물이었다. 그는 음마천의 호걸들이 시진과 친한 사이임을 알고 있기 때문에 혹시 공격하러 올는지도 알 수 없다 생각하고, 미리 성벽을 수축하고 목책(木柵)도 견고하게 다시 세우고, 성내와 성 밖의 주민들을 보갑법(保甲法)에 따라 조직 편성한 후, 간첩을 경계하고 성문을 출입할 때에는 누구를 막론하고 소표(小票)를 대조해보고서 통과시키도록 했었는데, 이번에 과연 음마천에서 행동을 개시했다는 정보를 받고서는 즉시 성문 밖에 있는 조교를 전부 걷어올리고, 통제(統制)로 하여금 군사를 훈련케 하는 한편 민병을 소집해 성 위에다 돌멩이와 회병(灰瓶) 따위를 무더기로 쌓아놓게 하고서 밤낮 엄중 경계를 하도록 했다.

창주성이 이같이 엄중히 수비되고 있을 때 이응의 병력이 성 밑에 도착하니까 대종이 기다리고 있다가 이응에게 와서,

"이거 대단한데요! 성내에는 사람은커녕 물 한 줄기도 흘러들어갈 틈이 없습니다그려. 어떻게 단단히 수비하고 있는지… 방법이 없단 말이야!"

이같이 한탄하는 것이었다.

이응이 그 말을 듣고 성을 한 바퀴 돌아본 다음에,

"성은 작은 성인데 대단히 견고해서 좀체 들이치기 어렵군! 멀찌감치 포위하고 있으면서 계책을 생각해야겠소이다."

이렇게 소감을 말하는 것이었다.

한편, 고원은 성 밖에 음마천 군사가 와 있다는 보고를 듣고 무장을

단단히 한 후 친히 성 위를 한 바퀴 순찰하고 나서 관병들에게,

"절대로 나가서 싸우질 말아라! 도둑놈들이 가지고 온 양식이 떨어지고, 기운이 빠졌을 때, 그때 뛰어나가서 무찔러버려야 한다!"

이같이 영을 내렸다.

이렇게 된 까닭으로 성을 공격하러 온 이응은 사흘 동안 성을 바라만 보고 속수무책으로 지냈다.

사흘째 되는 날, 태수 고원은 옥리(獄吏)를 불러 이르는 것이었다.

"시진이란 놈이 확실히 음마천의 산적패와 결연(結連)했구나. 왕년에 흑선풍 이규가 은직각을 때려죽였을 때 그놈을 잡아다 옥에 가둬놓고 빨리 죽여버리지 못했기 때문에 양산박 놈들이 쳐들어와서 내 집안이 아주 전멸당하다시피 화를 당했단 말이다. 지금 나는 성지를 받들고서 금은을 거두는 터이고, 또 시진이란 놈이 음마천과 결탁한 놈이니까 역적 놈이라, 내가 결코 사사로운 감정을 가지고서 원수를 갚는 것이 아니다. 내가 생각건대, 음마천의 도둑놈들이 정분과 체면 때문에 구원하려고 왔겠으니까 시진이란 놈을 죽여서 모가지를 잘라 그것을 성문 밖에 던져버리면, 저것들이 시진이가 벌써 죽은 바에야 어쩔 수 없다 생각하고 자연히 물러갈 것이다. 그렇게 된 연후에 내가 비상한 꾀를 써서 저놈들을 잡을 테니까, 너희들은 오늘밤으로 시진이를 죽인 다음에 날이 밝거든 나한테 보고해라."

"예!"

옥리와 옥졸은 대답을 하고 물러갔다. 그런데 양원절급으로 있는 옥리의 이름은 길부(吉孚)라는 사람인데 위인이 매우 착하고 의기가 있는 사람이기 때문에 그는 생각했다.

'자아, 시대관인은 금지옥엽의 신분으로 재물을 천히 알고 의리를 중히 아는 호걸 남아란 말이야. 그런데 태수가 겉으론 성지를 내세우고 실상은 자기 원수를 갚는단 말이지. 오늘밤으로 죽여버리라니, 어떻게

그럭할 수 있나! 지금 이 난리판에 그까짓 태수쯤… 고드름 같은 것…
언제 녹아 없어질지 누가 안담! 이럴 때 시대관인을 구해주는 것이 당
연한 노릇이 아닌가.'

그는 이같이 생각하고 또 양심에 물어보았다. 그의 양심은 잘 생각한
일이라고 가르친다.

길부는 마음을 이같이 정한 후 옥졸들이 있는 방으로 가서,

"지금 사또께서 시진을 죽여버리라시는데, 그 사람한텐 돈이 아직도
많이 남아 있단 말이야. 내가 가서 그 돈을 털어갖고 와서 자네들한테
나눠줄 테니까 그리 알게. 그리고 하수(下手)하는 건 5고(鼓) 때쯤 하는
게 좋겠네."

이렇게 옥졸들에게 일렀다. 옥졸들은 돈 생길 일을 생각하고 모두들
기뻐한다.

길부는 발길을 돌이켜 시진이 갇혀 있는 감방으로 갔다.

"영감! 기쁜 소식을 들으셨소?"

그가 이렇게 말을 붙이니까, 시진은 눈을 크게 뜨고서,

"옥에 갇혀 있는 내가 무슨 기쁜 소식을 알겠소!"

하고는 길부를 바라다본다.

"영감과 사이가 좋다는 음마천에서 군사를 이끌고 와, 벌써 사흘째
우리 성을 들이치고 있죠!"

시진은 이 소리를 듣더니 희색이 만면해서 묻는다.

"그래, 어느 쪽이 이길 거 같습니까?"

"그런데 우리 사또님이 어디 상대를 하셔야죠. 성문을 굳게 닫고 조
교를 치우고서, 나가서 싸우지를 않으니까요!"

"그렇다면 공성(攻城)을 한댔자, 헛수고만 하는 거 아닌가?"

"그런데 또 하나 기쁜 소식이 있는데, 그건 말하지 않을랍니다."

이 말을 듣고 시진은 혹시 자기를 구해준다는 얘긴 줄 알고 급히 묻

는다.

"왜 지금 말을 안 한다는 거요?"

길부는 잠깐 생각하는 듯하다가 대답한다.

"사또께서 그러시는데, 오래전에 사또님의 어른님께서 당신을 잡아가뒀을 적엔 공연히 일찍이 처단해버리지 않고 있다가 양산박 군사들한테 온 집안이 전멸을 당하셨다면서… 옥졸들한테 오늘밤 안으로 당신을 죽여 성 밖에 시체를 내다버리라 하셨답니다. 당신의 시체를 본다면 음마천의 군사들은 자연 물러갈 거라는 계책이죠!"

시진은 이 말을 듣고 별안간 눈앞이 캄캄해졌다. 이제는 도리 없이 죽었구나 싶으니, 눈물이 저절로 펑펑 쏟아졌다.

이렇게 아무 말 못 하고 있으니까, 길부가 또 말한다.

"울면 소용 있소? 울어야 별수없으니, 당신이 가지고 있는 돈이나 내놓으시오. 내가 당신을 위해서 유용하게 쓸 테니!"

그제야 시진은 눈물을 닦고 말했다.

"1백 냥이 조금 넘을는지 모르지만 이 돈을 죄다 당신한테 줄 테니까, 내가 죽은 다음에 우리 집 가족들이나 잘 보아주시구려. 그러면 눈을 감고 죽겠소이다."

"그거 다 소용없는 소리! 칙명으로 재물을 거둬들이는 판이라 감춰놓고 안 내놓는 사람은 전 가족을 처참하는 판인데 당신 가족인들 살아나겠소? 당신 돈으로 당신 한 사람이나 감장(勘葬)하면 그만이지!"

"그럼, 긴말 말고… 관이나 상품으로 사가지고 내 몸뚱이나 잘 싸서 묻어주시오!"

시진은 이렇게 말하고서 커다란 돈 보따리를 꺼내주었다. 길부는 그것을 받아 쥐고서,

"그럼 뒷일은 염려 마시우."

하고 밖으로 나왔다.

그는 발길을 돌이켜 다시 옥졸들이 있는 방으로 가서 돈 20냥을 꺼내가지고 그것을 옥졸들에게 평균하게 나누어주고, 또 두 냥을 꺼내놓고 이 돈으로는 쇠고기·닭고기·양고기를 사다가 제물로 쓰게 하라고 일렀다. 옥졸들은 돈을 호주머니에 넣고서 모두들 좋아서 싱글벙글했다.

밤이 3경 때쯤 되었을 때 제상을 차려놓은 다음에 길부는 시진을 감방으로부터 불러냈다.

"자아, 이리로 나와서 신령님께 절이나 하시오. 죽어서 지옥으로 가지 않게 해주십사고 빌어요."

길부가 이렇게 말하니까, 시진은 제상 앞에 꼿꼿이 선 채 눈을 똥그랗게 뜨고서,

"금방 죽을 놈이 절은 해 무슨 소용이야!"

하고 듣지 않는다.

길부는 고기 한 점과 술 한 병을 한 손에 한 가지씩 들고 시진의 앞으로 왔다.

"자아, 이거나 들라구. 내가 노형을 구해주지 않는 게 아니고, 위에서 내린 명령이니까 하는 수 없는 거야. 내가 상품 가는 관을 사다가 내일 노형의 시체를 성 밖에 버린 다음에 잘 모실 테니까… 그런 담엔 자연 좋은 일이 생기겠지. 걱정 말라구."

시진은 이때 주먹 같은 돌멩이가 목구멍을 틀어막고 바늘 같은 화살이 가슴을 마구 찌르는 것 같았으나 눈물도 안 나오고… 죽은 사람처럼 등신같이 서 있었다.

길부가 이때 귀를 기울이고 들으니까 종루(鐘樓)에서 4고 치는 소리가 들린다. 그리고 방울 소리와 호령 소리가 들리면서 감옥을 순시하는 옥관의 순시도 지나갔다.

길부는 곁에 있던 옥졸을 보고,

"이제 하수할 준비를 해야겠다."

이같이 말하고는 여러 옥졸들을 둘러보며 큰소리로 호령을 하는 것이었다.

"옷을 벗기고 모두들 준비해라!"

그러자 옥졸들은 제각기 밧줄을 가져오는 놈에, 포승을 갖고 오는 놈에, 시진에게 덤벼들어 의복을 벗기려는 놈에, 부산을 떠는 판인데, 길부는 다시 큰소리로 명령을 내린다.

"잠깐 가만있거라! 아까 저녁때 사또께서 말씀이, 하수할 때 내아에 들어와서 알리라고 말씀하셨으니까 무슨 다른 분부가 있을지도 모른단 말이야. 죄수를 데리고 내아에 들어갔다 나올 테니, 내가 돌아올 때까지 모두들 여기서 기다리고 있어!"

옥졸들이 명령을 듣고 일제히 손을 쉬고 가만히 있을 때 길부는 초롱불을 한 손에 들고, 시진을 데리고서 감문(監門)을 열고 나갔다. 이때 시진의 머릿속에는 아무 생각도 없었다. 그는 다만 길부를 따라서 걸음을 걸을 뿐이었는데 얼마쯤 걸어가다가, 옥문을 열라는 길부의 목소리가 들리는 게 아닌가. 이때 시진의 혼은 빠져서 반공중에 떠 있었건만, 급한 일이 생겼을 때 아무 데고 마구 통과할 수 있는 화첨(火籤)이라는 목패(木牌)를 길부가 들고 서서, 옥문 간수를 보고 지껄이는 소리만은 귓속에 들어왔다.

"이거 봐! 사또께서 시진이를 데리고 내아로 들어오라고 하셨단 말이야. 아마 무슨 처분을 내아에서 내리실 모양인데… 내가 갔다 올 것이니 옥문을 단단히 지키고 있게! 요샌 중범(重犯)들이 있는 때인 만큼 간수를 단단히 해야 한단 말이야!"

이렇게 말하더니 길부는 시진의 두 손을 묶은 결박을 풀어놓고, 윗저고리를 벗겨 내던지고서 초롱을 들고, 시진을 끌고 옥문 밖으로 나와서는, 내아를 향해 걸어가지 아니하고, 반대로 부문(府門) 쪽으로 한참 걸

어가는 게 아닌가. 그러더니 부문 앞에 이르러서 문지기를 보고는,

"사또님의 분부로 지금 중대 범인을 다른 곳에 갖다두려고 나가는 길이다."

이렇게 말한다.

이 말을 들은 문지기는 이 사람이 양원절급으로 있는 옥리로서 죄수를 직접 다루는 사람인지라, 어디로 데려가느냐고 묻지도 못하고 그냥 부문을 열어준다.

길부가 큰길로 나와서 한참 걸어가다가 보니까, 한쪽 좁은 골목으로부터 횃불이 환하게 비치면서 20명가량의 병정들이 걸어나오는데, 모두들 활을 메고 칼을 뽑아들고서 걸어온다. 그리고 선두에는 장관 한 사람이 말을 타고 오는데, 길부가 바라다보니까 바로 손통제가 지금 성위를 순찰하고서 돌아오는 길인 모양이다. 그런데 손통제는 이쪽을 보더니 냅다 호령을 한다.

"웬 사람이 이 밤중에 나다니는고! 저놈을 잡아가지고 가자!"

이때 길부는 조금도 당황하지 않고 침착하게 땅바닥에 꿇어앉더니 아뢰는 것이었다.

"소인은 이 고을의 양원절급으로 있는 길부옵니다. 간첩 한 놈을 잡아가지고 지금 사또님의 화첨을 받들고서 사형수만 가두는 감옥으로 끌고 가는 길이옵니다. 화첨이 여기 있습니다."

그는 이렇게 말하고 목패를 내밀었다.

손통제는 화첨을 보고, 또 이 사람이 양원절급인 고로 더 의심하지 않고,

"가거라!"

하고 그를 놔주었다. 길부는 일어나서 다시 시진을 데리고 천천히 걸어가다가, 손통제가 안 보일 만큼 멀리 갔을 때, 그때부터 급한 걸음으로 달음질하다시피 좁은 골목으로 들어서서 걸었다.

어느덧 교외로 나와서 산모퉁이를 지나 어느 집 문 앞에 이르렀을 때, 길부는 '이리 오너라!' 하고 소리를 쳤다. 그러니까 안에서 사람이 나오더니 문을 열어준다.

길부는 아무 말 하지 않고 안으로 들어가서 대문을 잠근 다음에 시진을 데리고 뒤꼍에 있는 반간방으로 들어가더니, 시진의 모가지에 걸린 죄수들에게 채우는 쇠사슬을 끌러주면서,

"영감! 이제 기쁘시죠?"

이런 말을 하는 것이었다. 그러나 시진은 이것이 어떻게 된 일인지 도무지 알 수 없어서 아무 말도 못 했다. 그러니까 길부가 말한다.

"영감! 난 당신을 참 존경합니다. 그래서 지금 당신을 구해낸 거예요. 옥졸들이 반발을 일으키면 일이 안 될까 봐서 일부러 돈을 가져다가 나눠주고서 지금 이리로 영감을 모시고 온 것인데, 이 집은 운성현에 살던 당우아(唐牛兒)의 집입니다. 송공명이 염파석을 죽여버렸을 때 그년의 늙은 어미가 현청 앞에 가서 관을 사자고 송공명을 속여 나와서 고함을 칠 때, 당우아가 달려가서 노파를 붙들고 송공명을 도망시켰었지요. 그때 당우아는 붙들려서는 송공명의 죄를 뒤집어쓰고 귀양살이를 했었는데, 만기가 돼서 귀양은 풀렸지만 노잣돈이 없으니 운성현으로 돌아갈 수도 없고… 그래서 수년간 이리저리 방랑하다가 이곳으로 왔는데, 제가 이 사람을 보니까 사내다운 의기가 있기에 조금 도와줬지요. 그래 지금 그럭저럭 지내는 터인데, 제가 영감을 구해낸대도 마음놓고 숨어 있을 곳이 마땅한 데가 없기에 이 사람의 집을 빌린 거랍니다."

이 말을 듣고 시진은 죽었다가 살아난 것처럼 생각되어 너무도 고마워서 그 앞에 넙죽 절을 했다.

"이렇게 나를 살려주시니, 은혜는 백골난망이올시다!"

그러니까 길부가 시진을 붙들어 일으키면서 장차 해야 할 일의 계획을 말한다.

"이러지 마시고… 내야 지금 처자가 없는 몸이라 가로거치는 게 없지만 영감 댁 식구들은 지금 감옥에 갇혀 있으니 어쩌겠습니까? 그러니까 영감이 편지를 쓰시오! 그래서 당우아를 시켜서 그걸 성 밖에 있는 음마천 군사들한테 떨어뜨려 군사들이 퇴각하도록 해놓아야 성문이 열리고, 사람들이 드나들 수 있을 겝니다. 그렇게 된 후에 음마천 용사들이 백성들 틈에 섞여서 들어와 있다가 다시 군사들이 와서 성을 칠 때, 안에서 같이 일어나야 할 겝니다."

시진은 이 말을 듣고 더욱 기뻐했다.

"어쩌면 그렇게 면밀하게 생각해두고서도 나한테 미리 한마디도 얘기를 안 하셨습니까? 참, 고맙습니다마는 좀 섭섭한데요!"

"모르시는 말씀! 만일 내가 미리 얘기를 했었다면 영감님 마음이 어쨌을까 생각해보십쇼. 맘이 들떠 자연히 겉에 나타났을 게고, 그랬더라면 구렁이 같은 옥졸들이 눈치를 채어 사전에 탄로되고 말았을 게니, 그랬더라면 일은 다 잡쳐버렸을 겝니다. 내가 눈곱만큼도 계획을 입 밖에 내지 않고 위태한 지경에 가서 빠져나왔으니까 일이 된 거예요. 그런데 아까 큰 길거리에서 손명제를 만났을 때에는 나도 등에서 식은땀이 흐르더군요. 만일 친히 순찰 나왔다가 돌아가시던 사또님에게 들켰더라면, 별수없이 우리 두 사람은 꼭 죽었을 겝니다!"

길부가 이렇게 말하고 있을 때, 당우아가 더운 술 한 병과 영계백숙 한 그릇을 갖다놓는다. 시진은 이것을 보고,

"먹어보기는 하겠지만… 목구멍에 걸려서 넘어갈라구!"

혼잣말처럼 이렇게 중얼거리고는 술을 들이마신 후 손을 벌벌 떨면서 편지를 간신히 써가지고 당우아에게 주었다. 그러고 나서 시진은 길부와 함께 침상 위에서 쉬었다.

한편, 날이 밝자 창주 태수 고원은 동헌에 나와 앉아서 길부에게 시진의 모가지를 들여오도록 하라고 분부를 내렸다.

그랬으나 그가 부른 길부는 들어오지 않고 이름 없는 옥졸이 들어 와서,

"어젯밤 4경쯤 되었을 때 소인들이 막 하수하려고 했을 때, 길부가 저희들보고 하는 말이, 사또께서 내아로 끌고 오라 하셨다면서 시진이를 데리고 바깥으로 나갔습니다."

뜻밖에 이런 소리를 아뢰는 것이었다.

고원은 이 소리를 듣고 크게 노했다. 그는 즉시 문을 지키는 간수를 불러들여 꾸짖었다.

"네 이놈! 어째서 시진이란 놈을 내보냈느냐?"

그러니까 문지기 간수가 공손히 아뢴다.

"4경 때쯤 돼서 길부가 화첨을 들고, 범인을 하나 데리고 나와서 하는 말이 사또께서 범인을 다른 곳에 가둬두라 하셨다고 그러면서… 범인을 관장하고 있는 사람이 길부고, 또 그가 화첨까지 들고 있으니 어쩝니까? 그래 문을 열어줬습니다."

"눈깔을 똑똑히 뜨고 잘 봐! 하여간 지금 사대문을 걸어두고 있으니까, 그깟 놈이 날개가 돋쳐 날아갔겠니? 그만둬라!"

고원은 다시 옥졸들을 꾸짖은 뒤에, 아전에게 분부하여 백성들로 하여금 범인을 잡는 데 협력하라는 효유문(曉諭文)을 쓰게 했다.

범인을 체포하는 자는 상금 1천 관을 주는 대신, 범인을 은닉하는 자는 사형에 처한다는 내용이었다. 그리하여 이 같은 효유문이 성내 요소요소에 게시되자 성내의 주민들은 삽시간에 죄다 알게 됐다. 그러나 시진의 그림자는 어디 있는지 아무도 몰랐다.

그런데 이때 시진의 편지를 받아가지고 밖으로 나온 당우아는, 음마천 군사들이 보이는 성 위로 올라가서 돌맹이와 함께 그 편지를 손수건에 싸가지고 아래로 내던진 다음에 가만히 기다리고 보니까, 어떤 군인이 그것을 집어가는 것이었다. 당우아는 일이 제대로 되는 줄 알고 집

으로 돌아갔다.

그는 집으로 돌아와서 대문을 열어붙이고, 죽 한 그릇과 채소 한 접시를 받쳐들고 나와서 대문간에 앉아 죽을 먹으면서, 이웃집 영감을 바라보며 수작을 했다.

"제기랄! 성문이 닫혔으니 성문 밖에 나갈 수가 있어야지? 성 밖에 나가야 나무를 한 짐이라도 해다가 팔아서 돈을 구경하지! 쌀도 한 주먹밖에 안 남았으니 이제부텀 이틀에 죽 한 그릇으로 살아야 할까봐… 제기랄 시진이나 잡았으면 상금 1천 관이나 타먹는 건데… 어디에 처박혔는고!"

이 소리를 듣고 이웃집 영감이 말한다.

"당선생! 아까 당신이 성 위로 올라갔을 적에 우리 통(統)의 통장(統長)이, 옥중에서 도망간 범인을 수색하러 다니면서 당신 댁의 문이 죄다 잠겨 있는 걸 수상스럽게 바라보자, 통내 사람들이 하는 말이 '어째 문을 잠갔나, 여기다 범인을 감춰뒀나?' 이렇게들 말하니까 통장이 하는 말이 '요렇게 조그만 방에 감춰둘 수 있나? 당우아같이 담보가 없는 사람이… 어림도 없지!' 이러더란 말이야."

당우아는 이 말을 듣고 다 먹은 죽그릇을 땅바닥에 내려놓고 일어섰다.

"나 때문에 여러분이 혹시 맘이 안 놓이신다면 내 집에 들어와서 보는 게 좋아요. 만일 무슨 잘못이 있어서 이웃 간에 연루가 생기면 안 되니까!"

당우아가 일어서서 유쾌하게 이렇게 말하니까, 동네 사람 하나가,

"아니야! 괜스레 해본 소리지… 그런 말 믿지도 말게!"

이렇게 말한다. 그러자 곁에 섰던 동네 사람 하나는,

"아니, 들어가 보는 게 좋아! 의심은 아주 풀어버려야 해!"

이렇게 말한다. 당우아는 아무 말 않고 그를 데리고 문안으로 들어왔

다. 그러고서,

"자아, 집안을 샅샅이 뒤져보라구!"

이렇게 말한다. 그리하여 동리 사람들이 당우아를 따라서 안으로 들어와 보니까 어두컴컴한 부엌 뒤에 반 칸쯤 되는 방이 하나 있고 그 방의 구들장은 내려앉았는데 걸레쪼가리 같은 의복을 벗어서 팽개친 것이 몇 가지 한 구석에 쌓여 있고 그 외엔 시초(柴草)가 난잡하게 흐트러져 있을 뿐이다. 이 같은 현장을 둘러보더니 동리 사람 하나가 껄껄 웃으면서,

"구들장 위에 '시(柴)'는 있는데 '진(進)'은 없구나!"

이렇게 씨부렁거린다.

마침 이럴 때 바깥 큰길 거리에서,

"야야! 적병(賊兵)이 모두 퇴각했다!"

하고 왁자지껄하는 소리가 들렸다.

그런데 이것이 어떻게 된 일이냐 하면, 애초에 계책을 꾸미며 시진을 구해낸 뒤에 당우아를 시켜 편지를 손수건에 싸서 내던졌더니, 양림이 그것을 주워가지고 가서 동지들과 상의하기를,

"시진 형은 감옥에서 나왔지만, 가족들이 모두 갇혀 있으니 못 나올 거 아닌가? 그러니까 우리가 풍수파(風揪坡)까지 퇴각해서 매복해 있다가, 안에서 내응할 때 다시 그때 들이치는 게 좋겠다."

이렇게 작정하고서 모든 깃발을 뚤뚤 말아가지고 진영을 철수해버린 후 퇴각해버렸던 것이다.

이때 창주성을 지키던 군사가 주아(州衙)에 들어가서 보고하니까, 태수 고원은 별로 좋아하는 기색도 없이 아전을 돌아다보고,

"시진이란 놈을 성내에서 잡아내지 못하는 걸 보니까, 아무래도 간첩이 그놈을 동아줄에 매어 성 밖에 떨어뜨린 모양이야. 하는 수 없으니, 그놈의 집안 식구들을 죄다 끌어내다가 죽여버려야 속이 시원하겠

다."

　이렇게 말하는 것이었다.

　이럴 때 또 3문 밖에서는 백성들의 한 떼가 시끄럽게 호소하는 소리
가 들렸다.

　"성문을 여러 날 닫아뒀기 때문에 나무도 떨어지고 물도 떨어졌습니
다. 사또님! 제발 문을 열게 해줍시오… 땔 나무가 없어서 그럽니다!"

　이런 소리가 요란하게 들리므로 태수는 잠시 턱을 쳐들고 생각하다
가 아전한테 분부하기를, 성문을 열어주되 사(巳)·오(午)·미(未), 이같이
삼시(三時)만 열어주고, 출입하는 자는 엄중 사찰하라고 명령했다.

　한편, 양림은 이때 대종에게는 공문을 가지고 다니는 공무원처럼 분
장시키고, 호연옥과 서성은 학생 모양을 차리고서 책보를 끼고 가게 하
고, 졸개들은 시초 속에 무기와 탄약을 감춰 나무장수처럼 짊어지고 각
각 성내로 잠입하게 했다.

간적의 최후

그런데 '당우아의 집은 성문 근처에 있고, 집 뒤가 바로 성벽인데 왼편은 공지(空地)이고, 오른편에 빈집이 하나 있을 뿐, 그 밖에는 이웃집이 하나도 없는 터인데….' 이 같은 지리에 관한 설명이 양림이 주워간 시진의 편지 속에 자세히 적혀 있었기 때문에 대종 등 네 사람은 변장하고 성안에 들어오는 길로 쉽사리 당우아의 집을 찾아와서 시진과 길부를 만나보고, 졸개들은 시초를 공지에 쌓아놓고 안으로 들어가서 모두들 음마천 군사들이 성 밖에 가까이 오기만 기다렸다.

그랬는데, 이날 밤 2경쯤 돼서 포성이 연달아 쾅 쾅 터지니까, 성을 지키던 창주성의 군사는 주아에 뛰어가서 보고했다.

태수 고원은 보고를 받고서 음마천의 적군이 가까이 오는 줄을 알고, 친히 말을 타고 나와 순찰하면서, 민병을 모두 불러내어 성 위로 올라가 지키게 했다. 이렇게 되는 바람에 당우아와 그의 이웃집 주민들과 대종과 양림도 모두 성 위로 따라 올라갔다.

밤이 깊어 4고(鼓)쯤 되니까 민병들은 모두 피곤해서 쭈그리고 앉은 채 꾸벅꾸벅 졸고 있다. 이때 대종은 품속으로부터 흰 명주 수건을 꺼내 성 위의 돌 틈에 끼워놓았다.

성 밑에 있던 음마천 군사들은 흰 수건이 걸린 것을 바라보고, 즉시 기다란 사다리를 성벽에 붙여세우고 개미떼같이 연달아 올라가면서 고함을 질렀다. 이럴 때 양림은 성 위에서 칼을 휘두르며 민병들을 거꾸러뜨리는데, 성 밑에 있던 호연옥과 서성은 성문으로 달려가 문을 지키던 놈들을 처치해버리고서 성문을 활짝 열어젖히고, 또 조교를 내려놓았다.

이응과 호연작은 군사를 거느리고 조교를 건너 성문 안으로 들어가면서 좌우에 있는 집에 모조리 불을 질렀다. 이렇게 되고 보니 한쪽은 불바다라, 순식간에 성내는 온통 가마솥의 물 끓듯 와글와글해졌다.

이때 고원은 서대문이 떨어졌단 보고를 듣고 손통제와 함께 뛰어나오다가 이응·호연작과 마주쳤는데, 이때 그들은 서로 아무 말 않고 싸우기 시작했지만, 한 합(合)도 못 싸우고 고원은 이응의 창에 찔려 말 아래로 떨어지는 게 아닌가. 이 모양을 본 손통제는 말을 채찍질해 도망가는데, 호연작은 이놈을 쫓아가서 불과 일 편(鞭)에 타살해버렸다. 이렇게 되니까 그 부하의 병정들은 각기 살겠다고 서로 앞질러 도망해버리는 게 아닌가. 이때 시진과 길부가 달려와서 이응과 호연작을 만나 인사를 하고 모두 함께 주아로 들어가 고원의 가족들을 죄다 잡아 죽였다. 그러고 나서 시진은 길부와 양림을 데리고 감옥으로 가니까, 길부는 옥졸을 시켜 감방문을 모조리 열게 하고 죄수들을 전부 석방해버린다.

그럴 때 시진은 친히 감방 앞으로 가서 가족들을 데리고 나오면서, 양림을 보고 길부를 가리키며,

"만약에 저 사람이 아니었다면, 난 벌써 지옥 속에 떨어졌을 거야!"

이렇게 칭찬하는 것이었다.

일동이 당상에 좌정하자, 이응은 곧 성내의 불을 모조리 끄도록 군사들에게 영을 내리는 동시에, 추호도 백성을 괴롭히지 말라는 군령을 내렸다.

그러고서 내아에 들어가 고원의 재산을 모조리 꺼내가지고 음마천

으로 돌아가자고 말하니까, 당우아가 이 말을 듣고 있다가 시진을 보고,

"쌀을 죄다 가지고 가시지 말고 저의 집 동네 사람들한테 조금씩 나눠주고 가셨으면 좋겠는데요….."

이같이 청하는 고로 시진은 이응에게 말을 해서 이렇게 되도록 했다. 그랬더니 쌀을 분배받은 동네 사람들은,

"그거 참! 당선생이 그럴 줄은 참 몰랐지! 정말 시진 영감을 감춰두고서 어쩌면 그렇게도 대담했을까!"

모두들 이런 말을 하면서 탄복하는 것이었다.

날이 활짝 밝은 뒤에 그들은 성내에 흩어졌던 군사를 거둬 풍수파로 물러와서 밥을 지어먹고, 시진은 자기 집 재산을 수레에 실어 모두들 함께 음마천을 향해 길을 떠났는데, 가다가 노상에서 서울의 정세가 대단히 위급하게 됐다는 소문을 듣고, 이응은 말했다.

"우리가 모두 대송제국(大宋帝國)의 백성이란 말이야! 태조 황제로부터 지금까지 백년 조종의 은혜를 받고 살아온 이상 사직이 위태롭게 됐다는데 소식을 모르고 가만히 있을 수 있나? 내 생각 같아선, 대원장이 달려가서 서울 형편을 알아보고 왔으면 좋겠소. 그리고 누구 한 사람 대원장하고 같이 가면 더욱 좋겠소."

이렇게 이응이 말하니까 양림이,

"내가 대원장하고 같이 가죠."

하고 자원하는 고로, 이응은 즉시 많은 돈을 양림에게 주고서 잘 다녀오라고 부탁한 후 다시 길을 떠났다. 그리고 시진과 그의 가족은 길부와 당우아와 함께 이응을 따라서 음마천으로 갔다.

그런데 대종과 양림이 이들과 작별하고서 신행법을 일으켜 2, 3일 만에 서울서 불과 10리쯤 떨어진 곳에 이르러 보니 백성들은 죄다 피난 가서 없고, 인가라고는 모두 빈집들뿐이었다. 날은 벌써 어두웠는데 주막집은 없고, 다만 큰길에서 가까운 곳에 청허관(淸虛觀)이 보일 뿐이다.

"서울 성내에 들어갈 수는 없으니, 저 도관(道觀)에 들어가 하룻밤 쉬고, 내일 들어가서 염탐을 해봐야겠소."

그들 두 사람이 함께 옥황전(玉皇殿)으로 들어가 보니, 전각 안에는 촛불 한 개도 켜놓지 않은 채 사람이라곤 없으므로, 그들은 불을 켜 한 바퀴 돌아보다가 부엌으로 들어가 보니, 보기도 흉하게 종기가 난 한쪽 다리를 쭈욱 뻗고 비스듬히 앉아서 졸고 있는 한 도인이 있다.

"여보시오! 이렇게 큰 도원에 당신 혼자 계시우?"

양림이 그 사람의 어깨를 한 번 치고서 이렇게 말을 시키니까 도인은 눈을 뜨고 바라다보더니, 떠듬거리는 소리로 대답하는 것이었다.

"노형은 소식도 모르는 모양이군. 금국의 병정 놈들이 서울을 에워싸고 살인 약탈을 하기 때문에 백성들은 모두 피난 가고… 우리 청허관은 대로 곁에 있는 까닭에 우두머리 가는 스승님을 위시해서 모두 피난 가고… 나 같은 병자야 움직일 수가 있어야지? 부득이 여기 남아 있지만, 어쩌겠소? 살고 죽는 건 운수에 달렸지!"

이 소리를 듣고 대종이 말했다.

"지금 우리들 두 사람은 성내에 살고 있는 친척집을 찾아가 소식을 알아보려던 참인데, 날이 어두워서 들어가지 못하고, 여기서 하룻밤 쉬고 가려고 들어왔습니다. 쌀이 있거든 밥 좀 먹도록 해주십쇼. 돈은 드릴게요."

도인은 이 말을 듣더니 머리를 좌우로 흔든다.

"여기서 자는 건 상관없소. 그리고 먹는 건 자기들 힘으로 먹어야지, 쌀은 없소."

"쌀이 없으면… 그럼 쌀을 살 만한 곳도 없습니까?"

양림이 이렇게 물으니까 도인이 대답한다.

"돈이 있거들랑 여기서 가까운 마을로 찾아가서 피난 가지 않고 살고 있는 집을 찾아야 할 거요. 그렇지만 난 다리에 부스럼이 나고, 이렇게 걸음조차 못 걷소. 그러니까 당신이 이렇게 가시오. 관문 밖으로 나가서 동쪽으로 가면 큰 송림이 있고, 송림을 지나가면 석교(石橋)가 있는데, 그 곁에 인가가 있소."

"알았습니다. 그럼 주전자 같은 거 있거든 한 개 빌려줍쇼. 혹시 술이 있다면 술도 조금 사오려고 그럽니다."

양림이 이렇게 말하니까, 도인은 한쪽 손으로 한쪽 다리를 쳐들고 일어나더니, 뒤켠으로 깡총 깨금질해 가서 오지항아리를 집어다준다. 양림은 이것을 받아가지고 밖으로 나와서 도인이 가르쳐준 대로 송림을 지나니까 과연 석교가 있다.

석교 위에서 사방을 둘러보니 맞은편에 송림이 우거진 야산이 있고, 그 밑에 인가가 여남은 개 있는데 모두 다 초가집이고, 동구 앞엔 수양버드나무가 몇 주 서 있는데 그 가지 위에서 저녁까치가 까악 까악 소리를 친다.

그는 다리를 건너 한 집 문 앞에 가까이 가서 보니까 대문이 잠겨 있고, 문을 흔들어봐도 인기척도 없다. 이렇게 몇 집을 지나서 맨 끝으로 토담이 기다랗게 둘려 있는 사립문을 보고서 양림은 그 안으로 들어가봤다. 정원에는 꽃나무가 제법 많이 있고, 발이 걸린 초당 앞에는 탁자 위에 향을 피운 향로가 놓여 있는데 보기에 아주 고상해 보인다.

양림은 뜰아래까지 들어가서 큰기침을 두어 번 했다.

그러자 소년이 나와서 묻는다.

"무슨 일로 오셨습니까?"

"응, 지나가는 과객인데, 청허관에서 하룻밤 쉬어가려고… 쌀을 구하러 나왔는데… 혹시 쌀을 팔아주지 못하겠나?"

"미안합니다만, 지금 주인 영감님이 출입하시고 안 계셔서 제 맘대로 못 하겠습니다."

소년의 대답을 듣고 양림은 하는 수 없이 사립문 밖으로 나와 멍하니

서서 하늘만 바라보았다.

'이제 어디로 가야 쌀을 구할까? 꼼짝 없이 오늘밤은 굶었구나!'

그는 속으로 이렇게 탄식한 후 돌아서서 발을 떼놓다가 보니까, 서쪽 골목으로부터 어떤 사람이 건책(巾幘)에 단포(短袍)를 입고, 한 손엔 활을 들고, 배후엔 야화(野花) 한 송이와 반구(班鳩) 한 쌍을 든 소년 하나를 데리고서 이쪽으로 걸어온다. 그리고 그 사람은 가까이 오면서 양림을 한번 바라보더니,

"아니, 이거 웬일이시우!"

하고 손을 내민다. 이때 양림도 이 사람이 낭자 연청임을 알아보고,

"이거, 정말 뜻밖인데!"

하고서 두 사람은 반가이 인사를 나눴다. 그리고 나서 연청은 양림더러 자기 집으로 들어가자고 하므로 양림이,

"대원장이 지금 청허관에 있는데…."

이렇게 말하니까,

"그럼 내가 여기서 기다릴 테니 형님이 가서서 모시고 오구려."

연청이 이렇게 말한다. 그래서 양림은 달음질하다시피 급히 도관으로 돌아와 옥황전에 들어서니까, 기다리고 있던 대종이 그를 바라보며,

"퍽도 오래 걸렸군그래. 그런데 쌀은 구했소?"

이같이 묻는다.

"쌀은 살 것도 없고… 지금 우리 형제 한 사람이 저기서 기다리고 있으니, 어서 같이 갑시다!"

양림은 이렇게 대답하고, 항아리를 도인한테 돌려주고, 보따리를 둘러메면서 대종을 끌고 옥황전에서 나왔다.

"그런데 기다리고 있다는 그 사람이 누구야?"

대종이 따라오면서 묻는 것을,

"가서 보면 알 걸… 뭘 그래!"

양림은 이렇게만 말하고 앞서서 걸었다.

미구에 두 사람이 초당 앞에 이르러 보니, 연청은 벌써 등불을 환하게 켜놓고 앉아서 기다리고 있다. 대종은 그제야 연청을 보고 무척 반가워했다.

서로 인사를 나누고 자리에 앉은 다음에 연청이 웃는 낯으로,

"쌀을 팔 집이 아마 없을 겝니다. 시장하실 테니 우선 무얼 요기나 하신 다음에 얘길 하십시다."

이렇게 말하고는 즉시 심부름하는 아이를 불러 채소와 녹포(鹿脯)와 술을 내왔다.

대종과 양림은 술을 먹으며 그동안 지내온 내력을 연청에게 이야기하고 나서,

"그런데 말이오, 이번에 이응 형이 우리 두 사람더러 서울까지 가서 소식을 알아오라 하지 아니했더라면… 그리고 우리가 오늘 청허관에서 하룻밤을 쉬기로 하고, 쌀을 구하러 마을로 나오지 아니했더라면… 어떻게 우리가 이렇게 만났겠소? 참, 신기한 일이야!"

이렇게 말하니까, 연청은 두 사람의 이야기를 듣고 나서 자기 이야기를 털어놓는 것이었다.

"난 말예요, 방납을 토벌하고 돌아올 때, 내가 주인님으로 섬기는 노준의 선생께, 공명(功名)을 버리고 세상에 숨어 지내십사고 권했더랍니다. '새를 다 잡은 다음엔 활을 치워버린다'는 이치를 알고 한 말이었지. 그런데 노선생은 내 말을 안 듣고 부귀공명의 길로 그냥 나가셨단 말예요. 그래 난 송공명 선생께 편지를 한 장 써놓고서 아주 몸을 감춰버렸어요. 노준의 선생님의 데릴사위 되는 노이(盧二)가 서울서 크게 점포를 내고 장사를 하는데, 나하고는 전부터 친하게 지내던 사이기에 나는 바로 이 사람한테로 왔었더니, 이 사람이 내가 한적한 것을 좋아하는 줄 아는 까닭에 나한테 이곳 별장을 주고 여기서 살라기에 그동안 사냥이

290

나 하고 화초나 재배하면서 태평세월로 지내왔죠.

　그런데 연전에 송공명 선생과 노준의 선생이 간신들 때문에 돌아가셨단 소식을 듣고, 나는 여주에 있는 노선생님 산소에 가서 통곡을 하고 또 초주로 가서 송공명 선생님 묘에 참배하고 돌아와서는 오늘날까지 두문불출하고 지냅니다. 그런데 지금 서울 사정은 아주 나쁘단 말예요. 금국 적병이 서울서 지척지간에 있는 타모강(駝牟岡)까지 와서 주둔하고 있는데, 황제 폐하는 우유부단해 적승 이방언(李邦彦)의 화평론 주장에 끌려가죠! 그래서 병부시랑 이강(李綱) 같은 충군애국하고 문무겸전한 사람의 주장을 듣지 않고서 삼진(三縝) 지방을 떼어주고, 막대한 금은을 배상금으로 내게 되어 백성들의 고통은 이루 말할 수 없게 됐단 말예요!

　노이 샌님도 배상금 까닭에 잡혀가서 죽었고, 시골로 내려가면 더 지독한 모양이라 일가족을 전부 몰살한다잖아요? 일전에 창주에서 시진 선생님이 배상금 때문에 잡혀서 감옥에 갇힌 것을 여러 형제들이 구해냈다는 소문을 들었죠… 참, 잘한 일입니다! 지금 서울 형편으로 말하면, 노충 경략상공과 요평중(姚平仲) 같은 나라를 구하자는 의병이 집결해 있건만, 나라를 망치는 신하가 화평을 주장하고 접전을 못 하게 하는 까닭에 대세는 이미 기울어졌습니다. 그리고 성내와 성외 사이엔 물도 새어 흐를 틈이 없이 막혔으니, 형님들이 어떻게 성내엘 들어가시겠소? 그러지 마시고 이곳 내 집에 계시면서 소식이나 듣고 있다가, 만일 서울이 함락된다면 여기도 있을 수 없으니까, 그때 다른 데로 피신합시다."

　연청의 설화가 끝나자 양림은 그를 바라보며 묻는다.

　"그런데 동생! 여러 형제들이 모두 한데 뭉쳤는데, 자넨 왜 산채로 안 들어오는 거야?"

　연청은 빙그레 웃으면서,

"글쎄… 좀 두고 봐야죠…."

하고 길게 말하지 않는다. 양림도 더 그의 의향을 묻지 않고 딴 이야기를 하다가 저녁밥을 먹고 그날 밤을 편히 쉬었다. 그리고 이날부터 두 사람은 연청의 집에 머물렀다.

한편, 흠종(欽宗) 황제는 이른 아침에 문무백관의 조회를 받고 나서,

"금병(金兵)이 작일부터 각 문(門)을 공격함이 매우 위급한데 경들은 이를 방어할 계책이 없소?"

이같이 신하들의 의견을 묻는 것이었다.

이에 대해서 재상 이방언이 맨 먼저 의견을 아뢰는 것이었다.

"금국이 10만 대군을 이끌고서 지금 하북·하동을 점령하고 있사오므로 그 형세를 도저히 당할 길이 없사옵니다. 지금 성내의 군사들은 사면으로 포위되어 용기를 잃고 있사오니, 이대로 싸우다가는 형편없이 참패할 것이옵니다. 그러하오니 폐하께서 양양으로 잠시 적의 예봉(銳鋒)을 피하신 후 천하의 근왕지사(勤王之師)를 규합해 재거(再擧)하심이 좋을 줄로 아뢰옵니다."

이같이 아뢰는 말이 끝나자, 대신들 중에서 병부시랑 이강이 반열로부터 나와서 이마를 조아리며 아뢴다.

"지금 그 말씀이 옳지 않습니다. 도군 황제께옵서 국가의 사직과 서울 안의 백만의 생령(生靈)을 폐하께 맡기셨는데 어찌 이것을 버리시겠습니까? 뿐만 아니오라, 천하에 어디를 가든 이 서울만큼 성지(城地)가 견고한 곳이 없습니다! 그런 고로 지금은 성내의 군마를 조정하고 민심을 수습하는 일방, 근왕지사가 집결되기를 기다릴 수밖에 없사옵니다. 만일 도성(都城)을 버리고 밖으로 납시었다가 적병이 급히 추격하면 어떻게 하시겠습니까?"

흠종 황제는 이 말을 듣고 묻는다.

"그렇다면 지금 이 마당에 누구를 가히 대장으로 뽑아세워야 적을

물리칠 수 있다고 생각하는가?"

이강은 한층 더 힘 있는 소리로 아뢴다.

"조정의 작위 높은 대신들은 다른 일을 해야 합니다. 그러므로 충사도(种師道)·요고(姚古)·종택(宗澤) 같은 인물은 이름 있는 노장들이오니, 이 사람들을 대장으로 봉하시고 바깥일을 죄다 맡겨버리심이 좋겠사옵고, 도성 후면의 일일랑 대신들로 하여금 책임지고 치안을 유지토록 하시와 적병의 양식이 떨어지고 사기가 피로했을 때까지 기다리고 있다가 나가서 싸우면 반드시 이길 것이옵니다. 이같이 함으로써만 종묘사직을 보전하고 황국의 기초는 반석같이 이룩될 것이옵니다."

"경의 말이 옳소! 충사도를 대장으로 봉하고 병권을 맡기는 터이니 실수하지 마오!"

황제는 이같이 말하고 즉석에서 이강에게 상서우승(尙書右丞)에 겸하기를 친정행영사(親征行營使)에 동경유수(東京留守)까지 겸임케 했다.

이강은 사은하고 물러나와 성을 지킬 계책을 정돈하기 시작했다.

그랬는데, 이같이 된 일에 대해서 불만을 품은 이방언과 백시중(白時中)은 다시 흠종 황제에게 아뢰었다.

"이강은 아직 서생이나 다름없이 소견이 부족하옵니다. 충사도로 말씀하면 나이가 80이 지난 사람이온데 어찌 대장이 되겠사옵니까? 그같이 하옵시면 군심은 이산(離散)해서 모래성같이 허물어질 것이옵고, 만일 도성을 잃는 날이면 폐하께서는 고립무원하게 되십니다. 그 옛날 태왕(太王)께서는 기주(岐州)로 파천하시고서도 주가(周家) 8백 년의 기업을 닦으셨습니다. 결코 일시 파천하시는 것을 한심타 생각 마시옵소서!"

흠종 황제는 이 말을 듣고 금시에 낯빛이 변해지면서,

"하마터면 이강이가 대사를 그르칠 뻔했고나!"

이같이 뉘우치더니 한 손으로 어탑(御榻)을 치며,

"짐이 떠나겠노라!"

하고는 금병(禁兵)들의 출동을 명령했다. 그리하여 궁중에서는 황제와 육궁비빈(六宮妃嬪)의 행차가 갑자기 준비되느라고 법석이었는데, 이윽고 제가(帝駕)가 궁문을 나가려 할 때, 이강이 이 소식을 듣고 달려와 어가 앞에서 통곡을 하며 아뢰었다.

"폐하께서 신에게 도성을 지키라 허락하시고서 지금 납시는 것이 웬일이옵니까? 군사들의 부모처자가 모두 도성에 있으면서 사수할 각오이온데, 만일 도중에서 공격을 당해 군사가 흩어지는 날이면 폐하를 누가 호위하겠습니까? 옛날에 당명왕(唐明王)이 동관(潼關)이 함락됐다는 소식에 놀라 촉(蜀) 땅으로 파천하셨다가 종묘와 조정이 안록산한테 허물어진 일을 모르십니까? 폐하께서 그 일을 본받으시려 하십니까? 시험 삼아 지금 금졸(禁卒)들에게 물어보십시오. 종묘사직을 지키겠는가? 파천하시는 길로 따라가겠는가? 물어보십시오!"

흠종 황제는 이강의 열띤 탄원의 소리를 듣고 정신이 얼떨떨해서 그가 하라는 대로 금부 병졸들의 의사를 물어보라고 분부를 내렸다. 그랬더니 금졸들이 모두,

"죽어도 여기서 도성을 지키다 죽겠습니다!"

이같이 대답하는 것이었다. 황제도 이에 감격해서 눈물을 흘리면서 마침내 떠나지 않기로 분부를 내렸다. 그러자 병정들은 일제히 '황제 만세'를 부르는 것이었다.

그런데 이때 태학생(太學生) 중에 진동(陳東)이라는 사람이 있었는데, 이 사람은 학문이 많고, 성격이 격렬한 사람으로서, 이때 황제가 도성을 버리고 떠나려 한다는 소식을 듣고는 학생들을 거느리고 궁문 앞에 이르렀다가, 황제의 거동 행차가 궁문에서 멈추어진 것을 보고 그 앞에 엎드려 아뢰는 것이었다.

"태조 황제께서 하늘의 뜻을 받으셔 4백여 주(州)를 평정하신 후 태

종 이래 열성(列聖)이 상전(相傳)하시면서 인자하게 백성을 기르신 고로 하늘이 복을 주시었고, 백성들이 즐겁게 생업에 종사해오기를 어언 1백 50년 하였습니다. 그러나 왕안석(王安石)이 전부터 내려오던 법을 고친 뒤로 천하가 피폐해진 까닭에 백성들은 지금 이를 갑니다. 그리고 태상황제(太上皇帝)께선 아무 짝에도 못 쓸 소인들에게 국사를 맡기셨기 때문에 나라꼴이 이 꼴이 되고 말았습니다. 채경이 부자가 재상 노릇하기를 20여 년 하는 동안 얼마나 많은 유능한 인재를 못 쓰게 만들고, 상감을 속이고, 국사를 그르쳤는지 부지기수입니다. 또 고구와 동관 같은 것은 소인 중에도 소인이라, 채경에게 아부해 일신의 영달만 꾀하면서 붕당(朋黨)을 만들어 권세를 농락하고, 왕보·양전은 조정의 기강만 문란시켰고, 양사성(梁師成)은 북쪽에 가서 원수를 만들고, 주구(朱勔) 따위는 남쪽에 가서 화를 끼쳤으니, 이 같은 역적 놈들은 모두 나라를 망친 동류들입니다.

폐하께서는 새로 보위(寶位)에 오르셨으니, 마땅히 현량(賢良)을 신임하시고, 간적(奸賊)을 물리치시와 종묘사직을 편안케 하시옵소서. 바라옵건대, 지금 이 자리에서 이상 역적 놈들에게 주륙을 가하신다는 분부를 내리시와 만백성들로 하여금 속이 시원토록 합시고, 육군으로 하여금 쾌재를 부르도록 하옵시면… 금국 적군은 싸우기 전에 스스로 물러갈 것이옵니다. 속히 처분을 내리시옵소서.”

흠종 황제가 이 말을 듣더니 잠시 생각하다가 말한다.

“짐이 동궁(東宮)에 있으면서 이 몇 사람들이 일을 그르치는 것을 알았었소. 다만 이 사람들이 태상황제께서 총애하시던 대신인데, 짐이 즉위 초에 어찌 태상황제의 마음을 상해드리겠소? 그러므로 우선 이 사람들을 먼 지방으로 보내뒀다가, 금병이나 물리친 다음에 그때 주륙을 가하기로 하겠소.”

황제는 이렇게 말하고서 드디어 개봉부로 전지(傳旨)를 내리었다. 진동은 사은하고서 그 자리를 물러갔다.

그런데 당시의 개봉부윤 섭창(聶昌)은 위인이 강직한 데다가 평소부터 이들 간신들을 미워하던 터이라, 황제의 성지(聖旨)를 받들자마자 즉시 사신을 보내어 채경·채유·고구·동관·왕보·양전·양사성 등과 그들의 가족들을 전부 잡아다가 가두고서 그들의 부정 사실과 범법 행위를 상세히 심문했다. 채경 등 전일의 고관대작들도 이미 시세가 바뀌어서 권세가 자기들 손아귀 속에 없음을 깨닫고 모두 죄상을 자백해버렸다. 부윤 섭창은 죄인들의 조서를 완결해서 그들을 멀고 먼 시골로 귀양 보내기로 하고, 그 가족들은 군에 징발하기로 하고, 재산도 몰수해버리기로 결정하고서 황제의 재가를 얻어 그날로 죄인들을 끌어내어 압송하는데, 서울의 주민들은 간신들이 이같이 끌려가는 꼴을 보고 모두들 속이 시원해하는 것이었다.

이같이 채경·고구 등 간신들이 압송되던 날 밤에 상서우승 이강은 개봉부윤 섭창을 자기 공관으로 청해서 의논했다.

"죄 많은 육적(六賊)을 진동이 폐하께 아뢨기 때문에 칙지(勅旨)가 내려 그놈들의 재산을 몰수하고 귀양 보내게 되어 인심이 제법 상쾌해진 모양이지만, 이것만으로는 그놈들의 죗값에 부족해요. 폐하께서 보위에 오르신 지 얼마 되지 아니했기 때문에 태상황제의 마음을 상하게 해드릴 수 없으니까 죽이시지 못하신 것이오. 또 본조(本朝)에서 지금까지 대신을 참한 전례가 없으니까 못 죽이신 것뿐입니다. 그러니까 영감이 이렇게 해주시오. 내가 용사 한 사람을 감춰두고 있는데 이름은 왕철장(王鐵杖)이라 부르고, 힘은 항우보다 세지요. 이 사람을 몰래 보내서 저 육적을 죽여 천하 백성의 원을 풀어줍시다. 폐하께서 이 일을 아시게 되더라도 내가 가서 밀주(密奏)드리면 무사할 것이니까, 부윤이 안심하고 일을 맡으시오. 어떻게 생각하시오? 통쾌하지 않소?"

"대감의 말씀이 바로 제 맘속과 똑같습니다. 꼭 그렇게 하죠!"

섭창이 즉석에서 찬성하니까 이강은 왕철장이라는 용사를 불러냈다. 키가 7척도 넘어 보이고, 나이는 30도 못 돼 보이는데, 두 어깨와 팔뚝이 쇳덩이같이 단단히 생겼으며, 방울같이 큰 눈에서는 불이 철철 흐르는 것 같은데 허리엔 날카로운 칼을 찼다.

섭창 부윤은 왕철장의 용맹스러운 모양을 한 번 보고,

"이 사람이면 좋습니다."

하고 이강과 작별하고서 부당(府堂)으로 돌아와 문서를 두 통 만들어 채경·채유·고구·동관을 일조(一組)로 하여 담주(儋州)로 압송하고, 왕보·양전·양사성을 일조로 하여 파주(播州)로 끌고 가는데, 압송관은 길에서 한시도 지체하지 말고 속히 가라고 엄명을 내렸다.

그런데 채경은 워낙 간사하고 꾀 많은 능구렁이라, 고구와 동관을 보고 방침을 이렇게 말했다.

"우리가 일인지하(一人之下), 만인지상(萬人之上)에 있으면서 부귀를 오래도록 누리고 있었는데, 누가 알았소? 창졸간에 도군 황제가 태자에게 전위(傳位)하는 변이 생겨 우리들이 세력을 잃어버릴 줄을! 지금 조정에서는 신진서생(新進書生)들을 내세웠는데, 신진들이란 과격하단 말이오. 지금은 우리를 원방(遠方)에 안치(安置)한다 하지만, 장차의 생명을 보증하기 어렵구려! 그러니까 지금을 당해서 먼저 할 일은 압송관을 매수하는 일이외다. 성 밖에 나가서부터 역관에 들지 말고, 길가에 있는 민간인의 집에 들도록 해가지고 기회를 보아 무사히 돌아올 계책을 세워야겠소이다. 두 분은 어떻게 생각하시오?"

이 같은 주장에 고구도 찬성이었다.

"태사님의 말씀이 옳습니다. 저희가 평소에 성상(聖上)의 눈을 가리고 모든 일을 자의로 행했기 때문에 우리를 원수같이 여기는 사람이 많습니다. 이제 와서 실세를 했으니 오직 꾀 있게 근신하는 게 제일이죠!"

그러니까 동관도 마찬가지 의견을 말한다.

"종래 우리가 너무 많이 사람을 해쳤으니까 그 앙갚음이 떨어지는 모양이죠? 그러니까 근신하면서 기회를 엿보아 재기할 길을 예비해야 합니다."

"그러면 다 같이 우리가 압송관한테 잘해줍시다."

채경은 두 사람의 말을 들은 후 즉시 압송관에게 예물을 많이 보내고서 앞으로 자기들을 잘 보호해주기를 은근히 부탁했다. 이렇게 했기 때문에 압송관은 그들을 데리고 서울서 나온 뒤엔 큰길을 버리고 좁은 길로 담주를 향해 수레를 몰아갔다.

한편, 파주로 귀양 가게 된 왕보·양전·양사성은 옛날 지내던 습관대로 제 집의 하인들까지 데리고, 부담상자를 이삿짐처럼 꾸려 서울서 나온 뒤에, 역관에 들어가 쉴 때에도 자기들을 압송하는 압송관한테 예물을 주기는커녕 조금도 호의를 표시하지 않고 헛위세를 보이면서,

"두고 봐라, 조정에서 우리를 다시 부를 날이 올 테니까! 금국 군사가 퇴각한 뒤에 도군 황제께서 복벽(復辟)하시면, 이놈들, 이번에 방자하게 군 놈들을 모두 죽여버리지 않는가… 네놈들이 내 수단을 두고 봐라!"

이런 소리를 마구 내뱉었다.

그런데 이들 귀양 가는 대신 일행이 옹구역(壅邱驛)에 닿았을 때, 그 역의 책임을 맡은 역승(驛丞)이 멀리 마중 나오지 아니한 고로, 왕보는 역관에 들어가 호령을 해댔다.

"내가 비록 지금은 귀양을 간다마는 본시 가장 높은 지위에 있던 대신인데, 어찌해서 멀리 영접을 나오지 아니했느냐?"

이 같은 호령을 듣더니 역승은,

"지금 병마(兵馬)가 모두 전장에 나가 있기 때문에 일일이 공응(供膺)하지 못합니다. 그리고 관원이 오시는 때면 먼저 선통이 있기 때문에 예비할 수 있는데, 이번엔 별안간 닥쳐오시니, 어떻게 고관이 오시는 줄 알겠습니까? 그리고 지금은 고관도 아니시면서 무슨 그따위 호령을 하

십니까! 참 별꼴 다 보겠네!"

하고 그냥 나가버리는 게 아닌가.

왕보는 영이 서지 않음을 알고 하는 수 없이 데리고 온 하인들을 시켜서 저녁을 짓게 하여 음식 준비가 다 된 뒤에 양사성과 양전만을 청해 술을 마시는 것이었다.

압송관은 이 꼴을 보고 속이 비틀렸다. 교관과 간수는 다른 방으로 가서 그냥 쉬었다.

왕보는 술이 거나하게 취해서는 떠든다.

"그래, 우리 세 사람이 하늘을 쓰고 도리질하듯 세상을 뒤흔들었는데, 하루아침에 권력을 놓치고 나서 이렇게 되다니! 아무래도 부귀를 누릴 방법을 강구해야겠는걸. 파주 같은 산골 촌구석에 가서 어떻게 처박혀 있겠소?"

그러자 양전은 제법 체념한 듯이 왕보의 말에 반대한다.

"시호시호 부재래(時乎時乎不再來)라 하지 않습니까! 도군 황제도 전위하셨으니까 지금은 일개 한인(閒人)이기 때문에 조칙을 내렸댔자 통하질 않는데… 항차 우리들이야 다시 어떻게 일어설 수 있나요! 그저 모든 걸 잊고, 가만히 앉아 있는 게 상책일 겁니다."

양전이 이같이 말하니까 양사성은 왕보의 편을 든다.

"그런 말 마십시오! 하늘이 무너져도 솟아날 구멍이 있다고, 일을 해보지도 않고서 단념할 건 없죠. 그래 우리가 정말 이대로 썩어버려야 합니까? 왕보 선생님이 아마 큰 계획이 있으실 거니까 우리가 미리부터 비관하는 말을 하지 맙시다."

이 말을 듣더니 왕보의 주름살 진 얼굴이 풀어지면서 그는 나직한 목소리로 말한다.

"두 분 동관께 내가 실토를 하리다. 내가 이미 내 아들 왕조은(王朝恩)을 시켜서 금국군의 원수 점몰갈한테 진언했소이다. 빨리 서울을 함락

시켜 태상황제와 흠종 황제를 금국으로 납치해 가고, 중국에 다른 성을 가진 인물로서 황제를 세우라고 그랬단 말이오.”

그는 여기까지 말하고 나서 허연 수염을 쓰다듬으며 더욱 나직한 음성으로 말한다.

“그래, 이렇게 돼서 이 나라에 새로 세우는 임금에 우리들 세 사람 중 누구 한 사람이 될는지 누가 아오? 며칠만 기다려보면 반드시 기쁜 소식이 있을 거요.”

양전과 양사성은 이 말을 듣고 희색이 만면해가지고 칭찬했다.

“우리 왕선생님이 정말 건곤일척(乾坤一擲)의 수단을 쓰셨습니다그려. 만일 일이 여의하게 되는 날이면, 저희들 두 사람은 진심을 다해 선생님을 보좌하겠습니다.”

왕보는 이에 만족해 보이면서 말했다.

“부귀야 물론 같이할 거니까, 아직 입 밖에 내지 마시오!”

“네!”

그들은 그 이상 그 문제에 대해서는 말하지 않고, 딴 이야기를 하면서 술을 마시다가 크게 취한 뒤에 각기 침상에 들어갔다.

그런데 개봉부윤의 명령을 받고서 일개 공무원 모양으로 차관(差官)의 복색을 차린 왕철장은 이것들 육적(六賊)의 뒤를 쫓아서 서울을 나와보니 채경의 일조(一組)는 어느 쪽 길로 갔는지 알 수가 없고, 왕보 등 세 사람은 옹구역에 머무르게 되었다는 사정을 알았다. 그리하여 그는 그들을 쫓아가 날이 어둡기 전에 역의 담장을 뛰어넘어 안으로 들어가서 벽 뒤에 숨어 있다가 왕보·양전·양사성이 술을 마셔가며 거침없이 털어놓는 이상과 같은 이야기를 한 마디도 빼놓지 아니하고 들었다.

“이런 나쁜 놈들이 어디 또 있을까! 상서나 부윤이나 물론 이놈들을 보고서야 안 죽이고 배겼을라구!”

그는 입속으로 뇌까리고서 즉시 손을 쓰려 하다가 생각해보니, 아직 사람들이 잠들지 아니했을 것이므로, 그는 손을 칼자루에서 떼었다. 그러고서 밤이 깊어 집안사람들이 다들 잠든 다음에 그는 가만히 문을 열고 방으로 들어가 등잔불의 심지를 돋우어놓고 방 안을 한번 훑어보았다. 보니까, 왕보 등 세 명이 각각 침상에 드러누워서 코를 골며 잠자고 있다.

그는 허리춤으로부터 비수를 선뜻 뽑아 먼저 왕보한테로 가서 모가지를 썩 도렸다. 피가 샘물처럼 철철철 흐를 뿐, 깩 소리 한마디도 못 하고서 그는 죽어버린 것이다.

그다음엔 양전, 그다음엔 양사성을 이와 똑같은 수법으로 죽여버렸는데, 흉악무도하던 세 놈의 간신을 죽이는 데 소요된 시각은 불과 차 한 잔 마시는 시각이었다.

왕철장은 비수에 묻은 피를 닦아 자루에 꽂은 다음, 다시 허리에 차고 있는 칼을 뽑아 세 놈의 모가지를 아주 잘라 미리 준비했던 가죽 전대 속에 집어넣고서 전대 주둥이를 단단히 꿰맸다. 그러고서 칼에 묻은 피도 닦은 다음에 칼집에 꽂고 나서 가죽 전대를 둘러멘 후 뒷담을 넘어 역관으로부터 나와 그길로 서울로 향했다.

그런데 이런 줄도 모르고 그 이튿날 이른 아침에 왕보 등 세 명을 압수하는 압송관이 그날 행정(行程)을 재촉하여, 왕보의 집 하인들은 짐을 죄다 꾸려놓고서 대감님들이 기침하시기를 몇 번 재촉했건만, 방 안에서는 도무지 대답이 없으므로, 그들은 방문을 열고서 횃불로 방 안을 비춰보았다. 보니까, 세 개의 침상 위에 머리 없는 송장 세 개만이 뻐드러져 있고, 방바닥엔 선지피가 흥건한 게 아닌가. 하인들은 모두 혼비백산해 끔찍한 사실을 압송관에게 보고했다.

놀라운 보고를 받고서 압송관이 그 방에 달려와서 현장을 검증한 결과 이것은 반드시 원수진 놈의 보복 행위가 분명하다고 인정되었다. 그리하여 압송관은 서울로 돌아가 사실을 이대로 보고하기로 결정하고,

왕보 등 세 명이 데리고 왔던 하인들을 시켜 관목(棺木)을 사다가 관을 짜 대가리 없는 송장을 입관해버린 후 그것을 교외에 내다가 버려뒀다.

일후에 당국으로부터 처분이 내린 다음에 매장을 하든지, 화장을 하든지, 기다려야 하기 때문이었다.

서울 함락

그런데 이때 왕철장으로부터 왕보 등 간신 세 명의 수급을 받고 그
상세한 보고를 들은 개봉부윤 섭창은 기쁨을 못 참는 듯이 너털웃음을
웃으며 말했다.

"어허 참 속이 시원하고나! 세 놈의 간적(奸賊)을 없애버렸으니 세상
사람들이 얼마나 시원할꼬! 그리고 보니 채경·고구·동관 세 놈을 놓친
것이 분한데!"

왕철장도 역시 분하게 생각하는 터라,

"그러기에 말입니다. 서울을 떠날 때부터 미행을 했건만, 그놈 채경
의 일행은 어느 쪽으로 갔는지 종적을 몰랐습니다. 아무리 생각해도 분
합니다."

이렇게 말한다. 그러니까 부윤은 도리어 왕철장을 위로한다.

"무어 걱정 말게! 그것들이 어떤 곳이든 도착하기를 기다려 그다음
에 처치해버려도 늦지는 않으니까!"

부윤은 왕철장에게 중상을 내렸다. 왕철장은 부윤에게 사례하고 다
시 상서우승 이강에게 가서 경과보고를 올린 후 베어가지고 온 모가지
세 개를 개봉부에 흐르고 있는 변수(汴水)에다 던져버렸다.

이럴 때 왕보 등 세 명을 압송하던 압송관 신보(申報)가 대궐에 올라

왔었는데, 마침 이강이 예사전(睿思殿)에 황제를 모시고 있었다.

흠종 황제는 이강을 보고 압송관의 보고를 이야기한다.

"짐이 왕보 등을 너그럽게 용서했는데… 기어이 옹구역에서 원수진 사람한테 살해되었다 하오. 지금 그 형관(刑官)의 보고가 올라왔소. 그러나 이 같은 이야기는 그만두고, 대관절 금병을 퇴각시키지 않고서는 짐이 마음을 놓을 수 없으니, 경은 무슨 계책이 없겠소?"

이강이 공손히 아뢰었다.

"현재 충사도·요평중 등의 근왕지사(勤王之師)가 성하(城下)에 집결해 있사오니 폐하께서 두 사람을 불러보시고 대장에 봉하신 후 육군(六軍)을 통솔하도록 맡기시면, 금병은 불과 며칠 안에 평정될 것이옵니다."

황제는 이 말에 좇아서 그로 하여금 나아가 충사도를 데리고 안상문(安相門)으로 들어오라 했다. 그런데 충사도는 나이가 80이 넘은 노인인고로 세상에서는 그를 '노충(老种)'이라 부르는 터이다.

조금 지나서 이강과 함께 예사전 앞으로 들어온 충사도를 보고 흠종 황제는 기쁜 얼굴로 말했다.

"오늘의 정세에 대하여 경은 어떤 주장이오?"

황제가 먼저 이 같은 질문을 던지므로 충사도는 조견(朝見)의 예를 마치고 나서 공손히 아뢰었다.

"금국인(金國人)들은 군사를 모릅니다. 저것들이 군사를 이끌고서 남의 나라에 깊숙이 들어왔으니, 어찌 무사히 돌아가겠습니까?"

"경의 소견을 말하시오."

"신이 아는 대로 말씀드립니다. 옛날 '단연지역(澶淵之役)' 때 진종(眞宗) 황제께서 구준(寇準)의 진언을 받아들이시어 용감히 친정(親征)을 하시매 육군이 어가(御駕)가 싸움터로 납시는 것을 보고 용기백배하여 만세를 높이 부르니까, 적이 겁을 집어먹고 기운이 떨어져 싸우지 못하고 강화하여 그 후로 백 년 동안 세상이 편안하였습니다. 지금 금인들이 무리한 요구를 하는데 삼진(三鎭)을 떼어주고 막대한 금은을 어찌 배상하겠습니까? 삼진은 서울의 울타리 같은 지방인데, 만일 이런 토지를 떼어준다면 도저히 서울을 지킬 수 없습니다. 조정의 신하들이 국가의 근본을 모르고 금인들한테 속아 넘어가면 안 됩니다. 금인들은 자칭 10만이라 합니다마는, 저와 요평중의 근왕지사가 합해서 30만이옵고, 성내에 있는 궁노수가 7만이오니 벌써 우리의 수효가 적보다 수배나 되옵니다. 그러하온데 어찌 적을 무서워하겠습니까? 지금 적의 힘이 빠지기를 기다렸다가 뛰어나가 적의 치중(輜重)을 빼앗고, 납치된 국민을 탈환하고 적으로 하여금 우리를 무섭게 알도록 하면 다시는 적이 우리나라를 침범 못 할 것이옵니다."

흠종 황제는 이 말을 듣고 대단히 기뻐하면서,

"경의 노성한 관찰과 심오한 지식을 잘 알겠소."

하고 즉시 그를 동지선무사(同知宣撫使)에 봉하여 사방의 근왕지사를 통솔하라 하고, 요평중을 도통제에 봉했다. 충사도와 이강은 황제에게 사은하고 조문(朝門)을 나와 즉시 전략을 토의하고 대책을 세우기에 바빴다.

그런데 재상 이방언은 흠종 황제가 늙어빠진 충사도를 이같이 신임하는 것을 보고 급히 대궐에 들어와서 아뢰는 것이었다.

"아뢰옵니다. 충사도로 말씀하오면 나이가 이미 80이옵고, 항차 그는 몸에 신병이 있어서 마치 풍전등화 같은 인물이온데, 어찌 이런 사람을 대장으로 삼으십니까? 금병의 형세가 지금 대단하온데, 만일 한 번 싸워 참패하는 마당이면, 삼진이 무슨 소용이오며, 금은보화가 무슨 소용 있습니까? 속히 화평을 구하여 국가를 안정시킨 후 다시 반석과 같이 기초를 닦는 길밖에는 도리가 없을 줄로 아뢰옵니다."

황제는 이 말을 듣고 어찌했으면 좋을지 몰라 당황하다가, 장방창(張

邦昌)으로 하여금 강왕(康王)을 모시고 금국군의 진영으로 가서 강화를 구하도록 지시하는 수밖에 없었다. 그리하여 장방창과 강왕은 성 밖으로 나가 뗏목을 타고서 호(壕)를 건너 저녁때나 되어 금영(金營)에 들어갔다. 그랬더니 금국군 대장 간리불이,

"화평하자는 의논은 벌써 합의되었는데, 귀국에서 약속을 위반하고 새삼 군사를 동원하고 있으니, 우리가 어찌 이것을 용서하겠소?"

하고 꾸짖는 게 아닌가.

이에 대해서 장방창은 애걸하는 듯 떨리는 음성으로,

"군사 행동을 시작한 것은 이강과 요평중이 자의로 행한 일입니다. 조정에서는 그러지 아니했습니다."

이같이 변명하는 것이었지만, 강왕은 태연자약하게 꼿꼿이 서서 허리도 굽히지 않는다.

간리불은 이 모양을 보고 강왕의 태도에 감복했다. 그리하여 그는 강왕을 돌려보내고, 그 대신 숙왕(肅王)을 인질로 데려오게 했다.

이렇게 된 후 이방언은 또 황제에게,

"폐하께서는 이강을 파직시킴으로써 금인한테 사과하는 뜻을 표하시옵소서!"

이같이 아뢰었다. 흠종 황제는 또 그 말대로 이강을 파면시켰다. 그랬더니 태학생 진동(陳東)은 수천 명 서울 주민들의 연명을 얻어 상소를 했다.

"이강은 자기 일신을 생각지 않고, 천하의 일을 중히 아는 사직지신(社稷之臣)입니다. 이방언·장방창 따위는 용렬하기 짝이 없고, 남을 시기하고 국가 대계를 그르치는 사직지신입니다. 이강의 성공을 막아야 이들의 속이 시원하겠지만, 이리되면 금인들의 계책에 빠지는 것이오니 바라옵건대 다시 이강을 쓰시고 방언 등을 물리쳐버리시옵소서!"

대략 이와 같은 내용의 상소문을 진동이 대궐 안에 바쳤던 것인데,

이때 이방언은 인심이 이 같은 줄도 모르고 대궐 안에 들어왔다.

태학생 진동은 이방언이 조문(朝門)을 들어오는 것을 보고 바로 그 앞으로 달려가서 호령을 했다.

"이 밥통 같은 용렬한 놈아! 네가 대신의 자리에 있으면서 화평을 주장하니, 충신을 해치는 역적이 아니고 무어냐? 너 같은 역적을 죽여버리지 않고서는 백성들한테 조정의 면목이 안 선다!"

진동은 이같이 호령하고 나서 달려들어 이방언의 관을 벗겨 내동댕이치고, 옷을 찢고, 주먹으로 마구 때리는데, 이때 조문 밖에 모여들었던 백성들은 등문고(登聞鼓)를 울리면서 고함을 치고 크게 소동을 일으켰다.

이때 대궐 안에서 이 모양을 보던 전수(殿帥) 왕종초(王宗澨)는 조문 안으로 밀고 들어오는 시위군중을 극력 막으면서,

"여러분! 여러분! 물러가십시오. 여러분의 주장을 내가 폐하께 전달하겠습니다. 물러가십시오!"

우선 이같이 말해놓고 나서 황제 앞으로 가서,

"인심이 흉흉합니다. 바라옵건대 다시 이강에게 복직을 하명하시옵소서. 그래야만 생변이 일어나지 않겠습니다!"

이같이 아뢰었다.

흠종 황제는 또 그 말대로 이강에게 복직명령을 내리는데, 내시 주공(朱拱)으로 하여금 분부를 전달하게 했다. 그랬는데 내시 주공은 워낙 살이 너무 쪄서 걸음을 잘 걷지 못하는 인간이었기 때문에 굼벵이처럼 걸어나오는 것이었다.

이 모양을 본 백성들은 울화통이 터져,

"성총(聖聰)을 가리고 전권을 농락하는 놈아! 네가 이놈 이강 장군을 부르시는 분부를 가지고 가면서 어째서 일부러 굼벵이처럼 뒤룩뒤룩 가는 거냐? 개새끼야!"

이같이 욕을 퍼붓고는 여러 사람이 달려들어 한 대씩 때리니까 주공은 그만 그 자리에 뻗어버린다.

흥분된 백성들은 계속해서 내시 십여 명을 이 모양으로 때려죽이는 판국인데, 이때 마침 시위군중이 난동하는 것을 알고 이것을 해산시키려고 충사도가 수레를 타고서 현장에 급히 달려왔다.

군중은 수레 속에 앉아 있는 충사도의 풍신을 보고,

"노충 상공이시다!"

"아아, 과연 믿음직한 정승이시다!"

하고 여태까지 떠들던 사람들이 조용해졌다.

충사도는 수레에 앉아서 한 손을 내밀고 휘저으며,

"그만들 돌아가시오!"

했다. 그러자 이때까지 흥분해 날뛰던 군중이 모두,

"예!"

하고 그 자리를 떠나버리는 것이었다.

노충의 덕망이 이같이 컸다. 난동하는 군중을 이렇게 해산시킨 후 충사도는 요평중과 함께 이강을 찾아서 적을 물리칠 의논을 하다가 이렇게 말했다.

"적의 형세가 아직도 대단히 날카로운 고로 요행을 바라면서 싸울 필요는 없소이다. 그러니까 내 동생 사중(師中)이가 오기를 기다려서 그 부하에 있는 2만 명의 용감한 병력과 합세하여 싸웁시다. 그렇게 해야 성공할 것입니다."

충사도가 이렇게 주장하자, 이강은 고개를 끄덕거리고 있는데, 곁에 있던 요평중이 반대하는 것이었다.

"그게 무슨 말씀이십니까? 서울이 포위되어 폐하는 마음을 태우시다시피 염려하시고 백성들은 불안해서 몸 둘 곳을 모르는 터이니, 30만의 병력을 가진 이상 나가서 한바탕 싸워볼 일이지, 사중이가 올 때까지 기다릴 필요가 없습니다. 이렇게 천연세월하고 있으면 백성들한테 실망을 줄 뿐입니다."

요평중이 이렇게 반대했건만 충사도가 그의 의견을 듣지 않으므로 요평중은 분연히 일어나 영문으로 돌아와서 장교들을 소집해놓고 말했다.

"충사도는 정말 늙어빠진 무능한 인물이다! 도원수(都元帥)의 몸으로 전군을 장악하고 있으면서 얼른 싸우질 않고 사중이를 기다린다는 것은 오직 공명(功名)을 자기 집 가족끼리 독차지할 속셈이란 말이야! 우리 집 요씨(姚氏) 일문도 대대로 산서대장(山西大將)을 지냈고, 충씨(种氏) 집안 못잖은 집안이란 말이다! 내가 혼자서 부하 군사 2만 명을 가지고 타모강(駝牟岡)엘 가서 금영(金營)을 깨뜨리고, 간리불을 생포하고, 숙왕을 모셔내 돌아올 테야! 노충의 코가 납작해지도록 해버릴 텐데, 그대들은 모두 나를 따르겠는가?"

"예! 용약출전(勇躍出戰)하겠습니다!"

모든 장교가 일제히 이같이 대답하는 것을 보고서 요평중은 만족했다. 그러고서 그는 즉시 장교들에게 부대 편성을 속히 끝마치고 무기와 장비를 단단히 해가지고 내일 황혼 때엔 출동할 수 있도록 지시했다.

그런데 뜻밖에도 이때 장교 한 명이 군령을 위반한 사고를 일으킨 고로, 그는 당장 그 장교를 끌어내어 목을 베라고 호령했다. 그러나 그때 다른 장교들이 한 번만 용서해주십사고 애걸하는 까닭에 그는 그 장교를 사형에 처하는 대신, 곤장을 1백 번 때리는 형벌을 내렸다.

그랬더니 처벌을 받은 그 장교는 요평중 장군에게 원한을 품고서 몰래 도망하여 금영(金營)으로 가 간리불에게 밀고를 했다.

이런 줄도 모르고 요평중은 이날 초저녁 때, 병정들의 입에 헝겊을 물리고, 말들은 방울을 떼고, 2만 명의 군사를 소리 없이 이끌고 타모강으로 진격했다.

이때 금국군 진영에서 3경을 알리는 북소리가 울렸다. 그러나 영내는 쥐죽은 듯 고요한 고로 이쪽에서는 고함을 지르면서 일제히 뛰어들어갔는데, 들어가 보니 적군은 한 명도 보이지 않고 텅 비어 있는 게 아닌가.

요평중이 그제야 적의 꾀에 빠진 것을 깨닫고서 급히 퇴각하려 할 때, 대포 소리가 쾅 쾅 울리더니 사면팔방에서 적군이 쏟아져 나온다. 요평중이 아무리 용맹하기로서니 간담이 서늘하지 아니할 수 있으랴. 적군의 수효가 10만이나 되는 것 같아서, 그는 죽을힘을 다해 포위망을 뚫고 간신히 길을 찾아 밖으로 나왔는데, 정신을 수습해가지고 돌아다 보니, 겨우 살아남은 사람은 자기 한 사람뿐, 2만 명의 군사가 몰살당하고 말았다.

그는 한숨을 길게 쉬었다.

"황천이 우리 송나라를 도우시지 않는구나!"

그는 이렇게 입속으로 부르짖었다. 눈물이 주르르 쏟아져내린다.

'상감께서는 마음이 약하고, 겁이 많으시고… 이방언은 화평만을 극력 주장하고… 이강 한 사람만이 충성을 다해 극력 교전(交戰)을 주장했는데, 지금 전군이 함몰했으니, 어떻게 돌아가 반대파들과 대면할까? 충사도가 행동을 신중히 하자는 것을 내가 혼자 우기고 몰래 나왔다가 이 모양이 됐으니, 대장부 사내로서 이런 수치가 또 있느냐! 에잇, 죽어버리자!'

생각이 이렇게 들자, 그는 칼을 쑥 뽑아가지고 목을 찌르려 하다가, 또 생각했다.

'인생의 부귀공명이 물거품 같은 것 아닌가? 성공을 한댔자 '토끼가 없어지면 개가 죽고(兎死狗烹)', '새가 없어진 담엔 활이 쓸 데 없다(鳥盡弓藏)'고 말하지 않는가… 그런 까닭에 범여(范蠡)가 오호(五湖)로 달아나고, 장량(張良)이 적송(赤松)을 찾아간 것이야… 부모처자라는 것도 애욕(愛慾)의 얼크러진 끄나풀일 뿐이지 자기한테 무슨 관계야? 차라리 신선을 찾아가 도를 구해 바깥세상으로 나가서 노는 것이 영웅의 본색이 아닐까?'

생각이 이에 이르자, 그는 머리가 조금 가벼워지고 몸이 조금 서늘해지는 것을 느꼈다. 그러고서 비로소 마음을 잡은 듯이 피 묻은 갑옷과 투구를 벗어던지고, 손에 쥐고 있던 무기도 길가에 던져버린 다음에 속으로 중얼거렸다.

"그렇다면 장차 어디로 가는 것이 좋을까?"

그는 이렇게 혼잣말하고 한참 생각하다가,

'옳거니! 관(關)·섬(陝)·진(秦)·농(隴)으로 해서 촉 땅에 들어가면, 그곳에 아미청성(娥眉靑城) 명승지가 있지 않은가? 필연코 신선굴이 있을 테니까 거기 가서 선생님을 얻어봐야겠다!'

문득 이같이 깨달았다.

그런데 이 요평중이란 사람은 희하(熙河) 선무사(宣撫使)로 있던 요고(姚古)의 아들로서, 그의 집안은 대대로 장군이 나는 유명한 집안인데, 요평중도 키가 8척이나 되고, 힘은 혼자서 백 명은 때려눕힐 만큼 세고, 성질은 쾌활하고, 시종들을 사랑할 줄 아는 훌륭한 장군이었다. 그리고 그가 타고 다니는 노새같이 생긴 말은 몸뚱이의 털이 새파래서 이름을 '청라(靑騾)'라고 부르는 터인데, 이놈이 하루에 8백 리를 달리는 신통한 말이었다.

이때 요평중은 그 말의 갈기를 어루만지면서,

"청라야, 청라야, 내가 너하고 함께 공을 세워 이름을 후세에 남기려 했었는데, 이렇게 될 줄 누가 알았더냐! 이젠 할 수 없다. 너와 나와는 골육이나 다름없으니 한층 더 노력해다오!"

이같이 사람한테 타이르듯 말하고서 그는 채찍질을 했다. 이리하여 밤낮을 가리지 않고 청라의 네 굽이 땅바닥에 닿지 않을 만큼 번개같이 날아가니, 불과 수일 만에 요평중은 청성산(靑城山) 밑에 이르렀다.

그는 산 밑에 와서 시냇가의 낙락장송 밑에다 안장을 내려놓고, 청라로 하여금 물을 마시고 풀을 먹게 한 후, 계곡을 살펴보다가 눈을 들어 기묘하게 생긴 산봉우리를 바라보니 경치가 참으로 희한하게 좋다.

그는 기지개를 켜고 나서,

"어어 참 시원하고나! 오늘에서야 내가 산 것 같구나! 부귀를 다투는 마당은 마치 끓는 가마솥 같거든! 이슬 먹고 배불리고, 바람으로 양치질 하는… 이것이 영웅이 가는 마지막 길이란 말이야!"

이렇게 뇌까렸다. 그러면서 맞은편 언덕 위를 바라보니까, 도인(道人)같이 보이는 사람 하나가 장구판같이 생긴 악기를 두들기며 노래를 해가면서 내려온다.

호호호! 망망한 천지가 새카맣구나.
헤헤헤! 이 세상 백성들 종말이 왔네.
참아라! 총명이 지나쳐 재앙이 닥친다.
오나라! 전장의 백골에 이끼가 낀단다.

요평중이 이 노래를 들으며 그 도인의 깨끗하고 기이하게 생긴 모양을 보고서 아마 이 사람이 신선이 아닌가 생각할 때, 그 도인이 요평중을 향해서,

"네가 눈 깜짝할 사이에 공명을 잃었구나… 2만 명의 목숨을 죽음에 빠뜨렸으니 그 죄가 크다."

이같이 호령하는 게 아닌가.

요평중은 기겁을 해 그 자리에 꿇어 엎드려버렸다. 그러니까 도인이 이번엔 껄껄 웃으면서 말한다.

"네가 이번에 기회를 빨리 잡았다! 네가 당한 사정이 나하고 비슷하

기에 내가 일부러 여기까지 온 거란 말이다. 나는 옛날 한(漢)나라의 종리권(鐘離權)이다. 네가 비록 근기(根基)는 있다만, 열심히 구구법(九九法)을 해야지 선도(仙道)에 입문한다는 것을 알아야 한다! 나를 따라와!"

요평중은 이 말을 듣고 땅바닥에서 일어났다.

그러자 그가 타고 왔던 청라도 모든 것을 아는 것처럼 두 사람보다 앞서서 달려가는데, 도인은 요평중과 함께 그 뒤에서 험준한 산길을 평지같이 가는 것이었다. 이렇게 된 후 57년이 지나서 남송(南宋)의 효종(孝宗) 황제 때 오군(吳郡)의 범성대(范成大)가 검남채방사(劍南採訪使)가 되어 청성산엘 갔다가 우연히 요평중을 만났더니, 붉은 수염은 배꼽 아래까지 길게 늘어졌고, 두 눈에서는 번갯불이 철철 흐르는데, 목소리는 어찌나 큰지 산이 쩡쩡 울리고, 푸른빛 말을 타고서 산꼭대기를 가는 것이 마치 평지를 달리는 것 같더라는 것이었다. 틀림없이 아마 그는 득도(得道)를 하였던 모양이다.

그 이야기는 여기서 잠시 멈추기로 한다.

금국군 대장 간리불은 요평중과 싸워 이긴 다음에 송나라 황제에게 왕예를 사신으로 보내어 엄중 문책을 한 고로, 흠종 황제는 겁도 나고 후회도 나서 오절(吳絶)을 사신으로 간리불에게 보내어 사과를 하고 화평을 구했건만 간리불은 듣지 않고 성문을 공격하기 시작하는 것이었다.

이때, 조정에서는 이방언의 비방과 참소를 듣고서 이강과 충사도를 이미 파면시킨 뒤였는데, 참지정사(參知政事)로 있는 손부(孫傅)가 황제에게 아뢰기를,

"신이 이인(異人)을 만나봤습니다. 성명은 곽경(郭京)이라 하는 사람이온데, 육갑둔법(六甲遁法)의 재주가 비상하오니, 이 사람을 부르시면 힘 안 들이고서 금병(金兵)을 물리칠 것이옵니다."

이같이 아뢰니까, 흠종 황제는 그 사람을 곧 불러들이라는 분부를 내

렸다. 그런데 곽경으로 말하면 그동안 건강부의 왕조은한테 있으면서 화부인·진부인·화봉춘을 동루(東樓)에 가두어뒀다가 악화가 그들을 감쪽같이 구해내어 달아난 까닭에 헛물을 켜고 서울로 돌아와 임진인 문하에 다시 들어가 있었지만, 임진인이 작고해버리자 갈 데가 없어서 왕조은의 끈을 붙잡고 왕보한테 붙었었는데, 왕보가 조정에서 쫓겨난 뒤엔 간신히 연줄을 찾아 손부의 문하로 들어갔던 것이다. 그런데 이 손참정(孫參政)이란 사람이 아주 단순한 사람이어서 곽경의 요술장난과 구변(口辯)에 혹했던 까닭으로 마침내 황제 앞에서 그를 천거하기까지 했던 것이다. 그리하여 이제 내시를 따라서 조정에 들어온 곽경이 폐하에게 배무(拜舞)의 예를 올리고 나니까, 흠종 황제는 그를 보고,

"경이 육갑신술(六甲神術)을 잘한다고 손참정이 말하면서 족히 금병을 물리칠 것이라 하니, 과연 그런가?"

이같이 하문하는 것이었다.

곽경이 이에 대해서 천연스럽게 아뢰는 것이다.

"신이 어려서부터 도(道)를 좋아해서 일찍이 서촉(西蜀)의 명학산(鳴鶴山)에 들어가 한천사(漢天師)·장도릉(張道陵)의 비결을 얻었던 까닭으로, 신이 귀신을 마음대로 부리고, 산을 옮겨놓고, 바다를 거꾸로 뒤집는 재주를 익혔습니다. 그런 까닭으로 10만 명의 적군이 눈앞에 있다 할지라도 1주야(晝夜)만 작법(作法)을 하오면 그 적군을 모조리 넘어뜨리고서 죽이려면 죽이고, 살리려면 살릴 수 있습니다마는, 이래서야 폐하의 호생지덕(好生之德)을 손상시키는 일인 고로, 다만 적으로 하여금 머리를 싸매고 도망해버리고 다시는 우리를 침범하지 못하도록 하면 좋겠습니다. 신이 조부 이래로 황은(皇恩)에 욕(浴)하옵고, 이제 손참정으로 인하여 폐하의 부르심을 받자왔사오니 어찌 견마(犬馬)의 수고를 아끼겠사옵니까? 금인의 항복을 받고서 사직을 편안케 하옵는 일이 신의 평생소원이옵니다!"

흠종 황제는 이 같은 말을 듣고 그만 혹해버렸다.

"태조 열종(列宗)의 영혼이 경과 같은 기인을 인도하신 모양이오! 무어든지 경이 필요한 물건을 말하면 해당 아문(衙門)으로 하여금 준비케 할 것이니 말하오!"

"예! 광활한 지면을 택하여 천단(天壇)을 하나 축조케 하옵시는데 높이가 3층으로 칠장이척(七丈二尺)이옵고, 구궁팔괘(九宮八卦)를 벌이고서 민간으로부터 16세 이상 18세 미만의 어여쁜 동남동녀(童男童女) 24명을 뽑아 촛불을 들게 하고, 군민 간에 연령이 비슷한 갑사(甲士) 7천 7백 7명을 뽑아 채단과 제물을 앞에 놓고서 7주야를 기도드린 후에 적을 향해 출동하오면, 금병이 자연 퇴각하옵겠습니다."

흠종 황제는 이 말을 곧이듣고 즉시 손부로 하여금 곽경의 말대로 준비를 서두르라 분부했다. 그리하여 손부는 대궐을 에워싸고 있는 산악 중에서 높고 광활한 곳을 택한 다음, 법대로 축대를 쌓고, 모든 설비를 갖추는 일을 열흘 동안에 전부 끝냈다. 그러고서 곽경은 동남동녀와 갑사까지 모아놓은 다음에 흠종 황제를 이곳으로 나오게 하여 향불을 피우고서 나라를 보호해주십사 하는 기도를 하늘에 올리게 한 후, 자기는 머리를 풀어 산발하고, 칼을 짚고 서서 입으로 주문을 외웠다. 그런 다음에 부적을 써놓고 물을 뿜는 것으로 의식을 끝마치고, 황제는 대궐로 돌아갔다.

그런데 곽경이 이 같은 의식을 하루에 세 차례씩 거행하는 까닭에 여기에 지출되는 돈과 비단은 막대한데, 이것이 모두 곽경의 소유가 되는 것이고, 동남과 동녀들도 저녁이 되면 곽경의 노리갯감이 되는 것이었다.

성내에서 이 같은 해괴한 행사가 며칠 동안 계속되고 있을 때 적의 대장 간리불은 전에 없던 높은 축대가 성내에 세워지고, 그곳으로부터 향연(香煙)이 뭉게뭉게 피어오르는 광경을 보고서 그것이 무슨 까닭인지 알 수 없는 고로 사정을 염탐시켰는데, 결국 이것이 곽경이 술법을 베푸는 것임을 알고서는 뱃가죽을 쥐고 웃음을 터뜨렸다.

"하하하! 송나라 조정에 정말 사람이 없구나! 양군이 대치해 있는 이때 요술을 부리려고 치성을 드리다니! 잘됐다. 내가 꺼리던 인물이 이강이하고 충사도였는데, 그 두 놈이 파면됐다니까 이제는 송나라에 백만 대군이 있대도 겁나지 않는다!"

간리불은 드디어 주야를 계속해 공격하기 시작했다.

그러나 흠종 황제는 적이 이렇게 맹렬히 공격하건만 7주야만 지나면 적군을 물리친다는 곽경의 말만 믿고서 궁중에 앉아서 술 먹고 행락만 했다.

그런데 이레째 되는 날에도 적군의 공격은 여전히 맹렬해서 치성을 드린 효험이라곤 아무것도 나타나지 아니한다. 그런데도 곽경은 큰소리만 하는 것이었다.

"지극히 위태로운 순간에 이르러서야 내 군사는 출동할 것이다!"

이렇게 장담하고 있을 때 마침 금병이 통진문(通津門)을 들이치는 고로, 흠종 황제는 곽경더러 이제는 빨리 나가서 적을 무찌르게 하라고 내시를 보냈다.

곽경은 출동하기 전에 먼저 금과 은을 품속에 감춘 후 성문을 지키던 군사들을 모두 아래로 내려보내고 나서, 통진문을 활짝 열어젖히고는 연령이 비슷비슷한 7천 명의 갑사들을 출동시켰다. 이때 금병의 대부대는 천지가 진동하도록 고함을 지르면서 쳐들어왔다.

곽경은 도저히 못 당하겠다 생각하고서 주문도 외워보지 않고 그냥 내빼버렸다. 이렇게 되고 보니 7천 명의 갑사는 금국군의 밥이 되고 말았다. 그리하여 형세가 유리하게 된 금국군은 좌충우돌 무인지경같이 성을 짓밟고서 마침내 수도를 점령했다.

흠종 황제는 서울이 함락된 줄 알고서 통곡했다.

"아하! 충사도의 말을 듣지 않았기 때문에 이 모양이 되었구나!"

이제 와서 황제가 이같이 뉘우친들 무슨 소용 있으랴. 오직 시가지 몇 군데에서 민병이 산발적으로 금병과 시가전을 토드락토드락할 뿐이었다.

서울을 점령한 간리불은 선언을 내렸다.

"이제 만사가 끝났으니 도군(道君)과 흠종(欽宗)이 친히 나에게로 와서 화평을 상의하고 토지를 분할해준다면 물러가겠다."

흠종 황제는 이 말을 듣고서,

"상황(上皇)께서는 근심하시던 끝에 병환이 나시어 기동하시지 못하니, 나 혼자 갈 수밖에 없다!"

하고, 항복하는 표문을 만들어 대궐을 떠나 금영(金營)으로 가기로 했다. 이때 태학생(太學生)들이 알고서 모두 궐문 밖에서 황제를 전송하며 눈물을 흘리는데, 황제도 그들을 보더니 울음을 터뜨리는 고로 모든 사람이 죄다 울었다.

이같이 되어 흠종 황제가 금국군 진영에 도착하니까, 대장 간리불은 당장에 흠종을 감금하고서 황금 1천만 정(錠)과 백금 2천만 정, 채단 2천만 필과 하북·하동의 삼진(三鎭)을 분할해내라고 흠종에게 명령하다시피 강요하는 것이었다. 흠종을 모시고 갔던 시랑(侍郎) 이약수(李若水)가 이 모양을 보고 너무도 통분해서 엉엉 울자, 간리불이 화를 버럭 내면서 당장에 그를 끌어내다 땅바닥에 엎어놓으라고 호령하는 것이었다. 그때 간리불의 부하 중에서 한 사람이 이약수를 보고,

"일이란 돼가는 대로 해야 하오. 오늘 순종하면 내일엔 부귀가 저절로 올 것을 모르오?"

이같이 은근히 권한다. 그러나 이약수는 소리를 질렀다.

"하늘에 태양이 두 개 없는데 어찌 내게 임금이 둘이 있겠느냐!"

이같이 큰소리를 치고 욕을 하니까, 금국 군사가 몇 놈이 달려들더니

이약수의 목을 베고, 또 그의 혓바닥을 잘라 죽여버리는 게 아닌가.

간리불은 이 광경을 내다보고 나서 혀를 차며 탄식하는 것이었다.

"요국이 망하던 때엔 의(義)에 죽은 자가 10여 명 있더니, 송나라에는 이시랑 한 사람밖에 없구나!"

그러고 나서 간리불은 영을 내리기를, 도군 황제·태상황후·강왕의 모친 위비(韋妃)·부인 형씨(邢氏), 그리고 모든 비빈(妃嬪)과 모든 왕과 공주와 부마와 도위(都尉)와 육궁(六宮)에 있는 위호(位號)를 가진 모든 사람을 금국군 영내로 잡아들이라 했는데, 오직 원우황후(元祐皇后)만은 폐비되어 사제(私第)에 거처하고 있었기 때문에 화를 면했다. 그리고 또 법가노부(法駕鹵簿)·관복·예기법물(禮記法物)·대악교방(大樂教坊)·팔보구정(八寶九鼎)·규벽(奎璧)·혼천의(渾天儀)·동인(銅人)·각루고기(刻漏古器)·비각삼관서(秘閣三館書)·천하주부도적(天下州府圖籍) 등과 관리·내인·내시·공장(工匠)·창우(倡優) 등속과 창고 속에 쌓아두었던 물자를 몽땅 끌어가버린 까닭에 서울은 텅 빈 껍데기만 남아버렸다.

이렇게 한 뒤에 금인들은 또 오병(吳幷)과 막주(莫儔)를 성내에 파견하여 지금까지 송나라의 황제였던 조씨(趙氏)를 폐하고, 다른 성을 가진 사람으로 임금을 세우겠다고 백관(百官)을 모아놓고서 너희들이 적당한 인물을 추천하라는 명령을 내렸는데, 아무도 이에 대해서 의견을 말하지 못했다. 다만 왕시옹(王時雍)이 금인들의 의사를 약간 짐작하는 바가 있었기 때문에 장방창(張邦昌)의 성명을 써가지고 제출했는데, 태상시부(太常寺簿) 장준(張俊)·개봉사조(開封士曹) 조정(趙鼎)·사문외랑(司門外郎) 호인(胡寅) 등은 이 같은 회의에 참석하여 서명하기도 싫어서 도망해버리고, 그 밖의 다른 사람들은 모두 시키는 대로 복종했다. 그리하나 금국에서는 마침내 장방창을 초제(楚帝)에 봉하고서 송나라를 초나라라 부르게 한 후, 백관들의 조회를 받도록 했다.

이날, 송나라가 없어지고 초나라의 임금이 즉위하던 날, 바람은 음산

하게 불고 햇빛은 구름에 덮였고, 백관의 기운은 떨어졌고, 장방창의 얼굴빛도 창백하기 짝이 없었다.

즉위식이 끝난 뒤에 왕시옹은 장방창으로 하여금 자신수공전(紫宸垂拱殿)에 좌정하도록 했다. 그랬더니 여호(呂好)가 장방창에게 묻는다.

"대감께서 진정으로 초제(楚帝)에 등극하실 작정이십니까? 혹은 금인들의 행패를 잠시 막기 위해서 앉아 계시다가, 다시 선후책을 꾀하실 작정이십니까?"

이 말을 듣고 장방창은 정색을 했다.

"그게 무슨 소리요! 내가 대신의 몸으로서 나라를 구하지 못했고, 지금 금조(金朝)가 시키는 일이니까 하는 수 없이 명령에 복종할 뿐이지, 어찌 이 자리에 앉아 있을 생각이 있겠소!"

그러자 여호가 다시 말한다.

"그러실 겁니다. 중국 인민치고 대송(大宋)의 은혜를 안 입은 백성이 없으니까요! 지금 금국의 군사가 점령하고 있으니 잠시 순종하지만, 금병이 본국으로 돌아가는 날이면 강왕(康王)께서 대원수가 되어 각 지방으로부터 징병을 하고, 원우황후가 안에서 내응하시면, 송조(宋朝)는 다시 중흥할 것이요, 또 이렇게 되는 것이 천의(天意)일 겁니다. 그러니까 대감께선 아예 정전(正殿)에 거처하지 마시고, 숙직전(宿直殿)을 쓰십시오. 그리고 호위병으로 경호를 시키지 마시고, 문서를 내리실 때도 성지라고 일컫지 못하도록 명령하시고, 원우황후로 하여금 조속히 강왕을 청해다가 보위(寶位)에 오르시도록 마련하기 바랍니다. 천명과 인심이 강왕한테로 돌아가고 있으니, 대감께서 먼저 강왕을 추대하십시오. 그러면 전화위복으로 대감이 사직 공신이 되겠지만, 만일 대위(大位)를 탐내시어 천연세월하시다가는 세상 사람들의 성토를 당하시고 죄를 뒤집어쓰실 테니 그때 가서 후회한들 무슨 소용이 있습니까!"

"고마운 말이외다!"

장방창도 여호의 말에 찬성하고서 즉시 사극가(謝克家)를 불러 제주(濟州)로 가서 강왕을 모시고 오라 했다.

그런데 강왕으로 말하면 그때 금영으로부터 도망해나와 캄캄한 밤 숲속에 숨어 있었는데, 뜻밖에 백마(白馬) 한 마리가 나타나서 소리를 치는 고로, 강왕은 옳다! 됐다! 싶어서 얼른 올라타고 채찍을 쳤더니, 그 말이 흐흥 소리를 지르며 번개같이 뛰어가는데, 날이 밝을 때 보니까 금국군 진영에서는 상당히 먼 거리까지 왔다.

그런데 별안간 말은 움직이지를 않는다. 무슨 까닭인지 몰라서 자세히 보니까 이때까지 타고 온 말이 살아 있는 말이 아니라, 최부군묘(崔府君廟) 안에 있는 진흙으로 만든 이마(泥馬)였다. 기적과 같은 이런 일이 있었던 까닭에 '이마도강왕(泥馬渡康王)'이라는 전설이 있는 터이다.

하여간 강왕은 너무도 기이한지라 말에서 내린 다음에 사방을 살펴보았지만, 대체 어느 쪽으로 가야 좋을지 알 수 없었다. 그래 한참 동안 우두커니 섰으려니까, 쇠북 치는 소리가 요란하게 나면서 한 떼의 인마(人馬)가 달려오므로 강왕은 아마도 이것이 금병인 것 같아서,

'이제는 죽었구나!'

속으로 이렇게 생각했는데, 가까이 오는 것을 보니까 이 사람은 동경유수(東京留守)로 있는 종택(宗澤)이다. 종택은 지금 1만 명의 군사를 이끌고 오는 길이었다.

강왕은 대단히 기뻤다. 종택은 강왕에게 절을 드린 후에,

"전하! 전하께서 이같이 무사히 계시옵셨으니, 반드시 중흥(中興)할 것이옵니다!"

이같이 말하고서 강왕을 모시고 즉시 제주로 갔다.

제주로 온 종택은 주아(州衙)를 행전(行殿)으로 사용케 하고 사방의 호걸들을 모으니 불과 7, 8일 만에 장준(張俊)·묘부(苗傅)·양기중(養沂中)·전사중(田師中)·양양조(梁楊祖) 등 한다하는 장군이 모여들고 군사

들의 사기도 부쩍 올라갔다.

이날 강왕은 장군들과 함께 금병을 물리칠 의논을 하다가 벌써 서울이 함락되고, 도군·흠종 두 분 황제가 금영으로 잡혀가 있고, 장방창이 초제(楚帝)로 세워졌다는 보고를 듣고서는 목을 놓아 통곡을 했다.

그럴 때 종택이 강왕을 위로하면서,

"대왕께선 너무 상심 마십시오! 고생을 참으시고, 빨리 군사를 끌고 나가 서울을 수복하고, 황제와 태상황제의 난(難)을 구해야 하지 않겠습니까… 울음을 그치십시오!"

이렇게 말하는 것이었다. 그런데 이때 마침 서울로부터 사극가가 원우맹(元祐孟) 태후의 조서를 가지고 모시러 왔다.

강왕이 눈물을 씻고서 그 조서를 장군들과 함께 펴보니 다음과 같다.

대송(大宋)이 해를 거듭하기 2백 년 동안 천하 태평한 가운데 아홉 분의 임금님이 계승하여 내려왔건만, 한 분도 덕을 잃으신 분이 계시지 아니했으니, 지금 비록 북쪽 오랑캐에게 짓밟힘을 받기는 했으나 이는 하늘의 뜻이 아니로다. 그 옛날 한이 12년 동안 액(厄)을 당했으나, 광무(光武)의 중흥이 있었고, 진헌공(晉獻公)의 아홉 분 자제 가운데 중이(重耳)가 있었으니 이는 모두 하늘의 뜻이었도다. 어찌 사람의 뜻이리오. 황실의 계통을 이을지어다.

이 같은 조서를 읽고 나서 장군들이 모두 강왕에게 황통(皇統)을 계승할 것을 권하자, 종택이 또 이같이 권한다.

"남경은 태조께옵서 흥왕하신 곳으로 사통오달하는 지방이오니, 이곳으로 거처를 옮기시고서 대사를 도모하시기 바랍니다."

강왕은 이 같은 권고에 좇아서 결심을 하고 귀덕(歸德)으로 옮긴 후, 그곳을 응천부(應天府)라고 이름을 고쳤다. 그리고 부문(府門)의 좌측에

축단을 쌓고서 5월 경인일(慶寅日)에 단 위에 올라가 황제의 위를 하늘로부터 받는 의식을 올린 후, 금영(金營)으로 납치된 흠종·도군 두 황제를 생각하고서 통곡을 했다. 그런 다음에 흠종을 효자연성황제(孝慈淵聖皇帝)라 높이고, 생모 위씨(韋氏)를 선화황후(宣和皇后)로 높이고, 부인 형씨(邢氏)를 황후에 봉했다. 그리고 문무백관을 서열에 따라 정하고 그해를 건염원년(建炎元年)이라 정하였으니, 이분이 남송(南宋)의 고종이었다.

한편, 타모강에 주둔하고 있는 금국군은 금과 비단의 배상물자가 부족하게 헌납되었으니 빨리 전액을 완납하라고 심히 재촉하는 고로, 호부상서(戶部尙書) 매집례(梅執禮)가 간리불을 보고,

"천자님께서 몽진하신 까닭에 백성들이 모두 죽기를 원할 뿐입니다. 금이고 은이고… 이젠 내놓을 것이 없습니다. 텅 빈 국가에서 무엇으로 내랍니까!"

이렇게 말했다. 그랬더니 간리불이 크게 노해 당장에 매집례를 죽여 효수(梟首)하고, 호부의 직원들을 잡아다 감금하고, 그 가족들로 하여금 책임을 완수하라고 엄명을 내렸다. 이렇게 된 까닭에 백성들은 온통 슬픔 속에 잠겨버렸다.

그런데 이때 대종과 양림은 연청의 집에 있다가 서울이 함락되고 두 분 황제가 금영에 끌려간 소식을 듣고 탄식하기를 마지아니했다.

"어허, 일은 아주 끝장이 났군! 우리하고 함께 음마천으로 가서 이응 형에게 자세한 이야기나 합시다."

대종이 한숨을 짓고 이같이 말하니까 연청은 별로 동요되는 기색이 없이 말한다.

"글쎄, 하루 이틀 좀 더 지내보다가 다시 의논해서 합시다. 서울이 함락되고 하북·하동을 떼어서 금국에 준다면 물론 여기서도 오래 살 수 없으니까 나도 다시 살 곳을 찾아야겠는데… 단지 한 가지 마음에 걸리

는 일이 있어서… 이 일을 끝낸 뒤에 내가 두 분 형님을 돌아가시게 하리다."

대종이 이 말을 듣고 급히 물었다.

"대체 마음에 걸리는 일이란 게 뭐요?"

그래도 연청은 대답을 않고 빙그레 웃기만 한다. 대종과 양림은 답답했지만, 더 묻지 않고 딴 이야기를 하다가 각각 침실로 들어갔다.

이튿날, 아침을 먹은 후에 연청이 양림을 보고,

"양형은 나하고 잠깐 나갔다 오십시다. 그리고 대원장 형님일랑 집 좀 보고 여기 계십쇼."

이렇게 말하는데, 바라다보니 그는 벌써 통역하는 통사(通事) 모양으로 의복을 차리고, 등(藤)실로 짠 자색 칠을 한 조그만 상자를 손에 들고 섰다. 그런데 상자 뚜껑은 납으로 단단히 봉했는 고로 그 속에 든 것이 무엇인지는 알 수가 없다.

(10권 계속)

간리불
금국군 대장이다.

강왕
송나라가 금나라에 멸망당한 후 새로 추대된 왕. 남송(南宋)의 고종이다.

고원
창주 태수로, 송공명이 고당주를 들이쳤을 때 시대관인한테 결딴난 고렴의 동생이다.

공도·탄규
섬라국의 정승과 장군으로 임금 대신 섬을 실제 관할하는 사람들이다.

금나라 장수들
대장 점몰갈과 올출 사태자·발근·간리 등이다.

길부
창주 양원절급으로 있는 옥리로서, 착하고 의기가 있는 사람이라 시진을 구해준다.

노사월
안도전과 함께 태의원 어의로 지내는 인물로, 안도전의 의술을 시기하고 모략한다.

당우아
송공명이 염파석을 죽였을 때 그가 도망가는 것을 도왔던 인물이다. 길부와 함께 시진을 돕는다.

마새진
섬라국의 임금. 위인이 착하기만 했지 겁이 많아 국가의 크고 작은 일은 전부 간사하고 교활한 신하들이 맡고 있다.

문소저
문환장의 딸. 안도전의 치료로 병이 완쾌되고, 나중에 왕후가 된다.

문환장
안도전이 피신 길에 만난 옛 지인. 의에 충실한 사람으로 그의 딸을 안도전이 치료해주므로, 그 또한 안도전을 도와준다.

사룡
섬라국 땅 금오도라는 섬의 도장(島長)으로, 욕심이 많고 잔인해서 섬의 백성들을 못살게 구는 인물이다.

서성
금창수 서녕의 아들. 금창을 잘 쓰며, 호연옥과 결의형제를 한다.

섭창
개봉부윤으로, 위인이 강직한 데다가 평소부터 간신들을 미워하던 터이라 황제의 성지를 받들어 채경·채유·고구·동관·왕보·양전·양사성 등을 귀양 보낸다.

소차란 목춘
형이 죽은 후 강주성 안에서 동가식서가숙하며 지내다, 신산자 장경을 만나 함께 위기를 겪는다.

송나라 장수들
동관·유광세·신홍종·곽약사·조양사 등이다.

신산자 장경
벼슬을 사퇴하고 약재 장사를 하다가 감무라는 이에게 행패를 당하고 대종을 만나 회생한 후, 소차란 목춘과 함께 위기를 맞는다.

신의 안도전
송공명의 요국 정벌 후 태의원에서 지내다, 고려 왕의 병환을 치료하러 고려국에 갔다 돌아오는 길에 이준을 만난다.

신행태보 대종
벼슬을 마다하고 출가했으나, 동관이 상주한 탓에 도통제 직위를 받아 다시 전장에 나아가 심부름을 한다.

쌍봉삼호
강주의 이름난 건달 축대립, 쌍봉묘의 도사로 있는 초약선, 그리고 이 마을의 보정(保正)으로 있는 원애천 세 사람을 이른다. 셋이 결의형제를 하고는 못할 짓만 하기에 별명이 쌍봉삼호(雙峰三虎)다.

여지구(여태수)
정자섭과 동갑으로 성질이 간사한 것이 공통되는 까닭에 서로 막역하게 지내는 처지다.

오경·우원명·유인
양산박 잔당을 토벌하려는 관군 장수들이다.

옥지 공주
섬라국 왕과 소씨 왕비의 딸. 화봉춘과 혼인한다.

요평중
송나라의 도통제. 금국과 싸우다 패하고 신선의 길에 오른다.

왕선위
재상 왕보의 자제로, 풍류를 좋아하는 사람. 화영의 미망인과 여동생에게 반해서 거짓말로 납치한다.

적수룡 비보·권모호 예운·태호교 상청·수검웅 적성
혼강룡 이준이 동위·동맹과 함께 유류장에서 결의형제를 했던 네 사람이다.

정자섭
태사 채경의 문인(門人)으로, 교활하고 욕심 많고 잔인해 뱀 같은 놈이라고 해서 별명이 '파산사(巴山蛇)'다.

진부인
진명의 미망인으로, 화영의 여동생이다.

초면귀
문환장의 친구가 재취로 얻은 호씨의 전 남편의 아들이다. 어미를 닮아 교활하고 잔인하다.

충사도
나이가 80이 넘은 송나라 장수로 '노충(老种)'이라 불리며 백성들의 존경을 받는 인물이다.

허의
낭리백도 장순의 부하로 있다 그가 전사한 뒤 비산문 경비대로 일하는 인물이다. 이준 일행을 섬라국으로 인도한다.

호연옥
쌍편 호연작의 아들. 아버지처럼 쌍편을 잘 쓴다.

혼강룡 이준
자청 정동대원수가 되어 섬라국을 굴복시킨다.

화봉춘
화영의 아들로, 섬라국 왕의 부마가 된다.

화부인
송공명을 따라 죽은 화영의 미망인이다.

황신
청주 도통제로서, 양산박 잔당을 처치하려는 관군을 도와주지 않고, 다시 입당한다.